A CLOUD
OF SMOKE

烟云

杜建文 / 著

辽宁人民出版社

© 杜建文 2024

图书在版编目（CIP）数据

烟云 / 杜建文著 . —沈阳：辽宁人民出版社，
2024.2
ISBN 978-7-205-10982-0

Ⅰ.①烟… Ⅱ.①杜… Ⅲ.①散文集—中国—当代
Ⅳ.① I267

中国国家版本馆 CIP 数据核字（2023）第 251921 号

出版发行：辽宁人民出版社
　　　　　地址：沈阳市和平区十一纬路 25 号　邮编：110003
　　　　　电话：024-23284191（发行部）　024-23284304（办公室）
　　　　　http：//www.lnpph.com.cn
印　　刷：河北朗祥印刷有限公司
幅面尺寸：170mm×240mm
印　　张：22
字　　数：330 千字
出版时间：2024 年 2 月第 1 版
印刷时间：2024 年 2 月第 1 次印刷
责任编辑：孙姼娇
封面设计：华夏长鸿
版式设计：一诺设计
责任校对：吴艳杰
书　　号：ISBN 978-7-205-10982-0
定　　价：86.00 元

前　言

　　烟云过眼，人生有时候还是需要抬起头望望天空的，哪怕是在心里。云卷云舒，世事沧桑。也就三四千年，已经有不知多少生命上演了花开花谢生灭起落的活剧。而自我，不过是其中之一。

　　岂止纤尘般一介凡夫，说到底，即使庙堂纷纭家国兴替，置于造化演绎的宏大场景中，也不过烟云一缕，旋聚即散，转瞬而灭。芸芸众生，或人或物，哪个挣得脱？

　　观云，或者观景，其实也是观自身。这是不是天人合一另一角度的理解？烟云过眼，会于心有所感悟者，应该有年龄段的差异。这不奇怪，三观、代沟、角度不同而已。不识愁滋味时，大多看到的是和谐、美丽，还有壮观。却道天凉好个秋的阶段呢，看出的内容，也许就多了变幻与无常。

　　在一个高科技大数据时代，以物象为镜，思量生命过程，不仅落伍，似乎还显得有几分荒唐。然而，仍是那句话，不过是三观、代沟、角度不同而已。

　　喻比，联想，感悟，很难打开生命之所以存在繁衍又之所以最后归为寂灭的黑匣。而生命过程，缩小外延，仅说人之生存的意义，以精密仪器精确数据来考究判断，怕也永远不会有答案。

生命是一种过程，这没有问题。但过程不仅仅是向前向上的推行，更主要的或许还是渐行渐远的流逝。过程有时候看起来是从一叶小芽长成大树，更多时候却不过是天际几缕云絮在风中弥散消失。

这种烟云变幻的亿万次似乎相似却又各有不同的演绎，尽管先辈已经有过许多解读和定义，我却以为很难会有终极答案。然而，这不影响我们对自己的生命过程保持关注和热爱。

烟云过眼，有资格用这四个字解说自己人生过往的时候，大致已经在求存的折腾过程中消磨了许多时光，也应该经历了身不由己甘苦自知的漫长旅途。

世事无非打磨，红尘总归历练。再平凡卑微的人生，只要有时间堆积，多少都会成就几段仅仅属于自己的故事。

这些生老病死油盐酱醋的故事，恰如岁月天空时浅时浓幻化轻渺的一缕缕烟云，看似庸常琐屑，却充盈着生命，铺陈出情节。因了它们，一己人生才不至于空旷寂寥，才有几处略带飘逸的诗趣，也才会让自己在捡拾身后记忆时，多少生出点儿毕竟在凡尘人世混过一遭的自得。

喜欢摄影，用相机拍过许多烟云飘舞的图片，日升日落之云，峡谷山巅之云，松林湖畔之云，雪峰大漠之云。那些我真实目睹且让我感慨让我沉思甚至有几次不觉让我流泪的腾跃翻飞的云朵，早已在现实天空中消散得了无踪影。然而它们却又清晰生动地定格成我的图片，偶尔翻看，又会让我回到登高跋涉意气抖擞的岁月。

也喜欢用文字记录一路走来的所遇所思，那些我生命中似乎也曾飘逸舒卷过的几朵烟云。只是喜好，没有立心立命的奢望。想的仅仅是，虽然寻常人生，毕竟也是一段生命的真实过程。一滴水可以映照出太阳的光辉，一己的细碎旧事，或许也能从中看出大时代的浮光掠影？最起码，让老到无所措手足的自己，仍然可以从这些文字中找回曾经的岁月，那也不失为一种有趣。

目　录

北南旧事

一、北南纠结

出沁州城，西南行。一条土路，约二十公里。山峦脚下，沟壑之中，缓缓铺陈出一个小村，名曰"北集"，母亲的老家。北集其实寻常，与别的黄土沟里的村庄大体相似，顺沟起屋，南北窄东西长。沟底一条小河哗啦啦，滋润土地，也养育村人。

攀上村南土岗眺望，小村树木掩隐，炊烟袅袅，依坡顺势，土窑土屋层层叠叠，有几分古久淡远的农家气象。出村北，一条土路，丈余宽，坑坑洼洼，深深两道牛车轱辘碾压出的车辙，据说曾是宋代官道。走不多远，垄起一道土梁，苍凉突兀，牛脊般挡住去路，北集人呼之曰"北坡"。"北"不读"běi"，而读"bǒ"，京腔道白念法，古音余韵。

气咻咻翻过有点儿陡峭的北坡，再行两三公里路程，又见一处小村，即是"南庄"，父亲或再往上数，我爷爷还有爷爷的爷爷的故乡。

20世纪40年代，一脸稚气的母亲从南面的北集翻过北坡嫁到北面的南庄。从此，这两个小村都与我有了纠结。第一个小小疑问是总让我感觉出错了的村名。为什么南面的是"北"集，而北面的却成了"南"庄？村人的答案含含糊糊，叫啥不是叫？回村走不差就行。左邻右舍娃儿冠名小狗小猫的十几个，晚上回家，没谁走到隔壁。想想也是，就算呼作南京北京又如何？无非黄土地人家，世世代代都在土梁土堰土坎土坡土坷垃里讨生活。

二、先说北集

养育北集的小河由西向东而去，出村东，冲刷出两岸百把亩平地。黄土高坡，但凡这种地块皆属上等，光照充足，又近水源，产量颇高。好地也是地，不足为奇，奇的是这块小平原却有两个耐人寻味的名称：营盘、校场。

这名字一听，就让人联想到军营。莫非此地扎过驻军，或者，最起码做过一段两军对垒的战场？几十年后，我读到县志才明白，好像还真是这样。这两个名称的来历与宋辽争战有关。尤其北集村东的"营盘"，颇有来头，居然是大宋真宗皇帝御驾亲征的据点。

按乡间传言，真宗率大军在此驻防一年有余，时间不短。黄土沟里就算有点儿小风景也有限，沁州黄小米好吃，但天天小米稀饭怕也腻歪，皇帝在这种地角待了一年实属不易。更神的是皇帝随身带来的李宸妃在大营生了小宝宝，名叫赵祯，后来成了宋代在位时间最长也很有作为的皇帝，庙号仁宗。

县志记载，白纸黑字，似乎有影的事，北集周边，与御驾驻军有关的地名另有几处。村西圣王沟据说是宋真宗出征到此最初的驻扎地，村东两公里另有一村，名曰神头，据说神人在此给后妃托梦而生赵祯。果然属实，那这北集实在有载入史册的资格。

宋真宗这个人倒是有过一次出城亲征的表现。我查了资料，时间在1004年秋，辽军入侵。真宗起先是想躲避，而宰相寇准却逼着他到军前表现。真宗拗不过唠唠叨叨的寇大人，后来还真去了前线澶州，距京城也就一百多公里。在那里没待几天，与辽国萧太后签了个澶渊和约就撤回汴京。他应该没有翻山越岭跑到山西境内黄土沟里坚守一年的壮举。如果有,那史家还不大书一笔?

而赵祯的出生,史书记载是 1010 年,真宗到前线抗辽五年多后的事。坊间狸猫换太子的传奇,则又以为李宸妃生赵祯是在宫中,赵祯在那里做过被换的主角。若干年后包大人还因审明此案而出了一番风头。

大体上我觉得,宋真宗在北集村东扎大营且在此得了个宝贝儿子的情节,演义而已,当不得真。不过,营盘与校场的名称不会凭空而来,此地做过宋军兵营应该算是事实。或许也有皇家的仪仗来军营显摆,宣读个圣旨举办个阅兵大会之类?官家排场,在僻远荒蛮处,肯定花团锦簇得令乡民脑洞大开,浮想联翩,传来传去传成真宗佳话。

三、北集之意

沁县境内类似演义不是孤例。北集往西北行十几公里有个皇后寨,那里流传的故事更令人瞠目。据说汉景帝宠爱的王皇后怀孕后到晋阳养身,后来赶上匈奴入侵,镇守雁门关的飞将军李广亲自护卫娘娘从晋阳南下回宫。行至沁州时,婴儿要出世,只好扎下大营生子,此地即赫赫然成了皇后寨。寨下有一眼"皇后泉",据说皇后产前产后喝过不少。现在看来,就是微量元素比较多的优质矿泉水,古代之说就神了,防治百病还在其次,不孕妇女饮几杯即可得子。更了不得的是,皇后寨产下的孩子名叫刘彻,秦皇汉武的那个"汉武"。这孩子月子里喝的是沁州黄小米粥,喝得小豹子般健壮,所以后来做了皇帝,东征西伐没个消停,怪就怪在小米粥后劲太大。

沁州这地方,是不是阳气太盛,时不时就出产个不算孬的皇帝。民间传言,似不可信。不过有时想想,乡野市井之言未必就次于御用文人们的粉饰之作。或许黄土沟里这个巴掌大的小县,养育过几个明星君王也未尝不可能。宏观而言,正史中堂哉皇哉的大人物,无论生在哪里,还不都是土坷垃支撑着养肥的?

宋军在沁县黄土沟里的部队起码兵分两路,北集向南两公里处另有一个南集村,那是另一路兵马的营盘。所谓掎角之势,互为援军互助声势。集者,集团军之谓。还有一层意思，军队的长期驻守，必然招惹一批供粮草供用品的小商贩麇集营帐之外，久而买卖成集。后来军队虽去，"集"却留了下来。而北集之"北"，是相对于南集而言，与北面那个南庄之"南"没有关系，不属一个时代。

四、杜氏先人

南庄成型较晚，应在元朝末期，或者还要推后，也许朱姓大明时代，这是本人的推算。

南庄的出现与元初一个大臣有关，此人名叫杜丰，他应该是沁县杜氏家族（其中也包括本人）的祖先。有点儿令我挠头的是，我给女儿起名时，并不知晓自己有这样一位老祖宗，竟把杜丰二字作了女儿正名。这名字女儿从小到大一直使用，懒得更改。只能诡辩一句，算是对老祖宗的纪念吧。

杜丰（祖宗见谅，一写这两个字，总想到的还是女儿）并非沁州人，史书记载，他是汾州西河（现属平遥）人，元史有写他的专篇，一大堆文字，"丰少有大志，傀傥不群，通兵法"，云云。

因为"通兵法"，让他在改朝换代的征战中有过一番"杰出"表现。他最初追随的是大蒙古国的铁木真，即那个"一代天骄成吉思汗"，后来被追封的元太祖。

为什么杜丰会追随元太祖？这与山西地域的领土属性有关。说清这一点需要大部头专著，因为那是一段头绪繁杂的历史和一堆离奇古怪的名字。简言之，宋朝虽然在百姓心中算作正统，但宋的实际地盘并不大，起码山西河北地域，皆为游牧民族管辖。

辽在北部中国占优势，所以起初是辽宋对抗。然后金国乘机而起，先灭辽再灭北宋，半个中国成了金的地盘。金与南宋扭打之际，大蒙古国崛起，与金于蒙晋冀争斗，客观上缓解了南宋之危。杜丰就是在这个背景下投奔正在延揽人才的成吉思汗。

但杜丰真正有所表现是跟着铁木真的儿子窝阔台（元太宗）。元太宗的战略很明确：第一步联宋灭金，主战场在山西河北一带。杜丰打过几场灭金的关键性硬仗，成了元王朝早期的军事主将，为元帝国的建立立了大功，因此受封为沁州长官。元史解释："长官者，国初高爵也。"相当于沁州王，换言之，沁州算元太宗赏他的封地。

辽金宋元，谁更正统谁属正义？真要追根究底，从现代眼光看，怕是很难确论。大体算是游牧与农耕两种文化两种势力的较量。拼杀攻防，兵戈对阵总是残酷的，真正吃苦的是百姓。杜丰是因这场规模空前血流成河的战争灾难而名声显赫的，功过如何评说？借用众所周知的诗句：一将功成万骨枯，不过如此。杜氏子孙最好别拿那些征战疆场的威风说事，知道有这么个老祖宗，有过一番战争中的作为就可以了，不值得炫耀。

再从史书录抄几句：杜丰"在沁十余年，宽徭薄赋，劝课农桑，民以富足。丁未，请老。丙辰，疾卒于家，年六十有七。沁人立祠，岁时祀焉"。从这几句看来，杜丰此人还算说得过去，没怎么让后人脸红。但也算不得什么丰功伟绩，沁州毕竟是他私人领地，搞好点儿主要还是对自己有利，政治资本与经济利益双丰收。最多说明他比较有头脑，能给治下百姓以生路。至于"沁人立祠"，估计是几个老部下老家丁所为，乡间百姓怕是没这份积极性，也没这种资格。

总之是"立祠"了，且"岁时祀焉"，开始与我有点儿关联了。沁人都要去"祀"一把，杜家族人肯定不能袖手于旁瞧热闹。起码，年节之日，得聚到祠堂礼仪一番。父亲几次给我讲，他幼时，凡正月初一与清明，爷爷就带他去杜氏祠堂，那也算他童年时代的小出游，几公里路程，祠堂在另一小村：寺庄。

父亲讲，祭祀不止于祠堂，还要把族里众人拉到村外祖坟前另搞一次排场。幼小的父亲眼里，祖坟够得上气派，不单是大，坟包堆土被一片稠密草木包围，郁森森的有几分骇人。最醒目的，是长长神道两旁矗立着巨大的石人石兽。听起来有电影画面的感觉。

五、宰相故事

祖坟里躺着的不是沁州长官杜丰，而是他儿子，沁县人熟知的"杜宰相"杜思敬。

杜丰死后，没有葬于封地，而是回到出生地西河，埋于先茔脚下，算是不忘根本回归故里之意。丰有三子，思明、思忠、思敬。沾老爸光，当然自己也有几分能耐，反正都仕途宽敞顺溜，混成高级领导。尤其三子思敬，起步就"事世祖潜邸"。也就是说，元世祖忽必烈还没做皇帝之前，思敬就成为忽必烈的智囊心腹。说明他很有政治眼光，跟人跟得准。

思敬此人，可用三个字概括：不简单。

其一是学问好。敢与当时著名大学者许衡比拼，开讲座说经论道，名震京师。肚里存有真货，不是草包。

其二是政治手腕老辣。翻开历史书看看，专制王朝为官，尤其在最上层伴君，始终做得好很难很难。杜思敬也经历过几次朝廷内部血雨腥风的大清洗，而官位却一直很稳。比如，宰相阿合马倒台，高层受牵连者一片，"台臣皆罢去，思敬以帝所眷知，独留"。内阁成员全部罢免，唯独保留杜思敬，起码说明他在圣上心中的重要地位。不止这一次，后来，元朝廷又一次政治风暴中，宰相桑哥被杀。"朝廷为之震肃。思敬上书议事甚合皇帝心意。"风云动荡，形势险恶，一帮高级官员都吓得不敢吭声，而杜思敬不仅可以上书议事，还甚合皇帝心意，这要多大能耐才能做到。

其三是对医学颇有研究也颇有贡献。"进则良相，退而良医"是古代士大夫追求的高远境界，但良相良医都可以表演一番的真没几个人，杜思敬却做到了。百度一下，关于杜思敬的简介，有的资料直接说他是元代医家。

杜思敬在政治舞台上表演了大半生，历经三朝，位极人臣，走到相位。元武宗时主动致仕，平平安安荣荣耀耀退休回家。晚年的杜思敬成了晋豫一带的名医，救危无数，还编撰了一本《济生拔萃方》。这是我颇欣赏的一点，他最后总算回归于民众之中，为底层百姓做了点儿有益的事。

杜思敬，字敬甫，似乎心中所敬者，自己的老祖宗杜甫。1309 年去世，享年八十六岁，即使放到现代也算高寿。他死后葬于沁州，距父亲的祠堂几百米，守祠之意吗？唯有他自己心里明了。留下的这个坟堆，就成了沁县杜家族人所说的"祖坟"。

六、祖坟之谜

祖坟最显赫的是两排石人石兽，而最大的谜团也是这两排石人石兽。

这种东西，一般是皇家专用品，相当于护送皇帝走向天国又为其长期守陵的仪仗队。封建帝王时代，等级制度森严，院门几尺、屋高几丈、几个台阶都有规定，不是谁想在墓地摆几个石头雕像就可以摆的。除非皇家特许恩准，那也只可以少放几个分量较轻的意思一下即可。政治老手杜思敬向来低调行事，这也是他几十年宦海浮沉得以保全的重要原因。僭越之罪，他自然晓得其后果，肯定不会让家人干这种过于招摇的蠢事。

然而，石人石兽是确确实实摆在那里了，摆了几百年。似乎没听说因此引出什么大祸，总有原因。

民间有两个版本。

父亲给我讲，其实是爷爷给他讲的，因了几个奸臣的诬告，杜宰相被皇帝杀死在朝堂之上。杜宰相却死而不倒，立在那里表示严重不满。皇帝心想，莫非有冤？一查果然。皇帝只好过来给已经被杀的杜老先生鞠躬谢罪，还发了一道"皇帝诏曰"：屈斩了杜宰相，石人石马摆两行。

这皇帝水平接地气，诏曰都是民间顺口溜，难怪稀里糊涂就好端端把个宰相斩了。这是典型的民间传说，演成现在的戏说电视凑合。

另有一说，大体情节其实与上一个版本相同。依然是几个奸臣诬告，不过皇帝没表态，是杜宰相自己气过去了。皇帝过意不去，于是诏曰：屈参了杜宰相，石人石马摆两行。

还是顺口溜，不过有一字不同，不是"斩"而是"参"。那个宣读圣旨的公公口齿不清，给杜氏家人一念，听成"屈斩"而流传于世。

新编县志在这个问题上也稀里糊涂，但总得对客观存在的两排石像表个态吧，于是折中主义，写了这样一笔："有民歌唱道：寺庄出了杜宰相，石人石马摆两行。"后句依然抄袭老版本，前句却显然是现代县志编者胡乱凑的。史集史典，往往在传抄中也会这样。

县志等于没说，民间那两个原版本都错。杜宰相聪明得很，没被参更没被斩，平平安安"退休"，江湖行医若干年后高寿而逝。然而，墓前的石人石兽该做何种解释？没有答案，反正是存在着。哲学名言：凡存在的就是合理的，只能如此一说了，依然等于没说。

史称杜宰相廉洁，我想，好的一方面是因了他毕竟饱读诗书，有古代士大夫的守正之气；另一方面，也是他政治眼光较寻常人开阔，起码不会被对手抓住把柄。前任宰相桑哥就是因为经济问题被杀，这对杜宰相肯定有警示作用。

二十世纪九十年代，国家考古队对杜宰相墓挖掘考察。起先他们信心满满，毕竟是宰相墓，又有杜氏后人在周围一直守护，基本没有遭到破坏，肯定能发掘出一堆宝贝。但他们大失所望，墓里几乎没有陪葬物，棺木也是下等木料，早已稀烂。县里有一个喜欢古玩的同学，后来给我讲，他跟踪了墓地的全程挖掘，确实没有东西，连普通人家的古墓都不如。

我得给这个廉洁的老祖宗竖一次大拇指。

七、长门南庄

有祠堂，有祖坟，就得有族人守护。杜姓人家开始从祠堂与墓地所在地寺庄扎根繁衍。世世代代，寺庄满员，于是向周边扩散。以寺庄为圆心，附近几个村庄，都有杜氏后裔的身影且都在村里占着多数。小县城的村庄，容量有限，而寺庄一带，算县里水土资源最好的地段。杜姓人家要生存发展而又不与周边百姓起冲突，就得另寻出路另谋发展。

前年我去祠堂，本意是拍几张照片。祠堂早已破败，看起来就是个普普通通的农家旧院，只有门前廊柱下的石刻雕饰和正屋前几级被风雨与岁月剥蚀的台阶，还可以从中勉强窥探出一点儿当年的气势。已经残败的祠堂跻身于周围

图 1　沁县杜氏祠堂现存旧屋

一幢幢新起的现代农家院落之间，显得格外落寞。立于祠堂前，难免一声感慨。无论杜丰将军如何阵战之中驰骋拼杀，无论思敬宰相如何庙堂之上纵横捭阖，都抵不住岁月对人对物对事的打磨改变。（图1）

守祠的杜姓老人问：你哪个村姓杜的？

我答：南庄。

老人随即跟一句：长门上的。

嗯？这么肯定？我有点儿诧异了。

老人轻风疏柳几句：老辈人分家，都不想离寺庄。长门一家只能带头啦。

捋了一下头绪，大体明白了南庄杜姓的来历。杜氏后人在寺庄一带渐渐增多，必然得有人离去。寺庄有祠堂、有祖坟、有现成的房产地产，对于杜家后代那些普通农民而言，谁舍得轻易丢弃现成的财产而另觅出路？

或许有过族人大会，或许有过争争吵吵，或许也拟撰设计过许多方案，但，真要解决问题，必须有一批人作出让步和牺牲。这个痛苦，这个损失，这份担当，最后落在长门一系身上。是族人投票决定，还是长门表现风格？心里倒是希望，应该是长门先辈自己作出的决定吧。这故事大概发生于元末或者明初时期。

杜姓长门一系，向南迁徙，在一处很偏远也很贫瘠的小山沟里发现了水源，他们在那里掘井建屋另立门户，从此在祠堂祖坟之南出现了一个新的杜姓后人村庄——南庄。

日出日落，四季轮回，几百年一晃即过。1937年冬季，南庄村走出一个农家后生，要去投奔共产党在沁县刚组建不久的新军决死纵队（后整编归属于八路军）。又是几年之后，1944年深秋，一个刚嫁入杜家的青葱女子也从南庄出走，千里寻夫路上参加了解放大军。这对小年轻就是我的父母。

逐流兴浪

一、姐姐出生

曾经有写父母的念头。尽管血肉至亲，尽管在一个屋檐下共同生活多年，他们在我意念中，还是有几分隔膜和陌生。我一出生，就生活在一个与他们年轻时经历完全不同的时代。我的人生履历没有熏染一点儿兵燹狼烟，而他们却是从鲜血与战火的炼狱中一步步走过来的。两代人的生存体验几乎截然对立，中间没有衔接过渡。说起来，也就相隔几十年，放在历史进程中，弹指一瞬。然而对我而言，父母拥有过的生活，已经是非常遥远的故事。

为了大体准确地拼凑出这个遥远故事的情节，我没法单凭想象，所以回县里老宅去寻找以前见过的旧照片以作参考。找到一些，但还有许多，因几次举家搬迁，不晓得遗失到哪里了，痛惜。找回的几张照片自然就愈显珍贵。面对这些泛黄的老照片，推想和回忆父母的过往，有惊奇，而更多的却是感慨、唏嘘。

父亲于 1937 年年底参军，那年他十七岁。整个抗战期间，一直随着部队转战于山西境内的太岳山区，有过几次与日本人近距离肉搏的经历，立过一等功，也给他身上留下几处磨灭不掉的刀疤和弹痕。

母亲参军要晚，是在 1945 年，抗战结束，历史已进入统一全国的最后几大战役时期。巧合的是，这一年，母亲也是十七岁。两个十七岁的少男少女，先后卷入民族反抗和解放战争的硝烟烽火之中。他们的青春他们的人生，被严酷的战争打下难以磨灭的时代烙印。

这两个战火中的青年男女是如何走到一起的？细节已不清楚。记忆中，我曾见过一张两人新婚不久的合影，一身戎装，年轻而朝气。印象最深刻的是母亲在高大俊朗的父亲身边，显得娇小瘦弱。她身上的军装过于肥大，上衣几乎达膝，腰间系一根宽皮带，孩子气十足，让人看着心疼。那是我见到的父母最早的影像了，也应该是母亲最早的一张军装照。再后来，就是母亲与她姐姐也就是我姨妈的一张合影。

姐俩合影照片拍于 1949 年的早春时节，它有一个异常宏大的历史背景，中华人民共和国诞生的前夕。三四月，正是解放军挺进全国，对蒋政权进入决定性打击的关键时刻。南面，百万大军横渡长江，逼近国民党的首府南京；北面，三十万战士围攻太原的战役也在进行之中。父亲是这三十万战士中的一员，他正浴血拼杀于第一线。"浴血拼杀"在这里绝不是一个修饰词，后来人们评说，太原战役是整个解放战争中战况最激烈，解放军付出的牺牲最大的一场城市攻坚战。晚年的父亲谈起过这段历史，讲着讲着，仰起头讲不下去了，他许多战友都倒在了进攻太原的推进途中。

几十年之后，我在太原东山的一所学校读书。应该是 1974 年春天，约几个朋友去东山牛驼寨烈士陵园祭奠。这里曾经是太原战役中双方反复拉锯的一处通道。短短几百米狭窄的土路上，倒下两千多名士兵。想想这是个什么概念？几乎每向前推进一步，就有几十个年轻战士付出生命。看着烈士陵园密集排列的一大片墓碑，我忽然想到父亲仰头无语的神情，心中实在说不清是一种什么感受。两千多人，排起来是长长一列队伍。他们刚刚绽放的美好年华，他们鲜活的血肉之躯，换来了一条进城的山间小路，许多人连姓名都没有留下。

父亲在前方战壕承受枪林弹雨的同时，刚过二十岁的母亲在几十公里以外的祁县东观镇经历着她第一次生产。一个女孩，我的姐姐，在解放军野战医院呱呱落地。母亲说，正是战事最激烈的时刻，医院里一片忙乱，运送伤员的担架昼夜不停。这场景不陌生，让我立刻想到许多电影中见过的镜头画面。

姨妈担心妹妹月子里的生活，从沁县老家赶来探望，姐俩拍了一张合影。（图2）

照片里，母亲简直还是个小女生，一身过于肥大的军装，让母亲显现出几分娇小。头戴皮帽，腰扎皮带，又多少有点儿女兵的英气。

图2　1949年春母亲（右）与姨妈合影

姨妈不识字，却经历不凡。她的故事是一部长篇小说，我希望自己将来有机会好好写写她。姨妈的婚姻经历起伏跌宕，与抗日战争、解放战争两次历史大事件紧密相关。她的第一次婚姻是娃娃亲，十一二岁就和小丈夫生活到一起。这个小丈夫后来成了县武工大队的一名负责人，在与日本人的战斗中牺牲。十五六岁的姨妈，因烈士妻子的身份成了太行老区最早的女党员，后来又被接到县委从事过几年妇救工作。照片中姨妈的穿着是当时乡村妇女最大众的黑颜色土布棉衣裤，棉衣是大斜襟，布疙瘩挽扣，这种装束，在山西太行山脚下的乡村，一直延续到二十世纪五十年代，我幼时还很多见。照片中姨妈最特色的是她的齐耳短发和一顶布军帽，在那个年代的老区，这算女士很潮很酷的时尚样式。

按正统理念，姨妈应该是个"不求上进"的乡村女孩子，不喜欢学文化，更不适应县政府的工作。几年之后，她坚决要求回乡，踏踏实实做了一辈子农民。拍这张照片的时候，姨妈接受组织安排，开始了她的第二次婚姻，丈夫是即将随部队挺进云贵川的一个解放军排长。1957年，也就是这张照片拍摄的八年之后，我被父母送到她身边代为抚养。姨妈还没有自己的孩子，对我亲如己出。她是个生性宽厚的人，我的任何顽劣胡闹，都不会惹她动气。姨妈给了我无拘无束的乡野童年。

姐姐出生在一个历史性的转折时期。十几天之后，1949年4月23日，解放军占领了南京总统府。再过一天，4月24日，太原城内的阎锡山军队也被彻底肃清。父亲总算从血雨腥风中拼杀过来，却没有机会与妻女团聚。他那时是18兵团的一个连长，由徐向前统领。这支部队在打下太原的第二天，即1949年4月25日，都没来得及战后休整，就接到中央军委的紧急命令，迅速撤离太原，调赴西北一线作战。

留给父亲的时间只有短短几个小时，父亲从几十公里外的驻扎地，骑马赶来与妻女告别。母亲清楚记得那天的情景：父亲匆匆而来，抱起褓褓中的女儿就舍不得放下。这是可以写进文学作品的情节，很煽情。几十年后，当母亲用平静的语调给我讲述当时的情景时，我依然能感觉到自己眼角泛起潮润。

没听父亲讲过这一段历史，一个刚从战场硝烟中归来的战士，见到妻女却又要马上分别，会是怎样的心境？战争年代的军人，是否也有缠绵悱恻的情怀？那一代人，他们的经历后来人已经很难理解了。一面是鲜血淋漓的战场和一大批战友的牺牲，一面是至亲骨肉的生离死别，任何一个健全的人，内心怕都会掀起巨大波澜。何况，这一别，丈夫与妻子的前面，又各自面临着一场场生死战斗。

母亲说，那年月部队里的夫妻，分别时都没有太多叮咛，也不送。许多话，不能说，说不出，更受不了的是送别时的揪心。其实彼此都明白，能不能再见？天知道。

那天来女兵驻地告别的不止父亲一人，军部专门安排了几个宣传干事给人们照相。父亲抱着小女儿，在营房大院的草地上，留下一张不太清晰却极其珍贵的影像。年轻的军人扎着绑腿，显然马上就要行军出征，怀抱着还不会说话的女儿，他心里会有怎样的感受？品味初为人父的喜悦？觉出沉甸甸的责任？

上阵之前，留一张照片，是想给还不知道能否再见的女儿留下一点儿温馨的记忆？每次面对这张照片，我心里都会生出许多联想和疑问。

照片中的小女儿，似乎与第一次见面的父亲并不违和，笑得很开心。幼小的女孩，肯定不知道拥抱自己的是一个军人父亲，也不会明白父亲将要踏上怎样的征程，更不知晓自己也将要面临异乎寻常的血火洗礼。（图3）

战争年代，家庭、亲情、生命、童年，都打着鲜血的烙印，蕴含着另外一些无法说透的内容。

图3 即将出征的父亲与刚出生不久的女儿

二、父母入川

18 兵团从太原迅速撤离，划归贺龙指挥的一野，随即向南开拔，很快渡过黄河进入陕西。整个夏季，18 兵团先在渭南西安一带与胡宗南、马家军队伍周旋，逐步向西推延。仗打得艰苦，但在全国形势配合下，总体战略上占着优势。经过几次较大战役，终于把胡马联军逼出陕西，为南下四川扫清障碍。

秋季，18 兵团的一部分兵力继续西进攻打兰州。主力（父亲率领的连队也在其中）则留在宝鸡休整，做入川准备。

1949 年 12 月初，经过休整的部队开始动作。兵分三路，翻越秦岭向汉中、武都前进。父亲回忆，从陕西入川的战役没怎么拖泥带水，进展很快。那一带的国民党守军大都成了惊弓之鸟，一触即溃。父亲所在的先头部队，几天时间就突破川陕交界处的五丁关、牢固关、七盘关诸险，占领陇南宁强县城，进逼川北。12 月 14 日攻进川北门户广元县，17 日夺取剑门关，18 日打下剑阁城。

至此，入川的解放军已经形成从高山地域往低洼处成都小平原运动的态势，真正意义上居高临下势如破竹了。

我听父亲与战友聊天时，几次讲过部队从剑阁南下的场景。走江油，经绵阳，一直挺进到成都城下的新都。从剑门关向南，部队行走的路线，正是李白咏叹过的古蜀道。翠柏参天，风情韵意，对一群从黄土高坡长途跋涉而来的农家子弟来说，这种诗趣盎然的场景显然过于新奇，给父亲留下很深的印象。

我是从父亲的描述中知道蜀道有一段所谓"张飞柏"路的，而且不止一次听他讲起。几十年之后，我终于去探访了这条已成著名旅游景点的"翠云廊"。古柏悠悠，过客匆匆，想象秦以降唐之后南来北往多少士卒旅人、商贾、马帮、达官、樵夫从这里经过，轻烟一阵皆成幻影。就连父亲那批南下夺取成都的战士，何尝不是过客？柏树枝头一阵风，岁月之河就把古道上的人与事冲刷得了无印记。

以后几年，我每隔一段时间就会重走一次蜀道，有一种重践父辈履迹的亲切感，算不算对父亲和他那些战友的怀念？或许，还有另外一层意思，父亲踏着这条路走进成都，紧接着，我的人生之路从那里开始。走蜀道，是在走向我人生的起点。

母亲所在的以后勤人员为主的另一支部队，在野战兵团南下几个月后的夏季才启程。母亲回忆，一批年老体弱者被劝留在太原郊区或返回自己的故乡，她与十几个带孩子的女兵起初也在留守名单上。但大家不愿意，心里渴望着与前线的丈夫会合。家人会合，好像成了这些女兵的一种信念，刀山火海无所畏惧。其实当时她们也没把背孩子行军当成一件很严重的事情，毕竟大部队已经打通了道路，能有多少麻烦？何况身在部队，就有安全感。

她们没有料到她们即将面临的是比作战部队还凶险的遭遇。渭南关中到秦岭山区一带，社会基础与山西老区完全不同，乡民百姓对解放军很不理解。这支以后勤工作为主再加一部分女兵的部队，作战能力又弱。而他们与前面正规作战部队之间，出现许多空白。这空白，恰恰为国民党溃逃部队和当地土匪所利用，局面极其混乱且险恶。在这样的险途中前行，困难实在是后人无法体会和想象的。

在和平环境中长大的我，不敢想象瘦弱的母亲背着一个孩子，竟然从溃军和土匪的无数次袭击中翻越秦岭山脉。母亲的讲述，有一些情节我记忆极深。为了行军方便，几个带孩子的女兵都把孩子贴身捆在背上，外面用一件大军装包裹。这一捆可能少则几天多则十几天不下身。孩子的屎尿顺着脊背往下流，遇到山涧小河，哪还管什么寒冷不寒冷，跳进去孩子大人一块冲，然后湿着衣服又马上赶路。到了宿营地，也不敢解下孩子，因为随时都会有土匪来袭击，随时都可能马上转移。有的女兵就是稍稍放松了一下，没有跟上突然转移的步伐而连孩子一块断送生命。母亲讲，在最危险的十几天里，她不能躺下也没有背靠哪里休息一下，只能背着女儿席地而坐，双手伏在背包上打个盹，然后爬起来继续行军。

1949 年的深秋，中华人民共和国已经宣告成立。这些女兵，依然在秦岭山脉弯曲的小道上经受着生死考验。母亲讲过一个故事，在一次山里行军途中，已经后半夜，队伍才决定休息。山风料峭，寒气袭人，大部分战士都是路边崖下一蹲。而一群女兵惊喜地发现，附近不远处居然有一座破庙。女兵们蜂拥而进，脚下磕磕绊绊，似乎已有不少人躺在里面。时间紧迫，谁也顾不得谦让，赶忙在躺着的人中寻觅一个落脚处，卧倒就睡。直到天蒙蒙亮，集合号响了，揉眼一看，满地躺着的竟是几十具农民模样的尸体。显然不久之前，这座破庙里发生过一场血腥的屠杀。女兵们就挤在死人堆里睡了一觉，有一些干脆就是枕着尸体睡着的。

这些年轻的女孩子不怕吗？母亲的回答是：顾不得，太累了。常听到一句话：战争让女人走开。然而事实是，女人走不开。战争中，承载苦难最多、受到创痛最深的往往是女人。

这一段比电影情节还惊心动魄的经历，直到与父亲所在的野战大军会合后才结束。几十年之后，我坐火车数次往返秦岭山脉，望着车窗外耸入云端、连绵不断的山峰，不由得想到父亲当年带着部队南下的战斗场景。更会想到的是母亲，一个弱女子，她是凭着怎样的毅力一步步走过这段征程的呢？

年轻的妻子走到新都已经是 1949 年年底，在这里与丈夫会合。几天之后，12 月 30 日，18 兵团将士举行了入城仪式，大军进驻成都。入城仪式中，一批

图 4　1950 年春母亲携幼女与父亲会合于成都

女兵换了很时尚的衣装。母亲穿着过于显肥的新衣，携女儿与父亲照了一张全家福。母亲应该是自豪的吧，她终于从一路的血污泥泞中挣扎过来，把小女儿完完整整带到了丈夫身边。（图 4）

这以后，这个家庭与刚成立的中华人民共和国同步，开始了另一段崭新的生活。

三、转折之初

我对父亲的怀念和尊敬是肯定的，但并不等同于完全认可他。每代人都有避免不了的缺陷和局限。尤其我父亲，典型的军人，即使在家里，对孩子，也是冷冰冰的军事化管理。他往往不太在意后辈渴望了解和沟通的心境，真正把我当作倾听者而讲述旧事的次数并不多。我只能听母亲的侧叙，最好的机会是父亲老战友登门，我躲在一边听他们海阔天空话说从前。还有一种情况，现实某个什么事件引起他的感慨而借题发挥，评判或批评的时候，就会引发他当年如何如何演讲一通，我也可以借机从中捕捉一些信息。晚年的母亲倒是比较唠叨，但也多是她这个角度的叙事，且一鳞半爪，星星点点。

散落于沙滩礁石之间的许多贝壳和珠子，我必须东一颗西一颗捡起来，细心拭去岁月沾染在每爿贝壳每颗珠子上的尘灰，再按我的理解与喜好，把它们穿到一起。

1950 年的头两个月，父母是在成都北郊的新都度过的。母亲回忆，起码那个冬季和早春时节，成都平原并不像他们起初想象的那样温暖。许多从北方过来的战士，被蜀地的寒冷打了个措手不及，手脚都起了冻疮。如果是文学作品，我可以把这理解为一种隐喻，初生政权的建立和巩固，依然面临着倒春寒的考验。

然而，对于那个年月的青年军人，生活的不适应实在不算问题。战事大体停止之后，他们心中渐渐展现出的，是一种温馨和存满希望的生活图景。不管后人如何理解1949—1950年历史转折时期的意义，像我父母这些普通农家的苦孩子，他们几乎是本能地选择和融入了解放大军的阵营，接受着部队的熏陶，也确确实实是以一种纯朴而阳光的心理去憧憬、迎接和走进一个起步虽然艰难却崭新的时代。

1950年2月，西南军区在成都成立，司令员是贺龙。军区总部设在北较场，一直到现在，依然还在那里。我没有做过考证，但就这个地名推测，此地应该自古就有兵营设置。军区成立不久，从入川的部队中抽调了十几名有一定指挥经验又体貌外形也还说得过去的营连级干部组建军区教导大队，父亲即在其中。评说一句，父亲年轻时，当得起"挺拔"与"英俊"这两个形容词。而且从抗战算起，他已经有12年的战斗经历，做军事教官应该够格。好像是3月，母亲的说法是天气已经暖和了，父亲离开新都连队，奉调入城，走进军区大院。（图5）

教导大队成立初期，并没有接受训练自家官兵的任务。第一批学员，居然是被俘国民党高级军官与部分旧政府要员。父亲有次回忆起来还一笑，说自己那时只有部队速成中学的学历，面对几个外文版《资本论》都背得滚

图5　解放军刚施行军衔制后父母合影留念

瓜烂熟的学员，有时也很无奈。讲理论，他们比你还头头是道，引经据典。好在毕竟是胜方对败者的操练，除偶尔几次因为伙食待遇闹过小矛盾，基本客客气气，练了几个月立正稍息，算是完成任务。

因为父亲的工作调动，几个月后，母亲也做了调整，到后勤部下属的一个机关工作。这同样是个新建制单位，办公地点都没有。母亲去报到后，第一个工作就是随着先来的几个工作人员满大街找办公室。最后他们选择了城区内的大慈寺。大慈寺成了母亲记忆中一个经常出现的名词，它应该是母亲那一段新生活的坐标点。

大慈寺，可以算作成都市内很有名气的寺院，据说唐僧玄奘曾在此修行，其间还因为救助过一位病重老僧而得到那部著名的佛家经典《心经》。然而经历了连年不断的战争，1950年春季的大慈寺一片萧条残破。母亲的记忆中，寺内荒草丛杂，屋宇败坏，僧人不知去向，只有几十个街头乞丐在这块佛家弃地享受清静。

不仅是大慈寺，当时还没有拆除的市中心"皇城"大殿里，也住满了"丐帮"人马。窥一斑而见全豹，就这一点，足见新政权接手的是怎样一个烂摊子。刚组建的西南军区，工作繁忙而复杂，接收地区的秩序整顿和治安管理，外围还进行着剿匪和肃清国民党残余的战斗，此外，当时还有一项重大任务是进军西藏的筹备。父亲和母亲，各在自己的新岗位上兢兢业业，努力工作。好在年轻，不知疲倦。母亲说，那时部队里的人，思想非常单纯，不计较什么分内分外。一道命令下来，今天去哪里筹粮，明天给前线哪个部队送给养，男兵女兵争着去，颇有团结一致拼搏进取的精神风貌。

四、军人家庭

找回的旧照片中，有一张拍于1952年早春的全家福。父亲抱着宝贝女儿，我的姐姐；母亲怀里是未满周岁的儿子，我的大哥。已经近乎完美的家庭组合，是我一年以后即将面对的入世空间。（图6）

在设想中还原七十年前一个军人家庭的生活场景，对别人也许并无多大意

图 6　1952 年全家福

义。而我，却是想通过这种略带想当然的回望，揣测一下自己是在怎样的氛围中步入人世，开始自己生命之旅的。这事无法依靠我的直接体验，毕竟我那时还没有入列家庭。好在父母年轻时，也算跟得上时尚新潮，时不时面对镜头秀一下美满幸福。这让几十年后的我可以面对这些捧在手里就没法放下的图像浮想联翩。

　　解说旧照，从某个角度而言，似乎在替父母回忆，起码是在捡拾他们对往事的记忆。这是一件看起来简单其实很费气力的事。首先，是七十年的时间跨度，那时人们与现代人所面对的生存环境已经翻天覆地。其次，远远拉开了的还有那时人们与现代人对生活的理解和追求。再次，军人是一个比较特别的群体，从严酷战争中拼杀出来的人，其感情世界与和平环境中长大的后代之间，因了经历和承受的两种反差巨大的生存环境，理解起来就更为不易。

　　和平环境中无论多忙多累，相比较于之前弹片横飞身陷危境鲜血淋漓的经历，已是从炼狱步入天堂。母亲说过，不止她，周围许多战友都有同样感觉。一觉醒来，听不到枪声了？不用急行军了？有掐掐自己手臂的冲动，是真的还是梦？几十年后，一场重病把我推至死亡边缘，在医院煎熬了几个月。返家后有一段日子，清晨醒来往往会有一种不真实的恍惚。没医护查房了？不必吊瓶输液了？几次想起母亲的话，我这种感受是否就类似于那时候她与战友的心态？

不奢求好像也就容易得到满足。除了工作，下班后逛逛青羊宫听听川剧，或去春熙路挤在市场里看看热闹。许多时候，大院里左邻右舍一堆战友老乡摆龙门阵，倒也张弛有度，其乐融融。那个时候，真是过着大家生活，很少有小家庭的概念。这也是观念使然，无论是干部还是家属，依然没能从战争状态的惯性思维中走出。随时准备着集合转移，随时准备着打仗冲锋，谁会考虑置办家具构建小家？同时这种特殊形态，还由于那时军队干部依然实行着战时供给制。除相差不大的几元津贴零花钱，衣食住行看病吃药全是部队包管。就连在部队出生的孩子，同样享有供给制。我的姐姐和哥哥，就是在军区幼儿园度过童年的。据母亲说，幼儿园的孩子，衣物用品由后勤部统一配给，小朋友的伙食标准在大院里几乎算是最高的，高过大部分辛辛苦苦工作的军官。那年月的军人，居然都认可这种规定，显然他们也把后代幸福看得非常重要。

这样一种穿土布军装吃集体食堂的生活，从父母参军一直延续，习以为常。自己料理小家庭的概念，多少年以后才慢慢出现。当时所谓的家，其实只是军区大院里一间简陋的宿舍。家徒四壁，摆着两张公家配备的竹床和几只小凳。算得上的私有财产，只有父亲一副土黄色的马褡和里面的几件衣物。

马褡，是部队行军时扎绑在马背上的大行李包，类似于现在骑行族自行车上的骑行包，算是骑行包的前辈。中间单薄处搭在马背上，两边两个大布袋盛放行装杂物。马褡里面是父亲几件替换衣服和连部文件，从山西一路跟随父亲南下，同样经历了战火洗礼，直到四川。它不仅是父亲冲锋陷阵的同行者，更是大军南下和新政权建立的历史证物。最重要的是，伤痕累累的马褡上，留有父亲疏朗奔放的走线和母亲缜密细致的针脚，其中几块补丁还是从母亲旧军装拆下的布块。这些带有历史烟尘的手工印迹，在我心中分量很重。

1972 年我到省城读书，临行前父亲问我有什么要求，我说：把马褡给我。这个马褡，从此到了我的手中。在校期间，它铺在我褥子底下，成家后放在箱底，算我的镇宅之宝。或许哪一天，我会把它捐给某个机构。不好说，真心舍不得。我现在还可以真切触摸到的，与当年那两个年轻军人，与当年那个虽简单却朝气勃勃的家庭直接关联的，也就这一件实物了。

回到我即将加入的"全家福"。先羡慕一下姐姐哥哥的幸运。两个乖巧可爱的小人儿那时在军区幼儿园"上班"，穿戴着统一发放的衣帽。帽上的五角红星异常醒目，那应该是那个时代军人家庭引以为傲的标识。不过我看得最仔细的是哥哥胸前护兜上的图案，大大一个心符，旁边是一只小鸟立于绿叶花蕾之上。按我的理解，其寓意应该是说，在鸟语花香充满爱心的环境里，让细弱的小生命成长起来。

更让我感兴趣的是端详年轻父母的神情。即使坐在道具汽车里，父亲依然军人本色，昂首挺胸，满怀自信。母亲却又不同，脸上笑容灿烂，眉宇间洋溢着掩饰不住的欣悦。这或许正是他们那几年生活和心境的真实写照：阳光自信，充满希望。走进这样一个家庭，应该是上苍赐予我的幸运。

五、逐流兴浪

手里还有一张我最早出镜的照片，拍摄时间应该是1953年春季。出生几个月的我，坐在很有蜀地特色的竹制婴儿椅内，由姐姐哥哥各在一边护卫着，摆了个率性而随意的造型。这照片总会让我哑然失笑，中间那个小男生，显然没留意摄影师的召唤诱导，视线飘到了一边。他脑袋瓜里正转着怎样的念头？实在想不起来了。

从那以后，我在人生旅途上，磕磕撞撞几十年，勉力走到现在。2003年1月3日，给自己写了一首诗——《五十生辰纪》，算是对自己活过半个世纪的小结：

蓉城学步，蜀水徜徉，
少小儿巴国逐流兴浪。
涉嘉陵，走剑阁，

图7 左边姐姐，右边哥哥，中间的我很幸福

三千里风云归太行。

沃土黄原，铜鞮旧事，

披发童赤脚田埂游嬉山乡。

看新芽细柳，春意勃发，

花蕾轻梦，举目飞扬。

红潮六六，初识纷纭世界；

炼狱七七，淬变筋骨肝肠。

修房筑屋小工，榫卯修磨；

东山负笈书生，诗怀荡漾。

休道痴情难了，趣入岐黄，

更随意风尘，颠倒他乡。

海空志，地北天南踏遍，

归于心，自有浅淡星光。

已矣，半纪云烟明灭，

乃翁独步，逆旅山水何方？

前两句，是我对儿时巴蜀生活的一点儿回忆。

这里"回忆"二字用得很勉强。我是四岁离开四川赴山西的，四岁之前的稚童，能有多少准确记忆？记忆都含含糊糊，如何"回放"？无非是复制父母主要是母亲的讲解。一个母亲对幼子的回顾，是她自己的带儿体验，拳拳护犊之情，免不了去劣存优，多有偏差，描述出的未必就是我那时的真实模样。这或许也是人生的一点儿小无奈，谁都不可能完全知晓自己所经历的，起码幼稚期那一段，必然要由长辈帮你记忆。

按母亲描述，巴蜀一段岁月，我给自己可以打七十分。不算过于顽劣，却也并不够格乖宝宝。得到的七十分，是因为我那时似乎还有几分小可爱。我理解，所谓可爱，主要沾了幼小的光。世间万千生灵，大凡幼小之状，看起来都比较可爱。一个笑眯眯的小男孩，不认生，小嘴也甜，一会儿就能与比较相投的叔叔阿姨混熟。这是我那时融入大人群体的手段，有一定亲和力。

那时的我会是这样？听母亲的描述，总让我略有疑惑，更觉几分惶恐和羞愧。起码记事之后，自己就完全是另一副面孔。平素不善笑，表情生硬严肃。凡陌生人，一般不多理睬，且最不喜欢的即是应酬客套。简直与母亲嘴里那个小男娃儿截然相反。然而我还是情愿相信母亲的评说，让自己心里找到一点儿平衡，咱当初毕竟也可爱过啊。

扣掉的三十分，好像是因为我不太适应幼儿园生活。去时倒也欢天喜地不甚抗拒，但待一会儿可以，时间久了不行，不屈不挠地要从阿姨们围追堵截的拖拽中冲过去，冲向外面的世界。每次母亲去接，难免听到某阿姨絮絮叨叨地控诉我企图"出逃"的罪状，让很要面子的母亲一脸尴尬无奈。

次数多了，母亲也烦，有时索性违规把我带到单位。母亲说，我很会发挥既不认生又小嘴甜蜜的优势，不多久就与单位的叔叔阿姨打成一片，群众关系良好。时不时被某位意趣相投者带到街上游逛，往往疯到晚上都不晓得回家。想想，那时通信工具落后，我跟谁走了，母亲不知道。我在哪里蹭晚饭，母亲也不知道。有时我还会被某个过于热心的大朋友带到剧场欣赏一下川剧变脸之类的节目，回去就更晚。如此任性儿郎，给母亲增加的担忧实在不是一点儿。

"少小儿巴国逐流兴浪"，不是虚写，确有实情。比如"兴浪"，我曾玩过两次失踪，搅起的动静都很大。好在结尾意外，先忧后喜的闹剧。虽然兴起点浪花，幸而没酿出灾祸。

某日午睡后父母发现那个顽皮小子不见了，起初倒也不担忧，此君经常自作主张溜到屋外逍遥，待肚子瘪了就会乖乖回来请求投食。然而这天有些意外，晚饭仍不露面。母亲自然着急，是否又随院里谁谁出走了？熟悉的同事问一遍，没有。大院一堆人被惊动，尤其领我出过门的，似乎都脱不了干系，更是很积极地帮着寻找。院里地毯式搜寻一遍，驻地周边街道乱找，哪有踪影？

折腾一夜，大清早，领导也过来询长问短。大院的孩子丢了，大事件啊。一群人正神情庄重地商量寻找办法，却见从屋里出来一个揉着眼睛的小儿郎，正是让大伙劳苦一夜的本人。怎么回事？原来我那天根本没有出门，只是嘴馋，爬进了墙角装橘子的大竹筐里。事后母亲去看，竹筐里扒出一大堆橘子皮，可见享用了不少。吃饱橘子，困劲上来，竹筐内悠悠然入梦。直到天亮被一泡尿憋醒，才爬将出来。

多少年后，这件事常被母亲提起。她是当一件笑话讲，笑我那时几分孩儿气的馋态。其实，一大群人的一夜寻找，绝对不是好玩的事。我只能心存感激，谢父母，也谢那些寻找过我的大朋友。

这次"失踪"，算是误会，而另一次却是真正意义的走失。那是在巴中，也是午睡时间，我居然从幼儿园成功出逃。接下来，是一段对一个三岁小朋友来说绝对无法想象的路程，要涉大河（还得渡船摆渡），要爬高坡，我是如何完成的？记不得了，父母也没见到，永远是个谜。后来我写过一篇小文《我的第一次出游》记述此事，我把它当作自己一生出游的起点。所谓三岁看大，几十年后的"天涯放翁"或许即发端于此？

巴中走失，惹出的动静也不小，《我的第一次出游》这样记述：

我的失踪在军营大院引起了一场小轰动。尽管那时已解放多年，但川蜀一带大巴山腹地，仍不太平，时有零星土匪作乱。父亲当时是驻扎巴中县城的剿匪部队的最高长官，军营里甚至有人猜测，我会不会成了土匪与剿匪部队摊牌的"肉票"？

好在这种推论没成事实，也就是一天之后，据说父母对我的生还已经不太抱有希望了，我却若无其事地跟着一位卖糯米粥的大婶走进了军营大门。

倒叙回去的情节是，前一天下午，我蹲在"难看坡"（巴中城南山上著名游览景区"南龛坡"）上一个甜粥小摊前，目不转睛地盯着人们喝粥，卖粥大婶被我固执的"观摩"所感动，给我盛了一碗品尝。天晚收摊时，大婶才发现，喝饱粥的我已在她身后酣然熟睡。据说我是被大婶抱回她家的，据说我在大婶家很悠然自得地大睡了一晚，据说我被大婶送回军营时还十分不乐意回家。这些小片段，"版权"属于母亲。

几番"兴浪"，略带喜剧性质，我基本没有记忆，皆是父母之言。然而"逐流"一事，却略有印象。它应该是我在人世间行走所遭遇的第一次凶险，几乎灭顶。

我三岁那年的深秋，全家随父亲调防到重庆近郊一个军营。营房前一条大河，河面宽阔，起码在我儿时的眼里相当宽阔。河水平时和缓稳重，但一到雨后，山洪过来就是另一番景象，浊浪汹涌，水声喧哗，气势相当骇人。

这次事件就发生在雨后。我一定是被热热闹闹的水流所吸引，在河边观玩徘徊，流连忘返，时而丢块石头试试自己弱小的臂力。忽然从上游漂来一根粗大的竹竿，沿河岸起起伏伏磕磕绊绊漂到我脚下。我好奇，探过脚踩踩，浮力蛮大，应该是可以载得动人吧？我几乎没有犹豫，就跳了上去。下面的情节理所当然，竹竿翻一个滚儿，傻小子不掉进河里才怪。耳边还听到对岸有人喊：娃儿落水啦！似乎还有人立即从几百米远的木桥绕过来抢救。但这些恻隐之心的动作对我意义不大，何况我也顾不得了。

一个三岁小儿还不具备死亡概念，不过呛水的感觉肯定不爽。我开始本能地在水中手舞足蹈，期望抓住点什么。河里有什么可抓？诱惑我的竹竿早已逃得了无踪影。记不清在水里翻了几个滚，浑浊的河水也灌进肚里几大口。真正的危难关头，转机来了，岸边一个斜探过来的树杈，居然被我的小手抓住。

救命的树杈，万幸。湿漉漉爬上岸，一摸脑袋，帽子已经不在，算是贿赂了河神。这个摸帽子的记忆细节，似乎说明我那时还没吓得"脑子进水"。只是多年以后，才渐渐明白当时遭遇的是多大危险，真真切切命悬一线。人们常说：大难不死，必有后福。自我安慰吧。此次凶险以后，大福不好说，倒是危难困顿又遭逢了不少，被彻底麻翻拖上手术床的破腹大工程就有两次。不过，好在有儿时"逐流"垫底，给了我宽怀的理由。但凡生死关头，我就会想，无非又掉河里一次，三抓两抓，没准儿又让我抓住一根树杈。抓不住呢？权当三岁那次掉进河里就没爬上来。

再与这条河照面，已是五十多年后，想与它算算拖我下水的旧账。来到河边，眼前却是没料到的景象。河水已近干涸，渠底一线细水时断时续，隐隐约约。心头怅然，这账让我怎么算？你那时的汹涌霸气呢？你那时的张扬放肆呢？你咋就与我同步走向衰老？

幼小的我不会想到，自己的胡作非为，居然成了被带离巴蜀的起因。也就是"逐流"灾难片上演后的第二年春季，父母返乡探亲，随行者只有我。几十年后问母亲，兄妹几个为什么偏偏选中我？是不是那时就计划把我带回山西老家寄养？母亲说，那倒不是，主要还是担心他们不在家，我愈发无所忌惮惹出别的麻烦，索性带在身边，随时盯着放心。看来我真是一个不省心的孩子。即使后来长大，即使已经成家工作，依然不省心，时不时就会惹出点儿事，且往往是大事。比如因思想逆动被请去吃了一年半的牢饭就是一例。前面纪事小诗中"炼狱七七，淬变筋骨肝肠"句，即指此。给老父母惹出的不是一点儿麻烦。

"涉嘉陵，走剑阁，三千里风云归太行。"

1957年春季，宝成铁路还未正式通车。从重庆经成都再去山西，依然主要是水路加公路，路途很艰难。隐隐留在记忆中的几个碎片，是峻拔的山峰、湍急的河流、竹林中颓败的茅草屋，还有过河时纤夫的号子，大卡车行到半山驱乘客跳下去推车的热闹。

费时六七天到达宝鸡，坐了一段火车去西安。又换汽车，辗转几次，终于看到太行山下的黄土地。我童年的另一段岁月将在这里度过。

北集童年

北集，黄土沟里一个小村，母亲和姨妈的家乡。

村距县城二十多公里。这点距离，放在现代城市人眼里，也就相当于上班遇堵驾着宝马奔驰多绕了几条街。然而在二十世纪五十年代，村人意识中的县城，几乎等同于另一个世界，远在天边遥不可及。事实是村里也真没几个人去过县城。没必要，那里另一群莫名其妙的生物种群好像也确实与村民起居劳作无关。

村里老辈人所谓人世间的概念，大概也就方圆几公里范围。沟里坡上几块自家耕地，再远点儿，附近村庄常走动的亲戚。说起出门，年节之际走亲戚，算是较为隆重也还具有外交礼仪性质的事件。再有，娱乐享受性的，差不多相当于现在时尚一族欧美几日游，就是去几公里外镇上赶集。

这样一种从古久时代延续过来的习俗环境中，照相，自然就是件很不容易的事。村人一般不会有谁跑到几公里外的乡镇或更遥远的县城照相馆去摆姿势，没这方面的主动意识。要等照相师傅用牛车拉着招摇笨重的木架大相机转悠到这个村，才有上镜机会。拍照场面很有戏剧性。摄影师傅在村中略略开阔处摆好机器，在周围墙角或牛车上悬挂几幅染了颜色的美男美女照片做样品，师傅再江湖卖艺般敲着铜锣喊几声，人们才会从各家窑洞走出来围观。

通常不怎么费气力就可以招揽一拨观众。僻远乡村，有点儿动静就是一种难得的热闹。老人小孩一类闲人，不会放过这种似乎可以稍稍窥视感受外面时尚世界的场面。如果农闲时分，逢年过节，围观规模就会放大几倍，男男女女嘻嘻哈哈很有气氛。许多村人就会在你推我拽的打闹中拍一张照。

那时农民，手里有现金的少，大多是用几升米面几斤豆子抵钱。照相师傅离村时，拉机器的车上就会堆起几布袋各类品种的粮食。再等十天半月，照相馆才会把扩印好的相片托人捎过来。

一张照片费许多周折，这过程本身就是故事。

我的一张五岁童年照就出自这样的故事，时间是 1958 年春节。照片里的小男孩，穿一身花衣服。这种穿戴，在当年乡下的孩子中算讲究，因为是用商店买回的印花"细布"做成。乡民们喜欢让花季的孩子花样般红红绿绿过年，或许也折射着他们内心深处对美好的一种理解和追求。（图 8）

乡村没有裁缝，衣服统统都是各家主妇手工剪裁缝纫的，一针一线，绝对 Made in China。我这身衣裤，出自姨妈之手。姨妈不仅针线活儿好，绣工和剪纸在村民眼中也属上乘。家里枕头被褥、门窗帘布、我的鞋帽，都有姨妈绣的花草动物，活灵活现，艳丽多彩。年节喜庆，姨妈的剪纸更要大派用场，嚓嚓几下，喜鹊踏梅、公鸡报晓、八仙过海，各种民俗吉祥图案，精致美妙。左邻右舍都来讨几张，贴到麻纸窗户上，既好

图 8　1958 年拍于北集村

看也图个吉祥。放到现在，或许是可以卖出好价钱的手工艺品。

春节这天穿一套"细布"印花衣裤，只是不多几个孩子的福利。有时，刚过门不几天的小媳妇也可以挤进这个行列。一般农人和大多数村娃衣物，基本用自家纺织自己煮染的粗布，乡下人称之为"笨布"。这笨布来之不易，从棉花到棉线再到布料，实在是农村妇女一年艰辛劳动的产物。

旧时村里，农妇的一大重要任务，就是要在繁忙的农活中挤时间纺线织布。家家户户的院里或炕头，一定会看到一架甚至几架精巧的纺车。必备品，不可或缺。

纺线算初级活，村里女人都会，旧时必须具备的生存手艺。但纺得又细又匀也有难度，要有一定时间的修炼才能掌握要领。单从旁观的角度，看农家女子纺线，很有美感，手臂或伸或扬，纺轮时转时停，有舞蹈的节拍与姿态。然而，看久了就明白，这实在是一种很煎熬人的苦役。

通常是在夜里，或者是在农闲时节，纺车一直都在转动。纺够全家老小一年穿戴所用，再进一步，略有多余可以拿到集市换钱，所耗费的时间和付出的体力都是没法估算的。凡有乡村生活体验的人，大都不会忘记嗡嗡的纺车声和纺车前那个摇曳的身影，一种很温馨也很让人心痛的画面。纺车前，不知消耗了多少农家女的青春和生命。

比较而言，织布就带有技术性，节奏感更强，付出的气力更大。投梭打线，一来一去，手脚要配合得好，劲道也得适度，才能织出细密均匀的布料。一根线一根线织过去，织到一匹布下架，真有苦日子熬不到头的感觉。农家自给自足，过年换件笨布新衣，也是相当费气力的事。

拍这张照片的八九个月前，1957年春季，父母返乡探亲。对他们而言，此行有荣归故里的意义。活着从战火硝烟中走出已经不易，又堂堂正正吃了公家饭，还带回一个活泼泼的后代，在乡亲们眼里或许就算比较完美也比较成功的人生了。

来这里实在并非我愿，我那时毕竟年幼，没有自主选择意识，而且到不到哪里我说了也不算数。我只是作为点缀或陪衬，似乎有义务出现在乡亲们面前为父母的新生活做证。当然也不排除另一个原因，父母远行，把过于顽劣的我带在身边他们才放心。

据说，我在小山村的亮相有几分惊艳。一个穿戴洋气、活蹦乱跳、毫不认生的小男娃，还满口让村人听不明白的异地方言，对那时封闭氛围中的村人而言，或许觉得新奇？

多少年后母亲解释，主要是那时没有自己小孩的姨妈，一见我就抱在怀里舍不得放手，念念叨叨非要把我留在身边抚养。但从我没哭没闹就顺利转型的态度看，起码说明我对刚认识没几天的语言都不甚相通的姨妈和这块相当陌生的地域环境并无违和感，反而，会有一种气场相投的自在。骨子里，我应该属于这块黄土地。

当然，不反感也许只是孩童无知无畏、缺乏理解推测能力的一时心态。骤然从城市到乡村，从水灵灵的天府蜀地到干巴巴的黄土沟坡，从军队幼儿园乖宝宝到乡下普通农家野孩子的转变，之于一个稚幼孩童，应该是有过一些苦痛感受的吧？我找回的旧照片中，有一张我和姐姐依偎在父亲身边的合影，把这张照片里略显城市风格的小朋友与姨妈家拍的村娃形象做对比，就可以看出我经历的转变。（图9）

图9 依偎在父亲身边的
我和姐姐

好在记忆选择了美好的一面，我曾在一篇小文中这样写道：留在记忆中的，大体还算光明，乡村的古久、乡俗的坚守、乡野的清新、乡民的拙朴，这一切，又因了童年情趣的点缀，因了岁月流转的酝酿，而愈增其几分温馨几多回味。

然而零零星星不大光明的记忆碎片也是有的：满头满身蠕动的虱子、夏日凶悍的蚊虫跳蚤、大群大群到处飞舞的苍蝇、几个月不洗澡不洗脸、贴身棉衣裤一个冬天不替换……

仅从这几个分镜头，可以推测出小乡村的落后愚昧。那个城市漂来的小儿郎，居然能适应且喜欢这样的生活，实在让多年以后的自己感慨不已，心生疑惑。或许是乡野的自在和开阔给了我最无拘无束的童年？如鱼得水的童趣和快乐，也许才是孩子真正想要的，足以抵消物质的粗鄙与肌肤的打磨。

每个具体人生，即使置身历史事件之中，也未必明了当时所处场景的意义。从 1957 年春季到 1959 年夏季，我在北集待了两个年头，这正是乡村剧烈变动的时期，发生了许多被后人不断评说的事件。比如，乡村组织从互助组到合作社再到人民公社的转变，场面宏大人山人海的农田水利兴修工程……还有乡民公共食堂试验，我都亲历，起码，亲见。

留在脑海中的是两个字"热闹"，如果再加两个字，就是"好玩"。

我当然不会理解，人民公社这种带着诗人气质浪漫色彩的试验，对于思维依然停留在古旧乡土观念中的农民，会造成怎样的心灵震动。记得入社前一段日子，在姨妈家的土窑洞里，每天都有男男女女一堆人吵嚷。姨妈隔一阵就得烧一锅开水，让大家喝饱再继续高谈阔论。有一个细节非常清晰，某一天，在县里派来的工作组队员的催促下，大家皱眉叹气一番，嘟囔着说：那就这样啦，和别组一样，咱也表表态？工作组队员就在炕上铺开一张白纸，写了几行字，然后每个人在纸上摁手印。我觉得有趣，也要学他们摁一下，引得村民一阵哄笑，说这是入社手印，没我什么事。但我还是把手印摁上去了，从形式上，我也算"自愿"加入了人民公社。

1958 年的乡村，实在是热闹非凡。时不时就有什么事件把村里搅扰一番。村民们懵懵然惶惶然，经常为一些新名词争争吵吵。这倒给了村娃们"胡作非为"的时机，没有大人监管的日子就是孩童们的嘉年华。我很快加入他们的队伍，跟着大点儿的孩子村里村外淘气撒欢。

记忆中，村里孩子们都很迁就我，或许因为我是外来"客人"。这迁就实在不是好事，大大助长了我的顽劣。好在不过五岁孩子，再胡闹顽皮也不至于危及社稷。但按照邻里村民的概念，这小孩子已经算是很不安分了。多少年以后我回村探望姨妈和乡亲，他们还能很亲切地讲出那个小儿郎许多孩子气的恶作剧：上谁家树掏鸟挂在树上下不来，偷吃谁家蜂蜜还睡在人家炕上不走，把谁家孩子推进水坑，听起来实在野得有点儿过分。

姨妈是老党员，要参与村里镇上许多政治活动，姨父在村里也是有威信的活跃分子。多事之季，对我的监控就经常出现空白，这让他们很操心我的安危。乡村又没有幼儿园一类机构，于是他们想出一个办法，把我托给村小学的老师代为管理。

村小学设在村南一座古庙，距姨妈家的窑洞不到五十米。古庙小巧，四合院。前临一道深沟，沟里溪流清清，名曰河湾，是我戏水的去处。庙里正殿和东厢房做教室，西厢房是老师宿舍。对着正殿，院南还有一个不错的戏台。年节时，村人会在台上演几天大戏。

我被送到学校，是几个因素促成的，最主要的当然是我顽劣不好管教。另外，学校那个代低年级课的老师与姨父关系好，常来姨妈家蹭饭，我与他混得很熟。还有第三，我平时也喜欢到他那里玩，老师宿舍有许多带画的杂志，对我有几分吸引力。

1958年的秋季，我五岁，稀里糊涂就走进了学校大门。毕竟不到上学年龄。姨妈姨父和老师的意思，只是试试看能否把我圈在学校，不到处乱跑就达到目的了。我没有书本，也没像其他孩子那样背书写作业，类乎旁听生。毕竟年纪太小，没人以为喜欢乱跑乱窜的我可以坚持下来。

后来姨妈说，好在这个管制方案有效，总算给我系上缰绳。出乎他们意料，我居然对古庙里简陋的教室没有太大反感，渐渐可以融入那个十几人的小团体，趴在一张破桌上熬到放学钟点。那年学期末，例行考试，起初是没我什么事，旁听嘛，不是正式学生。不过好奇，也觉得好玩，就要求老师也发我一张卷子。记不得成绩了，但据姨妈讲，考得不错，全班第一。老师都觉得惊讶，再到姨妈家蹭饭时就建议，不如让孩子正式上学。

下一个学期，姨妈给我缴了学费，从旁听转为正式学生，领到了新书。这算我在1958年"大跃进"的大形势下，跟了一次时代潮流。

这个古庙里的学校，十几年之后迁到村东。古庙几经改造，看不出之前的样子。去年回乡，旧址上出现了一幢农家新院落。还会有多少村人后代知晓这里曾经琅琅读书的情景？又一个小小的变迁故事。

乡村过年

一、乡村年味

此处"乡村"是半世纪前我年幼时生活过的乡村。现在乡村，已经是另一番景象了。

为什么单说过年？因为年的意义，对我们这个凡出生于黄土地的民族而言非常特别，不仅传承久远，而且祈福庆贺乃至祭祀的习俗含量浓重，毋庸置疑地算是深深刻印于民族记忆里的传统节日。时至今日，即使时代变迁，即使内容与形式也大有变化，但每到年关，仍是一个几乎所有国人都躲不过的话题。

按时下常用的人群划分法，我应该归类为"五〇后"。这一茬人所经历的，若抽去中间的岁月过渡，两端生活场景相差甚远。一头基本还等同于延续了几千年的古旧农耕模式，另一头却已经换成高科技现代化大数据时代的衣食住行。说霄壤之别，绝不为过。

回首往事，新旧比对，这也是一种必须有岁月支撑的资格。虽不值得炫耀，却可以把亲眼所见记下来，让一出生就活在抖音微信朋友圈里的新生代知晓，不太久远的几十年前，父辈或者祖辈曾经拥有过另外一种黑白影片式的生活。说不上好，然而带着浓浓的怀旧色彩。别轻视怀旧，没了它，怎么知道自己从哪里来？

我的记忆，村里过年，或者乡村的年味，一进腊月就开始铺垫酝酿。正是农闲时节，僻远乡村的生活，大体还延续着数十数百年前的式样，在略带醉意的冬阳下显得慵闲而放松。窑洞前枣树下土墙边，农夫农妇，偶尔聚在一起，就把"年"字挂到嘴角。那似乎是农家不多的期盼中还算明确也很现实的一个可以弃旧迎新的目标。

生命不易，尤其是从事稼穑劳作的乡野生命，承载压力更重，付出汗水更多。然而任何艰辛的生存过程也会有日月星辰的伴随，也会有苦辣酸甜的品味。劳累一年的农民，农闲时节就是天然假日，尤其冬季，尤其腊月。从腊月走向年关，成了农民们放松自己享受成果的一个理由，成了算一下总账给自己全年劳作画个句号的节点，也成了与邻里同欢共庆的一场习俗排演。

开始听到村里小戏班排练的锣鼓声乐，开始闻到这家那家酿造米醋的酸爽气味，赶集回来的某某村人手里已经提着柿饼糖块或红红绿绿的窗花年画，站在路边调笑打趣的媳妇们手里正用自家土布做着新鞋新袜新衣，孩子们互相交换家长备办年货的最新动态，胆肥者甚至能偷取出用"玻璃纸"包着的小糖块招摇炫耀。

腊月二十三之后，年味渐渐浓郁。炊烟几乎一天不断，灶旁石板上摊着刚出笼的刚炸好的各种花样的馒头面食，随后存入大缸置于屋外背阴处天然冷冻，作为全家一个正月的吃食。打谷场不时就上演一场杀猪宰羊的血腥活剧，大铁锅飘逸出猪头下水惹人口水的香气，伴随香气飘来的还有男男女女亲昵率性的相互招呼打闹声。窑门前，有剃头手艺的大叔笑呵呵地在亲朋好友脑壳上舞弄刀剪。

谁家偷吃蒸食的小孩被母亲打了一下，象征性地不太凄切地哭了几声；几只土狗精神抖擞地撕扯着谷场上宰割残局的杂碎；忽然小卖铺前一群青皮后生发出哄笑，从卖铺帘门正走出提着油盐酱醋的脸红扑扑的翠花秀花荷花和别的什么花。

这气氛持续到除夕下午，几分兴奋几分辛劳的铺垫工作收尾，曲曲的小街上已经很少有人来往。开始清扫自家庭院了，开始在院壁上贴春联了，开始听到零零星星的爆竹声了，开始点燃窑洞里小小的煤油灯盏了，开始围着大案板包饺子了，开始有几只自糊的灯笼在谁家柴门前摇曳闪亮了。

二、正月初一

正月初一，在不太稠密的鞭炮声中，在村民淳朴而略带卑微的期盼中总算到来。天蒙蒙亮，小村已经有了登台亮相般急迫而跃跃欲试的气氛。

守岁终于守得倒身大睡的孩子们揉揉眼醒来，欢喜地穿上早就期盼着的新衣，拿到几张面额极小的压岁钱就咧嘴欢笑。柴门开了，灶火旺了，大铁锅里热气腾腾漂浮着快煮熟的饺子。炕角摆出乡村最普通最多见最实惠的核桃柿饼饼干糖块，准备接待来串门来叩头的邻里乡亲和毛头小孩。新一年的开场不能抠搜寒酸，那个时代的乡村，这已算是很体面的排场。

乡野冬季往往多雪，大年前后冰封雪积银装素裹，俨然一幅洁净炫目、遗世独立世外仙境般冰雪风光画图。越过远山的朝阳把画图渲染得越发明丽生动。穿着粗布新衣的大人小孩渐渐走出自家屋门，窄窄的小街上人们笑声盈盈，抱拳致意。过年好！过年好！耳边几十遍数百遍听着这句简单贺语。

欢蹦乱跳的还是孩子，放开"缰绳"，逢门就闯。反正小村人家几百户，不是近邻就是近亲。门口喊一声：拜年啦！叩头啦！扑通一声俯身拜下去，就有核桃柿饼或几角压岁钱到手。

热闹、兴奋、祥和、自得。初一这一天，本来就不注重门户封闭的农家，尽其所能敞开质朴胸怀，迎接着村里的男女老少。窜来窜去的孩童，憨笑着慢悠悠踱进踱出的老人，看上去有几分不自然的新郎官一样的年轻小伙，甩着大辫花枝招展的姑娘。热气腾腾的饭菜，亲热温暖的话语，这里那里短促几响的鞭炮，还有很识趣的不太张扬的鸡鸣狗吠牛吼驴叫……

三、叩拜之仪

几乎整个正月，起码从初一到十五，不仅是物质享受（相比于平时的粗茶淡饭节衣缩食），同时也还要铺陈复习旧式礼仪。虽然穷乡僻野，虽然偏远闭塞，或许反倒更多地维系保留了久远时代寻常百姓的风情习俗。

在乡村的第一个春节，我才知晓这个平时看似散漫随意的小村庄，也有许多顾忌。年前两三天，姨妈就会对我说教，大意就是不要触碰有碍"吉利"的红线，倒也不是很难，何况也就几天。而这几天我的注意力又偏重于去做"叩头工"。

"叩头工"虽然能赚压岁钱，却有小难度，首先姿势就有讲究。看多了我才发现，叩姿分男女。女孩双手攥住斜放于胁处，微微屈膝弯腰，然后才伏地叩拜，有几分娇滴滴的样子。男式比较大开大合，双手攥拳，高举在眼前晃一晃，"咣咚"跪倒，如是反复几次才算完成。

就这么个简单动作，我也没能学到家。好在那时幼小，而且又是"城里人"，大体摇摇小拳头，"咣咚"一下之后，就两眼盯住对方手里的钞票。乡亲们倒也不太计较我的不善礼仪，多是替我找理由：城里孩子，不会叩头的。

叩头的另一讲究是要先喊话，喊清楚这头叩给谁。往往是姨妈带我走到某家门前就先提示，这是二虎表舅，这是老姨父之类。入门先喊一声：二虎表舅，给你叩头啦。老姨父，给你叩头啦。对方笑眯眯答声：俺孩叩哇！接头暗号通过，可以进行下一步肢体操作了。

叩头的禁忌是不能正对被叩者，据说只有对死者才如此。若稀里糊涂正对人家咚咚咚，叩了不如不叩，反让对方心里大不悦。一般是被叩者先自觉侧身闪到一边，或有模有样坐在大炕上半侧过身，叩者才面朝别的方向礼拜如仪。然后是家长里短，然后是领教这些长辈的抚爱赞扬，最后迫不及待拿上压岁钱撤退走人。

初一这一天，除了烧火做饭，其余体力活儿全属禁忌。水不能挑，炭不能砸，柴不能劈，院不能扫，尤其动刀动剪，更是大不宜。所以提前几天要把一切准备工作搞完善。柴米水炭，备足两三日之用，庭院清扫要过了初五，针线剪刀十五之后才能摆到炕头。剃过的头，非得等到二月二龙抬头后才能再修剪。最不舒服的，是新衣上身之后，要一以贯之穿出正月。小孩儿家，早脏得不成样子。

农家百姓，总算可以用堂皇的理由，悠悠哉懒散一个月，养养劳作一年的身体。

四、串乡走亲

正月里，农家重大的外事活动是走亲戚。"走"有串门意，也有拜访意。

乡下人似乎比城里人更看重族系亲戚间的联络交往，这应该是古旧时代氏族血亲观念的传承。然而平时农事劳作，各自忙得死去活来，没时间频繁走动。除婚丧嫁娶的特殊机会，主要就在过年时节用"走亲戚"来维系彼此的交往。

走亲戚有俗定时间，初一是去直系血缘也同在一村的亲戚家亮相言欢，初二到舅舅或姨妈家叩头，初三探访较远的直系亲戚，初四回娘家或丈人家表现，初五老实待在自己家里喘喘气，初六之后就与关系较远的亲戚朋友互动。你来我往，大体正月十五前，每日每家都有在外"打游击"的小分队。

这种外事活动我比较喜欢，经常跟着姨妈或姨父在此沟彼梁的大小村庄走动。那几天荒蛮僻静的七沟八梁忽然热闹，虽然不能说人群川流不息吧，但人来车往，络绎不绝却是事实。步行者居多，大体画风是一个成年人身后尾随一个喜眉笑脸的小男孩或小女孩。家长胳膊上挂一个竹篮，内装几个蒸食算是礼品，慢悠悠顺着蛇行斗折的小路走去。

间或就有邻村熟人相遇于道途，几家大人也不着急赶路，蹲到路边共话桑麻惺惺相惜，小孩也乘机结伴溜到附近寻开心。我好像就这样认识了几个乡野小弟小妹，只可惜后来也疏于联系，错失桃园结拜青梅竹马的机会。

走亲戚行列里，最吸眼球的是新婚小两口。仿佛电影镜头，小伙子一身黑布新装，头扎白毛巾，腰系宽布带，意气扬扬牵一头乖巧的小毛驴。驴背上坐着个小媳妇，衣裤大红大绿，随着毛驴步伐，一摇一晃，腰肢颤动，很有视觉效果。

时不时也有老牛车"叮咣叮咣"走来。那是一种古老车型，最显著的特色是箍着铁圈的大木轮，一路走过，把黄土路碾出两道深深的车辙。此款老爷车现在早已绝迹，但在二十世纪五十年代，它还是黄土塬上最多见也最常用的交通工具。

叮咣声中，老牛喷着粗气，一步三摇缓缓前行。车板上一车人被震荡得摇来摆去，弹起落下，片刻不得安宁。车上多是老弱妇孺，叽叽喳喳，欢声笑语，气氛热烈。乡里人既随性又礼让，不管认不认识，只要愿意挤，一伸手车上就有人拉你加入大篷车阵营。我坐过几次，实在受不了那种震动和此大娘彼大婶的抚爱，还是自己踩过枯草踏着雪地窜来蹦去才觉欢快自在。

五、农家红火

黄土沟里过年，最有轰动效果也最有戏剧性的还是闹红火。有本村自闹的，有十里八乡互闹的，也有涌到大乡镇群闹的。锣鼓响乐，鞭炮焰火，各式民间技艺表演，一扫平日土沟土坡的苍凉沉静，让老少爷们姑娘大嫂的心随着鼓点随着炮声随着响乐随着秧歌旱船一个正月飘悠悠荡悠悠平和不下来。

农家红火，闹的是一种自娱、一种宣泄、一种较量，更是一次精气神的自我激励。

年复一年繁冗艰辛的劳作，平庸简陋的生活，摧折着他们的人格，压抑着他们的灵性，桎梏着他们的憧憬。终于可以在一年起始、万物即将复苏的早春，让自己张扬地粗犷地大开大合大喊大叫红火几天。

各村红火因地因人，形式内容不尽相同。姨妈村里有个角色齐全行头完整的戏班，红火的主要内容就是演戏，一唱几本或一本连唱几天。这个农家戏班，当年兴盛期跑过码头，在七里八乡算是档次比较高雅的红火。而我的（其实我常觉得是父亲的）真正故家在几里之外，那个小村尚武，似乎老祖宗遗风，一支武术队打遍全县无敌手。我看过堂兄弟们的武打表演，十八般兵器舞弄得呼呼生风，很让我小儿郎眼热羡慕。周围别的村也不逊色，耍狮舞龙、秧歌旱船、笙箫唢呐演奏，反正各逞其能各有看家本事。

各村红火先在本村闹几天，之后就要走出去，闹到别的村。有时一天会闹出十几里，游走几个村。所到处，各村接待者把纸烟茶水蒸馍烙饼往场地一放，凭任红火队边舞边享受。村村如此，皆大欢喜，谁家也不落伍。锣鼓响器，民俗表演，不登大雅，却把荒蛮乡野搅荡得生机勃发。

印象最深的还是姨妈村的大戏，不仅因为看得多，最主要我姨父是这个草莽戏班的台柱，常在戏里唱武生。他扮相俊朗，唱打都有功底，通常扮演杨延昭、赵云一类统领兵马的英俊将官，让我甚为得意。

戏台设在小庙（这小庙也是我读小学的地方），距姨妈家窑洞不过五六十米。晚饭后，锣鼓唢呐一响，村人三三两两涌进庙院。我沾姨父光，可以不在台下挤大群。上台，在乐师旁边添一把座椅。姨妈用大棉袄把我包裹成一团，塞进椅子里。我就悠悠哉地看那些花花绿绿的人在小戏台上南征北战出将入相悲欢离合，直看到两眼发困沉沉睡去，才被姨妈抱回家。

小戏班演出，是我乡村记忆中略带艺术性的内容，难以忘怀。几次返乡探亲，见到年迈的姨父，总要缠着让他给我唱几段。老人家一开腔，我就恍恍惚惚觉得自己回到童年，回到那个破旧的小戏台上。

往事往往如烟如云，转瞬即了无踪影，而定格于记忆中的旧日场景却不会轻易逝去。尤其孩提时代的经历，似乎愈久远愈生动。前前后后，我在姨妈村里经历了三个春节。阖目思量，许多情节许多人物许多场景依然清晰如昨。

如果细写，比如式样奇特的蒸食，比如颇有说道的年饭，比如农家自做的衣裳服饰，都很有意思。当然这"很有意思"，是对我自己而言。现代人眼里，陈年旧账，愚蛮时代乡村生活的琐屑，比起新时代演艺明星八卦，不知差着几十个台阶，何趣之有？那就让这些故事，留在自家心里吧。日久，心中旧事就会成酒。自思，也差不多就算自斟自饮，会给人浅浅醉意。

记忆少年行

少年记忆很难抹去，又何况这记忆与一个特殊时期相关联。

要从一张拍摄于上海外滩的照片说起。拍摄时间：1966 年 11 月。照片中是十几个小县城的初中生，乡村娃娃，土里土气，十三四岁，稚气十足。

颇有时代特色的是每人手里都有一本语录小红书。标准姿势，捧在胸前，一轮红日在心中的样子。后排最左边的瘦小男孩就是本人，半个多世纪前的本人。头戴别着领袖像章的军帽，腰系父亲的军队宽皮带。这是当时流行装束，说明咱也曾经赶过时髦。

此照的时代背景是"大串联"，一个现在听起来有点儿不知所以的词组。而要说清十几个小男生小女生跑到上海的有关情节，得绕个弯，从八九个月前的春季说起，只讲自己小范围的亲历亲见，这样比较准确。而且，十三四岁，用现代父母眼光看，基本还算孩子，又身在偏远小县，隔云隔雾，见闻与认知极其有限，所以对那时许多所谓重大事件几乎不了解，索性避而不谈。

这年早春时节，县城的气氛平静如常，人们依然在习俗和规律中该干吗干吗。我就读的中学，书声琅琅，秩序井然，一点儿发生变故的迹象都感觉不出。但那个学期，有两件事还是记忆深刻的。

第一件事，开学不久，除正常功课外，多了一点儿学习内容。往往在下午，挤占课外活动时间集体读报。读一篇有关焦裕禄的报道，很感人的长文，前后学了差不多两三个星期。不仅要学习，还要讨论，表态，写心得，出墙报。这件事与后来的政治运动似乎毫不相干，然而后来回想，好像不尽然。

这以后，一群人围坐一起读报讨论表态，渐渐普及且成了全民性的习以为常的程序。

那个年代十几岁的中学生，对党报看得很神圣。观念里，听党报话就等同于听党的话，就是跟党走。而只要跟党走，绝对不会有错。有组织地学习党报，既简单又有效，许多学生后来卷入运动，缘由其实就始于这种统一安排的学习报刊文章的教育方法。

另一件感受比较深的事是 3 月底的邢台地震。

中国古人讲究天人合一，常会从自然界的异常来臧否人事推测世态，所谓"天垂异象"，必有人世的灾害动荡。现代人当然认为这是迷信。自然界的变化与人类社会的变化，哪有什么必然的对应关系？

是这样的吗？我也一直这样以为。

然而，或许可以换个角度去理解。自然界是不是我们所理解的没有思维没有意念，仅仅是一堆有机或无机物质的堆砌组合？很难说，不知道，直到现在没有答案。而人类社会又是什么？不是自然界的组成部分吗？与自然界可以割裂对立吗？怕未必。

说到底，人类社会不过是大自然这棵大树上的一片叶子，没什么特殊。别把自己想象得超乎寻常，别以为人类智慧可以超越大自然。而大自然的这一部分影响乃至左右另一部分是合情理的，起码有可能。

那一年小县城里的人心浮动，似乎就是从地震开始。村里老乡按几辈子传下的旧观念，多有私下评说，觉得这是要发生重大事件的征兆。巧合，却也多少有点儿关联，心理上的。

地震之后，学校上课多了人心惶惶的气氛。有一天上语文课，远远传来几声轰隆巨响，然后有谁在院里喊：地震啦！学生们乱作一团冲出教室。过一会儿才搞清楚，城外山上有人用炸药开采石块。一场虚惊，却没心情再回教室，索性在院里扎堆打闹。类似搅扰后来又有几次，搅得师生心意悬悬。

此次地震引起人们心中微妙的不安，也算自然与人类社会不可截然分开的例证吧。不安情绪时隐时现，持续了一个多月，直到被后来新的关注点替代。

新的关注点就是党报文章频发，人们学党报的时间也越来越多。再后来的局势，对我们这些十几岁的少年人而言，完全不明白了，只是觉得新奇、刺激。而真正让我感觉有诱惑力的，是听说可以到外地游玩，这游玩有个时尚名字：串联。而且，不单玩，还可以见到毛主席，多好的事。

从夏季开始，差不多每隔十天半月，毛主席在北京就会接见一次"革命小将"，而且规模越搞越大。先后八次，一直持续到年底。其直接引出的效应，一是各地两千多万青年学生涌入京城，二是学生们自由发挥，开始了全国性的到处"串联"。

小县城的学生，对形势的反应要迟几个节拍，起初没谁敢自己出去"串联"。在学生们反复呼吁下，10月中旬，学校决定组织五十多人小分队去北京。这是县中学学生第一次试探性的"串联"，临行前还受到县里群众的欢送，好不隆重。

我有幸加入这支小分队，坐着大卡车，在飒飒秋风中穿越太行山脉，向北京进发。那年月小县城的学生，虽然一肚子装着窝头咸菜，衣服也很单薄，而身体的抵抗力却似乎很强。深秋，山里，大卡车上，现在的小年轻们扛得住吗？其实车上的我们也冻得够呛。出行前大家都带了简单的行李，薄毛毯换洗衣物之类，全都从包里扯出来裹到身上，一面唱着歌："世界是你们的，也是我们的……"豪情满怀，怕什么冷？奇怪的是，还真就没有一个冻感冒，全须全尾活蹦乱跳进了京城。

京城已经被几百万各地涌来的学生搅成一锅滚烫的稀粥。到处有挥红旗喊口号的学生队伍，隔不远就会见到什么人立在高凳或汽车上演讲，头顶时不时一把传单撒来，天安门广场更是人头攒动，许多穿军装的学生在地上刷标语。那场面很让这几十个小县城来的学生娃震惊激动。

这支怯怯的县城小分队,在路边傻傻立了半天,却真是找不到北。后来有人指点我们去接待站,这才有了目标。诡异的是,如此乱糟糟局面,接待外地来京学生的机构运作却正常而高效,没费多大劲,接待站一个女孩带我们出发,几乎跨越半个京城,把我们带到朝阳区三里屯一座居民楼。在这儿我们一直住到10月底。

找到安身处,衣食无忧了。对我而言,这是第一次到京城,激动得不得了。起初两天跟着小分队集体外出,被拉到这里那里看大字报。大字报内容与一个十三岁男孩的常识距离太远,什么人什么事,个中曲折,我哪能看明白。实在读不进去了,几天之后就脱队自由活动。逛公园,去故宫(前面正殿不开放,后面一部分展览泥塑《收租院》),或在街头看人们演讲辩论。

10月17日晚,接待站来人通知,明天毛主席要接见学生,让我们一早到什么地方排队等候。啊呀,天大好消息,一帮中学生欣喜若狂,一晚上又唱又跳,没把那座居民楼闹翻。

18日早上5点多钟起床,冷得浑身哆嗦。到食堂吃了早饭,每人领到两个面包,赶忙跌跌绊绊往指定地点跑。想想那时的组织者实在不易,这么大场面的活动,天南海北互不相识临时汇集一起的学生,居然能安排得井井有条。

我们这支小分队被带到距王府井不远的马路南边坐定,然后就是漫长的等待。起初以为八九点就可以结束,后来又听到现场传言说要到10点以后。一上午过去了,还不见动静。等待虽然心焦,却并不无聊。前后左右,各省各市学生,高手比肩接踵。朗诵诗词的,唱语录歌的,说快板书的,还有现场就跳起舞来的,才艺大比拼,好不热闹。看得我既眉飞色舞又垂头丧气,很羞愧自己的百无一用,只能做观众。

下午1点钟,终于听到远处传来海啸般的欢呼声。不用谁提醒,都知道老人家过来了。慌慌张张睁圆双眼,还没来得及仔细辨认,车队已经哗的一下开了过去。别人看明白了吗?不晓得。周围学生激动得又蹦又跳,有几个还哽咽流泪。心想,看得这样动情绪,应该是他们眼神太好的缘故吧?有点儿小遗憾,自知没资格加入流泪阵营,只好从口袋掏出笔,在小红书扉页面写了一行日期:1966年10月18日下午1时。反正是被接见了,有此为证,我安慰自己。

11 月初离开北京。此行的最大意义就是让自己开了眼界，原来还可以以"串联"之名想去哪就去哪。坐车不掏钱，又有人管餐饮管住宿，多好玩的事情。少年的心一旦被诱惑，哪可能再规规矩矩待在县里不动？回去不久，联络了十几个同学一块儿外出，目标定为心目中最大的花花世界——上海。

十几个十三四岁从没出过远门也没见过什么世面的乡村孩子，其中还有三个小女生。那时的家长就放心把他们放出去自己游荡？我现在都有点儿想不明白。然而事实是我们确实走出去了。好像记忆中也没哪个家长出来阻拦一下。

目标虽然是上海，但这群孩子也没急着直奔主题。不像现在年轻人出行，要搞个攻略，时间计算到秒。我们那会儿显然是另一种考虑。好不容易出来了，又没家长老师的唠叨，就想着绕来绕去，绕到哪算哪。从山西到河北再走山东江苏，绕了小半个中国，才在安徽境内一个小站搭上去上海的火车。

这趟列车给我的记忆太深了。它已严重超员（那时不超员不晚点的车好像没有），而站台上准备上车的人乌压压一片。网上有许多"春运"挤车图片，其实"串联"坐车情形大致差不多，或许挤得还要更厉害。从窗户往里爬，也不是现在发明的。在这个小站，瘦小力薄的我，就是被几个素不相识的大哥哥托起来，从车窗把我塞进去的。

我爬进去的是个卧铺车厢，比普通车厢拥挤，上下铺都挤坐着许多人，甚至行李架上也躺着人。哪有我这后来小子的位置？好在这个格子里，是一群西北边陲来的大姐姐，她们非常热情地接纳了我。我不知道自己当时是不是真那么小得可怜，反正她们都当我是小朋友，不仅让座位，还时不时把食品递到我手里。几个大姐姐明朗的笑声和歌声，成了我少年记忆中非常美好的一页。

从上海闸北老车站下车，等了好一阵，小站挤车时被冲散的队伍全数到齐，居然一个没落下，奇迹。出太行赴江浙，绕行大半个月，到达上海的时间是 11 月下旬。

上海站的情形火热而混乱，不知有多少人在站前涌来涌去，高音喇叭吼叫着流行口号。置身其中，有掉入巨大旋涡的眩晕感，让十几个山乡少年觉出自己的渺小无助。

好在上海的接待工作规范而条理，火车站就设有接待站。在那里开出一张介绍信，然后自己去报到就行。几经周折，被这样那样的人指点方向，我们总算走进天目路中学校园。这所中学实际就一座楼，异国情调的哥特式建筑，好像曾经是一座教堂。在这里我们生活了一个多月，有点儿乐不思晋的意思，与学校接待人员和周边许多居民都混成熟人。

学校接待站的工作人员以及周边与我们有过接触的上海市民，都给我留下很好的印象。记得我们一进中学大门，就有一个老师模样的女士满脸和气迎上来，给我们倒水，带我们洗漱，又把我们带进一间教室。她看我们没有行李，又引着我们去附近一个小里弄，找到那里的负责人——一个很精干的老太太。老人家拍拍几个小朋友脑袋，转身出去，没多久时间，领着一群抱被褥的大婶大妈回来。都是崭新的绸被面料，用几个乡村小伙伴话说：长这么大，第一次享受这样高级的铺盖。这个温馨场景，让我感动，至今不敢忘记。

上海街头的运动虽然火爆，但与我们这些初中小同学的理解能力大有差距。偶尔扮演路人甲看看热闹还行，毕竟不甚了了，几次以后就再懒得围观。对这群山乡少年来说，更感兴趣的是随意闲逛。所以几天以后熟悉了环境，大家就各奔东西，各自去找自己感兴趣的目标，晚上回来再互通情报。反正市内可玩之处，公园啊广场啊外滩啊还有城隍庙豫园之类，溜达过去打打酱油，有谁说的别人没去，那第二天就结个几人小群再过去探访究竟。

沪上岁月，出过许多小情节。同去的一个女孩，没玩几天就感冒发烧。我们那时实在不懂事，还没有修炼出怜香惜玉的情怀。感冒嘛，乡下孩子眼里算不得大毛病，没谁主动留下来照顾她一下。把她往住处一扔，自顾自逛大街去了。

晚上回来，小女孩失踪。那时没有现在这样的警觉性，并不怎么担心，不过还是去问了学校接待室的人。听他们说，让哪个省的几个大学生送进医院了，我们就再没过问此事。大家后来又忙着兴冲冲东窜西逛，在周边地区打游击，简直把还有这么个小女生的事忘掉了。

十多天后，小女孩白白胖胖回来。一问才知道，她迷迷糊糊被人送进医院，吃药打针几天。因为床位太紧，又被医生送到附近里弄的什么人家，好吃好喝继续休养。医护不时过去问问情况，补发几个药片，直到彻底恢复才让她回来。

放到时下，这简直是不可想象的故事。谁愿意送一个陌生孩子去治病？哪个医院会给你免费治疗负责到底？一个小女生送到不相干的人家住十几天，人家会接受？就算有人接受，你个小丫头敢去？

这剧情不是孤例。我老邻居的女孩，那年小学六年级，带着两个比她还小的五年级女生一块儿徒步去省城。三个十一二岁黄毛丫头就敢闯世界，途中不论走到哪个村，只要找到支书，管吃管住。慢腾腾摇晃了三天，常有车辆主动停住邀她们上车。终于是没经住诱惑，搭了辆小车，开开心心被送到太原。多少年过去，我回县城遇到她，提及往事，她还对这段经历记忆深刻。当然，也值得怀念。毕竟是少年时代脱离家长的第一次出远门，第一次徒步旅行，第一次坐小车，第一次进省城。讲当时情景，她口吻简直像是在炫耀自己的壮举。别笑她，我何尝不是如此？

我算个喜欢到处走走的人，经济独立之后，大部分积蓄抛撒在出游途中。回首过往，上海之行，应该算我大规模出行的第一次。而第一次，总会让人念念不忘，总有一种令人荡气回肠的感慨，还有温馨。所以，我理解那个小女生提及"串联"往事时的兴奋。

我们于 12 月下旬离开上海，转移到南京。在这里只是稍作过渡，商讨下一步行程。小部队却发生了分裂。大部分急于回家，有两人很想南下，我独自选择了北进。我的计划是再次进京，绕到天津，然后再作其他打算，想得很美。

我就这样开始了自以为简单的独立行动。但我对 1967 年元旦前后更为混乱的铁运情况和自己的应对能力都没有清醒认识，行到郑州，就遭受了第一次大挫。1966 年年底的郑州站，破破烂烂，相当狭小，还没现在一个普通县城的火车站像样。然而在这里却汇聚了南来北往的千军万马，不混乱都说不过去。

我那时只是个很瘦弱的少年，一下子陷到这样一个巨大无比的人潮旋涡中，惧怕都来不及，逃也逃不脱。被一股股不知是进还是要出的人流裹挟着站里站外折腾了好几遍，没有成了人们脚下的肉泥实在万幸。好在总算逮个机会，逃出等候上车的人群，然而损失多多。在上海买到的一些电气玩意，口袋里用来应急的十几元钞票，腰间那根让自己显摆的从父亲手里索要过来的军用腰带，全部丢失。

北进的兴趣没有了，就此打住又不好意思。我又在郑州坚守了几天，总算挤上北去的列车。但进不进京城已经很犹豫。还好，列车行到保定遇到麻烦，几个小时裹足不前。憋在车厢里实在郁闷，忽然觉得在这里下车也不错，而且心里就有了个小目标。

这目标是在《红旗谱》小说里读到过的保定第二师范，男主角江涛搞学运的地方。记忆中，这所学校有特色，一进校门就是古色古香的老建筑。学校已经被过往的串联队伍挤满，我费了好大劲，穿过迷阵般的一排排大字报，在学校操场的角落看到一个不起眼的小亭子。那就是上一代学运的纪念亭？与想象有差距。而应该怎样，我也说不出。反正，就到这里吧，可以给自己一个回去的理由了。

掉头南下，到石家庄，再西去太原。真觉出疲劳，磨磨蹭蹭休息了几天，才返回县里。总算比别的几个同学晚到家，这才是我的真实意图。

回望老宅

一、回望老宅

回望老宅，始于一座桥。先得说说这桥与我几十年前的交结。

年轻时一听老人们念叨几十年前如何如何，觉得好无趣。他们也就那么点儿优势了吧。我现在也渐渐具备了这种优势，不过感觉反过来了。有资格念叨几十年前，何尝不是可以得意的事？所谓此一时彼一时，这大概就是谁也拗不过的人生。

人生这东西，总与岁月搅和在一起。而岁月是有魔性的，不经意间就可以把你当时以为只是如此的事物改变得面目全非。当然，前提是与你人生搅和在一起的岁月要足够长，起码三五十年。然后你找个机会从搅和中跳出来，立在一边看影视剧般回望，没准会"哇塞"一声：真没想到，怎么那时好一幅山水人物画图，不经意间就涂抹修改成这样？

从我现在住的小区出门，向北半公里，有一座近百米的钢筋混凝土公路桥，造型虽无奇特，却也有拱架有栏杆像模像样。桥上车来人往熙熙攘攘，两边桥头铺陈着许多蔬菜水果地摊，一派市井烟火的喧闹。这场景出现于何时？不确定。但对时下小年轻而言，眼前所见，这幅世俗风尘画图，本来就这样，一直也这样，要不还能怎样？

跳出搅和的我却在心里告诉他们，不，不是的。倒退五十年，这里立着的是另外一座很不起眼的小型木架桥。跨度也就十多米，几根并不粗壮的木柱戳在河里，汽车一过还有几分颤悠悠。坐在桥下横木上的小男生，抖抖衣领上车轮颠落的灰尘，仰脸一望，从桥面隙缝处投射下一束束亮光，让人感觉着这桥不大靠谱。好在那时车流少，一天过不了十几辆，木桥倒也勉力承受，栉风沐雨坚守了几十年。

少儿时初见它就那样，青春之年再见它还是那样。十几年岁月够漫长了，略带几分老朽气的木桥不动声色地横陈于一弯溪水之上，好像就要维持这般身段恒久不变地糅合定格于周围的河谷田园之中，倒也让人看惯了，觉得自然顺眼没什么不妥当。那时我以为，偏远乡野，细细清流，一架小木桥，它不过如此了，还会怎样？

身边物事，打小就显现于你的视觉且成为习惯，在意识中就有了不易改变根深蒂固的概念，这或许也是人生很难挣脱的一种局限。我确实低估了或者我其实压根没留意岁月的造化之力，它总会化腐朽为神奇或反过来操作，耐着性子一点一滴给人们玩一场时过境迁的把戏。忽然有一天再到河边，我才发现，易变易逝的岂止云舒云卷，岂止草木人生？

二、木桥记忆

木桥实打实与我发生碰撞，是在二十世纪六十年代的一个秋季。起因是我家，更准确讲是我父母的家，正酝酿筹备一件大事：建屋。父亲十几岁参加八路军，随部队几十年南北征战。死生一线，活下来已经不易。那种刀光剑影的生涯，哪能有盖屋起院的念头。后来和平了，添丁增口，我们兄妹六人隔三岔五陆续加入父母构建的小群体。人员成分一复杂，合理安置就成了必须面对的问题。他老人家解甲离休全身回到县城之后，领到一笔安家费，县府又在城东区拨了一块宅基用地，自然而然，建屋工程正式启动。

年少轻狂时，自以为有点儿家国情怀，不屑谈论衣食住行。不过后来亲身享用几十年人间烟火，渐渐被熏陶出另外的理解。其实世间大多数寻常百姓，如何生存才是最重要的人生课题。求田问舍，打拼劳作，把生活料理好，也就不枉此生。努力活着，好好活着，何尝不是一种情怀，何尝不是一件殚精竭虑出力流汗才能完成的业绩？吃住之事，虽然琐屑，却是所有性灵生命须臾不可忽略的两件大事，最带基础性。事关能否正常活着，谁也离不开，谁也得过问。别以为世人都有机会或都应该去做刘关张诸葛亮，试想想真的那样，人间会是什么景象？

父亲出身农家，战争虽然让他几十年远离乡土，但骨子里，他应该还是一个农民后代。回归故里的机缘，激活他潜藏于意识深处的土地家园梦，这梦又催生了建构一块真正属于自家小天地的蓝图。时机也实在是巧，我们兄妹几人，因为大环境的动荡而不去学校，正好做了父亲可以指挥役使的士兵。不管是否情愿，群体一分子，不得不投入他构想出的打造新天地之战。

穿越回二十世纪六十年代的一个秋季。天蓝云白，空气清新。十六岁的大哥拉着一辆平板车从不甚平整的漳河木桥走过，目标：河对岸龟山。看这山名，很容易联想到武汉长江边"龟蛇锁大江"的那座龟山。意思一样，规模小点儿，漳河岸边一座姿态温驯几无棱角的山包。

到这里的目的是要把半山腰采石场的石块运至我家工地，为来年建筑工人进场开工备足地基用料。石料泥沙原本可以用钞票购买，毕竟有政府安家费垫底，不花白不花。然而父亲看看饭量不小却无所事事的我们，就有了开源节流调动潜力的想法。最先派上用场的是大哥和我。正所谓：起屋父子兵，运石亲兄弟。

虽然亲兄弟，表现却不同。我那时正不知天高地厚，对父母的建筑大业很是不屑。尤其是要让我天天参与其中出大力做苦力，心里不抵触才怪。然而弱势群体总得面对现实，人在屋檐下，一日三餐吃父母的饭，不服从调动是不行的。好在父母没法时时跟在身后督工，我还可以寻机会偷懒取巧，稍稍平衡自己的不悦。我的任务，说是与大哥搭配，其实是做他的副手。大哥搬石块，我帮着稳一下车辕。他一路拉车，平坦路面基本没我什么事，追随其后不掉队就行。只有在上坡或不太平整的路段，才需要我略略调动肌肉伸缩功能助其一臂之力即可。

对木桥的记忆，就是在这个助力动作中加深的。拉满石块的平板车离开采石场，顺一条坑洼不平的缓坡下山。这种路况，把握下行速度和车行方向是很考验驾车能力的。大哥居然几次操练就成了高手，左弹右跳，时紧时慢，呼呼隆隆而下，好有气势。心服之余，很是庆幸。好在前面有个大哥，要我来，怕是使出吃奶力也未必玩得转。从山坡下到公路，需要立即拐一个几近九十度的急弯，把车向调过来对准木桥冲去。木桥与公路的衔接处是一道大坡，借助从山坡带来的惯力，只要我再适时推一把，平车就能顺利上桥。但这一把力助的时机不对或力道没够，就麻烦了，车轮后退，退回坡下。再要冲上去，非我兄弟二人之力可及矣。只能眼巴巴等着，等来一个学雷锋的路人甲，才能在其协力下二次登攀。此桥天天做我几次对头，怎么可能不记着它？不过好在也就桥前这一坡是最大障碍，再以后的路途就没多少悬念了。我可以乘机放松，似推不推，手扶车栏，任自己胡思乱想，任大哥努劲拉辕。

大哥是主战派也是实干派，忠心耿耿听从父亲派遣。十六岁男生，气力还未长全，即使在过去岁月，也顶多算半拉劳力。他又从没有干体力活儿的经历，一出场就承受拉石料这种通常是壮汉才可为的力气活儿，实在小驹拉大车，分量过重。父亲就没有心疼过这两个稚嫩的孩子？或者，老军人的内心是否就是想让我们承受一次超体能的磨炼？那么，他的目的算是达到一部分。

达目的的这部分没我份，完全属于大哥。他的踏实坚韧，总让我暗自赞叹。自忖，反正我是做不到，或者，不屑做到。起初父亲也不过是试试，因为工作量太大。仅主屋地基的石块用料就需要一百多立方米，平地堆起来好大一堆，几乎小山一座。那年月，采石场依然沿用千百年老祖宗传下来的手动模式，没有任何机械借用。让十几岁的少年郎仅凭双手把这座小山搬上搬下，移至三公里外一处小工地，需要付出的体能消耗无法计算。

父母创建这份家业，大哥应该是最重要的参与者。唯我每日追随于他，看多了他身子前倾竭力拉车的模样。成年之后，与大哥有过几次争吵斗气。然而只要静下来，一想起他当年被汗水打湿的后背，就对自己怒气冲头时的愤愤之言心生愧疚。拉车冲上小木桥，哥俩绝对劲往一处使。而最让我难以释怀的，是他那时真把我当小弟，从没计较我随在车后的偷懒取巧。回味这份扯不断的携手之情，还有什么大不了的纠葛不可化解？

出力出汗远比消闲轻松的感受深刻锐利。与大哥协力搬运龟山之石，是我少年时代挥之不去的一段记忆。人总得亲历一些艰难困顿，才能明白生活的不易，才能理解父母的苦心。

三、宅屋寄寓

从无到有，一排新屋平地而起，肯定主要是为了居住，但又好像不止于此。古往今来，上到权贵，下至黎庶，都把起楼盖屋作为人生一件大事。旧时那些豪门贵族，总会以一座外在的可见的颇具规模的宅院来展示自家的体面和身份。而同样，黄土地上一代代面朝泥土背朝天的底层农民，也舍弃不了盖几间土屋的理想。这其中，是否体现缀系着某种生存理念？

人是一种神奇的动物，往往会把内在心理需求转化成某种工具、建筑、艺术品，或者文字。也许房屋的许多意义也在于此。它不过是把在生命过程中向往平稳渴望安全的心理需求用一种看起来坚固恒久的物质形态显现出来。故国家园，对农家而言，几乎可以等同于性命。即使再黯淡的人生，建造和拥有了几椽或许简陋却也温馨而可靠的包容和庇护，艰辛繁冗的打拼似乎就有了一些亮色，飘荡无序的命运似乎就可以扎根，混沌散乱的人生也似乎得到了凝聚和规整。是否父母也有类似想法？一座新屋，是他们前半段人生漂泊动荡出生入死的回报，也是他们后半生回归故土、希冀安稳平和的寄托。

在乡下见多了寻常人家的起楼盖屋。旁观，不细想，也看不出多么有趣或了不起，顶多就是一场忙碌辛劳的求生表演。而自己也经历一回之后，才有了另外感受，这何尝不是普通生命实现自我价值的一种事业？脚下这块拥挤且并不丰裕的土地上，天天都有无数垒砌打造茅舍蜗居的卑微事件发生，正是这些永远不会被载入史册的小打小闹，填充滋润支撑着大历史的筋骨肌肉。没有了这些似乎可以忽略不计的凡庸劳作，没有了底层草民用血汗构建起的世俗生活，历史的恢宏场景怕也就干瘪苍白了无生机了。

那座木桥，终于完成使命，结束了自己的历史。它会不会也有自己的记忆，会不会在最后被拆毁前也有感慨和怀念？它承载过那么多来去匆匆的车辆和脚步，那些车辆那些脚步又携带着一个个美妙或不太美妙的梦想。这一切，随着木桥的消失，也都早已消散或即将消散了吧。如果一只蝴蝶扇动翅膀都可以给世界带来一场翻天覆地的动荡，那么一座木桥的存在和消失，是否也会给这世界带来许多不确定也无法挽回的影响？

它不远处的龟山在前些年完全消失。县城里无数个与大哥一样的愚公，一天天跨过木桥，运石不止。龟山就这样一小块一小块经历了木桥的依托，最后被埋进某个人家宅院的地底。多年之后，另一茬人类考古挖掘时，没准会对地下遗址这么多石块的来历疑惑不已。

四、我与老宅

世事的有无意义或寻常不寻常，看用何种概念去衡量理解。人最喜欢也最善于编织概念，再用这些"概念"去评判认定事物，演绎出某种结论。这话是我在去老宅路上忽然想到的，我不知道这与看老宅有何关联。其实关联也往往是一种想象。人类另一种喜欢做的事，就是给无序的世界自以为是地想象出某种规律。

意识里我对所谓"老宅"并无太深厚情感。年少时自己心性倾向于带点儿虚幻色彩的任性自在，一直没能与老父亲准军营式的家政管理合拍共处。以主人自居的父亲不甚情愿在宅院势力圈里的权威受到儿辈挑战，对我的犯上行为自然要给予打压。打压方式颇合文韬武略之道，不仅口头训诫，还有棍棒威慑。老人算是"棍棒出孝子"理论的信奉者和实施者，所以棒打孩儿时，他应该真以为在做着有益于后代也有益于社会的好事。

我是棍棒教育的亲历者。回首以往，好像父亲的击打并未把我锻造成温驯的优良少年，功效有限。不过，又觉得自己毕竟还是长成一个守法公民，是否父亲施于我的棍棒多少还是起了作用？不确切，反正也无法退回去重新试一次不受敲打会成什么样。所以没比对也就没结论，怎么评说都可以。有意思的是，或许正因为自己领教过棒喝启蒙，对现在珍稀宝贝般的新生代难免侧目，我居然也渐有认同"棍棒"修理的倾向。老花镜里，现在欠揍的熊孩子不少。

与父亲在老宅院里的较量，算起来也没几年时间。束发而至弱冠，一晃即过。父子的身高差距迅速缩短，老人很快失去武力震慑的优势。至于口水仗，儿子的争辩似乎还更为词汇新鲜略占上风。父亲最后的杀手锏，就是吼一句"这是我家，不乐意滚出去"。此语对我几无杀伤力，反倒有激励鼓动的意味。我那时的追求正是希望挣出父母羽翼，实在没把他们凝注心血的家业太当回事。大口气的说法：好男儿四海为家。好不好男儿不好说，倒是的确以为"外面的世界很精彩"，时常惦记着赶快跑出去领略观赏，哪有心情囿于故土一隅与老人家斗智斗勇。

年少青春时抛家赴远的想法不算荒唐，人都免不了有几天感冒发烧。当初父亲比我还年少，就毅然决然离开黄土深沟里那个小村奔赴军旅。我的不安分，应该有父亲遗传基因在推波助澜吧？所以父子俩虽然朝野之争不断，但在我离家问题上却意见出奇的一致。父亲对我赴省城求学的坚定支持，是我一生都应该感激的。

这一走，我与老宅院原本轻浅的牵连，就越来越少。放假或过节，有时还回去住几天，仪式性的，过场性的，待不了几天就要掐指计算返程日期。那时，自以为已经走向人生更开阔处，很不理解也很不屑父亲静守于近乎山野村夫式的小院生活。他也算戎马半生走南闯北，经历过许多热血长剑的场面，怎么就能收回海天心性意趣悠悠地在这方小天地里以畦蔬树果为乐呢？只是过去许多年后，当自己也颠簸跌宕一路风尘觉出行走人生的疲惫，才忽然发现，父亲的退归或许是我难以企及的一种境界。

五、宅院农事

变异抑或进化的大环境，生生扯断了许多人身后那条通向土地的血脉。黄土塬上古旧的耕植世情已经渐行渐远，走出了现代生活的视野。或许就是所谓失去的往往美好？高科技快节拍的旅程中，我发现自己居然渐渐生出向当年老父亲靠拢的念想。不太能厘清的，究竟是父亲农家基因在发挥效用左右我思维，还是真的品悟出，父亲当年营建的那种生活，看似质朴无华村野之气，却另有一番活在人间的自在。

听过一种说法，人到某个年龄，花花世界混够了，就难免思念故土家园。也许吧。但是否还有另外原因？年少时不以为然不经意间的浸润熏染，是会细雨润物般渗透心扉隐入心底的。只要气候适宜，它就发芽抽枝，在心中生长成活泼泼翠生生的愿景。而我这愿景，怎么看怎么像父亲当年在老宅院里勾勒出的畦圃耕作图。

畦圃耕作，老乡的直白说法是"土里刨食"。辛劳是没的说，却也同时有收获的快乐。这世上，最不哄人也最懂得回报的就是土地。你送它一把汗水，它就会还你一份收成。院里这块土地，在父亲的料理下，当然也有我们弟兄几个不得不顺从长官意志的卖力流汗，很快形势大好，一派欣欣向荣。清晨推门出院，眼前碧绿水灵一片，真让人舒畅快意。人类毕竟来自于自然，怕也只有在自然或近乎自然的氛围中才能更真切感受到生命舒展生长时的生机勃勃。

院西头是一片玉米，森密葱茏产量惊人。从嫩玉米吃起，吃到中秋，还可以很情调地在檐下金灿灿悬挂几串。中东部是菜地，一畦畦布局均匀，品种多样。但凡餐桌上常见菜种基本齐备，红黄紫绿颜色鲜艳。一家人吃不过来，时有邻人亲友串门摘几颗带走。印象最深的是西红柿，父亲总会在枝上留几颗肥硕的，待其自然熟透。清晨露水未退时摘下切小块佐餐，凉爽酸甜，口感实在好极。院里还错落有致栽培了十几棵梨桃李杏，渐见成效。长条青石桌上是一架枝叶稠密的葡萄，结果颇丰。从初秋半熟时开吃，一串串直吃到深秋。剩余的全部剪下贮存于米糠缸中，足够品味到过年。

稼穑谷蔬事，当然主要还是用来讨好口欲。然而挥汗劳作之外，往往会有别的领悟。看着亲手播撒的种子一天天发芽长大，看着栽插的菜秧一天天蹿高开花，不禁就会生出一种创造生命的成就感，心里的欢喜莫可名状。我不知道父亲是否就是在这样的心境中找到自己安度晚年的支点。他的大半生在厮杀场中度过，见多了生命的毁灭。现在，他终于可以远离硝烟，在自己的园子里，培育和相伴着一茬茬美丽的小生命。

父亲躬身于自家植物王国的形象，与老宅院的记忆已经糅合为一体。想到老宅院，就会想到院里铺陈张扬的禾绿花红。想到那些生动水灵的豆黍瓜果，就会想到正在枝叶簇拥中劳作着的父亲。这场景，因了几十年岁月的渲染搓揉，已经幻化得有几分古旧渺远。只有这个再不会挨父亲敲打的儿子梦回老宅时，依然活灵活现。

六、旧事已远

一处宅院，明面上无非是用来容身栖息，然而好像又不止于此。比如，它或许还隐含着许多卑微生命的一点儿尊严。只要拥有一隅哪怕很破旧的住所，就差不多等同于脚下一小块属于自己支配的存身立足之地。它常常还算是一份看得见的家业，既用来现实地荫护家小，还可以当一份比较恒久的资产留传后人。

人是一种有趣的动物，虽空手而来又空手而去，却总希望身后在曾经生活过的土地上存留点儿什么。伟人豪杰，求的是青史留名。而寻常百姓与史册无关，多少留几椽陋室给子孙，也算没有枉在人世混迹一遭。父亲是否也有这样的想法？不知道了。父亲的严厉，阻断了父子间的心灵交流。老人晚年心境究竟飘过怎样的思绪？这是一个再没法找到答案的疑问。

回头细想，这所我曾经没怎么当回事的老宅，似乎还象征着也显现着一个家族由盛而衰的过场。蒿草丛生的荒地上，一处簇新宅院的建成，同时也是一个生机勃勃新家庭的出现。父母在战争年代构建起的小家，直至框入自家新起的宅院，才算真正结束了动荡漂游，有了正常居家过日子的景象。在这块小天地中，小小杜氏家族也才有了以后几十年红火热闹的繁衍生息。

红火热闹，不是形容。满院碧绿丰茂的菜蔬瓜果，烘托出旺盛蓬勃的背景。而下下一代生命也来到人世，十几个学语小娃奔来窜去，更显现着新生命的鲜活。院墙里大人呼唤小儿打斗的情景剧成了常态。年节时，二十多口人闹嚷嚷摆几桌聚餐，几乎一个单位模样。祖孙三代，总有许多现实琐屑事项需要应对料理，也难免你磕我碰引出一些世俗家务的小纠纷。这让母亲既烦心又骄傲，既劳累也快乐。喧腾热闹而事项繁多的日子会让人觉得前面大有奔头。

多少年过去，衰迈的老母亲与我对面而坐，几次喃喃说起当初"大人家"的旧事，那才像个活力洋溢的人家，那或许也是老人心底最充实丰满的记忆。

天下没有不散的筵席，此语一出，似乎世间人事都绕不开躲不过这一"魔咒"，只是盛宴中杯觥交错酒酣耳热的人们不知觉或不愿意面对。"大人家"热闹了几年，终究也有散筵的时候，我应该是第一个离席出走的。

局中人，过程中人，往往不会深想或者也不可能想到。后生一代向上向外的努力，当时看来实在寻常，俗世凡人谁不如此？然而一步步走过去，却往往会引出育养扶助他的家族从聚而散由盛及衰。人们心里的发展，应该是由弱小到强壮。世事真正的变化呢，却常会从满盈而至亏缺。几年之间，我们兄妹几人各自成家，迁出另居。曾经围绕老人膝下的下下一代，也都匆匆踏入求学受教的另一道人生轨迹。几代同堂的老宅院渐渐冷清，只丢下两位留守老人。

母亲通常坐在中间卧室靠窗户的铺上，手里编织着毛线。坐的那个角度，只要一抬头就可以看到宅院大门。她或许在心里依然时时期盼着，像当初饭点儿一到，一个又一个孩子前脚后脚从大门进来。红尘世俗大体不过如此的场景，再思量却也温馨有味。只是过去就过去了，哪可能返回来重现？

父亲依然劳作于他的试验田。未必有多少做不完的活儿，无非只是他还可以有所为的最后一块阵地。然而草木年年依旧葱茏，老人却未必能支撑很远。终于有一天，父亲栽倒在蔬菜架下，再没恢复过来。父亲走后，母亲的日常料理成了问题。另立门户的子女们不可能重返老宅，母亲开始了辗转于几个孩子家的生活。环境的不确定，还有当初大人家情景的难以释怀，母亲晚境心中应该有许多深深的无奈。

我再没踏进过老宅，只是偶尔听母亲和哥哥说起。忙于自己生活的后代，没谁把宅院里的耕植再当回事。菜地迅速荒废，野草蔓延疯长。久不住人的瓦脊开始漏雨，围墙在一次大风雨中坍塌。曾经挺拔坚实庇护温暖过一个大人家的宅院，竟然不几年就变得蒿莱丛生冷寂圮废。

　　在老宅院附近徘徊良久，以为会有的怀旧情绪只略略冒头就很快消散。目标不存在了，所谓"老宅院"已成记忆中的符号，准确位置都有点儿含糊不清。长街与整个县城同步，变化实在大，碾碎重来式。被推走的，消逝了的，不单我家一座院落。曾经，仿佛一卷完整的世俗风情图在这里铺陈展览，忽然却被一场迅猛而至的城建飓风吹起刮走，飘飞得无影无踪。那些土墙土院老态龙钟的框架，被雨水洗刷浸染成灰褐色的瓦脊，那些当初习以为常斜来绕去的巷道，还有群屋环绕着的水洼边一眼深井，都被抹擦殆尽，一点儿痕迹都没留下。

　　沿街前行，直走到当初北城墙脚下，此处原本应该有几座我做建筑工人时参与建造过的厂房和办公楼。开工竣工的厂家招待宴席，还清晰留存于记忆，我和几个伙伴有过饭桌上比赛吃一大碗炒鸡蛋的荒唐。然而，当初所谓"百年大计"的设计和检验，真成了笑话。五十年没到，眼前再见的已变成几幢做工潦草的高层商品楼。

　　人世劳作，筹谋算计，经得起时间洗刷的怕是没有。不必多，再有五十年，谁还知晓街巷里曾有一处装载见证过我少年时期的老宅？谁还知晓这一大片上百户普通人家瓦屋土墙中也同样有苦有乐有滋有味的生存演义？谁还知晓几十号建筑工人在这里投入过的拓建工程？我所知晓我曾亲历过的那时那场好像也很喜庆也有情调的筵席早已散尽，眼前另一场热气喧腾的豪阔盛宴正进行得有声有色。然后呢？

从建筑队出逃

一、想到建筑队

想到建筑队，是因为散步。门前漳河堤岸，正好是我若干年前从建筑队退职后常来徘徊的路线。那一段似乎被时光稀释得若有若无的经历，其实并未从大脑信息库里完全丢失，只是被层层叠加没完没了的其他琐屑事件挤压在底层一个不起眼的角落，要等待适时的心境，才会被回忆搜寻翻找，再拼接出有几分好玩的往昔情节。

阳光从河面弹射过来，化作一朵朵闪烁炫目的金花。我轻轻合上眼帘，年龄已把感官打磨得平和收敛，不大愿意接受过于锐利的碰撞。现在好啦，金花被挡在视觉之外，它们肯定是猝不及防，进不得又没法退回去，只能弥散开来，化成慵闲糯软的气场把我萦绕。我就这样合眼立在河边。无人，静寂，清风从脸庞微微掠过。这是一种良好的放松状态，我知道心里又会有什么念头在发酵升腾。

几十年前，我还是孩子，就知道有这样一种自己逗自己的小游戏。合住眼，目光内收，静静等候，许多并不需要刻意构想的古怪念头就可以咕嘟嘟冒出来。追随着一个个花花绿绿东奔西窜的思绪，任它们把我带到海角天涯过去未来。这游戏让我开心，却也时不时会为自己的荒诞无聊略感羞涩。好在别人不知晓，我也从没跟谁提起过。我希望保持这点儿秘密，即使一个人走在空旷寂寥之中，有几个傻乎乎的念头做伴，也就不太觉得路途漫长艰辛。当初那个非要从建筑队出逃，又独自在早春萧瑟清冷的河滩上走来步去了一段时日的傻小子，或许也离不开这些野性勃勃的小意念撩拨相助。

从我现在已经爬到的年龄高度，回身俯瞰，很容易看明白那小子当时的庸人自扰是多么无谓。但我还是没法确定该怜惜还是蔑视他。事实上，不是他一个人遇到了问题。大气候的微小变动，都可能大范围地左右芸芸众生的命运走向。何况，二十世纪六十年代末，娃娃们遭遇的"气候"，应该够得上非比寻常。那些到农村到边疆的小年轻，嘴里常念叨的一句口号就是"在大风大浪中锻炼成长"。这口号真被念叨成世俗生活中的风浪，从天际呼啸而来，渐渐逼近偏远的小县城。

立在河边的我，现在可以被泛起的似乎有点儿怀旧意味的思绪带回那个时间段，退到发配自己去建筑队的办公现场。

二、分配现场会

小时候对政府官员不甚了解。身边熟悉的人群里，父亲虽然算是在做官，但我觉得他不很够格。因为他履历的大多数时间是军人，俗语：行伍出身。这出身给了他颇为严厉的作风，对我的不听指挥，动不动就一顿训斥，揍屁股也是常态。这种官员谁受得了。我以为的合格官员，应该是电影里的首长模样，笑眯眯背抄着手，一见我这样乖巧的小孩，马上过来拍我肩："小鬼，玩泥巴呢？我小时候也玩啊，好好玩，长大接我班。"听起来多舒服，这才是为人民服务的好官。

现在得说说第一个给我留下深刻记忆的官员了。见他，是在县府（那时称谓"革命委员会")一间大会议室。街道办通知,让我去那里参加"接受再教育"现场会。

这之前,有长长一段时间的铺垫。京都省城的学生娃,早在锣鼓喧天中奔赴广阔天地了,县城近百名吃商品粮的学生也开始嚷嚷这件事,搞得大家情绪起伏悲喜莫名。起初据灵通人士(这类人哪朝哪代都有)说,已经定了要去某某小村,那里腾空几排窑洞等着我们。反正人人有份,谁也跑不脱,倒也没啥可说。后来灵通人士又探来消息,学生里有十几个县府现任官员的子女,所以官员们又觉得接受再教育不一定非到乡下,城里工矿企业也可以嘛。官员们还可以就近监督检查,没准再教育的效果会更好。于是,我们的命运在不知不觉中又被改写。工矿企业的门类就多了,按照常规习俗,好好坏坏区别很大。而向上向好,人之常情。何去何从,有悬念了。

那年我十六岁。说花一样年华,自己会觉得害臊。那个年代,像我这种俗语所谓的半大小子,有人嫌没人爱,大多偏于情商粗糙,不习惯装嫩卖萌,然而稚气无知确是事实。不谙世事,虽是人生短板却也有好处。因为见识少,才会收获新鲜和触动。总以为书本里说教是真,离了学堂,马上就能感觉出反差,更容易比对出活生生众生意态的别有花样纷繁多彩。即使寻常人事,走近了接触了与己相关了,也可以看出许多以前不知道不明白的七七八八。

我那天的心态,应该是几分惴惴也几分期待,毕竟就要从这里起步去面对一种新生活。步入会场,见喊喊喳喳已经排排坐好一大群人。我知道他们,我也是其中一员,没正儿八经毕业却又不得不毕业的县中学学生。同样这堆人,往前十几个月换一幕场景,出演的是另一套节目,名曰"革命运动"。别苛求他们,十二三、十四五岁的孩子,你让他们高瞻远瞩认清历史发展趋势,那才叫开玩笑。没谁搞明白怎么回事,只是当时许多台词让他们觉得很厉害很过瘾,砸烂什么,捍卫什么,好自豪好兴奋,热血上头。任何人,只要觉得自己有用且有大用,内心总是容易飘飘然。

转瞬间节目却变了花样,自以为很重要很有用的一帮小朋友,忽然成了需要工人农民来拯救教育的回炉对象。正面形象变成负面角色,这弯转得有点儿狠,没谁想到会演变成这样,游戏抑或闹剧? 一头雾水。要等若干年后,时间换空间，拉开距离，人们也许才能去重新认知和鉴定过去的是非。身份大变之后的一群学生娃挤坐在同一间会议室，以前那些豪言壮语、观点对立全都烟消云散，没谁再提，所关心的已是谁和谁会到哪个单位。

去之前我还想，名曰"现场会"，或许有一套热热闹闹颇有气氛的过场，某某殷切勉励、某某慷慨表态之类，那年月这种场面我不陌生，大大小小经历过若干回。但看起来却又不像，会议室连张红颜色标语都没贴，等半天也不见有任何像模像样的领导入场。疑惑之际，会议室前面的门"咣咚"一声被推开，主角总算出场亮相。

有知情者低声嘟囔，就是他就是他。谁啊？不认识。我还以为进来一个为领导摆水杯的服务员抑或小秘书。有眼不识金镶玉，我犯错误了。此人都不认识，说明我根本没搞明白这次"现场会"的真正内容。

三、看拔须表演

年少时，觉得自己还算聪明，证据是学习成绩不算太差，还可以读得进老师家长认为不该我读的闲书。待后来脚踏实地开始享受俗世生活，才慢慢扭转认知。成绩和闲书，作用实在太小，起码是太慢。而对现实人生有真切效用的聪明，在于懂得如何谋生求存，给自己迅速而不怎么费气力就能弄来一碗好饭。寻食刨食抢食，才是普世人生最紧要的事务。资源总是有限，食物链上的争斗也总是没法避免。

此次所谓"接受再教育"现场会，其实是县府为几家企事业搞的一次招工分配会。那时（当然后来也同样）某些官员喜欢把日常工作冠以一个合乎形势要求的名称，所谓名正而言顺，既显得紧跟时尚，也自我感觉在做着很要紧的公务。这是我后来也做了小官员才明白的道理。

单是再教育，听起来给人的感觉就有阶段性或时效性，反正我是这么理解，不可能让我受教育到老死吧。而招工呢，依那个年代大伙儿基本认同的从一而终的职业理念，就有了事关此生一辈子饭碗和身份的意味，大问题了。事后渐渐听到许多谁与谁关系如何、谁去找谁沟通勾兑的传闻故事，我才略有醒悟，第一次遭遇生存问题小考，与那些嘟囔"就是他就是他"的同学相比较，立马显现出自己的浅见无知。

这个"他"姓吴，个头虽然偏于低矮，表情却很庄重威猛。板着面孔，不瞧众人，重重的步子，"腾腾腾"直至讲桌边。略停顿，举手抚发，才很有架势地坐下来。又停顿，做造型展示，才窸窸窣窣从公文包里往外掏东西。纸张、本子、订书机，变戏法般，拉拉杂杂摊开满满一桌，最后掏出一个乌油油的铁镊子。接下来的画面，出乎想象了。吴先生弯起一臂，支肘于桌面，脑袋凑过去，开始耐心而津津有味地用镊子搜寻脸颊唇周胡须。发现，夹住，拔一下抽动一下面部，好不痛苦又好不惬意。表情生动到位，堪比王景愚大师"吃鸡"。

底下一屋子学生观众，作敛神屏息发蒙状，不明白这是何种仪式，该鼓掌还是该欢呼？不得要领，没法配合。只能静静观摩，气氛几分肃穆又几分暧昧。

许多次回味这段情节，总窥不透吴办事员的丰富内心。拔须，够不上强蛮暴烈举动，未必能让别人惊骇，也好像不算雅致优美表现，为修养品行加不了分，为何非要当众表演？

拔须仪式持续了好一阵，底下观众已有审美疲劳的苗头，好在蠕动抽搐的下巴已光溜溜泛起一片褐红，可以收工。吴丢下镊子，张目扫描众人。也只是一扫，随即眼帘即合，仰头。那姿势现代许多歌星常用，时下修辞：酷毙了。如果这时吴先生来一嗓子仰天长啸，或吼几句"妹妹你大胆地往前走"，那才够劲，我肯定跳将起来为他鼓掌叫好。可惜没有，略扫兴。吴开始老衲念经，语调缓缓拖长，说几句"接受再教育"意义如何重大、服从分配才是本分之类的报刊社论套话。虽无新意，倒也讲得语重心长，气度不凡，不由人不服。

这是我第一次近距离目睹与自己命运相关的小官吏，一番言说举动，尤其目无旁顾自在拔须的表现很有舞台效果，所以记忆深刻。多年后回乡去访老同学，闲谈之际，忽然听说吴先生居然住他附近。忙问周边近邻对吴的看法，同学说，好人一个啊。温和谦卑，很少与左邻右舍争执斗气。退休后更是低眉笑眼，见谁都殷殷问候，俨然随和低调的老好人。

几近忠厚长者像，与拔须拖腔官吏面目差距甚远。果为一人？哪个是他？

待后来，我也在红尘中摸爬滚打，做了几年芥粒小官，才稍有所悟。岂止一方水土养一方人，一种职业也会成就一种气质，南橘北枳之义。

现场会的高潮，应该是后面发放派遣证那一段。然而不晓得为什么，这部分过程我记忆反倒比较模糊。大概的情形是有人欢喜有人忧。但凡有人群的地方就分三六九等，就有各种欲望好恶的纠缠，但凡是个正常人就免不了亲疏远近爱恨情仇，所以也别对群体的公平合理太过奢望、太过苛求。

我是属于忧派的，建筑队在那时人们心目中，归于苦力工种。一个梦想着当工程师或者科学家的小年轻，突然让他到建筑工地干苦力活，不忧一下才怪。我好像忧了还不止一下，经历了好几天食不知味的煎熬，最后才扭扭捏捏心不甘情不愿地去报了到。

对吴先生，我起初是有点儿小怨恨的。好在小年轻的小怨恨，没多久也就化为一缕青烟。其实事后细想，吴在分配中的作用未必能有多大，办事员而已，具体执行者。而且，当时县城里那些比较简陋的工矿企业，区别虽有，也微乎其微。实在不好说这点儿区别就会成全或毁掉一个人的前途。人总得在不同时间段给自己找到点儿可忧的理由，以此抵消对自己无能无知的自责，这或许也是人生自我宽解的一种小手段。

记得一句鸡汤语（我这人到现在依然浅薄，被许多有识之士鄙夷不屑的鸡汤语，我还是愿意灌自己几口）：人生路上遇到的每个人，都会是我们的贵人。这话可以轻易找出一百条反驳的理由，然而我还是喜欢。

真心愿意认可吴先生是自己生命旅途中的一个贵人。如果没有他把我拨到建筑队，就不会有两年之后我从建筑队不管不顾地出逃。如果没有从建筑队出逃，就不会有后来去省城的求学。如果没有去省城读书，就不会有我后来人生道路上的一连串故事。因缘相扣，一环接一环。谁能在当下过程中就悟出就知晓某一环节绝对的好或者不好？我感谢吴先生。

四、走进建筑队

回忆不是什么雅尚的事，它往往不过是闲极无聊的产品。就好像深夜无眠的老妇人，实在找不到消磨时间的办法，只好蹒跚到屋角，拖过早几年就没再使用的木箱打开，里面零零乱乱堆满沾染着岁月尘埃的衣物。随意拿起一件看看，噢，这好像是如何如何一回事，忽然就坠入好遥远好遥远的往日。孤灯静夜，思绪渐渐泛滥开来，丝丝缕缕点点滴滴勾描出半似真切又半似虚幻的一幅幅旧时图画。

只是建筑队的情节实在太久远，整整半个世纪，记忆也未必靠谱。好在，从旧木箱里居然翻检出几本老日记（赶快声明，这可不是比喻了，真有几本纸页泛黄的本子压在箱底）。翻开，找到几段回忆建筑队的文字。看日期，1981年4月。也就是离开建筑队整整十年之后涂写的。十年回忆录？好像是，我这人有这种恶劣毛病。

先把文字复制下来：

班长把我从队部带出来，朝木工班住处走去。那是间简陋陈旧的大房间，全班十几号人，挤在两排大通铺上。

进屋，第一感觉是光线幽暗，好一阵才看清床铺上七躺八卧的工人师傅。第二感觉是空气污浊气味难闻，实在是无法呼吸令人窒息。随之而来，居然心里生出莫名的小恐惧。一瞬间所见所感，恍若做戏又如入梦境。眼神飘飘地，十几张表情淡漠的面孔在眼前晃动，也分不清是现实中的活人还是寺庙里泥塑出的罗汉群像。

没有欢迎词，好像也没谁把新进来一个小徒工太当回事。我只能立正于窄狭的床铺中间左顾右盼。

黑乎乎的墙壁上挂满脏而旧的工作服和各种木工工具，床头床角和地上空隙处堆着许多工具柜和行李箱，靠门的墙壁钉着大木架，摆放着工人们的碗筷、水杯、洗漱用具。床铺下面也塞得满满当当，脸盆、便壶，东一只西一只分不清谁与谁配对的脏兮兮的秋鞋布鞋雨鞋。

只听班长喝道：出工啦。铺上众人才略显活泛，哼哼呀呀坐起，披外衣的，拿工具的，提提拉拉朝门外走去。班长过来在我肩头一拍：跟着。

我就这样踏进建筑队，成了木工班普通一员……

这几行文字，从我的角度而言大致还算客观，但对师傅们的描述却未必尽然。比如，他们并非不把新来人当回事。匠人心性，大多偏于细微谨慎，他们往往似乎无所谓而其实已经在斜着眼暗暗观察。看你初来时的言谈举动，以他们的理解作出判断，然后才决定该如何与你相处。我之后，又陆陆续续来过七八个新徒工，那时我已在班里混成多半个自己人，所以听过他们对新来者的点评。

"某某狗似的"，果然，此后生很快成了时时在班长面前"摇尾巴的小狗"。狗会摇尾巴难免也会咬人，所以师傅们一般不多搭理他，必须有所交涉时通常都笑眯眯公事公办。"某某吃材，猪"，还真是，一副饥不择食的样子，每饭必是声响巨大狼吞虎咽。干活却手脚迟滞，师傅提点再三，仍然看他红涨着脸茫然无措。人们有时会丢给他一点儿剩余饭菜，这让大伙觉得谁都有资格对他调侃捉弄，所以平日里干活累了需要调剂气氛就常拿他开涮。"某某花得眼里出水"，这是个复转大兵，人不坏，只是急于成婚，对异性过敏，见女性就眼里冒光。一下班脸上头上打油，香喷喷地去会女友。对他师傅们不甚防备，彼此还时不时互赠香烟交流几句求婚信息。

时日一久，言来语去，也慢慢知晓他们对我的看法：不是学手艺的，待不长久。说着了，感谢他们"乌鸦嘴"，最后真把我说出建筑队。这两点评价简直不能再好。因为这小子不喜学艺，他们也就没了"教会徒弟饿死师傅"的担心，藏着掖着的操作技巧不仅不回避我，反倒因为我对他们技艺的不甚上心而常要借机显露一下，大概意思是教训我的无知，让我看看鲁班门下的老家伙们如何不可替代又如何颇具文物价值。还因为我或许待不久，所以他们就可以对"过客"略显宽容，班长和几个上年纪的师傅，大都对我客客气气。我偶尔不小心翘尾巴触动了他们的行规，也勉强能含糊过去。木工班两年，最主要的磨炼是身体劳累。体力活，不出几身汗是不可能的。精神方面却没人干涉，任我自生自灭。我对木工班的好感或许就因于此。

五、不做夜壶党

也不是谁都对我睁一眼闭一眼敷衍，我师父就拒绝宽容非要挑剔。这个

"我师父"，得说道说道。那时新来的徒工，通常都会指派一名老师傅一对一负责其学艺入门。对这个师傅，徒工的称呼是前面不加姓氏，如猴哥见唐僧，虽心怀不满却也装出恭恭敬敬呼一声"师父"。而对别的老工人就可以带着姓，张师傅李师傅乱叫了。

木工班师傅，基本还是传统手工匠人心态。依老规矩，徒弟对师父，有点人身依附的意思。你引我入门学艺，我敬你前辈家长。吃饭喝水，先给师父端到眼前。这还好说，尊重长辈，无可厚非。还得给师父料理洗脚水和夜壶，这就"叔"不可忍了。建筑队宿舍，几十人大通铺，厕所在室外很远。所以夜里老人家们都得夜壶作伴。夜壶这东西不好描述，大体圆形带手把的土陶器皿，有个几厘米圆孔，以前县城街道地摊到处摆着卖。现在看不到了，时代进步，厕所已登堂入室。建筑队清晨，厕所门前总会先出现十几个小青年，一脸厌恶又很无奈地举着夜壶"聚会"。想想让我也加入这个团体，脊背就冒鸡皮疙瘩。

誓死不做夜壶党，这可能是主要原因，所以我干脆没承认指派给我的师父。这触动了一个旧式匠人的心理底线，老人家恼怒之极。但凡匠人，民间百姓眼里，归技术型人才。有没有徒弟，是技术和身份的一种象征。我的不认可，大致相当于研究生对导师的否定。而且更可恶的，只听说师父炒徒弟：猴头，以后别跟我，回你花果山自己混去吧。哪有徒弟炒师父？所以不怪师父金刚怒目，错在不按规矩出牌的徒儿。

我师父姓姚，手艺好，心眼多，喜欢贪小便宜。每次星期六回家，都会从工地夹带点木料胶水钉子什么的，几次下来就能搞出个小箱小桌。不过后来见多了建筑队工头们的胡作非为，也就觉得工人师傅顺手捞点边角料实在算不成毛病。他很会应酬人，说话小心翼翼，半低着头，不看对方，却能准确揣摩对方心思。关键场合，用几句很拐弯的话语表达自己意思，常常是失误推给别人，苦劳揽过去。

论技术，姚师傅堪称我师。但我那时心里另有合计，反正我门外汉一枚，这里谁不比我技术过硬？堪称我师者，木工班全体都可以。都可以就等于都无所谓，所以也未必非姚师傅不可。虽然混账逻辑，但毕竟关乎能否远离夜壶党，咬着牙也得顶住。

队里工地不止一处，工人往往分几拨。师父与徒弟一般在一个小组，我就免不了得向师父请教。起初我直呼"姚师傅"，他不回应，把头别到一边。偏偏我想要的就是这效果，你不吭声，我就理解为默认，就敢自以为是胡来。反正出现质量漏洞，有师父顶缸，没我什么事。几次失误操作，都让姚师傅受了班长指责。他又是个很在意与班长保持步调一致的人，难免头上冒汗。

匠人之间，也如其他行当，同类往往有作对头的倾向。据说姚师傅几次在宿舍向其他几个师傅痛述我无法无天的罪恶，别的师傅大都哼一声不怎么跟腔，他们倒是乐意在一边观看姚师傅与我斗气。姚师傅没有援军，自己又实在说不出口非逼顽徒把师父前面那个姚字抹掉。所以战况胶着，迁延几个月，才略有磨合。再呼"姚师傅"，也点头回应了。但时不时还会不太显山露水地挤对徒儿一下。小意思了，毕竟不用料理夜壶事务。

这番师徒打斗，只是木工班诸多争斗中的小花絮。谈不上什么意义，但也多少给枯燥艰辛的生活添点儿趣味。后来回想，苦力人群，吃住干活天天挤在一起，哪可能不摩擦？搞出点小打小闹小火花，宣泄一下愤懑，转移一下情绪，心态或许才不至于过度扭曲。

六、建筑队出逃

建筑队的小工生涯，艰辛而带着危险性，但同时也确是一次认识社会的机会。带着点儿学生情怀的自己，从初到工地的烦乱苦闷难以承受，渐渐向合格徒工身份过渡。艰难了点儿，有时也痛苦了点儿，但毕竟融入了工人群体，大体适应了高强度的劳作。有时高空作业环顾四野，还往往会生出豪迈自得的情怀。

然而，这与我对人生目标的追寻，还是有很大差距的。我在木工班坚持了两年，已有学艺将成的模样，班里几位老师傅对我操斧抡锯的武艺也基本认可。假如我就这样待下去会怎样？同班一块儿干活的几个青年工，在后来全国建筑狂潮中，正好从毛头小伙变成中年大叔，自然而然被推到领班或技术主管的位置。我呢？水到渠成，再不抵也可以混个包工头之类，赚一把钞票应该没问题。我的人生就另一种滋味了。

命运没给我这个"假如"。记得很清楚，十八岁早春时节的某一天，收工返宿舍，忽然就觉出内心冲动翻腾着一种莫名的情绪，非常想改变一下已经持续两年的"受教育"生涯。几乎没来得及考虑，马上写了辞职书递给领导，第二天就自觉主动再没去工地。回味那时心情，挣脱锁链逃出牢笼的感觉，实在是仰天高歌把酒微醺般快乐，好飘飘然。

随即面临的却是大问题，今后生存怎么办？

那时的社会，结构紧密而稳固。底层普通百姓，辗转腾挪的空间极小。从小接受的教育，让大多数人具备螺丝钉意识，啥时得到被拧待遇，或拧到哪个部位，一切听从无处不在的"组织"安排。习以为常，几无奢望，很少有扛着自家命运去另辟蹊径的胡作非为。

我自认为也是颗标准件的"螺丝"，只是与建筑工地螺纹不合，凑合两年，终归跌落。跌落之后，算是有了不服从"组织"的案底。还会不会再被拧到别处，天晓得了。自己没有主动权，唯有等待。十八九岁年轻人的等待，心情绝对好不到哪里。虽不至于"拔剑四顾心茫然"般悲壮，然而焦躁郁闷是必须的，且还不能表现出来。自己把自己从已有的稳定状态折腾成这样，可谓咎由自取。缩在父母檐下，不好意思向谁倾吐，也自知没资格怨天尤人。

我选择的对策是逃遁，比较低能，却简单易行。饭时埋头不语，狼吞虎咽把自己填饱，赶忙撤离开溜。既避免听老人家留声机般唠叨，又逃脱他们给我委派杂务劳役，二者皆我大忌。

逃到哪里？我初中两个同学，曾结伴逃往省城，尝试着小抗争一下，没几天就让公安机关遣送回来，败局。我没他们野性，勇气更小，只在附近打游击。不过，已经足够。

县城虽然巴掌大，好在另有一番天然气韵。漳河环城流淌，颓圮成土坡的老城墙上槐林密布，城南不远还有一座古石嶙峋名曰"二郎"的小山。只要逃离家门，先别管缠负于肩萦回于心的烦恼，加速，迈开长腿，赴约般匆匆走去。没多远，越过残破的城墙，就可以漫步槐林，徜徉河畔，攀爬小山。几分释然，肌肉放松，另一番心境了。

二十世纪六七十年代，小城内大多数市井人生，依然延续着千百年没走样的内敛安分和忙忙碌碌。一方方封闭的小院自成体系，老婆孩子热炕头的生计每天都料理不过来，没谁会花费大段大段本该用于劳作挣钱的时间到城外荒郊慢悠悠踱步。正好便宜了那个夺路而逃的小年轻，独往独来，独自享用周边一大片山水野趣。河畔林下，山巅旷野，几乎天天可见我闲极无聊迈着逍遥步拐来绕去。

常言"触景生情"，大致没错。人是情景动物，很容易接受环境氛围的影响。从四壁逼仄的小家转换至旷野，眼界顿觉开阔，心胸也随即而放宽。反思旧日，几个月的逃遁式散步，是我生活理念的一次再造和转折。或许从此开始，我慢慢学会自觉地走入自然，聆听自然，与自然交流。后来出游成为我生活内容的重要部分，显然也与这一段孤寂中徘徊郊野的经历有关。只要遇到困顿，只要心境低沉，我就会背起行囊逃离现实环境，到大自然中重新寻找自己内心的平衡。

这一段逃避式散步，前后两三个月，相当于整个春季。从早春一片枯叶萧瑟到暮春草木萌动花开灿烂，似乎象征着周边社会大环境也从覆雪凝冰渐渐趋向抽枝发芽莺飞草长。沿河岸山巅走来走去的小子，心境也渐渐从低郁茫然转变得有几分春阳明媚。

4月下旬，散步逃避结束，我的生活又一次发生变化。县中学高中部恢复招生，尽管未必是我所期待，但毕竟可以给自己找一个似乎做着正当事的理由。我还是收拾野心，挤进一堆奶声奶气的同学圈里，开始了并未坚持到底仅仅几个月就又一次选择退出的高中生活，这是后话。

拍校园记

一、思旧之情

别人眼里也许很无谓，对自己而言或许就颇有深意。

要从前一天去学校说起。退休后，我一般很少到校园亮相。不是羞答答见不得人，老皮老脸，没那么矫情。最主要是懒于搭腔应酬，多年惰习。说"懒于"是给自己台阶下。真相是"不善于"或"不会"。应酬是一门技术活，有段位。我其实也很想成为这方面高手，只是天资愚笨，一直学不好。所以，涉及人际交往场面，自己的应对策略就是尽可能避开。

为了避开而少露面。因为少露面，就更让自己成了老同事意识中的"稀有动物"，所以一撞面就越发需要加大应酬力度，多嘟囔几句显示礼貌或亲热的话语。此类寒暄句式，我的水平仅仅停留在最初级也最常用的几个：早啊！吃了？忙呢？以前上班时，同事熟人手里多少都有点儿该干的事，擦肩而过，丢出这几个初级句式，再辅以招手点头咧嘴，大体够用。反正心照不宣，都没太把对方真当回事。

退休了，与老同事见面时的应酬反而成了问题。当然，主要是我的问题。你的起居健康家人行止，都是对方细细考究追问的内容，非要探究到你的某方面或某几方面比追问者糟糕，对方才会很满足地深表同情又略作安慰，有情怀者没准还要赠送几句鸡汤鼓励语，才能放过你。每次这样的见面应酬，我都有被拷问灵魂的感觉，所以，越发不愿去学校露面。

然而人心古怪，忽然又想去走走了。原因也简单，昨天是我几十年前入学报到的日子。这类日子，往往只对拥有者自己小有意义。毕竟是某个具体人物在世间存在过程中的小标记。生命因为许多小标记而分成段落，所谓几十年人生，无非如此这般一个个标记出的段落连缀。

几十年前的求学生涯，早被随后其他段落一步步推至几近遗忘的角落。但小标记埋在那里，偶尔就会因为日期的提示而在记忆中显现。似我这样无所事事之人，难免就会乘机自个儿重温一下。大概两个意思：其一，咱也曾经年少过；其二，从那以后又在人世旅途磨蹭了这么久。

学校距我住所，没有天涯海角的遥远，仅仅一条马路之隔，步行不过二十多分钟。摇摇晃晃，散步般。过大街，再拐进一条名曰"白龙庙"的小巷，虽曲曲弯弯，倒也没啥岔路。沿途向东，不远即是学校大门。

这小巷走过无数回，说得文艺一点儿，应该算我生命中难以磨灭的一长段历程。

但这"难以抹灭"，随口一说，很不靠谱。最多也就自家隐约点滴记忆而已。现实中，眼前小巷早已面目全非，被涂抹得不成样子。有变化在情理中，先别说这些年如火如荼遍地开花见缝插针式的房地产开发，单从时间算，从起初走这条小巷到如今，已有四十多个年头。

什么概念？按古语"三十年河东，三十年河西"的尺度，大可乾坤倒转一下。一条小巷的面貌岂能没有变化？

但也不是完全彻底了无痕迹地改变，依稀可见几处旧迹。譬如火车道轨下的桥洞，仍如昔日般狭窄。车来人往，在这卡脖子部位，就不得不愤愤然侧身礼让一番，才可互不相撞与对方换位。

巷里还有一个布满弹痕的残破碉堡，算是很有历史积淀的战争遗物。我入学时它就孤傲地矗立于路边一堆垃圾中，为早已成了电影中枪林弹雨的场面做着见证。实在惊奇它能躲过轰轰烈烈的拆旧翻新，居然还那样灰灰一副面孔待在老地方。在周围一大片拔地而起的簇新建筑映衬下，更显其不合时宜惹人注目，让我马上想起当初来来回回从它身旁走过的时光。

也就是因为这个破碉堡，我生出到学校拍几张照片的念头。实实在在的旧迹旧物是人生坐标系中的参照，走近它们，那时的岁月似乎可以在回望中复活。然而人世间总是没完没了地推陈出新，好不好姑且不论，起码是种必然，也是种无奈。学校几座四十多年前的老建筑也该改头换面，很快就要消失了。拍它们的意思，是想用图像方式多少留存点儿昔日场景。闲暇时看看，聊以发发思旧之情。当然这话说得有点儿酸，好像自己还很小资情调似的。

第二天午后，白龙庙小巷果然走来一个拿相机的大叔，比比划划不时按动快门，专瞄路边破烂不堪之处。好在现在是全民皆当摄影艺术家的时代，街头巷尾，用手机指点风物或搔首弄姿的大有人在，所以也没谁把我的拍摄放进眼里。

不过，我对去学校拍照还是存了一点儿担心。这担心有来由，自己的拍摄活动在学校小有名气，不太正能量的名气。

说起来，我这种街头胡拍的老毛病，有年头了，二十世纪八九十年代就开始"发烧"。那年月，玩摄影还似乎有点儿前卫，当然也并存着风险。尤其你把镜头对准不甚规范之处，或偶尔一不留心触及所谓"敏感"事物，置于几十年前阶级斗争的大背景下，没准就会惹麻烦。

因此，摄影这种"艺术活"，不留神难免出点儿小意外。当然，主要还看自己拍什么。比如只让镜头对着花鸟鱼虫湖光山色，且尽可能选择美好中的美好，拍得自己飘飘然，别人看了也舒服。

一想到自己的拍摄劣迹，心里的确犯嘀咕。拍风景拍美女或拍自己到此一游的标准照，人们都可以理解。而拍旧房子，尤其是没啥名堂的旧房子，多少就会让人觉得奇怪。怎么给校门口的门卫讲清楚我拍摄的目的？怎么能让他们明白那几座旧建筑也代表着一种时代，也体现了一批人生命中的一段历史？

二、求学生涯

四十多年前（似乎影视剧中老人家台词，然而又该怎么讲？），深秋时节，我坐长途汽车到省城太原上学。车行山间，公路盘旋。车外蒙蒙细雨，秋情一片，景色很美。年轻的心对未来充满了自信和向往，口气大大地念出一首小诗：望山河锦绣如画，奇男儿四海为家。起宏猷风雷漫卷，擎长剑纵横天涯。

现在读这种不知天高地厚带点儿武侠风的诗句，觉得好好玩好好笑，但同时也有几分自得。毕竟有过很狂妄、很自是、很热血也很独立的青春时代。

学校地处偏僻，且又不通公交。按通知书说明，需要这样拐几百米那样绕几百米，复杂得像是寻宝。这些都没有让我犯愁。那时的自己显然很有几分无所畏惧的傻劲，不似现在的蔫头蔫脑老气横秋。

二十世纪七十年代的家长，还没像现在新时代这样娇惯孩子，有那么点儿顺其自然的放心和不经意。我当时十九岁，扛着一个大行李卷，父母想都没想过去送一送，自己也羞于生出让家人护理照顾的念头。何况这以前，我早已在底层劳力工地闯荡多年，习惯了独自应对面临的一切。比较现在被家长一包到底从家门监护陪送到校门的啥都不用也不由自己做主的小男生小女生，不知道该说谁更幸运。

自己就这样开始了到省城的求学生涯。后来我在学校三十周年校庆时写过一篇回忆文章，登到校报上，据说还引起那天返校老校友们许多"美好回忆"。

其实，依通常观念，那一段岁月很难说有什么美好。或许倒是相反，苦之又苦。学校虽曰复学，实则重建。原来城西晋阳湖边的老校区已在"文化大革命"期间被其他单位占用，新校址迁至城东东山上的"小沟坡"。这地名非常形象，也绝对名副其实。从火车站出发，向北向东再向北，之字路线。先走过一条深沟，然后就得爬坡。重新挂牌的学校暂时蜷缩于半山坡上一个废弃的工厂中，教室和宿舍就借用以前的车间。宽大倒是宽大，只是油黑一片走风漏气。夏季不错，四处透风，凉意袭人。一到冬天，只有中间一个大铁炉，哪能驱走北国严寒？课堂上缩手袖间之态难免，时不时还会被讲课老师驱起，来几分钟群体跺脚活动。

最有意思的是睡觉，近似于城建工地农民工住宿。几十个大男生挤在一个破工房里，人多嘴杂好不热闹。晚自习后，各式人物陆续返回。先从洗漱洁身开始，狭小空间轮番作业，稀里哗啦，不折腾到午夜不罢休。刚安静不久，又开始有人小解，一扇木门，推得乒乓乱响。起初一段日子，班里几位睡眠不好的傲娇派，几乎经常处于昏昏然飘飘然的煎熬状态。这样的起居上课条件，加上当时棒子面配水煮菜的主基调食谱，估计时下娇且贵的天之骄子们很难想象出如此不着调的学习情调。

好在我们这批学员，多是农村插队"知青"。我自己，也有两年建筑工地做小工的修为。面对这点儿困苦，真还没怎么当回事。艰难经历确是一笔财富，正如样板戏《红灯记》中一句台词：有您这碗酒垫底，什么样的酒我全能对付。而且，人际世事的屈伸，多由所处屋檐的高低决定。人的承受力，人的适应性，伸缩张力很大。别说谁谁受不了，真到了非受不可的份儿，谁都能受得了。

苦虽是苦，苦却未必等同于不美好。那些蹒跚于珠峰登顶雪路上的攀爬者苦不苦？然而你要说他们不美好，恐怕你只会收到对方一个不屑的斜视。

事实是，这批学员，不仅没谁因了困苦而趴下，多少年后回首，忆及那时岁月，居然还有温馨甜蜜之感。幸与不幸，苦与甘美，在人心中，往往彼此交融难以厘清。曾经当作宿舍的破车间，后来学校拆除时，我还专去旁观了推倒的全过程。尘土飞扬中，内心一阵轻快，却又有一点儿带着留恋意味的怅然。未必真会觉得这旧房子有多珍贵，而真正眷恋和不愿舍去的，是那段与房子相关联的青春岁月和读书生涯。

我所在的这一届，算是"文化大革命"后学校恢复招生的第一批。第一批往往带有开创的意义和责任。意义姑且不论，责任是实打实的。学校重新开张，从零起步，建校劳动就免不了。为配合第一座教学大楼的工期，学生时不时就得离开教室，被拉到工地干活。我是班长，不管心里愿不愿意，行动上总得带头冲在前面。有时想想也觉可笑，自己莫非与建筑工地有缘？好不容易从县城的建筑工地开溜，却又一头扎进省城建筑工地出力流汗。

第一座教学楼的所有粗笨劳作，都是这批学生完成的。从这座楼开始，学校才算走上正轨。而最初几座教学楼宿舍楼的建设，几乎伴随了第一批学生在校生活的全过程，连毕业照都是拍摄于一座还未竣工的大楼前。

绕一大圈，是要说明，我忽然想去拍一拍学校旧楼，总有自以为值得一拍的情由。这要给那些无此经历的年轻门卫讲明白，真得费点儿口舌。

三、树犹如是

然而多虑了，也许是年老衰朽的缘故，一次见蛇，还未必是真蛇，就疑心重重，以为处处会遇到蛇。结果是没有遇到阻拦，拍摄也非常顺利，顺利到自觉无趣。几个年轻门卫懒洋洋的，瞅都不瞅我。咱自作多情了，好没面子。想想也是，一个老头儿哪能吸引太多的注目？而且凑巧，进校园刚打开相机，就迎面遇到几个当年算是我的学生现在却变成学校重要部门负责人的实力派小生。他们今天的客套没让我讨厌，起码可以佐证我的身份，使我在学校这块地盘的拍摄不会惹出事故。

我从那座由自己亲手建起的老教学楼拍起，回想着在这里劳动、上课以及其他许多琐屑往事。这座旧楼，早被后起的一座座挺拔俊秀的新建筑挤到角落，一副爷爷辈模样，土气而衰败。多少人还会再想到它曾经也年轻生猛过？多少人还记得它扮演过的重要角色？多少人还能想到它内里它周围发生过的许多小情节？

在台上时，人们演得都很辛苦，喜怒哀乐、酸甜苦辣，觉得自己的剧情总不如意，总有麻烦，总是盼也盼不到头。谁能清醒地看出这不过是过程，这不过是很平常的小剧目？或长或短，或好或坏，台上的戏总要收场。像模像样比画了一阵的人们都要陆陆续续退出。

台上依然有话剧，但已经是另外一群人。这也许就叫"天地大戏场"。

最让我吃惊的是楼前两排梧桐树。栽下它们时，不过手指般粗细，怯怯地挂着几片叶子，好不让人怜惜。而眼前的它们，却巨人一样耸入云天，密密的叶片遮掩出一大片阴凉，那枝干更是粗壮得一人拢抱不住。

树犹如是！不能不发一声感叹。

钢筋水泥的楼房都免不了由盛而衰退出舞台，细小的树苗也居然长成如此气势，本人一介草民又焉能不起变化？

不过，这是题外话。盛衰也罢，久暂也罢，在更大的自然舞台上，算得了什么？该年轻的时候你年轻了，该狂放的时候你狂放了，该扮演什么角色你扮演过了，轻轻松松来，洒洒脱脱去，也就可以算是圆满一生了。

而现在，我先把我要拍的画面拍下来。有没有意义，那要看自己心里怎么品味。

后来呢，想拍的都拍了，无人阻拦，也没有给门卫作解释。背着相机出来，自己也觉荒唐。原以为很有意思的事，过后琢磨也未必真有什么意思。那几座旧建筑，拍了能咋的，不拍又咋的？

部长学习班

1987 年年初，我在单位的身份小有变动。混到人们不呼小杜而成了所谓"部长"，有了校宣传部负责人的头衔。外人眼里也算媳妇熬成婆的飞跃，实际上，够不够"从八品"，存疑待考。反正在科处级一大把的宦海中，实在是瞬息幻灭的泡沫一个。

不过，小氛围小地盘，我自觉忽然真有点儿重要起来。几位主管上级，轮番请我到办公室，听他们各自宣讲提拔我的恩德。搅扰了好几天，对着我拉长的苦瓜脸，领导同志们应该也很快觉出我的不开窍，没能深刻领会指示精神，自然也就没有随即作出回应演示一番表决心的程式。心里也动过略作表演的念头，酝酿好的台词几次嘟噜到嘴边，却又稀里糊涂随着唾液咽了回去。想想算啦，索性苦瓜脸扛到底，没再勉强自己。

好在我这人自以为还懂得尽职尽力，宣传部工作又是熟门熟路。办校报、抓广播、搞宣讲，另外，诸如理论学习、对外报道、这样那样的政治考核之类，主流行政那一套，头绪虽然繁多，我基本都很认真地部署、组织、落实、检查。自问对得起老百姓放进我口袋的薪水。

可惜的是，我这人在所谓"仕途"上很缺乏锲而不舍的持久性和进一步向上的能动性，对那种顺格攀爬迁升的生活没有多大欲望。过不多久，心灵就开始"打呵欠"。也就是我初觉烦意之时，1987年5月，我被送到省委党校，参加大专院校宣传部长学习班。好歹算换换口味，我欣然前往。

那次的学习班有点儿大背景，即所谓反自由化思潮。自由化的"重灾区"似乎主要在大专院校，所以这批大专院校的宣传部长来提前武装头脑也就理所当然。然而对我来说，从十几岁少年郎开始，已不知经历了多少政治风潮，自己又曾经历过牢狱生涯的打磨，对所谓这学习那运动早已见怪不怪。所以这次的反自由化，在我思想上并没引起太多重视，只是为暂时挣脱训诫宣导别人的角色而觉出几分轻松。

记忆中，这次学习中听了不少算是事关重大的内部资料传达，也亲耳聆听了几位省内理论权威的报告，但具体内容早已稀里糊涂。即使当时，我也听得心猿意马，独自神游的成分居多。

也不总是神游，偶尔还动过搞点儿什么科研课题之类的念头。譬如，有一星期，我决定给六十多名"学员"分分类。分类法拟定了几个，最后认定从听讲时选择座次入手划分较为方便。来这里，这帮人毕竟大部分时间是坐在教室听讲的。

于是，提前入座，仔细观察。居然还真让我发现了小问题。这些人就座位置的选择基本恒定，占据前排的永远是那几张脸，躲在后排的也大体不走样。其余多数，虽然略有稍前稍后的微小位移，但总体而言不会逾越中间界域。

进而又发现，前面那几位，时代感使命感极强。听讲的认真态度就令人肃然起敬，小组讨论时表现更为突出。慷慨陈词且不时挥舞手臂以增强语气效果者肯定是他们。而躲在后排的几位，显然就差劲了。听讲心不在焉，讨论也多不发言。间或讲几句，也是不知所云的话多，更甚者时不时插科打诨，来几句黑色幽默，转移讨论大方向。有几位索性半途出走，黄鹤一去不复返，直到开饭时才能重现他们兴致勃勃的身影。坐在中间的大多数，特色就似乎很难界定。听也在听，记也还记，但免不了交头接耳，或做其他杂事，有几位就在讲义下放一本什么杂志。讨论时也会来几句表态式发言，但千篇一律，与社论或评论员文章保持一致，不温不火，不急不躁，不前不后，很符合老祖宗中庸规范。

这项游戏研究自然不会真出结果，没事找事而已。几天之后，自己也觉得荒唐。在笔记本上写了如下一段话：抽烟者，喝茶者，在台上絮絮叨叨者，煞有介事费力作笔记者，胡思乱想者，早已溜号者……时间嘀嘀嗒嗒前进，老百姓用血汗豢养这样一批包括我在内的油头粉面辈，意思何在？

关于排座次的研究报告到此为止。

没有目标，我的状态不免每况愈下，不几日就堕落到后排逍遥分子阵营，而且很快学成溜走大法。

溜号者也各有招式，有几位是把笔记本和水杯一摆，兴致来时，不管台上宣讲者如何天花乱坠，起身拍拍屁股就飘然而去。这些人勇气可嘉，但搞得老师随即颜面拉长，双眼直瞪后排，有火药味，不太科学。

我属温良恭俭让派，很同情老师的辛苦，撤退时机就略有讲究，而且出去太早阳光也不够灿烂，所以要少安毋躁一阵。等老师有了口渴之意，端水杯作牛饮状时再起身。他放下水杯我也从后门消失，互不影响。有时遇到功力深厚的老师，偏不喝水，那就在他转身到黑板上展示自己板书技艺时再动作，也有异曲同工之妙。

当然有时会遇到执拗得既不饮水也不板书且双眼仇敌般盯住后排的对手，也只好泼皮无赖一把，夸张地抓一张纸且略略抚摩腹部，然后出走了之，他总不会追我到厕所吧。

省委党校的绿化下了大本钱，虽然设计低劣，花亭月榭弄得一般，而一块块草坪花圃还是给人几分较之于阴冷教室略显自然清新的感觉。尤其校园西北部，姹紫嫣红的花园深处，有一小角被园丁忽略的野草小树风光，正好做了我逃课的好去处。

这里似乎曾做过菜地，畦埂还隐约可见。顽强的野草在无人搅扰的状态下悄悄地收复了它们被夺去的领地。这些比人类还久远的细小生命，会让我想起赫胥黎在他那本《进化论与伦理学》的开头描写窗外野草的段落。

坐在畦埂上，看枝叶间洒下的斑驳阳光，看微风中摇曳的野草，看草丛中星星点点嫩黄或翠蓝的小花，看脚下忙碌的蚁群世界，真有点儿活神仙的滋味。这种时候，就恍恍然觉得，说不清的什么久远年代，我就这样悠悠地逍遥于荒野丛林之中。

这样的灵魂出窍，危险性极大，有毒素。本来手里还有一册很雅致的书，却也读不进去。而且，从教室里撤出时，原计划不过是小偷小摸混个把小时。而一入白日梦，一个上午或一个下午就在野草萋萋中消耗完毕。

有时我觉得，人类亲近自然，就仿佛某对男女的热恋，没有什么道理。或许只是基因中潜藏的古老祖先在荒蛮旷野中的生存记忆在作怪。一刹那间，心灵穿越时空，你站在现在的野草绿林之中，你又分明站在同样情景的久远过去。大自然的变迁是以数百万数千万甚至数亿年来计算的。而人世的变迁，不能说朝秦暮楚吧，几年十几年就今是昨非，浑然若梦了。短暂和恒久的反差，当然会让人联想翩跹、感慨万端，几个什么理论权威做的讲座，何足道哉！

人迹罕至的这一小角荒野，给了我在省委党校最愉快的记忆。野草丛中，我曾写过几篇自我感觉良好的小散文。什么《大自然，我对你说》《花的启示》《青虫的故事》之类，都自己给自己登到校报上，也算没有白到这里镀金一回。

盛夏时节，培训终于结束。我很忠实地坚持到最后，连毕业前的合影都不放过。当然也不是觉得这种拍摄有多荣耀，只是想留点儿证据，返校后向领导交代我的善始善终也有几分说服力。可惜后来领导同志们也不大在意我是否迟到早退，更没意愿细细观赏那几排不甚知名的学员人物像。我也就一扔了之。

摄影缘

　　回望自个儿人生，有两个字必须提及：摄影。曾经玩过几年摄影，是我生活中还算有趣的一段情节。

　　这个"玩"字，得解释一下。我混过的小摄影圈里，几个摄影老手喜欢这么自诩，我是鹦鹉学舌。但此"玩"与彼"玩"不一回事，有档次之分。

　　老手的"玩"，有居高临下武功盖世的自信。这几位准大咖级人物，技艺虽还未及炉火纯青，但毕竟把玩相机多年，出过几张不错的作品。一个"玩"字，尽显人家纵横摄影界的风流。而我学来的"玩"，却含着几分谦卑。自以为在拍照片这个群体里，顶多是个不着调的"游击队员"，或者，玩票的，不上档次，凑热闹而已。但无论怎么说，与摄影有缘却是事实。

　　最初与摄影结缘，或换种说法，最初学会用相机去捕捉眼前的人与物，是在二十世纪七十年代，很古老的岁月。但那时顶多也就是给少男少女们拍几张笑脸肖像，充其量可称之为举相机，还不敢说那就叫摄影。

　　一晃十几个春秋，时间已到 1987 年初春。因为分管校报，经常有图文并茂的奢求。本着乞求别人不如自己胡来的原则，购置了一架简单低档的 135 相机，开始了有目的性的与公务或再自私点与兴趣相关的拍摄活动。

起初自然局限于校园，频频拍摄书记校长教授与学生的亲密无间，以及某某公仆为人民服务的各式姿态。基本模仿当时大报，跟形势做样子摆拍的多，不好说有什么价值，也就被摄本人较为关心多瞥几眼。很快我就生出烦意不屑再干，任由部属承接了此类重任。而自己却跑到校外范围尝试了一段自然风景的拍摄，这应该算我摄影的起点。

回想那时心情，似乎很游移。表面看虽不至于懒洋洋，却也精神状态不够饱满阳光，泛一点儿百无一用是书生的无聊情调。自个儿琢磨，或许是还没学会心气平和地融入办公室一张报一杯茶的程式演绎，也不大喜欢城市生活无休止的喧嚣热闹。

想到过改变，想想而已，不敢付诸行动。遍体鳞伤地从上次的生活旋涡挣出来，气息刚刚平稳还没缓过劲，哪可能抖擞新的斗志立即就与重新回归的悠闲安逸决裂？只能琢磨第三条路线。工作之外，是否找点儿什么好玩的事情，可以不触动现状又酝酿点儿精气神？于是抓住手头这架初学级相机，尝试着到郊外拍拍看着顺眼的自然山水。

当时蛮像回事地做了准备，拼装了一间简陋暗室，投少许银两购置了一批冲扩胶卷的设备，又翻阅资料，确定了周边出击目标。拍摄行动开始。

翻阅那一段日记，从潦草的字迹中可以发现，自己确实很认真地按既定计划在太原近郊绕了一大圈：双塔寺、晋祠、崛围山、兰村、窦大夫祠、文庙、崇善寺、纯阳宫……动作蛮大。然而，仅从摄影的角度看，消耗的几个月时间和胶卷，似乎并没有换回像样的成果。好在，对心态的调整起了补氧作用。

照片大多成了垃圾，随即丢弃。留下痕迹的是几本拍摄日记，或者说恐怕主要收获也就是这几本行途中的随意记录。我是个心不在焉的拍摄者，即使正举着相机扫描目标，依然更多地在品味内心的刹那感触。而每到某处所谓的景点，也往往不是从摄影的角度去琢磨主题、构图、光线色调，偏重的依然是当时当地漫无际涯的胡思乱想。

譬如某次去崇善寺，吸引我的是几位僧人在院中栽竹的活动。一面观赏几个年轻僧人的忙碌，一面坐在不远处的石阶上，涂抹了几行自以为得意的感想，想到竹枝茂盛后古寺修竹的幽静，想到月圆时节竹叶婆娑的意趣，还想到王阳明是否真的对竹冥思和僧人们或许也来格竹的好玩。最后是一堆对自己沉沦世俗的感慨，比较享受现代文明与回归自然适意之间的得失。带着这样的心情，举不举相机按不按快门其实已经无所谓了。

北郊兰村一带，那时还基本保持着小溪流水的山野画面。沿山脚一路走去，穿农田过果园，小路弯弯，心情颇觉松快。当时自己就大起疑心，莫非儿时在太行山乡的岁月烙印太深，再难与现代都市默契共处？似乎只有倒退地把自己放生回乡野田园的环境，心中的悬念和焦虑才可能安静。这种感觉我一次次压下，又一次次更强烈地被周围的溪水山野所激活。我已有了某种预感，郊外这一段小规模的"拍摄"经历，很可能是更放纵的另一段山乡游走的演练。

人对生存环境的理解认知会被习惯遮蔽消磨，所谓熟视无睹见怪不怪即是实例。再美丽的风光，在当地居民眼里，也无非与一条常走动的普通马路相差无几，引不起大惊小怪。但二者对调一下，把山里耕作的乡民拉到闹市长街，把西装先生短裙小姐送入茂林修竹怀抱，往往就有大呼小叫的惊喜。过久地待在学校那间阳光充足的大办公室，我已自觉有点儿近乎麻木如风干咸鱼，几乎不走样的日复一日和腻得让人想揍过去的几张老面孔，时不时就会把我导向一种莫名的烦躁。这次不成功的乡野"拍摄"，对我意义重大。

走出城市车水马龙的喧闹拥挤，哪怕是暂时，我依然感觉出自我灵性的复苏。坐在山坡的荒草丛中，穿过绿意盎然的田野，或在光滑的卵石上面对浅浅流淌的小溪，我都能听到内心喜悦的吟哦。人有时需要的并不多，小小一片自得其乐的天真，就可以找回被禁锢被涂抹被异化的本来性情。环境和方式的改变，往往能最直接地激活退化的感官。我收获了几本郊游笔记，写了不少断断续续的瞬间感想，这些自言自语，当然不能与大圣大贤们垂训千古的至理格言相提并论，但从性情流露的真实角度看，自信不低于他们。

写到这里，自觉可笑。本是要回忆自己的摄影经历，却基本没有谈到与摄影真正有关的内容。说明我最初接触摄影就目的不纯，无非是为自己寻找一种与河流山川交流的手段。目的达到，摁不摁相机快门或许也就没多大意义。"玩"摄影几十年却始终没拍出好片，主要原因就在于此。所谓"摄"翁之意不在"图"而在山水间是也，虽有为自己找借口之嫌，也只能如此一说了。不过，从此而养成随处拿相机拍点儿什么的习惯，时不时在老同学老同事面前以摄影大师自居一番，甚至后来还混入省摄影家协会，偶尔也到某某风景点招摇一下这种身份，少掏张门票钱什么的，都是后话。

当然，摄影是种多少带点儿撞大运的劳动，即使不专业，即使没灵气，只要你手指搭在快门上没来由地乱按下去，迟早会拍到一两张看似不错的照片。凭这几张作品，再有圈子里几个愿意鼓吹的队友，小范围内混成准大咖级摄影大师还是没问题的，有没有意思另说。

我连这都没能做到。在圈子里随大咖们拍了一段蹭热度的所谓景物人文大片，大概其就是哪里摄影大奖某片子走红，然后一哄而上都跟着效仿。这有什么劲？提不起精神。我又是个不会混圈子的人，随一帮摄影豪杰走了几次户外，感觉一般，共同话语少，索性退群。

还是自个儿随心所欲胡拍有意思。渐渐地，或者不自觉地，不知怎么又回归到最初涉及摄影时的状态，独自一人游走于黄土塬的乡野田园。在一篇小文中，我这样分析自己："年幼的乡村经历，岂止影响了我的审美情趣，或许还影响到我对生活的理解。散淡的乡野情怀，难舍的黄土地情结，大体定位和局限了我的胸襟和视野。"从小生活过的黄土沟坡，别人眼里也许算不成风景，却总能给我亲切美好的感觉。面对这样的场景，我才有按动快门的冲动，这大概就是缘分了吧。

也就是在独走乡野的过程中，我亲眼看到，古旧与苍凉中似乎已经延续了多少代的乡村，随着改革大势，开始迅速发生着改变。我熟悉的曾经生活于其中的旧式乡村正在一点点远去。忽然有了用相机记录这种改变的念头。

几年之后，我从数千张图片中拣选出一部分，汇成影集：《远去的乡村》。在前言中，我写了这样一段话：

拍这组图片，总会有一点儿涩涩的温馨在心头。但更奢望的是，或许也因此可以留存一点儿旧乡村的信息，多少让人们直观地看到，同一蓝天下，曾经存在过那样一种生活场景和那样一种生命过程。

无论是否圆满，就到这里吧，我给自己的摄影画了句号。

漫话摄影

一、距离在哪?

曾做过少半个拍片发烧友。过手相机，135 的、120 的、单反的、傻瓜的、机械的、电子的、摔烂的、送人的、扔进储藏室的、至今文物般置放于案头的，加起来不下十几部。

这能说明什么? 懂相机? 懂摄影? 好像不太沾边。比较可靠的是印证了十几年前摄影圈里流行的一句话："恨谁，就劝谁去搞摄影。"只要把他拖上"贼船"，又真的开始"发烧"，不"烧"他个倾家荡产，也起码让他伤筋动骨。当然，职业摄影人士与不差钱者除外。

我终于没太伤筋动骨，是因为没"烧"到火候。刚感觉火烧火燎，就迷途而返，赶快挣出火坑，三十六计溜为上。岂止我，当初相识的一大帮摄友，大多先后从炎炎火势中出逃，没几个坚持下来的。

坚持不下来的原因，实在是时间、精力和银两都供不起持之以恒的"发烧"。单说购置设备，想起来就让人不寒而栗。搞摄影，起码要有相机。起初懵懵懂懂，随便抓一部上阵，倒也马马虎虎拍出几张自认为不错的片子。但搞摄影的似乎都眼毒，人家一看，就说你片子这里不好那里不妥。比较一番，好像确实与大师们拍出的画面有差距。

差距在哪？首先是硬件不过硬。工欲善其事，必先利其器，自然有道理。只好弃旧图新，换新机。这换新机可不是闹着玩的。有了点儿摄影常识，有了点儿相机档次的观念，就难免挑挑拣拣。机身的这功能那功能，镜头的这参数那参数。遍阅各种资料，反复甄别选择，总之是一场考核购物技巧和素质的战斗。

最后是心甘情愿倾自己财力，抱得"佳丽"归，请神般购新机一部。完事了吗？万里长征仅仅走了第一步。相机制造商掘好的一个个"陷阱"还等着你去跳。理由也简单，好马配好鞍，要有周边设备。这镜片那镜片，这镜头那镜头，这工具那工具，才能达到效果。否则还是上不了档次。只能很上瘾地逮着机会就往相机店里窜。

好不容易配备齐全，可以了吧？不行。一群摄友聚会，掏出设备比试，你才知道，你那相机早成了过时产品。现在是什么什么型号的天下，这种型号才有怎样怎样的效果。听得你都不好意思再去拍片，拍出来呢，恐怕还是与大师有大截距离。

距离在哪？据说，首先还是相机……

二、功夫在镜外

购买哪款相机，在摄影圈是个可深可浅的话题。闲暇时偶尔玩玩，没把摄影当回事的，只要操作简单且不太耗费银两的相机就可以了。尤其现在普及型相机，哪款都没多大差别，自己看着顺眼就是好相机。但略有追求对摄影上心入迷的，要想买到合心的机器，就有点儿麻烦。

科技的进步以及人们的欲望，使每一个领域的物件功能都变得细化而繁复，相机亦如是。各种品牌机身、功能肯定各有一些特色，各种镜头滤镜也确实存在不同场合和不同拍摄任务的适应性。面对一堆器械而想搞出一个一劳永逸的最佳方案，实在有难度。

我的应对是别较真。大致说得过去即可，不做完美主义的奴隶。

世间哪有十全十美的东西？其一，厂家不会生产这样的机器，那以后厂家还活不活？其二，也不可能有这样的机器，但凡带点儿科技含量的物件，都处在流变之中，哪会在某个毫无瑕疵的点上突然停下来不动？而你要买相机，是没办法跟着流变的，只能在不完美的某一点出手。这还不是主要的，关键是如何认识和理解机器的缺陷。

一件东西太完美，未必真的好。或者反过来讲，缺陷未必就是坏。就算完美的相机存在，举着这样一件功能齐全无所不能的摄影宝贝，你只有听凭它去发挥神奇功效，拍摄还有什么趣味？恰恰是它的不完美，才能调动摄影人的拍摄技巧和能动性，让摄影在无生命无思维的机械基础上创造出有个性有活力的艺术作品。

科技含量更高的相机，肯定有其优越处。然而，这不等于简单的东西就一定过时，一定不好。往往越简单的东西才越容易与各种情况亲和，越不完美的东西越需要发挥人的创造力。只有超越了器械的局限，摄影才会成为一件精神领域里的活动，否则，摄影不过是一件按快门的简单劳作。这让我联想到武侠小说中那些超凡入圣的大侠，不仅他们自己躯体的缺陷会成为克敌制胜的优势，而且任何一件简单物件都会在他们手里变成威力无比的利器。

风未动，幡未动，是心在动。机器的缺陷可能反映的是心态的缺陷。如果真的自信，又岂会斤斤于设备的不完善？宋朝大诗人陆游告诫想学写诗的小子：汝果欲学诗，功夫在诗外。或者可以套用过来：汝果欲摄影，功夫在镜外。

技术和设备层面的问题虽然不能忽略，而更重要的却是个人的审美情趣和对事物的哲理分析。这才是拍摄作品的灵魂。

三、"弯"路回头

少年时代有过许多异想天开的梦，其中之一就是背着相机拿个本子去游走天下。这梦想的实现走了点儿弯路，弯在我那一段摄影经历。

我的摄影"动机不纯"，基本没有太去想要反映歌颂什么高尚问题。当然有过拿大奖的念头，但不太浓烈，轻飘飘一闪，稍纵即逝。主要还是出于玩心，为那个少年梦。觉得到处溜达，背个相机很神气很壮胆。随手乱瞄乱射，"噼噼啪啪"也很过瘾。

终于是可以背着相机出游了，这不很好吗？这不就叫梦想成真吗？我却有点儿做相机奴隶的沉重感觉。因为现在出门，主要目的似乎已不仅仅是游荡，而成了"拍摄"。拍摄自然要对得起自己在相机上的投入，不出点儿好片子就过意不去。这一念之差，轻松的出游就完全变了味。

野外风光的拍摄，首先是件很辛苦的事，要大包小包把长枪、短炮、粮草、弹药驮到现场。这还不是主要的，到现场，不是随便在哪里架起枪炮就可以投入战斗。得勘察地形，选择最佳出击角度。毛驴般扛着全部家当，攀上攀下，绕来绕去，避这避那，累得脚脖子转筋，也许才能寻找到拍摄点。

接下来可以松口气干活了吧？不行。还要看老天爷开不开眼给不给机会。摄影是光的艺术，没有合适的光，拍出的片子就大打折扣。这合适的光由不得你，只能等。偶尔等到了，是运气。大多数时候是等不到，不是光线角度不佳，就是透亮度不够，或者是背景的天幕上缺那么几丝云。总之是，总不如意。当了半天驮重物的毛驴，构想中的风景却没有拍到，结果是带着一肚子不如意回来，这样的出游有没有趣？

有一个时期，喜欢约几个搞摄影的朋友一块儿去采风。当时的想法是，荒郊野外，有几个伴，既可互相照应，还能切磋技艺，多好。几次下来，我就发现这实在是个错误。错在他们是很敬业地在搞摄影，而我却三心二意。

大凡摄影人，都有天气敏感症。天气好，能出片，出游就兴头十足。天不好，无法拍照，就兴味索然，垂头丧气。其实也好理解，扛着一大堆器材去了，什么也拍不成，能开心到哪？这不开心往往有传染性，连我也难免跟着他们一块儿长吁短叹。

我不喜欢这种状态，我的本意不过是出游，我的本意不过是让相机充当我出游的一个小道具。从出游的角度看，风景是不应该因阴晴雨雪或多几片少几片云而有好坏区别的，哪个季节哪种天气都有它的妙处。而从摄影的角度看，就大不一样，能出片子才为好。能出片子的时机偏偏极少，等于是大部分时间都不好。

这"弯"路我没继续走下去，我不愿意一直把自己变成摄影的工具。

后来我还是独自上路了，而且，一般不再背大部头相机。携一个小巧的口袋机，管它什么天阴天晴月缺月圆。看到的就是好的，能拍呢就拍几张作记录，不能拍那就省事点儿用心去品味。这才找到了出游的感觉，这才摆正了相机与出游的关系。当然，此观点只适宜本人。

四、懒人与摄影

以前摄影圈有一个说法：懒人和干不了其他事的人才搞摄影。其实这不过是句自嘲，搞摄影的人，一般都自我感觉良好，不是山中虎王，也起码算头大尾巴狼。至于"懒"，更不确切。真正的摄影发烧友，应该比给周扒皮扛活的长工还勤奋。背大包爬山涉水或为赶最佳拍摄时机而起早摸黑，恐怕很少有人赛得过他们。

这句话另有含义。我的理解，摄影其实是件很依赖器械却又操作极其简单的熟练活儿，无须太费脑筋。尤其随着数码相机的普及，摄影确实已经成了"傻瓜"都可以尝试的事情。

溯源，摄影是以相机的出现为前提。相机的优劣和发展，显而易见影响和左右着摄影艺术。而随着科技含量的逐日增多，相机在摄影中起的作用似乎也越来越排斥着操机人的主观能动性。比如当初很带技术含量的测光圈算速度以及在什么场合用什么方法拍摄的技巧，已经成了相机的内装程序，摄影者只需轻轻按下快门即可。加之电脑和图像软件的应用，稍微还体现一点儿个性差异的暗室操作也被彻底淘汰。高科技的相机已经很大程度剥夺了摄影过程的乐趣和个人的手法特征，你只要懒人般依赖和臣服于这种机器，充当很省气力的按快门熟练工，就能见照片出成果。

问题在于，摄影不可能摆脱相机的左右，而科技的进步和器械的完善又是必然趋势。在"摄影"领域，摄影过程的简单和程式化，留给摄影人的恐怕也就是按按快门。然而，这并不等于说，发挥个性的天地因此变小了。因为真正体现"个性"的摄影，除技巧之外，更主要的还在于题材的选择和构图的方式。也恰恰在这两点上，摄影界常常会引发"唯美"还是"纪实"的争论。

再说回来，摄影不是懒人干的活。不仅身体不能懒，思维也不能懒。如我这种散漫惯了、随意性很大的人，是搞不成摄影的。

五、贵在"真"

十几年前本人还在摄影圈里装模作样时，就看一群摄影人争吵讨论"唯美"还是"纪实"之类的话题。我虽然是个无可无不可的人，但也曾思考过：何为摄影的本质？摄影的生命力究竟体现在哪里？不晓得这些问题现在是不是有了确凿答案。毕竟已经与那个圈子隔开很久了。

摄影在构图、透视、色彩、色调诸多方面，似乎都与绘画艺术有相同相通之处。正因为如此，许多摄影人都努力探求琢磨，让摄影尽可能向绘画靠拢。正像我一个朋友所说：他是把相机当作"画笔"来用。这方面的努力、尝试和作品都不少。

但这种把相机当"画笔"，再通过软件"以假当真"的方式，是摄影的本质吗？是摄影的出路吗？有持久的生命力吗？我不太认同。

摄影术的出现，是以相机为前提为基础的。用相机这种光学工具来完成主要工作，在瞬间即可准确而直观地捕捉和留存外部世界影像。请注意这里的几个词：瞬间、直观、准确、捕捉、留存。这几个词构成的特点，或许就决定了摄影的本质，也给摄影与绘画划出一道很难逾越的鸿沟。

绘画与摄影，都可以构成画面。但绘画的画面，基本可以不受外部世界真实图像的局限。而摄影，其拍摄对象必须是外部世界客观存在的。绘画可以不必拘泥于客观事物的本来面目而能最大限度地发挥主观想象去布局、抽象、夸张、变形。摄影却首先就要依赖相机这种工具真实拍出外部世界存在着的影像。尽管一些"摄影"作品（注意我在这里给摄影加了引号），经过后期处理，确实能让某些题材某些画面达到近似于绘画作品的效果，但总体而言，摄影永远只能是摄影，而不可能成为绘画。

摄影人对摄影作品的"唯美"追求并没有错。不过要记住，摄影的本质，就是用相机去留存外部世界真实的"影像"。这一点是没办法忽略也不可能超越的。那么，这是不是说，摄影成不了绘画艺术就低下了？摄影的生命力又该怎样体现？换句话说，拍摄应该是什么样的才有意义？

回答这个问题，可以从理论上去阐述。但还可以更简单点，回过头看一下经历了时间淘汰的老照片，哪些更能引起大多数人的兴趣？是经过加工近乎完美的"艺术"片，还是很朴实的几乎没什么人为加工的旧时代人或物的"纪录"片？当然是后者。在没有摄影术的时代，只有通过文字、绘画和一些考古实物去推测人类的从前。而摄影术的出现，却给了我们一个最直观的了解过去的方式。这才应该是摄影的真正意义：捕捉和留存外部世界影像。

摄影成不了绘画艺术，并不是坏事。摄影其实也没必要去成为绘画艺术。正像现实生活中，每个人都有自己的个性和特点，谁都不必去模仿或成为别人。做自己，做好自己才有价值。人们需要绘画的艺术美，人们也需要通过某种直观的方式了解社会、了解人生。或者后一种需要还要更普遍更强烈一些。而这一点，是绘画艺术永远不可能替代和超越摄影的。

绘画讲求"美"，摄影贵在"真"。这是二者的不同。正是基于这一点区别，我才觉得摄影走"唯美"之途很可能会丢弃自己的真正个性。"唯美"是要有点儿讲究的，比如摄影棚里的拍摄。而摄影棚里的拍摄难道就不是摄影吗？是，不过，它不应该也不可能成为摄影的主流。那么，摄影不可以在真的前提下讲求美吗？理论上讲，当然可以。但这里有个问题，请注意我前面罗列出有关摄影的几个词：瞬间、直观、准确……

对大多数搞摄影的人来说，是不可能也没必要到摄影棚里精雕细刻地摆布灯光布景和设计画面的。人们拿起相机时，不过是要用这种工具在瞬间去捕捉自己感兴趣的人或物，而主要要求也不过是让捕捉到的画面直观而准确地留存下来。说白了，就是把我们那一瞬间看到的光影世界摄下来就完事。这才叫"摄影"。

而摄影的生命力恰恰在这里，在于它不可替代的记录和纪实功能。它真实客观准确地把逝去的瞬间定格于画面，给我们记录下许多无法用语言艺术绘画艺术来存储保留的社会和人生的信息。

　　所以，摄影不必"唯美"，也无须刻意地后期加工，那恐怕会成为摄影的一条死路。只有更准确平实地"记录"，让摄影明显地区别于绘画艺术，才是确有价值的摄影。

中医梦

一、结缘中医

好像成功者最起码得具备锲而不舍的牛皮劲才行，也就是郑氏板桥兄所谓"咬定青山不放松"的意思。想想自己之所以半生有梦一事无成，或许就是面对青山很迟疑该咬还是不咬。即使皱起眉头咬一口，咬不动或没嚼出什么滋味就松了口。如此秉性，大体注定了与成功无缘。

我也算乱七八糟学过几门功课，多是随拿随丢，没当回事。最有常性，有头有尾的，也就是中医学了。

与中医结缘，是我做教师的副产品。若干年前刚留校，讲过几年哲学。讲课时接触到中国古代"阴阳五行"学说。再进一步又发现，对这个带着玄学意味的认识论，有比较系统直观的应用和表述的，居然是中医学。所以又顺手翻阅了几本中医书。一翻，受诱惑了。阴阳学说用对立互根消长转化来解析事物的变化发展，五行学说依生克制化来推测事物内部的平衡和失衡，以及以阴阳五行演绎出的"天人合一"理念，都有点儿意思。于是就学了下去。

最初是自学，偶尔活学活用在课堂上现卖一下。后来工作变动，调离教学岗位，转入"政工"行列，讲报刊文章，讲会议精神，不能像在课堂上那样信口开河，所以不够舒心。所以想变变花样，干点儿别的。正好手边常放着几本中医书籍，琢磨着不如就学学中医？

当时的学校领导，实话实说，关系不错，对我算是粗放式管理。只要到期把铅字工工整整印满校报，或有关部门布置的某某"理论学习"能给他们一份递交上级的合格总结，别的基本不太过问。所以我业余时间比较多，索性就跑到中医学院的辅导班，正儿八经听起课来。

辅导班是为当时刚开始的中医专业成人自考举办的。学员很复杂，年龄跨度从十七八岁的毛头小青年到四十多岁为父为母者。身份更五花八门，行医多年的，自己开小药铺的，当工人计划改行的，没职业想考文凭的，还有我这个拿"马列主义手电筒"照别人的"政工干部"。可谓三教九流，杂烩一锅。

因为都是自愿缴款来听课，起初的学习气氛比较浓厚。除解剖和化验（这两门课设进中医专业实在不伦不类），上课时间多在夜里和周末，基本都能保证满员。上课搞小动作或谈情说爱的也少。但有打瞌睡的，钢厂一个工人，下了班要骑一个多小时自行车才能赶来，一般都是老师在上面刚打开书，他在下面就开始打呼噜。好在呼噜声不太嘹亮，老师问了几次了解情况后便不再干预。呼噜了两个多月，他不来了。印象中这是第一个自行退学的。后来有一次在街头散步遇到，小伙子腼腆地解释：太累，支撑不住。命运没让他与中医结缘。

授课的几个中医学院教师常常感叹：学校学生都像你们这么勤苦就好啦。可想而知，我们这群编外学生有多乖。不过这感叹发得早了点，没坚持半年，辅导班里就发生了分化。渐渐就有一批自由分子脱离班集体不来听讲，我即是其中之一。

不来听课的原因很多，有的与那个钢厂工人类似，工作太累时间紧张；还有的是解决了工作问题，文凭没意义了；我呢，有选择性，时来时不来，要看讲什么或谁讲。

二、几位老师

给我们讲课的几位老师，应该都算恪尽职守，踩着钟点上下课，按大纲一页不落地交代。只是授课方式大都过于庄重严肃，比我宣讲报刊社论还正儿八经。加之课时少，只能拼命灌，把一群杂牌生灌得胃口胀满。曾与一位老师课后恳谈，问是不是可以讲得稍活泼点儿，老师立即回驳：这是中医课！我当然知道是中医课，中医课就得"道貌岸然"到干巴巴没一点儿水分？中医理论、医史人物以及许多医案，是很有故事性的。怎么就不可以用生动一点儿的方式讲授？

讲中药的是个徐姓老头，老农一样，和蔼可亲。他讲课很有特色，声音低，没起伏，一字一板，悠长拖沓，有一种不把大家催眠不罢休的风度。能经住他"催眠"考验的不多，何况我们又常常是在夜间听讲。有一次几乎过半同学都听得伏在案上，徐老师动怒了，拍着讲桌痛诉革命家史，说小时候父亲逼他背药性背"汤头"（中医入门方剂书），一打瞌睡就被父亲拿旱烟杆的大铜头烟嘴猛击脑袋，几次被击打得反胃呕吐。痛述完就叹气：不挨打，成不了好大夫……他的课我一般都到，主要是出于对这位遭受铜烟嘴击打的老中医的尊重。但去了我不听讲，怕睡着，自己在下面看别的书。

教授中医理论课的刘老师，相貌堂堂，头发整饰得油光水亮。有一副歌唱家的好嗓门，洪亮而有磁性，中气十足。他讲课从不板书。进教室先拖个小凳坐下，翻到第几页。有时忘了页数，就问前排的几名同学：上次到哪一段了？问明，开始宣读。高亢且有韵味，诵诗般。读完一段，提示：哪几句重点，划住，有可能考。然后再读。听他朗诵了几次课文，我就很少来了。隔几天借用某同学的书，把提示划住的地方划一遍就成。

针灸老师也是男性，瘦瘦的南方人，戴一顶医生的白帽，神情总是急匆匆的，好像刚从门诊下班赶来一样。第一堂课就快言快语向我们交代：针灸，没啥讲头，死记硬背，我也不划重点，都是重点，哪个穴位都重要。他说的应该没错，临床上，你能说哪个穴位用不着？再以后的课，他多是大讲自己的针灸技术何等高超，如何别人找不准穴，他一下子就扎到点上。或是给有名有姓的某某省市高官治疗，几针下去，康复如初。讲得大家非常羡慕，他便总结：好好背，经脉走向、穴位功效、取穴尺寸……背了一段时日，学员们都头昏脑涨，成效不甚显著。他又神秘兮兮抱来一堆铅印小册子，说自编了一套针灸口诀，朗朗上口，好记得很。大家仿佛久旱逢甘露，赶快掏钱抢购。我也买了一本，拿来一念，医疗术语硬凑成顺口溜，愈发的颠三倒四，云里雾里，哪能有什么帮助？只能算是赞助了这位有经济头脑的老师。他的课我后来基本不去，怕听他炫耀，再诱惑我买什么参考资料，不如躲在家里背书。

印象最深的是讲人体解剖课的老师，一个身躯高大的男士。衣着随意，有几分江湖气，傲然而大大咧咧。讲课时表情到位，手舞足蹈，比比划划，把人体讲得既奇妙又无谓。他应该是既热爱也精通自己专业的，人体每个角落每个部件都窥探得很透彻，如数家珍。但或许太透彻了，人体在他眼里也就不是人体，变成了某种机器结构或一堆可以随意摆布的材料。所以每讲什么部件什么器官，讲到热闹处，他会感叹一声：这东西咋造出来的？太神了。或者就提示：不就是一盆排骨嘛，不就是一根下水管嘛，不就是一坨子囊肉嘛……诸如此类。听得大家好笑之余也觉出几分垂头丧气。本来我不太喜欢解剖课，觉得与中医学没太大关联，但被他"江湖"讲法吸引，就坚持听了下来。而且不仅听，也随他到标本室参观，到解剖室实习。立在手术床边，看他摆弄那几具人体标本，我当时想难怪他这么江湖气。对人生，他肯定有自己另一套看法。

讲中医儿科的是个极有涵养的中年女士，温文尔雅，面带微笑，细声慢语，好像面对的我们是一群幼儿园小宝贝。据说她是市里有名的中医儿科专家，所以很被大家尊重。有时有的学员会带孩子来，课前课后请她诊治。她不推辞，细心周致，极端认真。她的课讲得非常细腻，剖丝析缕，点点滴滴，反复强调，似乎生怕我们一不留心扼杀了革命后代祖国花朵。因为讲得细，所以进度慢。几个月后，她不来了，说是去参加教材编写，换了个白白净净的帅哥。帅哥老师一来就挠头：用了这么多课时才讲几章，我咋接？然后甩给班长一叠讲稿吩咐道：打印！人手一份！我们就摊钱去打印，是一份条理清晰的复习题集。帅哥老师直言不讳：应付考试，把这些题弄会，差不多了。这以后，帅哥老师每次来都是抽查我们"弄"会他那些题没有，反反复复，熟能生巧。果然我们这个班的儿科成绩都不错，考题大致没有脱出那十几页资料。他自然成了学生们最念好的授课老师。

三、同窗学友

只要做学生，哪怕是我们这种杂牌游击队学生，肯定也会分好坏。好坏当然是以分数而论。辅导班里，许多人原本在医疗岗位上，实践多虽然有好处，但有时反而影响理论的理解。还有一批小年轻，从来没接触过医道，尤其是中医，属不打开黑匣子的模糊理论，所谓八纲辩证，所谓君臣佐使，抽象思辨的成分很大，要一下建立起概念很难。我有点儿特殊，是先从哲学的角度切入中医理论的，歪打正着，对别人感觉最难把握的部分，我反而接受得比较轻松。得了这点儿优势，小考摸底，课堂答问，出过几次小风头，便成了"好"学生。

"好"学生就免不了会有人找上门切磋学业医道，和我经常在一起的有那么四五个同学。这几个同学，应该都算是态度端正极其认真地想学好中医的。

我们班长，一个很踏实的中年人，是好好学生的表率。他那时已四十多岁，在班里年龄最大，当着郊区某乡镇一个小卫生院的负责人。从卫生院到学校十多公里，老兄骑辆破自行车风雨无阻，一次课不落。仅此一点就了不得。我看过他的课堂笔记，密密麻麻，详细缜密，他的刻苦和认真可见一斑。和我的交往，起因于抵制学校的一次不合理收费。他有顾虑，找我商量，非推我做出檐橼子，代表学生去找学校管理部门理论。我想了想，反正也不涉及敏感问题，就应允了。此事交涉过程不复杂，很快办妥。我也算出了一下小小风头。他念念不忘，觉得是帮了他。后来甚至邀我到他的小卫生院做大夫。我去看过，破旧的院子，阴暗的房间，环境比较差，便含含糊糊谢绝了，以后再没见面。前些天遇到一位学友，知晓班长状况，说是高血压偏瘫，卧床在家已经一年多了。不知他那些密密麻麻的笔记是否还保存着？人生真是迅忽得不可捉摸。

交往比较多的，还有一个宫女士。她的姓不多见，所以记住了。宫同学有"崇拜情结"（这词是我杜撰的，先报专利），凡是她认为好的，就使劲崇拜。确确实实地崇拜，真心诚意，不作假。比如，中医能治病，救患者于危难，所以她崇拜。而老师能把中医知识讲出来，不简单，她也崇拜。她愿意和几个她以为是班里居然能把中医学好的学生交往，其原因还是崇拜。崇拜得我们几个都不大好意思面对她。她学习也很刻苦，不次于班长，只是考试成绩总不理想。这让她就更崇拜能考高分的人。后来，这"崇拜情结"把她引上另一条路。几年前，我路过她所在的厂，心血来潮想去看看这个老同学，到医务室一打听，说她已改行，早不在医务室干了。我还以为是调到哪个正规医院。再问，才知道她这次改行是大改，改进寺庙。不仅她改，她的婆婆和老公在她的"教育"下也都遁入空门。一回想，我恍然。我家住所在太原有名的"崇善寺"（即省佛教协会）旁边，有几次饭后外出散步，曾遇到她正要去寺里或刚从寺里出来。闲谈间，她不再提及中医，而总是一脸虔诚地说自己现在多么多么崇拜某某法师。或许就是这某某法师最终给她指引了一条从中医而达佛界的道路？但我想，即使如此，她所学的中医知识也应该会在寺庙里发挥作用吧。

宫女士实在是极端个例，我熟识的其他几位，却都很正常地在中医界拼搏进取。回首当初在一块儿切磋技艺时，自得一点儿讲，我往往要略胜众人一筹。考试成绩排在前面是没问题，纸上谈兵的本事也比他们强。而把脉辨证或依证处方，现炒现卖我也能勉强过关，所以几个人都赞许我为"良医"。我自己呢，自然感觉也很"良"好。不过此一时彼一时，时间一推移，就完全是另一回事了。去年到某医院治牙，在医院走廊忽然被人拍肩膀。转脸看，老大块头的一位男性大夫，再辨认，似曾相识，这不是张老弟吗，辅导班的学友啊。一张红润而发福的脸上堆满笑容，非拉我去他诊室小坐。到门口一看，哇，不得了，挂着专家的大招牌。进去观摩，还真是十足的专家派头。给他作初诊、写病案、抄药方的就有两三个小年轻大夫。想起当年张专家考试时，猴急猫跳可怜巴巴等我给他递字条的旧事，我只能酸酸说一句：果然鸟枪换炮了啊。后来知道，晋升为省卫生厅颁证的中医专家，还有另外两个学友。而在各自医院成了中医骨干的也有十几个。岂止后生可畏，同龄亦可畏矣。关键在于他们是把中医当作自己的终生职业，我呢，玩票，偶尔凑了一把热闹。

四、几次折腾

听课，考试，刮风下雨，春华秋实，持续了三年。什么事一坚持，很快也就能过去。这期间我同时参加了上海中医学院函授班和山西省一个民主党派办的中医专科学校的学习。前前后后，算是到手三个中医文凭。但后两个所谓"文凭"纯粹是去捐款，缴了钱就能换回毕业证，没什么意义。除非是搞收藏，没准若干年后会成为文物。

省自考办和省中医学院发的这个证，是国家认可的，所以拿得有点儿辛苦。实实在在的考试，而且每次考完，拿考题给学校的正规军看，科班大学生都摇头，说难度太大了点儿。

据说全市第一批报名参加中医成人自考的近千名，而第一轮十几门课全过关的仅十几个。我居然跻身于这十几人中，自己也始料未及。老实讲，不是学得好，而是撞运撞对了点。必考科目中的哲学、医古文之类，许多考生很头痛，我却学都不必学，正好节约出大把时间应付别的科目。有些课，比如西医内科、生理学，我基本没怎么弄懂，自然也没有过关的信心，甚至考生理学时还想过放弃。虽然勉为其难进了考场，但试卷上乱答了什么，自己都一头雾水。后来到自考办看榜，吓一跳，分数还不低。连呼几声惭愧，以手抚额，出门长叹：老天爷真眷顾我啊！

学中医时，并没想到要考个文凭。拿到文凭前，也没想过要不要去正儿八经搞医务工作。倒是很多年前曾有过做江湖游医的浪漫设想，随便走到哪给人看看病混饭吃。也不过仅限于想想，没当真。但问题是现在不仅拿到文凭，而且后来又一路顺风考到中医师资质。这就麻烦了，全世界几千年才出一个半自学成才的"良医"，究竟做不做中医大夫？事关重大，需要认真考虑。

首先家人亲友都持反对态度。年过三十不学艺，你都奔四了，玩得起吗？现在工作又不错，大小是个芝麻官，轻松，自在，还可以让别人给你看病，哪有必要胡折腾？听起来蛮有理。

而一块儿学中医的哥们儿和另外几个江湖道上的朋友却完全相反，他们觉得我实在是具备当中医的好身手，没准祖国医学的兴盛发达，就差我这么一根"野山葱"作佐料。而且主要是文凭有了，资质有了，干吗不干？太可惜了。听起来也不错。尤其"差我这么一根野山葱"的豪言壮语，我喜欢听，心里舒服。

悬壶中医还是读报"政工"？这是个问题。

问题其实可以不成问题，我有化解办法，四个字：顺其自然。时髦说法叫"不作为"。"不作为"不好吗？不一定。中医有一种提法：有病不治，常得中（去声）医。意思是，许多病，往往不治就是最好的治疗。也算"无为而无不为"的翻版。世间许多事同理，积极就好吗？奋进就好吗？不一定。也许会越搅越乱，而最后搅出的结果往往十有八九不是你想要的。就算是你想要的，也不一定是你当初预期的结果，倒不如放松点儿，随它去。

这有点儿说大话之嫌，事实是，我还没来得及认真考虑为不为、怎么为，机遇就撞进门来送到手边，而且不止一个。

曾经做过我部属后来入商界大展身手的一个朋友，知道了我学医情况，立即提供线索，说通过他的朋友可以在山西西部静乐县的中医院给我谋个职位。"静"且"乐"，这名字很诱人，看着顺眼，心里泛起涟漪。起初只知道这个偏远小县是烈士高君宇的故乡，再查资料，才发现还有好风景，城边天柱山据说很是秀美。不错，忙时医疾患，闲时登天柱，适合我的散漫性情，于是兴致勃勃随朋友去实地考察。

此次考察经历可以另写一篇小文，情节不少，比较逗乐。结局是我还没好意思开口，朋友就坚决表态不能去。留在印象中的有几幅不甚美好的画面：一是出车站几十米远的大街遇到十几个乞丐；二是几个西瓜摊主举着长条切瓜刀逼我们买走剩余小瓜；三是所住宾馆天花板上如刷了黑漆般的一层苍蝇。几幅画面看似毫不相关，其实内在联系紧密：落后。

再退二三十年，我可能会热血沸腾地来这里改天换地贡献青春。但现在，我不可能这么做了，我已经出淤泥而染了个一塌糊涂，学会了功利和圆滑。不"静"更不"乐"的静乐，与我的中医梦差距太大，只能把它从浪漫想象中抹掉。不虚此行的是爬了城外那座不很高却有几分看头的天柱山。

静乐回来不几天，又有朋友找上门。这次的机遇更诱人，是到国外发展。两个地方，各有利弊，任我挑选。一是加拿大，华人区现成小医院，条件成熟，待遇稳定而优厚，不过身份是普通医生，说白了就是给小资本家打工。二是柬埔寨，内战刚结束，一片混乱。没人员没住所，只我独自先去探路，从零开始。而且只保四百美元底薪，别的全靠自己打拼，多劳多提成。好处呢，反正我一个人，随便折腾，没有束缚。

我没犹豫就否决了加拿大。放浪久了，多少年没有看别人脸色的习惯，突然去给小资本家打工，这么大的弯怕有问题。朋友说，那就柬埔寨？我说，那就柬埔寨！于是，拍板，成交。把一堆必需证件整理齐全，由朋友的朋友带到京城去办相关手续。心里忽然就有了荆轲西去"风萧萧兮易水寒"的悲壮感觉。

家里的人也开始忙活，收集了一堆有关柬埔寨的信息，无非是环境恶劣，生活艰苦，蚊虫蛇蝎到处爬行，而且动乱未停，治安极差，街头暴力事件频频，搞不好后面就来一冷枪……越听越恐怖，已经与我峨冠博带飘逸率性的"中医"境界霄壤有别了。这次是认真思考了几天，最后还是心有不甘又心怀歉意地给朋友去了电话：那个……柬埔寨，就不去了吧。

五、编外悬壶

古人云："读方三年，便谓天下无病可治；及治病三年，乃知天下无方可用。"此语我深有体会。刚学中医没几年的人，都以为自己是"良医"，天下没有他治不了的病。实践几年之后，老实了。良医哪那么好当？识病识得透彻，处方处得恰当，没个二三十年的磨砺恐怕很难做到，还得是勤学勤思勤于摸索的人。所谓"三折肱为良医"，摔断三次胳臂才能有晋升"良医"的资格，听起来都有点儿可怕。不是真让你去摔断胳膊，那虽然痛点儿倒也操作简单。是说良医之路要经历许多惨痛的失败和挫折。岂止良医，任何通往成功的小径都不会平坦。

我那时正处于"读方三年"的初级阶段，"良医"的感觉如火如荼。可惜没给资本家打工，也没去救护柬埔寨伤病员。但一手"良"技总想找地方表现，于是只能从身边同胞（亲友同事）身上开始操练。最先开出的几服药，是请感冒发烧的小女儿品尝。她还是比较支持为父工作的。因为我让她选择，是到医院打针还是喝老爸调配的"蜜糖"水，女儿当然选择后者。好，不是我逼迫，那就请……女儿喝几口就狂吐，这"蜜糖"水也太苦了点儿。女儿长大后，很少去碰"蜜糖"水，而且养成了喝咖啡的习惯。不知是不是与我那时的施治有关。

另有几个家乡亲友，为了省事省钱，也甘愿接受我的上门服务。他们对我的印象还是稚童时代的聪明乖巧，不知道我后来已经进化得何等愚顽，所以很放心我的诊治。大多数情况是不见很好也未必转坏，偶尔几次撞对了也会略见成效，所以总体评价是不错。这种信任一直维持到现在，每次回乡遇到，依旧要伸过手腕让我把脉一番才行，实在是让我内心惶恐不安。

大量的修炼工作是在我办公室开展的。竖招牌的开创期比较艰难，需要我积极争取、主动进攻。好在我有便利条件，凡是来汇报学社论学文件学某某大会精神（这是我那时的本职工作）体会的，我就先喊暂停。我说我得测一测你们有没有感冒发烧，会不会说胡话，然后才听汇报。于是，望闻问切，煞有介事。

起初，他们对我这种半开玩笑式的诊断自然是疑惑，不太当回事，但反复多次，难免会碰巧说对某人的病情。大家开始慢慢把眼睛放平，语调温柔了，态度端正了。让拿手腕就驯服地把手腕置于我面前，让吐舌头就乖乖把舌头伸出嘴外。任我仔细观察，再惴惴地聆听我的"判决"。有的还很讨好地索要处方，我也不吝赐予，唰唰几笔，党参几克白术几克茯苓几克甘草几克，有模有样。

我发现人们对不太正道的事物往往会生出一种不合情理的好奇甚至迷信，我这个编外"大夫"是不是也可以列入"不太正道"？起码算不太正规。但人们开始认可、开始信服。用时下的流行说法，我应该算是收获了几大筐带病"粉丝"。

带病"粉丝"们有广告效用，渐渐地，"部长"野郎中就有点儿名声在外。

没汇报任务的教职工也来我办公室探头探脑，然后是家属队伍，再然后是家属的外围组织亲友团。最后，学校医务所的大夫们也跑来借"切磋"之由求我处方。所谓"有病乱求医"，又不花钱，何况服务态度还和蔼。这一下热闹了，把个庄重严肃的宣传机关搅成哼哼唧唧陈述病痛的临时诊所，而且业务量还不小。几个想象力丰富的部属甚至已经热烈地探讨如何挂号如何收费如何分红如何吃大餐之类的问题了。

我的异端，起初很被几个兄弟部门领导看不下去，也有到书记那里打小报告的。书记亲自过来视察几次，确实看到我又把脉又开方还又"医嘱"病人怎样怎样，忙得一团糟。

书记请我去谈话，我说，没办法啦，宣传部门要紧密联系群众，更主要的是我有这本事，能不发扬救死扶伤精神？书记镜片后的眼睛很困惑，伸长脖子低声问，你真能看病？我说，岂止"能"，我医术实在是相当有水平，要不给您把把脉？我就把书记手臂拖了过来。

书记是老知识分子，人很好，但过于律己、严肃，不苟言笑，上下班常自己蹬辆破自行车。大家普遍反映是不大好亲近。我并没有亲近上级的意图，现在是书记找到我头上。怎么办？只得应对。一手把脉，一面就乘机"阴阳表里虚实寒热"一阵胡侃。听得书记大人频频点头，最后是迟迟疑疑说一声：那给我开个方子试试？

六、行医一梦

办公室之外，我曾到一家小药店客串过"坐堂"先生，前后大概有两三个月，是应朋友邀请，算帮忙性质。

中医"坐堂"一说，据说始于东汉大医家张仲景。他是"医圣"，开中医辨证施治之先河。张医圣行医，并非起于草莽，而是始于从政期间。他那时做长沙太守，名正言顺的大市长。不过他好像有点儿不守"官"道，主要精力放在中医学的科研，所以他不好好做官，经常在自己办公大堂接诊救治病人，故云"坐堂"。当然，有张仲景大人这样排场的不多，后来就渐渐等而下之，行医还是流落于民间"草堂"之中的多。

但无论是官方衙门大堂还是乡野茅室草堂，单看医家领章上挂的衔，依然是"大夫"或"郎中"，类比于中部委司局级以上干部，千百年一成不变，可见医术在民众中的分量。后代许多文人或有文人倾向的官僚往往喜爱探究医术，有"进则良相，退则良医"之说，恐怕多多少少都受张仲景"坐堂"的影响。

我去"坐堂"的小药店，是一个基本不懂医药的朋友开办的。他新入此行，心中发怵，希望我去助阵。另外，还有原因，一般药店如果摆个坐堂大夫，会显得较有品位，起码能多招揽病人而增加销售量。

我那时毕竟还在学校宣传部"撞钟"，再自由也不能全天候，只能是有空闲就过去坐几个小时。因此"坐堂"就坐得三心二意，这恐怕是我之所以干啥都干不成功的原因吧。不过事后回想，好在我三心二意，也不拿他薪水，可进可退，来去自由，否则与朋友的关系可能就会出麻烦。

"坐堂"几个月最大的收获是朋友对我的否定。不是否定我的医术，这方面他基本不懂，没法评判，而是感觉我这人太缺乏现代化市场经济意识。用他半开玩笑的话说：你还真以为你是个大夫？这句话后面的意思是，按现代化市场经济意识，"坐堂"大夫，除了增加药店的一点儿形象外，主要应该放在"创收"上。简言之，无论是哄是诈，最后让病人在药店掏钱买了药才算成功才是本事。

我起初并未意识到自己还肩负如此重责，看看到这种小药店购药的，大多是布衣贫寒族，就有点儿不敢滥施处方。有的病，或许不必吃药，我就介绍个简便食疗方，让患者回去试行。也有持方而来的，我也斟酌再三，在配伍思路不变的前提下，有可能就减去几味。朋友一开始还勉强笑笑，没太表态。次数多了，他就有点儿尴尬。这哪是来帮忙？实在是打入革命阵营的内奸，有意干扰破坏人家的业务。

领悟到这一点，我知道自己该主动撤离了。朋友如释重负，没说一句挽留的话。幸亏他没说，说明他对我还算诚实。那以后，我虽然还经常路过小药店，但再没有进去过。

此事有点儿后遗症。我在外面"坐堂"，被一些捍卫公平正义的人士发现，又汇报到书记那里。平心而论，错在于我。哪有党员干部一面拿着国家薪水一面又在外面行医搞副业的理？好在我没挣工钱，唯一所得，是我已退"堂"几个月后的冬季，朋友的药店居然开始经销电暖器，也许是出于歉疚（该歉疚的是我吧），他派店员送来一台。我没用，家里暖气够用，随手丢到地下室，现在还摆在那里占地盘。

书记这回很恼火，与分管干部的组织部门会商，看有什么办法让我改邪归正。组织部长是老关系，和颜悦色找我谈话，询问我有没有对付我的良策。我说，那我帮你出个主意，不如索性把那个喜欢"坐堂"的家伙调到学校医务所，让他坐个够。组织部长先是挠头，后来一琢磨，又连声赞同：嘿嘿嘿，别说，真是个办法。

这次人事调动办得很利落，也就三两天，组织部长通知我，说书记、校长一致同意，放你到医务所去。他还感慨万千：这可是先例啊，政工干部当医生，我是没办过。然后又拍我肩，就这样定了？没变化了？

我说，那就这么定了吧。

好，明天正式行文。

表面上我很无所谓，但组织部长一离开，心里开始咕咕冒水泡了。变故实在来得突然，虽然起因于我的自荐，但那显然并不是一句深思熟虑的话，带点儿玩笑性质。下意识里，似乎觉得学校不可能让我真去从医。

从医不好吗？好！起码从医比继续留在宣传部门更适合我那时的心态习性。在乎已经到手的小官职吗？好像更不是。需要时时紧跟形势的宣传工作，对散漫惯了的我来说，真没多大吸引力。那为什么没感到兴奋，反倒有点儿犹豫了呢？

我不知道自己改行去医务所的消息怎么那么快就被一些人知晓。那天下午时分，我在学校的林荫道上蹓步，遇到几位同事，都向我打听此事。有的已经拍我肩膀预约，去了医务所给咱开好药哈。

一个多年共事的校友说了一句有内容的话：医务所得坐班，每天八小时，你受得了？

醍醐灌顶！可谓一句话惊醒梦中人。我明白了自己犹豫的是什么，明白了问题症结之所在。像我这样一个已经把人生定位为放浪天涯的人，职业和职务的改变有实质意义吗？我可能去八小时"坐堂"，成为一个称职的医生吗？我掉头就去了组织部。我说：文不用发，我不去了，不去医务所！

组织部长的神情肯定比我难看，他憋了半天，哼哼出三个字：你真是……下面呢？怕不是太悦耳的话。做干部工作的人毕竟有涵养，他不说出来，我没听到。管它呢。

多年之后再回首，我发现这恐怕是命运最后一次给予我正式从事中医的机会。我已经抓住这个机会，却又轻易地丢开。我的人生本来可以是另外一种样子，但现在，也只能是现在这个样子了。从那以后，我再也没动过去干中医的念头。

中医，也许真成了我人生一梦。有人说，没有实现的梦总会给人一种遗憾。有时是，有时未必。而且遗憾何尝不是一种美好？对最后这个机会，说心里话，我还真没觉出遗憾。倒是庆幸自己最终选择了放弃。

"天涯放翁"这条路，不更有意思一点儿？

乡野随笔

一、黄土缘

母亲在世时，经常挨她老人家批评，因为我喜欢在黄土沟坡转悠的毛病总不改正。

毛病有历史渊源，养成于儿时。四五岁刚有点儿初级意识的时候，我从巴蜀父母身边来到黄土地的姨妈家。"初级意识"很快意识到几个问题：比如这儿人们说话很难懂，要打入他们内部，我得重新调整自己语言的发音和表达体系；这儿地形地貌也与天府之国大不相同，需要我尽快进行新的探索和熟悉。

语言好说，鹦鹉学舌，小孩子模仿接受能力强，几天下来，我就土头土脑土腔土调得到乡亲们的表扬认可。至于很陌生的黄土沟坡，当然是希望任我双脚实际踏过后由生转熟，让它变得友好。

孩子的新鲜感，本是上天赐予人类的奇特程序。一旦触动激发，它就引你好奇。点击下一步，好奇就会引出探究。所以不怪我，我是被程序操控，让眼睛牵着自己到处乱走。

　　起先只在姨妈家窑洞周边转悠，渐渐向外扩展。左邻右舍，窑上屋后，这岔道那小路，一点点扩大认知领域。村子不设防，范围又有限，很快就闯到了村外。

　　半个世纪前，村外的田畴沟谷很野性，漫梁漫堰的庄稼植被透出几分神秘。而且小河边树林里，据说时不时还有危险动物出现。姨妈自然担心，反复劝阻小朋友的探求运动。小朋友不服气，为什么不可以去？有大蟒蛇大灰狼啊。有大蟒蛇大灰狼为什么不可以去？它们要吃人啊。你天天去为什么没见被吃掉？……说不清了。

　　姨妈的吓唬反倒成了动力。陌生地域之外又添加了大蟒蛇大灰狼。很凶吗？没有概念，想象不出。更好奇，更得去看看。有时拽着大人衣襟，有时也拉几个刚熟悉的同伴，到田间地头，到河畔林里。记忆中，禾稼草木青纱帐就如深水池塘，人一钻进去马上淹没，没了踪影。生机勃勃的植被，遮掩出许多未知和猜想。再进一点儿，再再进一点儿，会撞到什么？偶尔遭遇个小野兔、小山羊，扑棱棱惊人一跳，却又马上转换成小惊喜。惴惴地害怕着又期待着被吃掉一回的险恶体验从没出现。

　　这就够了吧。一个孩子，给他个纯天然、纯绿色且可以任由他迈开双脚东奔西走，眉飞色舞驰骋想象的大自然场景，实在是一种最好的鼓动和教育。故乡的黄土地，就这样把个城里来的乖孩子引逗成乡村野小子。

　　古代文人雅士标榜自己喜好山水，有两个词：泉石膏肓，烟霞痼疾。爱山水爱成心梗塞，爱山水爱成肝硬化。个中滋味，踏遍青山的人自己心里有数。

　　我的病情没这么严重，而且有局限性，初级发烧友，勉强可以列入神经不正常范畴。母亲教诲语：不就土圪梁庄稼地，一趟又一趟，没看够？老大不小的人，也不怕人笑话？

　　其实真没什么好看。要是好看早做了风景区，被高智商人群圈起来收了门票。黄土地本来土里土气，又多是小沟小坎小丘小壑，平凡而贫瘠，没什么大特色。就算铺满庄稼，无非把黄底子刷一层绿漆，大格局就那样，秀美不了多少。钢筋水泥看多了，偶尔去沟壑绿禾间摆摆八字步换换眼界新鲜一下，那也罢了。一次又一次，有多少意思？

怎么说呢？人的口味、人的眼光、人的审美情趣，通常没有道理。你喜欢这样，他看好那样，情人眼里出西施。对某种地域地貌某种物态气候来电不来电，有许多难以讲明白的心理因素。

多少年来，看多了黄土地七沟八梁、土窑土屋的春夏秋冬，这里地形的独特地域的苍凉以及先民们隐忍艰辛不屈不挠的生活场景，何尝不是风景？然而，是不是风景其实对我并不重要。我眼里，或者，我心里，沟壑纵横苍凉贫瘠的黄土地，别有一番只有我自己明白的意趣。

走近它就比较真实地回到我梦里的童年，走近它就可以重温稚气而烂漫的岁月，走近它就想起曾经有过的许多孩童时的热梦，走近它就能清楚看到自己跌跌撞撞在人生道路上走出多远。

黄土地赐予我的，别的再好的风景可能做到吗？

二、半土居

据说到乡土小村体验升级版的种田务农生活是某些时尚人士的新玩法，观赏乃至成粉者甚多。我没有追随他们的奢望，只是因为要陪伴不愿进城难舍故土的老人，不得不走下乡路线。虽然"不得不"，心里其实愿意。这与我幼年乡村生活有关，就当少小离家老大回，重温一下过去。

老人居住地，实打实乡土小村。老宅院依然旧时原版，三十多年前的建筑风格，前壁砌砖，后墙土坯，格调显然落伍。不过我喜欢，喜欢它蕴含岁月感的气韵。

略略收拾规整，门户齐全，遮风挡雨没有问题。毕竟时代进化，院内有水有电，可以省略旧式乡村许多原始劳作的辛劳。手机信号维持一两格，发个短消息，刷刷朋友圈不成问题。相当满意了，既可以浸润于逝去的凝滞落寞场景，又不会太疏离现代化的网络数据氛围。

其实这老屋不算太老，倒退三十年，它充当过时尚。那时乡下，基本黄土地古旧风貌，一片土屋土窑主基调。农家起屋，墙基垫几层青砖已是一种向往和追求。全村少见的几处砖屋，还是二十世纪初或更早年间几个乡村土豪炫富的产物。

土屋土窑不好吗？儿时住姨妈家土窑洞，是我难以忘怀的温馨记忆。那可是全土结构，真正的土。（图10）

几十年后，略略富裕的人家追赶时尚，才出现眼前这种半土半砖式样。屋前主墙包一层砖给外人看，脸面光光，表示总算挤入有钱族行列。

再然后，以全国房地产开发为大背景，农家开始彻底革土墙的命。现在村里走一圈，入眼的都已经全砖起屋崭新敞亮，更阔的是钢筋水泥几层楼。

图10　姨妈家的土窑洞

居住和环境，影响人心性。不过也看内心自家所求。乡或城，土或砖，重要也不重要。古人有言：我心安处是故乡。在哪儿生活，自在与否，一是习惯，二是能否静下心来适应。适应了、心安了就是佳居，就可以身心舒展。再进一步呢，如果还能生起喜悦，那就会住出悠悠然诗意。

不晓得这个半土小院能否给我诗意。起码开场不错，几椽老屋，已经让我收获了回望童年的喜悦。

三、花心语

晨光泼洒，翠鸟啁啾。

出得门来，不禁喝彩。老院窗前一丛牡丹，一下子堆涌出十几朵碗口大的花盏。

我说：你也会拣日头，不迟不早，骚闹得及时。偏偏我刚回乡一夜，你就渲染出如此一幅云霞绚丽。

牡丹答：这都看不出？不是有个老人家说过"有朋自远方来"如何如何？咱也是高兴，烘托气氛，一高兴就咧嘴笑，一笑就起波纹泛红晕，花朵不花朵，绚丽不绚丽，表示咱心情即可。

君心似我心，我心亦花心。你心花绽放得好，我何尝不也颠颠倒倒？

想你独守此一隅老院，数月不近人迹，也多少该有几分寂寥。趁今儿春光亮丽，煦日和风，何不就与你抵膝而坐，话一话南北西东。

牡丹说：几次晤面，晓得你也算有几分雅兴。不过说起这花语春色，怕你也还是悟得未必透彻。就你方才所言，独守一方偏远静谧，难道必是要寂寥不可？

人性百种，所求不同。心境如何，其实往往自己使然。就说咱这牡丹世界吧，上庭堂，长得君王带笑看，虽是荣耀；入苑囿，花开时节动京城，确也热闹。然而，荒村僻野，旷达杳渺，却又是另一番朴质淡远气象，何尝差到哪里？

牡丹君此言甚妙，果然有出世离尘之意境，我得点赞。

无论人世荣华，还是自然景色，道理或也相通。

说到人生，轰轰烈烈好，飘逸洒脱也不错。说到风景，河山壮阔好，咱黄土沟坡寻常农家也不失趣味。哪个角度哪种理解，眼里风光就大有不同。

回首以往，孜孜汲汲，风尘于途，总觉得绝世景色应在天边某处。后来才明白，世上哪有风景？谁人说得好：走那么远去寻找风景，原来风景只在心中。

山无非仍然是山，你以为它是山不是山，与山无关，关乎那时一己之心所感所悟。

心里有风景，哪里都是风景，简简单单，一丘一壑也风流。

心里大自在，处处道场，日日好日，哪里都一片清明敞亮。

牡丹风中摇曳，频频点头：算来你也确是花心，聊几句倒还识趣。

心中有花，处处是花。低头看，娇怯怯小黄花依偎在你脚边。几步远，那几丛蓝莹莹野花儿摇曳得多俏艳。南墙角，草莓花白洁如玉，过几天孕几枚莓果儿让你品尝。东南隅，两畦萱草生长得正浓烈，不几日黄花朵朵就要绽放于枝头。杏花是落了，不必懊恼。花褪残红青杏小，一树的杏儿稠密密，怕到时你嘴角流涎吃不够。

睁开了眼，归乎于心。还是那句话：心中有花，何处无花？心中有景，又何必天涯海角去追寻？农家小院里，任咱骋目优游，风光也无限。

禅家说得好：芥子纳须弥。有没有眼力实在是在自己。

四、院中树

院里有两大"林区"。

东南隅为食用林，一杏树、一核桃树、一山楂树。

杏树是自谋生存的。起初不知谁啃咬别人家杏子随手把杏核丢在地上，几度春雨，那里居然娇怯怯探出一苗细芽。大门拐角处，无甚用途，亦不碍人出入，所以没人理睬，任它躲在一边积蓄能量。渐渐地细枝嫩叶有了几分姿色，长成一株树的模样。渐渐地得到认可，确立了它占有那块地域的资格。它也争气，不几年就开花挂果，给主人献上自己的成品。杏子不是很大，口感却好，略酸而甜，绵软适度，很引逗食客味蕾，吃了还想吃，舍不得离弃它。

被认可后，它开始小任性。不一定年年给主家欣喜，要看它今年是想工作还是想度假。一度假就一颗杏子也不结，轻巧一年，让人更惦念它的存在。通常两三年就休整一次，吊足大家胃口。几个轮回下来，确立了它在院里的元老资格，只能任由它或劳或逸。不过它只要开始工作就绝不含糊，枝枝杈杈实密密满挂杏果。成熟时节，十人八人吃不过来。

杏树东边是株核桃树，老人手栽，有遗荫后生的意思。村里先辈人以为，核桃一般是谁种谁吃不到。不一定吧，种树人寿比南山呢？无非意思是说，核桃属长线产品，没个十年八年你看不到收获。这棵核桃树有年头了，栽培它的老人已经离世十多年。看其枝叶稠密，树型端庄，俨然有绅士气度。虽结果不多，但年年不落空。

核桃果含这含那营养素没问题，其叶似乎有益成分也很丰富。我是猜想，因为去年的虫灾。这些年乡下虫子很疯狂，久经人类杀戮而子孙不绝，越来越强大。邻人讲，起虫之后不喷农药可不成，虫子能吃了人。这么厉害？我起初不信，坚持绿色环保观念不动摇，偏不用农药，因此惹出麻烦。

现代虫子，或许也学会了与时俱进，不仅生存能力强，智商也不低。周围农家一喷药，它们即刻纷纷撤离。嗯？不必远走异乡哈，本村来了个不喜欢喷药的农民，正好给它们留出安全岛。几天之内，周围虫类成群结队密密麻麻搬迁过来。

虫子可是活物，岂止要住宿，还得进食啊，最先选择的食材就是核桃树。每片叶子都爬上去几条，没两天，一树叶子被啃个精光。它们不沾惹杏树山楂树，单单围攻核桃叶。所以我推断，这叶子应该味道不错，起码虫界认可。

另一启发是心慈手软不行，此事件之后，我决心改变观念，一旦虫类胡作非为就果断投药。人虫大战，哪还有心情顾及环境？先确保核桃绅士的体面和安全再说。

最省心的是山楂树，栽上之后基本没再料理。它实在憨实，耐旱耐虫，不给人类找麻烦，只懂得默默作贡献。很小就挂果，一年多似一年。

以前光注意树上成果，没留意它开花阶段。这次关心了一下，花朵虽小，却也精致，主要是多，白洁如云絮飘浮一树，而且香气馥郁。一院子的山楂花香，提神醒脑。

从结果的质量和数量来讲，此树为最。到秋季，红艳艳的山楂果压得枝梢垂地。我每每散步过来，随手捋几颗扔到杯里泡水。山楂消食功能大家都知晓，最有名的是用它做的冰糖葫芦，地球人都知道。其实它作用很多，舒肝和胃，活血化瘀，对肝胆疾病、心血管疾病都有良效。总之，人类好伙伴。切片晒干，每天抓一把泡茶，泡时少加一点儿糖，酸酸甜甜，百喝不厌。

西南角是经济实用"林"，名不副实，先占个注册名。

以前这里有两株小叶杨，乡村最常见的树种。易插栽，好成材，老乡多用它做屋梁或棺木，都是大用场。它实在很接地气，价廉物美，所以家家户户都会房前屋后植几棵。

杨树生长速度快，指头粗细的枝条插到地里，几年不见，就变成伟岸的钻天大树。老乡话语：顺刮刮的，顺溜、笔直、挺拔、高大的意思。

这两株杨树所在处，原先地势较高，因盖屋取土，渐渐被孤立在小土堆上。担心遇大风出事，索性砍掉。钻天杨的历史结束了吗？远远没有。不几天，从树根处发出十几枝小秧，杨秧长得飞快，毕竟杨家后代，上窜基因强大。一年不到，就可以长到手臂般粗壮。再砍掉，当劈柴烧。然而杨树不服气，下一年又发芽，又成了十几枝密集的树丛。生命力之强，令人叹服。

几年过去，杨树主根仍在地下不屈不挠运作，渐渐从土台延伸到院里。到了哪，都要表示一下，从那里蹿出几株幼杨。角角落落，甚至人行走道，时不时就很嚣张地探出枝条，没完没了。我常想，这院子如果没人居住，任其自然，几年之后，就会变成野草和杨树的天下。

人类再强大，终究不是大自然对手。两棵小杨树的根系，就让主人防不胜防，反复拉锯，分不出胜负。好处是每年都可以免费提供一堆劈柴，堆到土灶前，烧水做饭正好。

五、草药园

老院似草药园。我认识的，可入药的，就有十几种：牡丹皮、芍药、车前草、蒲公英、杏仁、山楂、马齿苋、刺蒺藜、茵陈蒿、艾叶……还可以加上很快就会有的玉米须、瓜蒌、莱菔子。如果再算上料姜石，差不多已经可以开个小型中药铺了。

这几天院里又到处绽开一种野花，叫不来名字，姑且称之为"甜蜜的野花"，不是标题党，因为它确实很甜蜜。

说来话长，儿时跟着大人到田里玩。以前庄稼人没现在这么讲究，出工下地也没谁会带饮料矿泉水。渴了不远处有小溪，伏下身牛饮几口就行。那会儿的小溪倒也纯净，比现在的农夫山泉差不到哪里。不过毕竟白水，喝的次数多了也平淡。尤其小孩子，喜欢好口感。姨妈就在地埂上采这种花，一采一大把，让我一朵朵对着花朵口儿吮吸。花蕊里，有一小点浆液，甜且带一股酒香味。一朵又一朵，吸起来不仅好玩，主要是甜蜜蜜的很诱人。

解渴，好喝，天然饮料。大自然就这么神奇。

咱是吸野花浆液长大的，难怪现在见了野花就想亲近。

此花很有构图效果，于是拍了几张贴到论坛。有懂行的提示我，这是"地黄花"啊。是吗？赶快"百度"。噢，确是无疑，地黄花。几十年总算知晓了人家大名。

我对它的感觉是"甜且带一股酒香味"。简言之，两大特点：一很甜，二似酒。网上也说，地黄花有别名，最多用的是"蜜罐"。听听这名字，萌不说，甜蜜蜜无疑了。也有不少地方称谓它"酒盅花"，有酒味也是一定的了。

说到地黄，那可是如雷贯耳。学中药的，谁不知道它？方剂配伍常用药。这两年人们注重保养，常服的一味成药"六味地黄丸"，就以地黄为主。看看院里，地黄花一片，是不是再聊发少年狂，摘一把吮吸？

这一摘，却又有发现，玉米地里居然看到几苗半夏。

半夏叶子很特别，三个叶片，构成典型的等腰三角形。我们这儿许多农家孩子，没事了就到户外土沟深处或芦苇丛中去刨它。乱草稠密，三片叶子却非常容易识别。这一带野生半夏的品质很好，刨一小袋卖给县里药材收购站，换几个零花钱，平时买个本子钢笔什么的，不必委委屈屈向家长伸手。

看看农家孩子的自立和辛苦，就能深切体会城乡生活的差距，也更感觉到城里那些被父母娇宠的、把纸笔书本不怎么当回事的小宝贝的幸福和不懂事。我向来有一个观点，城里孩子最好离开父母到乡下生活两三年，他们可能就会比较明白事理，以后的生活道路也许会走得更好。

但这恐怕也就是一种说说而已的经不起推敲的观点。城里孩子本质上未必真幸福，每天都挣扎在学校和家长的双重摧残下，在作业和各种各样课外特长班补习班的竞争中受苦受难。所以换个角度，那些在绿茵一片的田野里欢叫着刨半夏的孩子，实在又有着城里孩子没法见识的另一番海阔天空的快乐。哪种童年更好一些？哪种生活才真正对孩子有益？我也糊涂了。

六、草坚强

院角竖着少半截电杆，一米多高，起屋时的遗留问题。后来没人管了，因为杆在墙角，不碍事，任其历史遗迹般立在那里。某日偶尔走近"历史"，嗯？生出一点儿小惊奇。电杆的水泥横断面，居然翠生生挺立着几株小草。

有时很瞧不起自己的狭小眼界，大好河山不去观览，经常看点儿野草闲花乡野人家。像电杆小草画面，哪入得了摄影大家的法眼？

然而我会给自己找理由。庄子老人家都说：道在屎溺。大小便都寓含着至高无上的大道，小草又何尝不可为风景乎？所谓"大好河山"才配入"大片"的思维，或许才真正地狭窄而偏执。

玩摄影，我没玩出档次，不过也略有心得。好作品，实在与角度密切相关。顺着拍，平常；逆着拍，很可能就出彩。站到 A 点拍，乱糟糟没看头；换到 B 点，没准就是佳作。

世间事大体不过如此。换角度，腐朽化为神奇，小草堪比大树。当然反推也未尝不可。

而这几株废电杆上的小草，就不寻常，就有故事。读不读得出来，那是另一回事。

其实细推究，小草并不卑微。没人类以前，它已经在地球上开疆拓宇四处蔓延。它们或许更有资格做地球的主人，起码绿化了环境，丰富了生态，不会对大自然形成威逼破坏的态势。

后来出了一茬子人，简直就是来与野草做对头，践之拔之刈之铲之，方法可谓无所不用，手段可谓凶狠果决。效果如何？"野火烧不尽，春风吹又生"，一年一度，垄头塬上，青草依旧蓬蓬勃勃。

人与草，世世代代斗争到现在，人类都搬出最先进最毒辣的化学除草武器。怎么样？成绩似乎有点儿，其实两败俱伤，伤人类自身的成分更大。土地板结，生态恶变，产一些歪瓜裂枣，怕也是毒素含量多多。

小草无所谓，这边除那边长，今儿翦明日发。再严酷的环境、再贫瘠的土壤，它也敢去扎根去抽枝，没几天就郁郁葱葱一大片，气死人类没商量。

不由就会联想到"草民"，这个词往往带着贬义。然而只要换角度，想想草根的执着、草性的坚忍、草命的顽强，那这个词何尝不可以理解为赞赏？

不妨低下头观察一下小草，看它们挣扎着从泥土底层钻出来走进物种世界，看它们在各种碾压剿杀中努力维护自己的一小隅生存空间，看它们在贫瘠荒凉的环境中依然不屈不挠坚持走完自己的生命过程，你不佩服？你不感动？

我们这个民族，经历过太多苦难太多血腥。然而，只要有点儿阳光空气水分，芸芸众生就照样锅碗瓢盆、油盐酱醋、活蹦乱跳、闹嚷嚷，过得有滋有味。

人草之战，依我观点，笑到最后的必定是小草。斗到某一天，人类灭掉了，小草还会更久远地生存于地球，慢慢把人类的那些宏伟建筑分化掩埋。荒草丛中百年或千年前的所谓"遗迹"就是例证。就看电杆上长草这种画面，不仅仅是坚韧顽强，更重要的是显现了小草在生命进化链环中的适应性。

几粒细若微尘的草籽，被飞鸟飞虫的羽翅沾带飞行，飘落于这么恶劣的、局限且暴露的小空间，经历几个月的风吹日晒，忽然在某个阳春清晨，怯怯地伸出它们游丝般细弱的根须，然后依赖几片枯叶上的浮尘，就可以健壮地生长壮大。这实在超出我们对植物生存所必需条件的理解。

人们赞美黄山松，感叹那种绝壁上虬枝劲拔的姿态。电杆上的小草，我看有过之而无不及。

这才是"草"的精神，这才是真正对命运的抗争。离地三尺，没有土壤，没有水源，没有任何呵护，照样要领略日月精华，活出自己的草样。换你们高高在上的精英人类，几个做得到？

七、乡雨情

乡下温度，与城市不是一个概念。禾黍草木，绿色植被，人口密度低。光照直接，通风透气，四处没遮拦。所以，有点儿阳光就灿烂，大日头一照，马上温度往上蹿。院里放盆水，到午时就可以温泉浴。太阳公公一下班，把阳光放进提兜带走，温度一会儿就降下来。田野小凉风一吹，即使赶忙加衣也免不了打哆嗦。

最明显是下雨天。别说现在初夏，即使暑热最盛时，只要连下两天雨，就得披件厚衣服才不至于缩脖子，晚上肯定得大厚棉被压身才能睡踏实。

这也说不上好还是不好，反正是热也罢凉也好，都不拖泥带水，直接爽快，毫不黏黏糊糊，不似城里那种遮着捂着高烧难退。

雨天凉了点儿，却是农家难得的假日。人们可以不出工，待在屋里肆无忌惮。虽然现在农村已经慢慢新潮，紧跟城市做派，打纸牌摸麻将，不过也有部分保留老传统，一遇雨飘飘，左邻右舍，男男女女十几口人挤在某家大炕上嘻

嘻哈哈，这是我比较喜欢的方式。(图11)

小时候，我常参与这种农家的雨天"派对"。场子设在谁家，主妇通常都会爆一锅玉米花或炒黄豆，比较高档的还有南瓜子。我们县南瓜子很有名，以前是进贡皇上的，可想口感如何。

一帮人炕上团团坐，围着簸箕里的玉米花、炒黄豆或者南瓜子。这是佐料，主要内容是拉散话（聊八卦、摆龙门）。村里往往有几个故事高手，大炕就是他们的百家讲坛。历史演义鬼怪传奇，一堂课一上午一下午，不把爆米花、炒黄豆、南瓜子消灭完不下课。

雨天"派对"，除了干果炒货，有时还有别的享受，要分什么季。比如杏黄时节，一面观赏主讲人口水滔滔，一面听到院里扑通作响。有人呼啸一声下地，趿拉着鞋跑出去，一会儿就从泥水中捡回几枚熟透的大杏。掰开品尝，利益均沾。小人家如我这般，就可以独享一颗。清凉爽甜，可口之极。

图11 窑洞里的土炕是我儿时课堂

秋季副食最丰富，秋季还又偏偏多雨，百家讲坛抑或百家会餐时不时举办一下。主办方在做过饭的柴灰里塞一堆土豆红薯，有时别出花样埋几个茄子。一会儿煨熟了，拍拍灰丢到炕上。一剥皮，纯天然的植物香气弥漫开来，口水哗啦啦往下流。

讲课老师累了，歇一阵，穿插欣赏农家茶道。拿个老瓷坛放在檐雨跌落处，接到多半坛就可以了。"茶道"高手说，这种天水，水性发飘，适宜于雨天较寒凉时品用，不担心茶性结在胃肠里。有没有道理不知道，那时候乡下也没专家教授去乱发议论。坛水静放一两个时辰，倒入籴壶（农家老式烧水用具）烧滚。抓一把农家山茶，就滚水一泼，清新飘逸的山野气息袅袅腾起。

这种农家茶，好闻却不大好喝，城里人不一定接受得了。味苦涩，类似农家日常生活。起初我也喝不惯，姨妈给我另沏一碗，放老甘草。乡里人家，多会存几根老甘草。不是现在中药铺里人工栽植的细麻料条的那样，多有拇指般粗细，深红色。老人们说，起码几十年埋在地下才能长成这样。寸断后放在瓦罐里，有个头疼脑热小病小灾，配几把稀奇古怪的野草一熬，喝下去真管用。平时拿来泡水也不错，清热败火。小孩子纯阳之体，偶尔喝一碗很有益处。我不懂这些，我是凭口感来衡量。略有草药味，不影响大体甜蜜蜜，可以接受。

几十年前的农家生活，实在是清贫寒凉，但也未必像局外人理解的那样全是劳作艰辛。有温馨，有欢乐，也有自己的独特享受。几十年过去了，我也算风风雨雨经历过许多场面，回味起来，许多时尚高档的享乐似乎没留下什么深刻美好记忆，倒是乡野里这种泥土味十足的岁月总会不经意间就在眼前浮动。

理由呢，自己大概骨子里就是农民吧。不过还可以从另一角度解释，如东坡先生所言：人间有味是清欢。清简，清淡，却也清新，这样的生活，或许才真正有味，耐得住咀嚼。

八、说"胡基"

在小村里散步，忽然看到有老农捣胡基。太稀罕了，已经几十年未见。一问，说闲来无事捣几块，用来修补自家残破的围墙。

胡基，简单理解就是土坯。用湿土夯瓷实，不经窑烧直接上墙，个头有普通砖块的三四个大。年轻一代，知道的人不是很多了，它已渐行渐远，退出作为起屋垒墙主要建材的行列。然而倒退二三十年，在山西晋东南的偏远乡村，它还是家家户户必用的材料。岂止晋东南，网上一查，不得了，晋南、晋中、晋北以及陕西、宁夏等地，靠近朔漠边缘的中国北部，几乎都使用这东西。

胡基的"基"，准确写法是"墼"，但"墼"又通"基"，所以"基"也不错。而"胡"是否与胡笳、胡琴、胡桃的"胡"同义？不确切。若是，那它或许是由游牧民族带入中土的。

据某些语言学者对晋陕地区一些偏远山村的方言考证，许多口头习惯俗语的含义和读法，几乎保持了宋朝以前的原样。语言活化石，不用装潢，就可列入非物质文化遗产。"胡基"这个词，恐怕也在其中，而且有相当分量。说得夸张点儿，完全可以单独列出一个"胡基文化"。

何为"文化"？词典或教科书里，有一大堆解释。要搞清这堆解释，又会涉及一大堆别的关联术语，所以不出把气力或没点儿"文化"还真难弄明白。我的简单理解，所谓文化，最直接和核心的含义，是指人们在某一时期某种环境下以何种态度、何种方式用哪些物质、哪些工具去面对生活和参与生活。

而胡基，据说从汉代开始，相当长一个历史时期，在中国北部广大地域，承担了普通百姓"衣食住行"中"住"的主要构建任务。它不仅能直接显示当时建材和结构房屋方面的实际情形，还透露出那些时代人们的生存状况、生活质量以及外族（胡人）与中原民众的文化交流融汇过程等大量历史信息。说"胡基"是"文化"，起码是一种"文化"现象，应该不为过。

年幼时，我在姨妈家开始接触胡基。太普通了，抬头低头，磕磕碰碰，家家户户的窑壁院墙全是胡基，不想看都不行。孩子们打架，手里攥的武器就有一小块胡基，村民们行完方便，也免不了会用胡基块来当手纸一拭。记忆中还听大人们讲过一件与胡基有关的趣事。某媒婆到"村花"家提亲，讲半天小伙子优点，女方都含含糊糊不为所动。情急之下，媒婆说了关键的一句："那后生，一天捣三五百块胡基哩！"女方欣然同意。

成年之后，留意过捣胡基的场面，也询问过有关胡基的资料（这词似乎有点儿不伦不类），才渐渐明白为啥一天捣三五百块胡基的后生能打动"村花"的芳心。

先说价格，当时一块胡基的市价，依供求状况和胡基质量，是一分到两分钱。就按最低每日三百块计算，换三到四元人民币绝对不成问题。在那个年代，这个收入是一般吃公粮的行政干部的两到三倍，大致相当于时下的月薪万元。

更主要的还不在此。别小看一块胡基，也不是谁都可以随随便便就能捣。每天捣三百块以上的，已经相当不容易，要有好体魄，还要肯吃苦。至于五百块，估计是媒婆的信口之词。我曾问过许多捣胡基的后生，他们往往摇头，说那要搭个起五更睡半夜差不多，太累了。通常情况下没谁这么耗体力，有也凤毛麟角，或者迫不得已。

捣胡基一般在早春时节。不能太早，冻土未开化。不能太晚，清明一过乡民就要起房盖屋，胡基干不透没法上墙。所以，捣胡基简直就是山乡农人新一年春播劳作之前的开场鼓点。一大清早，天刚蒙蒙亮，"咚咚咚"的声响就在山乡的静谧中回荡，震撼得人心痒痒。

捣胡基表面看是体力活。看多了就明白，内里的技术含量很高。比如捣胡基的第一步是湮土，就颇有讲究。一堆生土，先泼水闷一阵。水不能多也不能少，少则捣出的胡基发酥，一捏就碎。水多也不成，坯发软，扶不起更上不了垛，白费。泼多少水要凭经验凭直觉，就算有谁提着耳朵告诉你，你也未必能掌握准分寸。懂行的根据土质，手一抓就知道泼多少水合适。

土湮好，才能开捣。捣胡基流程，从安模到落杵，很是繁杂。

"咔嗒"一声，先轻磕木制基模，磕尽模沿浮土。蹲下平铺模具，插好后挡板，再合上后面的活扣板，顺手抓一把过了筛的细柴灰，哗哗几下，均匀地撒到模内沿上，这是为了最后取出胡基不沾模具。柴灰撒过，才可以拿铁锹往模里注土。

土要堆得略高出模沿几寸，高多少，也在自己掌握。然后就看你身手了。捣基人手抓基模前竖着的石杵握把，轻轻一跃，跳到基模的土堆上，身体上下弹动，双脚借势发力，飞快地由前向后踩一遍，尤其是石杵落不到的四角，还要用脚跟狠劲踩一下，这才提杵。

最值得一看的，就是提杵后这几下。不仅要有臂力，还要有腰上的功夫，而且还得会使巧劲。石杵一提，"咚咚"几下，马上显出水平。行家出手，利落干脆，节奏明快，一气呵成。尽显阳刚的力度，又不失几分舞蹈般的优美。

石杵的起点、捣杵的次数和最后的落点都在捣基人的掌控。节奏感很强的杵声俨然鼓点，咚咚、咚咚、咚咚……经过算计的次数，不多不少，全部捣到，受力均匀，然后石杵从最后一下的落点提起，顺势一推，放到原来位置。

几乎是石杵落位的同时，捣基人的脚跟迅速把基模后的活扣板磕开，弯腰打开基模，一块方方正正棱角分明的胡基这才定型。

早春时节，山里人大多脱不了棉衣。而捣胡基的后生，却往往赤个膀子还大汗直淌，可见劳作的强度。不是能吃大苦的人，干不了这份活儿。

在村里，我常见这样的景象：日照当头，暖洋洋的，几个悠闲的小媳妇大闺女，会没事找事凑到捣胡基场地的附近，边聊闲话，边观赏捣基人杵起杵落的动作，还时不时扔几句撩逗捣基人的趣话。

腰圆背阔肌肉凸显的后生，一面听叽叽喳喳莺啼燕啭的逗笑，一面更兴头十足地挥洒着自己的刚猛。这样肯吃苦又这般雄健的小伙子，不让姑娘们眼馋才怪。

捣基和围观场景现在再难看到了。以后的"村花"，肯定不明白一天捣三五百块胡基的后生有多好，她们眼里的好男儿，是另一番标准了。

我常有疑问，许多历史书里描绘的千百年前老祖宗们的生活情景究竟有几分靠谱。比如这胡基，几十年前曾是乡间百姓最常用最多用的建材。用不了多久，当最后几间土屋或半土屋全部倒塌，无非就是土坷垃一块的胡基，几场雨之后，也就真正融入泥土，回归自己的本来面目。谁还能记起它们的存在？谁还会知道，胡基曾经构架和荫护过几十代几百代无数先人的苦乐年华？

九、乡野情

田翁意趣

一

晨光轻泛绕桑枝，泉井淙淙漫绿畦。
最是柴门清欢处，新蔬鲜菜佐餐时。

二

藤床杏荫身自凉，细叶小花作诗章。
一怀草堂逍遥志，蜗角蝇头任他忙。

三

竹枝梢头豆角花，小蒜青椒拍黄瓜。
别笑田翁意趣少，襟怀烟月野生涯。

四

风凉斜照蝉声罢，井畔芜荽着细花。

疏篱藤蔓豆角肥，秋光已到野人家。
五
崖畔快意草青青，溪沟风月散漫行。
最是柳下神仙事，一纶长竿钓鱼翁。

雨中漫步

细雨漳河岸，隐约二郎山。

纷纷游人尽，寂寂黄土川。

可惜堤上柳，水雾拢轻烟。

斜坡花正好，浴女美容颜。

独步芦荡丛，茎叶湿衣衫。

此翁纵放浪，率性本天然。

人生贵适意，何妨效济癫。

去去休驻足，得鱼且忘筌。

杏荫"打油"

半晌午阳光热辣辣，蝉声倦早停了喧聒。

悄无声庭院自潇洒，杏荫下打油品山茶。

满地藤蔓儿正着花，一树稠密密红山楂。

忽闻香新炊煮玉米，流口水文火炖南瓜。

果其然有味是清欢，东坡老此言真不差。

乡愁

疏篱把盏亭前月，不说乡愁。

恨在心头，万里萍踪一叶舟。

孩时嬉戏已成梦，莫上高楼。

曲水东流，只引长啸付清秋。

观漳

槛外漳水西复东，年华流去静无声。

自知白发搔更短，斜阳叶落舞秋风。

小路

小路从怒放的野草丛走过，

化一曲舞姿婉约的长歌。

矢车菊绽放着玲珑笑语，

儿时的温热又灿烂于荒坡。

向太阳走去是遥远记忆，

任诗情飞散在沟谷田禾。

谁说这不是庄严行旅？

读春去秋来好一番因果……

寄意

浮游心意远，剑道何所归？

万里思乡月，秋风黄叶飞。

细雨走乡野

雨雾霏然，曲水盘桓。

小径蔓迷，黄叶飞翻。

溯流而往，意韵太玄。

流光如斯，四时圜转。

蜉蝣一瞬，何得永年？

悠悠此心，以歌为叹。

山野采春

一

谷雨一夜隐隐，土岗云雾蒙蒙。

凭轩细听窗外，梢头鹧鸪声声。

二

带露三径新草，散漫五柳轻烟。

村野别有风景，何妨细细品玩。

三

南坡又染新绿，崖畔几朵闲花。

任它人世打斗，野枝依旧春芽。

四

小路蛇行斗折，陇上几户农家。

三分薄田耕作，篱前一杯清茶。

五

洋槐花串正香，当年采撷充粮。

许多村野旧事，困窘也是营养。

六

倚桥细柳轻绿，春光放浪长堤。

说得不再采花，见花忘乎所以。

七

果然春情泛滥，桃杏花开艳艳。

农家也着丁香，馥郁香氛扑面。

八

一点顽性难改，拈花惹草心怡。

秀色揽入屏幕，不可误了花期。

九

花开花谢常事，春去秋来自然。

所谓芸芸万物，无非过眼云烟。

乡居自乐

一

其实就是个窝，豪宅又能如何？
百年之后再看，衰草枯杨荒坡。

二

三间老屋翻新，墙外细草娉婷。
檐下黑白棋局，烂柯多了乃翁。

三

推窗晨雾弥漫，须臾红云山巅。
塬上风光无限，乡村别有洞天。

四

心中自有喜欢，阅历河谷川原。
寻常正是滋味，诗句几行窗前。

五

快意扶摇天上，款步溪流清凉。
僻野车尘甚远，衰翁柳下轻狂。

六

一弯清流见底，满目禾绿天蓝。
槐林溪畔啸傲，自在颠倒尘寰。

七

荒野独步草丛，仰目几缕飞云。
一片春阳泼洒，休说圆缺枯荣。

秋游词

说秋

或为秋气悲悼，或言秋胜春朝。
秋天就是秋天，何必自寻烦恼。

秋园

满园秋草摇动，枝头楂果已成。

怀里几分散淡，萧瑟也是风景。

秋情

霜叶红胜春花，摇曳峭壁悬崖。

小路风情无限，岭上秋光泼洒。

咏菊

试看百草凋零，秋来此君最佳。

风刀霜剑何惧，坡上蕊发清雅。

秋野

独步乡野初寒，骋目沟壑黄塬。

最喜空气清新，休提沧海桑田。

坡上

何必三山五岳，自在荒草土坡。

江湖已成旧事，拄杖野韵秋歌。

沁州黄与大唐盛世

一、从沁州黄说起

沁州黄，小米，现在许多城市的超市都有卖，小袋包装的。不过我这个沁州人可以悄悄告诉你，买到手的那袋"沁州黄"，最多只能认定确是沁县本土出产已经相当不错了。至于正宗沁州黄，仅生成于县境内不大的特定地域，产量其实有限。即使沁县百姓，也未必能经常食用。

以前，沁州黄是贡奉皇帝老儿的，农民伯伯们探长脖子远远看看官家衙役来收割的场面就算过了瘾。新时代好长一段时间，沁州黄又成了某些机构调用的食材，县里所留还是稀少。

沁州黄的故事不少，我讲一段现代版的。当年中日建交，周总理宴请日本首相田中角荣，席间七七八八上了许多名菜，田中吃得很矜持很贵气，点到为止。快收尾时，服务员捧来一碗金灿灿的稀粥，田中抿一口，嗯？双眼骤然睁圆。没说的，稀里哗啦喝个精光。完事了？没有。田中很不客气，侧身问服务员："那个，这个，再来一碗如何？"稀粥一碗，咱泱泱大国请得起，于是乎，田中先生又吸吸溜溜干了一碗。这下可以了吧？不行，意犹未尽，还要。旁边田中角荣的女儿直扯老爸衣角，不住提醒，您血糖高啊，血糖……田中憨憨一乐，那就再来半碗，半碗。这两碗半粥，不用问，沁州黄熬成的。

这故事也是传闻，有演义成分。但我这个品尝过正宗沁州黄的人可以断言，只要田中先生真的喝了一碗沁州黄小米粥，他不要第二碗才怪。

我幼时在沁县乡下姨妈家生活过几年，对当地本色的小米粥颇有印象。山涧水煮米，柴草火慢熬，熬出的粥，表面会浮一层油膜，实在是又有香味又兼着浅浅的甘甜，不喝到肚儿圆舍不得放碗。这粥已经算好得不能再好，然而后来品尝正宗的沁州黄小米粥，才晓得天外另有天。那是一种滋味很特别的浸润了灵山秀水精华的谷物清香，虽不显山显水，却意韵悠长沁人心脾。

据说沁州黄是若干年前当地寺庙和尚们培育的品种。诵经声中长大的，开光产品？抑或僧人里面有培育农作物的高手？传言，没法考证，存疑。僧人们打造出的这个品种很有秉性，最适宜于塬上寺庙周边一小块土地。同样种子，播撒到沁县别处，虽也好吃，却似乎就欠了点儿档次。什么原因？不晓得。科学昌明的现代也没给出确切答案。老乡们说是风水，我以为不错。其实这"风水"二字，切不可简单以迷信论之，其中必有许多我们人类现在还无法悟透的奥秘。

可惜的是，即使我儿时在姨妈家日日不离的那种小米粥，现在也很难喝到了。化肥催熟的小米，颗粒倒是雄赳赳，喝起来残山剩水的少了许多意思。

二、水城沁州

出产沁州黄的沁县，算我故乡。夸自己的故乡我不脸红，因为这个小县城确实蛮有特色，它算是黄土塬上不可多得的"北方水城"。黄土高原上如此格局如此气象者，绝无仅有。环城三面项链般串联着四个水库，几呈半岛之势。"半岛"二字非我发明，比如我现住之处，大名西湖苑，而周围老乡却偏要呼之为"半岛小区"。

几个水库名字都口气大大：西湖、北海、南湖，还有个略略细长的瘦西湖。这名堂不是起于现在，有点儿历史渊源了。二十世纪五十年代，共和国搞过几年端的是轰轰烈烈的全民造水库运动。沁县出尽风头，倾全县男女老少之力，一下子弄出十几个大型人造湖。《人民日报》专发社论：全国水利学沁县。有点儿侵权嫌疑的西湖北海南湖瘦西湖之类，就出现于那时。反正党报已经认可，就这样尴尴尬尬一直使用到现在，有点儿吃上辈人老本的意思。

沁县水系的主血脉是漳河，漳河起源于距县城几公里的漳源村。表里山河的三晋大地上，漳河常与汾河并列。不过就我观点，若论气势，漳河应该老大。汾河只是黄河支流，而漳河却是海河源头。宁做鸡头，不做凤尾。

漳河水从漳源南下，几公里就到县城，紧贴西城墙哗啦啦而去。去不多远，前方骤然杀出一座石山挡了去路，大有讨要过路费的蛮横。此山名为二郎山，似乎又有冒名之嫌。不过其名真的久远，传了不知几朝几代。对我而言，最先知道的二郎山就是这座。若干年后才听到那首"二呀嘛二郎山"，心里居然很有几分不屑，觉得川藏线上那坨石头实在多事，叫别的不好？三郎四郎都行，偏要与俺熟悉的此"二郎"争名。

拦阻漳河去路的二郎山有传说，大意是漳水里潜伏一条漳龙，漳龙泼皮，想对下游黎庶来点儿恶作剧。漳龙的武器自然是漳河，河水泛滥，波涛汹涌，颇有淹没华北大地之势。那天晚上正好二郎神在南天门值班守夜，接到报警信息，赶忙抽了根扁担（那年头的神仙也寒酸），挑起办公室门前两块石头赶去拦截。天亮时分，二郎一身臭汗来到沁县城南已觉几分疲惫，想想也没人给加班费，就到这里吧。肩一斜溜，顺势把两块石头甩到那里。

漳龙正卷着汹涌水势流得顺畅开心，突被石山一堵，撞了几撞，撞不过，只能折一个直角，依山拐了个几乎九十度的弯流向正东，再绕过山角，才得以南下。这一折腾，漳龙自然憋了一肚子邪劲，携水斜穿晋东南，窜过太行山，倾泻而下，很是气焰嚣张。不过它此行实在运气不佳，没多远又遇到怪人西门豹，正在邺城漳河边往水里丢几个巫婆神汉，丢完拍拍手，弄一大拨人疏河筑坝开渠引流，生生卸去漳龙的坏脾气。

堵漳河去路的二郎山，在我眼里，实在够不得山，高度二三十米？怕也未必有。反正平常人登攀，噌噌几步到顶，脸不红气不喘。这也可以为山？一道小石坡而已。不过古人另有观点：山不在高，有什么什么则灵。这二郎山上倒还真有点儿什么什么。

出县城向南，顺宽阔如街的拦湖大坝走去，正对着的即是二郎山。山脚处举目一看，松林掩隐，一围古建，即是"南涅水石刻馆"。这石刻起于北魏，据说文物价值了得。百度一下，长长一串文字，复制几行窃为我用：

南涅水石刻馆位于沁县城南 1 千米处的二郎山上，又名二郎山石刻馆。1985 年建馆，1989 年 10 月 1 日开放。全国政协副主席、中国佛教协会会长赵朴初亲题的馆名，镌刻在二郎山崖壁上。

后面的算了，我对这类东西属门外汉，兴趣不大。最初管理石刻的是我的一个舅舅，老人家那时独自一人伴石刻幽居于城西一隅小院。我有时去坐坐，舅舅就咳咳喘喘地给我讲讲石刻或县史，那已经差不多是半世纪前的事了。

石刻馆向西不远，是一幢大庙：永庆寺。庙算新建，年头不多。但其前身却有故事，故事的主角是尺木禅师。

尺木禅师，坊间传言他是崇祯皇帝的三太子，弃国逃窜，剃发出家。传说往往未必空穴来风，反正是个神奇人物。他修为很高，医术精妙，诗文俱佳，是清初 33 处灵济宗的开山祖师，所以沁县老人们常尊其为"尺木祖师"。

新沁县人知道尺木的应该没几个了，他们另有崇拜偶像。就连我这一代人对尺木知晓的也很有限，道听途说几句。我的前辈，像我这位文物馆的舅舅，对尺木事迹津津乐道。口口相传，不外救危急难、度化愚顽之类，都是可以演成电视剧的故事。

听舅舅讲尺木，印象最深的是大师的葬事。某日尺木忽然向徒儿们宣布自己要坐化，让他们把自己置于一对大鱼缸之中，算是缸棺，这本身就古怪。然而最奇特的是，缸已下葬，尺木禅师东南西北许多好友还几乎在同一时间与大师会面。很神，传说而已。不过此事当时就引许多人好奇，真正的千古一谜，大师究竟在不在缸里？

若干年后，到了"破四旧"的新时代，考古工作者从尺木下葬处掘出扣得很紧密的鱼缸棺，缸内空空。舅舅讲这段故事时就立在缸边，我也过去朝缸里探头探脑。我眼里，实在只是两口水缸，除表面略有花纹雕饰，感觉不到神奇。然而当初大师是被众徒儿抬入鱼缸，又众目睽睽下埋入土中，就算是一场杂技表演，也演得精巧。也因了这场谜一般的葬事，我后来想，尺木若是堂堂正正的寺庙住持，实在没必要悬而又虚地摆排这种迷魂阵，莫非他真有太子身份？

少时听二郎山传说，我还傻傻地去山背阴寻找二郎扁担戳出的石洞，没找到。老乡说，早已坍塌湮没了。现在的二郎山，打造成一片森林公园，植被还算稠密，山路也很平整。因为不高，所以亲民，县里老幼时不时就"登"山一次，到林中吐故纳新，顺便瞅瞅山下西湖风景，健身养心，也算二郎神留下的一点儿功德。

三、沁州黄与王通

沁州黄虽然是一种食材，却又未必仅止于食材。前年，与几位沁州友人聊天，聊到县志沿革，有朋友就戏言一句：是咱沁州黄孕育了大唐盛世。哪跟哪？太扯了吧，食材而已。然而，食材的作用往往不可小觑。伟人有句名言：小米加步枪创造了新中国。看来，食材与国运有时还真有关联性。

从沁州黄到大唐盛世，其中许多弯弯绕，而最主要的环节是一个人，隋代大儒王通。王通此人，死后被他的学生尊为王孔子、文中子，抬得很高。他有点儿生不逢辰，或者生逢其时，看从哪个角度讲。历史上，尤其学术界，王通是个有争议的人物，但也因此说明他是个有影响力的人物。

年轻时的王通也曾活蹦乱跳地想在政治上一展宏图，但机缘不合，折腾一圈没什么大成效，垂头丧气绕回老宅待业。按说王通与沁州黄本无瓜葛，他的家乡在河东晋南，吃小麦的地方。他的注意力在长安，那里才是政治文化中心。然而有几分心灰又待业无聊的王通想找个雅静环境调养一下精气神，于是骑头小毛驴外出游荡。向东，日出的方向，翻几座梁又过几道弯，这一天来到铜鞮地境。

王通左右扫视一番，哼一声，嗯，此地颇佳，山色空蒙，溪流清澈，人烟并不稠密，田畴却很丰饶，有几分离尘出世的意境。不错，不错，王通算计着先歇它几天再说。谁知这一歇，王先生短暂的后半生竟然就交待在这里。

王通其实真有眼光，他选择的这个"铜鞮"，可不是寻常之地。要说清楚，得把时间上推，推到春秋。2500年前，是晋国称霸的鼎盛时期，晋国君王倾国力建造了一座城堡式的大型宫殿：铜鞮宫。此宫在许多正史中都有记载，其作用和精美，大致相当于秦国阿房宫、唐朝大明宫、清代圆明园。百度是这样介绍的：铜鞮宫"代表了中国春秋时期建筑的最高水平"。

铜鞮宫早已毁灭于兵燹，名字却留了下来，其旧址上建起铜鞮县，即沁县前身。不过这里有几分偏远，做风景区还行，做县府实在迎来送往多有不便。没几年县府迁至现在的沁县城，铜鞮改名为故县镇沿用至今。

故县镇东有座小山，称作紫金山，山前一弯清流，名曰白玉河。这金玉山水之名听听就有几分神奇动人，写诗用来作对恰恰好。半个世纪前，年少的本人几次被姨妈姨父携带至此游览赶集，也觉得这一片山山水水自自然然清清爽爽蛮有几分赏心悦目。王通几个随行弟子，即在紫金山寻一个石洞，搭几间草屋，从此王通在此开始了收徒授业的生涯，也开始了他与沁州黄纠缠不休的历史。

四、军政干部学院

沁州黄养人，几个月下来，王通和弟子都吃得白白胖胖。饱暖之后总得思点儿什么。王通想，闲着也是闲着，天天看山水也有几分小郁闷。与几个弟子一合计，那就办个军政学习班玩玩吧，反正这是王通长项。于是，热热闹闹的，几天以后，山洞前果然开张了一个"紫金山军政干部学院"。

这个学院可不得了，云龙风虎，造就了一大批文武牛人，簇拥着唐王打天下坐天下，一个个都混得红得发紫，浑身贴金，不愧是"紫金"招牌的出身。简言之，罗列其中几个略有名气的看看：

梁国公，尚书左仆射（宰相），司空，房玄龄。

蔡国公，尚书右仆射（宰相），司空，杜如晦。

郑国公，左光禄大夫，太子太傅，魏徵。

英国公，兵部尚书，光禄大夫，徐世绩（李绩）。

卫国公，兵部尚书，尚书右仆射，李靖。

江国公，礼部尚书，陈叔达。

黎国公，礼部尚书，尚书右仆射，温大雅。

窦国公，右武卫大将军，史大奈。

这是一份很威武也很可怕的名单，几乎把大唐开国时政治局常委的名额全部包圆。如果再加上在省部级地司级掌权柄或混饭吃的"紫金"学员，大体就是唐朝初期治理朝政国事的整套人马。建国方略以及其后的贞观之治，实际上就由他们来设计、操控、实施。

回头看，追根溯源，这帮学生娃娃若没有在紫金山上一面用文中子思想武装头脑，同时用沁州黄滋补身体的经历，哪能有后来的建功立业扶佐大唐？从这个角度而言，在沁州黄与大唐盛世之间扯一根细细的网线，也未必全无道理。

王通死后，"军政干部学院"的同学给老师在紫金山修起一座规模宏大的"文中子祠"。该祠历经千百年沧桑，到清代大概已经有点儿衰败。

与紫金山隔河相望，对面有个徐村，出过一个沁县名人吴琠，俗称"吴阁老"。此人在康熙年间被封为保和殿大学士兼刑部尚书，据说还代理过几年宰相。吴尚书出道前，也是文中子的粉丝，因为住在河对岸，免不了到祠内祭拜。祠中留有他的一块诗碑：

> 废洞依稀不麓阴，山灵招我一来寻。
> 泥横残篆碑犹在，门掩苍崖鸟乱吟。
> 献策缘知非钓主，退耕何事已违心。
> 浮沉千载谁能识？房魏区区尚古今。

（题外话，我对此诗有点儿小怀疑，确是吴琠所作吗？人家好歹状元出身，文学修养应该说得过去。而这几句诗读起来感觉有点儿稚嫩。但据说有石碑为证，那我无话了，就当吴先生早期试笔之作吧。）

这首诗提供了两个重要信息：第一，起码康熙年间，文中子祠已经破败。第二，那时的人还认可房魏之流在这里学习的事实。

文中子祠是在日本侵华期间彻底被毁的。故县镇在沁县的南部边缘，老乡俗称"老南乡"，交通不便又比较偏远。抗战期间，那一带成了八路军的游击区，还间有几小块根据地，日本人免不了时时过来扫荡一下。拉锯战过程中，小山头上这座古建，不是日本人进去歇脚喘气，就是八路军进去休整过夜。你也打他也打，一山稠密的松林和已经破败的祠堂完全摧毁，留下的，仅有五六块较完整的石碑和许多残破的石碑碎片。

去年夏天，我专程去了一趟故县城，那里也算我童年时代常去玩耍的地方，有一些很美好的记忆。及到我站到镇外，真正地瞠目结舌了。心头出现的第一个词是"改天换地"，我完全认不出记忆中的古镇。它焕然一新，楼房林立，有点儿向大城镇发展的模样。镇外呢？哪还看得到紫金山？哪还有白玉河亮晶晶的溪流？已经隐约难寻了。心头出现的第二个词是"世事沧桑"。

西游七记

一、西出潼关

列车从山西南下，过黄河，几乎是立即拐出一个直角，西出潼关。

已是夜幕深沉。从这里至宝鸡，即所谓"八百里秦川"的路段，我不知走过多少回，每次经过都会引发一些联想和回忆。太白峰下，渭水之滨，积淀了厚重的历史文化，列车就在这历史文化上无知无畏地行进。

文化积淀，常常是一个民族引以为荣也可以建树文化自信的资本。但有时我想，历史文化的厚重，也有双重性。它未必只是一种文明前行的优越，它或许也会成为包袱和负担。伟人曾说："一张白纸好绘最新最美的图画。"而中华民族这张皱巴巴的宣纸，已经被无数强权暴君政客强盗仁人志士用各种色彩涂抹过无数回，别说底色，纸质也许都难以分辨得清。

这样一张纸，厚重肯定是没的说。然而，后人该如何继续施以手笔？又如何才能重新绘出鲜活美妙的簇新画卷？满屋子唐砖宋瓦盆盆罐罐，虽然确是一笔家产财富。而拥有和守护这样一堆古玩旧器，顾忌就多，我们的步履岂能轻快洒脱？

潼关过去几分钟，是西岳华山。夜色中已看不清它那造型奇特的峰巅，但山中灯火还是被我的目光捕捉到了。山上肯定又住满了一大群生猛快活的攀登者。

十九岁那年，我第一次攀爬华山。正值"文革"风潮，人们在山下忙着打斗。山上荒草萋迷，庙观圮毁，人迹罕至。我独自蹒跚向上，怯怯地被夜色困顿于半途山洞不敢冒进。后来巧遇两位雅兴悠然的军人，才相约同行。夜半时分敲开北峰下的群仙观，被观内一位半道半俗的先生请进一间堆放柴草的小屋。草堆里的虱子成群结队干劲十足，三条汉子左抵右挡，终于招架不住。只好前卫一把，脱了个赤条条无牵挂。把衣物扔到院里，半坐半卧熬至天明。想一想那恐怕是我成年之后第一次游走途中的无遮无拦，后来曾打油一首：三雄夜宿群仙观，单衾不耐五更寒。堪效祢衡风流态，扪虱柴屋纵天然。

前年又陪女儿去了一趟华山，山间格局迥异，已是另一番景象了。索道缆车之外，道路铺展得整齐平坦。庙观恢复一新，到处人声鼎沸，旧貌不复见矣。新时代的攀登者，终于不必担心陡崖石径的孤单无助，不必为草堆内的虱群展示胴体，不必艰难困顿露宿草莽。无须耗费太多体力即可收获征服险峰的满足，幸乎不幸乎？

华阴至西安路途，稍留意一下沿途小站或村镇的招牌，都可由此及彼，联想到大段大段风云变幻的历史。这些小地名，我曾探访过几处。或者无迹可寻，只见黄土稼禾。或者粉饰雕琢，搞出一幢堂皇新派的建筑，都与读书时看到与它们相关的历史典故而想象出的场景判若霄壤。其实也不错，只要愿意发思古之幽情，有无过去的实物又如何？反正逝去的时光是任谁也挽留不住也无法倒流回去的。鸡汤语劝勉人们要活在当下，其实，谁能活在过去或未来？那是穿越，网络小说的题材。现实中唯有当下，当下自己的所见所得所思所为，才真正有可能，也有意义。

第二天凌晨，早早醒来，凭几而坐。依稀曙色中，列车已穿越陇山山脉的无数隧洞，进入甘肃境内。前方停车站：天水。

听过一种说法，在中国版图上，东北至西南，西北至东南做两条对角线，交点就恰好落在天水，以此证明天水的人杰地灵。确否？我没试过。但传说中，上古的伏羲，还有神农，最早就生息活动于附近一带。虽是传说，而我的理解，坊间言辞，往往是更为可靠的史记。天水市内有一座规模宏阔的伏羲庙，似乎也算为这个民族起源的疑团留存了线索。

天水有名的地标，不是伏羲庙，而是距市区十数公里的麦积山石窟。有人把此石窟排为四大佛教石窟之一，并列于敦煌、云冈、龙门。

麦积山我曾匆匆去过，说匆匆是指真正观赏石窟的时间。去的路上却耗时不少，因为适逢修路，在山间东绕西绕，已经绕得头晕目眩兴味索然了，才摸到石窟下。这是一座形似麦草垛的石山包，在周围葱绿一片的山峦中很是醒目。看评说介绍，石窟塑像有特色，一是石胎泥塑比较精致，二是民俗生活意味浓厚，尤其北魏早期雕塑，少有神仙气。

可惜我对此类作品一般不甚上心，加之刚在石窟洞穴前徘徊，天公就恰好降雨，我立马借机逃窜，迈开细长的仙鹤腿匆匆逃下山。下得山来，雨却随即而停，仿佛专与我捣乱，或者也因为我心无诚意？但回眸一瞥，岚雾升腾，麦积山若隐若现，画面缥缈秀美。当地人讲，这叫麦积烟云，也属罕见景致。

麦积山附近真正吸引我的是神仙崖，那里谷深林密景色幽雅。古代传说，每到盛夏夜，常有火光从崖内腾起，古人说那是神仙出没，携灯而行。今人说那是外星人的航天基地，UFO发射场。语近荒唐，却未必没有缘由。我很想进去邂逅一下外星人，但终于是被同行者裹挟上车，只在崖谷外窥视一下就悻悻离去。下一次吧。不过对我而言，没有兑现的下一次已经很多。

列车在陇西黄土地上摇晃了一上午，近午时驶出兰州。过黄河大桥，前行不远是乌鞘岭。翻过这座山，就进入著名的河西走廊。

贴着车窗，看列车在乌鞘岭做大回旋运动，时不时就瞅见弯成半圆弧的车身。虽是秋季，不远处的祁连山已经冰雪覆盖，洁白耀眼。山间小村泛起轻浅的炊烟，画面静谧而苍凉。

这一带如果盛夏来，那将是另一番画风，蓝天白云远山的大背景前，铺天盖地扑面涌来金灿灿的油菜花，很可以让人小男生小女生态地淹没于其中。

车过山丹，残断的长城就伴随于列车左右，缠绵几十公里。许多地方，长城的土墙距列车只有数米。几次经过这里，只要是白天，我都不放过如此近距离观赏戈壁古长城的机会。其实用"观赏"二字，似有不妥，就其本身构建来说，不过是几百年前人们捣筑的一道土墙，没啥美感。无非面对这段陈迹，因了年代的久远，难免想到土墙内外曾经有过的风雨沧桑。

曲折破败的大墙，兀立的烽火台和依旧轮廓分明的军营……稍作想象，就会看到数百年前一大群建造民工与戍边将士在土墙边土墙上挥洒血汗的情景，以及他们的焦虑、思考、拼搏和无奈。那时那些真实存在过的生命，早已灰飞烟灭，有多少后来者还会记起？我发现同卧铺前前后后，没几个人对这段土墙感兴趣，他们热热闹闹不厌其烦地操作着喝茶、打牌、如厕、扔泡面盒之类现实而琐屑的小事。换角度，这才是现实中人的真正生活。

历史有许多无谓，有许多不可评说无法评说。身在此山中时，没有几个人能够搞明白自己在干什么或该干什么。这大概就叫作定数或命运。命运流变，一片黄沙，抹去数不清的故事。而土墙边，又有许多用同样泥土垒就的房屋，那里面正上演着新一轮故事。

晚霞夕照，戈壁苍凉。形单影只的嘉峪关很快从车窗前闪过，关前那个小亭子还依稀可辨。

几年前我第一次独闯大漠环绕新疆，疲惫不堪遍体鳞伤地返到这里，一面稍事休整一面回顾行途，在嘉峪关盘桓了一星期。回想那一星期的放松、失落、苦闷和迷惘，真是不可多得的美妙时光。

位处西部戈壁的缘故吧，虽曰古关，关型关景与我想象中的伟岸雄宏却不甚相符。风沙呼啸之中，一方砖城显得孤单冷寂。较之长城另一端山海关的喧嚣纷乱，此处实在过于冷清。而这氛围却恰与我那几天心情契合，我需要在没有色彩远离喧闹的环境中想想自己的游走旅程。

辞别古关那天，我在关前小亭子内坐到很晚。四野无人，远山朦胧，凉风瑟瑟，一弯浅浅新月把古关映照得似幻似真。我想我或许会野狼般在这上演过无数金戈铁马故事的戈壁长啸一声，但我伫立良久，终究还是默默转身。我拍拍小亭的细柱，在心里问自己：是否应该换一种出行方式了？新鲜感，或者，更具挑战性的未知旅途，总会给人更多的体验。我已经对自己以前那种跟着市场旅游宣传热点出游的方式有了几分厌倦。

列车疲惫不堪地驶进暮色，再有一夜，我就要重返新疆。此行所想，即是换一种避开热点自以为是走哪算哪的旅途，能完成这样的另类旅游吗？

一笑，无非就是走走而已。只要走，走过去再说。

二、塔里木桥边

我先后六走新疆，第一次在 1999 年夏季，行期两个月。那是最艰苦也悬念最多的一次游走。

去塔里木桥，就在这一次，所以此文应该算作"往事回忆"。不过实际上，任何游记都是一种往事回忆，"往"的时间长短而已。

当时新疆旅游业还在初期，风味原始，几乎没有市场运作痕迹。从接近自然体验真实的角度，这似乎不错。但因此也增添了许多困难，吃住行都是问题。我又是独自行走，单兵作战，大漠戈壁，语言不通，路途的艰辛可想而知。

那天的目标本来是"轮台"。

陆游诗云："僵卧孤村不自哀，尚思为国戍轮台。"诗人念念不忘，难以释怀的"轮台"究竟什么样？

岑参诗云："轮台九月风夜吼，一川碎石大如斗，随风满地石乱走。"我想去看看大如斗的石块在呼啸的风中如何走来走去。

于是我就去了轮台。有几分冷清的街头，虽然确能感觉到风势峻急，却没有看到不遵守交通规则的石头晃晃悠悠。而且，陆放翁想去做门卫的那个轮台根本就不是我来的这个轮台县城，它远在几十公里之外的戈壁荒滩。当地人告诉我，那里好像还残留着一个小土堆，其余什么都没有了。最无奈的是，无法去。起码我在街头请教了七八位先生，没谁敢指引我一条去路。

几分失望中，我在旅行地图上指点四周，最后决定杀向距离较近的塔里木桥。据说桥边不远处有一片胡杨林自然保护区，好像值得一看。

事后回想，这是一个错误的决定。

首先，季节不对。看胡杨林，要到金秋时节才有味。蓝天黄叶，虬枝劲发，画面才美。而我去时却是初夏，还在风季。

没有南疆生活经历的人恐怕很难理解大漠风季的概念。天天都与几级大风过招，尽管不至于一不留神会有石块乘风飞来，然而地处大漠，尘沙扑面却绝对躲不开。沙砾打脸也是很厉害的，若不遮挡，几天就会让你一张嫩脸蛋沟壑纵横。脸可以不管不顾，总得视物吧，小心翼翼也难免沙尘迷眼，烦人得不得了。

胡杨林是去了，林区同样沙砾弥漫。灰蒙蒙大场景，静寂萧条，真没什么看头。

尤为麻烦的，是我对当时南疆地区滞后的旅游业严重高估。我以为，毕竟也是名气很大的景区，再简陋也应该有个收门票的接待点吧？但事实是，那里空无一人。我期待的最低限度的住宿和饮食完全落空。

而从桥头返轮台县城的班车，一天一趟，已经错过。也就是说，这次探访行动的结果，是我只能在桥头小村待一晚。这是我进入新疆后，面对大漠遇到的第一个小难题。

现在的塔里木桥小镇，已经发展成一座小型交通旅游城镇，繁华热闹得很。而 1999 年的初夏，它还一片荒凉，只有十几户人家。庆幸的是，居然有一个旅社。"庆幸"这两个字，在脑子里仅仅维持了几分钟。

所谓"旅社"，外部的唯一标志是土墙上歪歪斜斜几个粉笔字提示。入内，结构设置，极似电影《东邪西毒》里的黑店。房间里的简陋肮脏不算问题，更恶劣的环境我也遭遇过，需要考虑的是：安全。

手机没有信号，小镇人烟稀少。谁知道我住在这里？谁知道我明天离没离开？开店的是一对很彪悍的青年男女，听口音来自东北。

我缴了房费，把行李包也扔进那个光线幽暗的小房间，却还是没有决定住或者不住。先要为自己的安全打个保险系数，这是独自出门的底线。

站在旅社门前，看到几百米远处的公路边有十几个人在干活，我有了主意。所谓仗义多为屠狗辈，一般而言，勤勤恳恳用苦力换生活的人大多可以信赖。走过去一问，他们说是从四川来的农民工，算我半个老乡。

我问他们小村里那个旅店可不可以住，有没有危险？其实我不需要答案，我的本意是把有人留住的信息告知他们。不过，他们还是给了我回答：小店老板不错的，初来时他们也在那里住过。"这儿挺安全"，这是他们的看法。

这就好，我决定住下了。我也真的再没地方可去。回到旅社，我给老板讲，巧得很，那些干活民工居然是我老乡，他们让我过去挤一晚上帐篷。我说已经缴钱了，反正一晚上。这一通胡话的潜台词是：我住在这儿，有十几个"老乡"知道，你可要保证我的安全哟。

游走的经历，让我学会了几分狡猾。好听点儿讲，是应变吧。还是那句话，单独出门，且又是这样的偏远之地，保证自己的安全是底线。

有了安全感，肚子就开始觉出空荡荡。清晨从轮台县出发，为赶班车，连早餐都没来得及享用。在风沙呼啸的沙漠里跋涉一天，只喝了一瓶矿泉水，吃了几块巧克力。接下来的任务当然是赶快填饱肚子。

重新走出旅社，时间已经很晚。几无人迹的一条小街，没看到卖饮食的小摊。只有马路对面几十米远处，有一户维吾尔族人家，远看，还有人在门前走来走去。只能过去碰运气了。

那是个大家庭，门前停着拖拉机，家族里似乎有人跑运输？这是个有利的信号，有点儿开放意识就好办，向他们买一顿晚饭总可以的吧。

这次选择，没有出错。虽然语言不通，我比画几下手势之后，他们大体明白了我的意思。主妇先是指着自家饭菜摇手，那意思似乎是说原本每人一份没多余的给我，也或许是说这样的饭菜不适合我。她让我坐下，朝屋里喊了一句什么话。我猜测，是不是吩咐谁给我另做一份小吃？

猜测正确，没等多大一会儿，从屋里笑吟吟走出一个女孩，端着一碗热腾腾的羊肉水饺。天，我有几分惊讶。没想到，在维吾尔族老乡家里能品尝到熟悉的食物。没有客气，赶忙接过碗，狼吞虎咽，一会儿就吃得肚儿鼓鼓，心满意足。

旅途的有趣，一部分原因就是它的不确定性。这不确定性，有时像极了我们的人生，稀里糊涂，不知道因为什么，就被一种当时觉得不得不如此的理由改变了前行方向。

原本计划好的目标，突然失去意义。重新选择路线，又因为没预先做好功课而心中无底。被命运抛到一种无法把握的陌生环境，难免无所适从，惴惴不安。却又峰回路转，有吃有喝可以安身。今天这段不在计划中的塔里木桥之游，有点儿意思。

小旅店之夜，尽管心内的危险等级下调，却还是半醒半睡，不够安稳，因为明天的行程没有着落，索性爬起来，在昏暗的灯光下研究了大半夜地图。两个选择：一是返回轮台县，从那里西进库车，再从库车去喀什；二是撤到库尔勒，南下若羌，再一路西去喀什。总之目标都指向喀什，那是我环绕新疆大计划的拐点。

没想到的是，这个暗夜方案，第二天清晨就被废掉。在小旅店门口忽然停下一辆南去的大巴。问司机，说车从这里走沙漠公路去和田。这也是不错的路线啊，和田距喀什已经很近。最主要的是，这比我昨晚的构思少了许多折腾。没有犹豫，赶快拎包上车。

行程又被不确定性改变，这是我第一次横穿塔克拉玛干之旅的起始。

三、孤身大漠

向西，再向西……
以腕上的指北针和高悬的太阳为参照，向西缓缓而去。
周围一片静寂无声，我已独自置身于无垠的塔克拉玛干。
少时就有走大漠的梦，梦中的大漠往往如图片或影视剧中的画面般壮阔浩瀚。后来在大漠边缘生活了几个月，每天都在沙堆里打滚，对大漠已不陌生。神奇感消失，走大漠的愿望也淡了。

但我还是计划走一次，几十年的梦想总该有个交代，何况，目标就近在咫尺。

最初计划走一星期，但考虑到要携带一星期的干粮和水，我立即动摇，自己做不了能耐饥渴负重行远的骆驼。于是把时间缩减成三天。反正自己给自己作规划，自认为过了瘾就行。

三天给养，十几瓶矿泉水和十几个馕，也相当沉重。不仅庆幸自己果断放弃一星期计划，而且又进而怀疑这三天是不是也比较过分？毕竟只是想随意走走，率性一把即可，没有穿越或者探险的高要求。

走大漠，多少有点儿不测之险。我不知道此举是在玩沙漠还是玩自己。几分"悲壮"地离开公路，离开有人世痕迹的最后一线心理"依托"。然而，真正迈开脚步，走进去了，也就走进去了，与我平时在住处的沙丘间随意漫步没太多区别。只是意识让我明白现在已经远离了同类，且身上背负的后勤物资过于沉甸甸。

上午时分，光线开朗，适宜漫步出行，起初那点儿"悲壮"情怀很快烟消云散。越走心情越放松，举相机拍连绵的沙丘，拍我的影子，拍我在沙地踩出的脚印。不急不躁，不紧不慢，曲折迂回地西去。（图12）

图 12　独步大漠

我是上午近9时出发的，走了有十几公里？不确定。不是直线，没有测量距离的参照物，而且走走停停。

午时一时许，气温已经很燥热。我停下来作第一次休整，补充营养，减轻一下肩上物资。

午后两点到五点，应该是沙漠最热的时间段。太阳晒得沙砾发烫，周围又没遮没拦，休息并不是轻松享受的事。然而行走肯定更让人受不了，我强迫自己半坐半躺到下午四点钟。

耗掉两瓶水和一大块馕，重新上路。肯定是减压了，但并不觉得。走的速度更慢，状似逍遥游。我不敢放纵自己的能耗，得有走完三天的体力储备。

又蹒跚着"漫步"出十几公里？依然是不确切。眼前只有一座座似曾相识的沙丘，无法定位自己究竟身在何方。或许是因为疲劳，或许是面对无穷无尽曲线连绵的一座座沙丘，我已觉出自己的跋涉徒劳而无谓，我又一次止步。

当时想的是，休息一会儿再走。但停下来了，我就没有再往前挪动。这里成了我独走大漠的终点。

天际无云，有点儿灰蒙蒙的。大漠的落日并不怎么壮观，起码我看到的很平常。

天暗下来了，更静了。或者不过是心里感觉更静了。周围没有一点儿生命活动的迹象，只有被细细的风吹动的流沙，发出一种极微弱的如泣如诉的窸窸窣窣声。

我知道自己已经在真正意义上远离了那个熙熙攘攘热闹非凡存满许多欲念和争斗的世界。我有可能迷失方向，走不出这无垠的瀚海大漠，我也可能遭遇沙尘暴，被掩埋于一座沙丘之下。那么，那个世界的一切对我还有什么意义？

巨大的空旷携着夜色包围过来，不由得就会让人觉出自己的渺小和无助，从内心生出一种莫名的恐惧。

芸芸众生虽然每天都打斗得你死我活，却又非要挤作一团"群居"，当然有它的道理。潜意识里，人都非常害怕孤独。人们总想在相互的摩擦碰撞中引起别人关注，感觉自己的存在。

然而，人与人，在心灵深处，却又是那样的难以沟通。真正地心心相印，真正地融入对方内心，很难很难，往往不过是一厢情愿。这或许也是人生注定了的宿命？

不，大漠之夜，我想的不是这些。

我斜靠着沙丘仰天躺倒。那是一个没有月亮的夜晚，但周围并不是漆黑一团。星空下，沙砾发出轻微的反光，有一种似梦非梦的效果。那种气氛很容易任人胡思乱想。

我想到了这个巨大的星空下，个体生命的毫无道理和不确定性。

不过是偶然，一颗小小星球，因为某段时间恰好离太阳不远也不近，从而提供了生成生命的基础。而生命一长串的进化链中，又因为一个个偶然的变异引出了"人类"这种进化物种。

人类中偶然的一个冲动才有了你我他。

而一个偶然的念头，我把自己抛入这片荒凉冷寂的大漠。

这是一种所谓的"机缘"，但更可能不过是一种荒诞。

追问下去，我们一生的所作所为，有多少荒诞？这些荒诞是不是也算一种意义？

我在天快亮时睡着了。可能只是打了一小会儿盹。

清醒之后，我作出返程的决定。我还不大想马上去西方极乐世界。

方向相反，迎着晨曦，后来又迎着太阳，向东，急匆匆走去。

半下午时分，我看到了人类之手创造出的那条公路。

四、鬼魅的戈壁

这个标题不是我的发明，版权属于一个新疆朋友。他讲过自己在一片戈壁滩迷路的经历。他说那原本不是应该迷路的地域，地形不复杂，有非常明显的南北方向标识物，而且又是在白天。但他却迷路了，在那里绕了好一阵，越绕越糊涂，心里都有了惧意。忽然，听到不远处维吾尔族老乡牧羊的吆喝声，清醒了，看清了方向，没几分钟就走出困境。

听起来有点儿像玄幻小说。在讲这段故事时，朋友几次用到"鬼魅"这个词。我听得疑惑，在新疆，我独自走过许多次各种类型的戈壁，从没有出过迷路的意外。我基本是个不信邪的人，不过，我又对旁门玄幻有很强的好奇心。于是，我决定去那片戈壁走走，没准也能感觉一下"鬼魅"滋味。

朋友迷路的地方在英吉莎。

英吉莎，在新疆是很有名气的地方。这里出产的"英吉莎小刀"，美丽而锋利，是维吾尔族男性同胞几乎人人都会携带的武器（现在主要功能是当作吃烤肉的辅助工具）。我曾经在新疆巴扎买过六七把英吉莎小刀，最漂亮的几把"捐给"了机场安检。

一个产刀的地方，即使按"玄幻"说法，刀兵之气浓烈，怎么可能出现"鬼魅"情节？

我于头天下午到达英吉莎县城。第一印象，县城开发得相当不错。车来人往，很是热闹。我没有着急行动，先按朋友描述的路线，穿越县城，登上城南高大的土台（感觉似乎是古时的土城墙）作了观察。我发现，土台前的地貌状况已与朋友讲的略有不同。不是连绵无际的戈壁滩，其中出现了一片美丽的田园绿洲。

绿洲很入画，在雪山和戈壁的映衬下，拍成照片肯定不错。然而，这却让我有点儿失望，我不是奔绿洲来的。地貌改变，气场也就不同。而且实地观察后，我愈发觉得，在这儿迷路几乎不可能。因为正南面就是巍峨的昆仑雪山。雪峰分外醒目，那是移动不了也磨灭不掉的巨大的标志物。只要正对着或者背对着昆仑山行走，怎么可能迷失方向？

虽然预想的地域状态有了变化，虽然我已绝对地可以断定自己不会迷失方向，但我还是决定走一次。反正已经来了，而且，穿过绿洲，走出戈壁，远处发现了一大片不太典型的雅丹地貌，我把自己行程的目标定位在那里。大致目测估算一下，来回距离在15公里左右，加上拍摄和休息，一个整天足够。

行动时间：第二天清晨。

我起得很早，因为有前一天的探路，没费多少劲，就爬上了城南土台。我的意思，是想看看朝阳映照的昆仑，这也是前一天勘察地形时决定的。

太阳还没出来，晨曦中昆仑山薄云缭绕，雪峰清朗，端庄而秀美。我选择了一个比较理想的拍摄点，举起相机。

但就在这时，忽然出现了一些蹊跷。土台另一侧，与我相距几十米远的一处内凹的豁口里，走来十几个抬着葬器的维吾尔族老乡。我明白自己与一场葬礼不期而遇。

维吾尔族许多地方的葬礼有神秘色彩，他们很忌讳生人在场。一般来说，都选择早上人们还没起身时出殡，就是为了避开陌生人的搅扰。

我出现在这里是多么的不合时宜，然而这似乎也怪不得我。情急之下，我只能选择不被发现。于是迅速蹲下，就地枕着摄影包斜躺在土坡上。这实在是个非常尴尬的姿势，但没有别的办法，我不希望自己的出现搅扰人家葬礼的正常进行。

为了保险，躺的时间不短，足有一个小时。那面的葬礼静悄悄地进行着，相比他们的婚礼，新娘哭得呼天抢地，反差真是太大了。

太阳已经升高，我躺得很累，估计也该差不多了吧？抬身看看，墓地果然已经空荡无人，好像一切都没有发生过。站起来环视四周，我才发现，自己所站之处，附近居然是一大片墓地。清晨的阳光斜照过去，把一个个墓堆勾勒出很奇特的光影，气氛有点儿怪异，忽然就想到朋友说的那两个字：鬼魅。

事后我许多次回想和分析，那天在戈壁滩上出现的一些状况，应该与早上这场遭遇有很大关系，它在我心理上留下一点儿不很爽快的甚至也略带一点儿玄幻的感觉。

昆仑山已经沐浴在强烈的阳光下，棱线分明，显出了阳刚的壮美。而坡下的田园绿洲，却清晰透亮，婉约诱人。我在高处俯拍了几张片子，又重新审视确定了要走的路线，才走下土台。

这是个非常适宜游走和拍摄的好天气，阳光通透，蓝天白云，还有突兀颠连的昆仑山作背景。尤其走进葱绿一片的田园，鸟语啁啾，杨叶轻舞，清新而明朗。我已很快把刚才不太愉快的遭遇抛到脑后，雄赳赳大踏步朝着既定目标走去。

穿过绿洲，土路平整，悠游轻松。

走进戈壁，也不费力。起伏不大的沙砾土丘，在风吹雨淋的作用下，结构坚实而坡度平缓，适宜步行。

我以为我很快就可以征服这片戈壁，在高处目测时，我估计这段路最多三公里左右，对我而言，小菜，即使是散步速度，最多一个小时就可以走过去。

关键是方向，我没有忘记来这里的主要目的。目视前方，向着昆仑山，绝对不会错。回转头，是我刚才站立过的土台，远远的虽然不怎么高耸，但在阳光下也非常清晰，这是撤退时的目标。前后两大坐标点，怎么可能出错？

直到这个时候，我都没有意识到会发生别的情况。

然而，蹊跷又一次出现。

太阳已经到了半空，戈壁土丘无遮无拦，温度很快升高。周身燥热，出了许多汗，我停下来喝水。而同时，心里有了疑惑，怎么回事，走了都快两个小时了，还没有穿越这片戈壁？也就在这个时候，我突然感觉到四野的空旷悄然，没有一点儿生命的声响，寂静得近乎凝滞。

抬头望，太阳还照耀着，但天空似乎已经不知不觉间布满了云絮。这让周围气场有了改变，突然弥散出一种不真实的呆板蒙昧的意味。

本能地回望一下，全身一紧，脊背感觉到凉意。我每隔一段时间就要回头目测一下的那个土台突然从视线中消失，跃上心头的是那两个字：鬼魅。

随即转回身，脑子里一声尖利的啸叫，昆仑雪峰也骤然不见。

后来我几次猜度推测当时的情况。第一，事先有朋友比较玄幻的故事说教，或多或少心理上接受了暗示。第二，早上遭遇的出殡事件，也增加了心中的异常感受。还有，最关键的，在那里，那种常人极少经历的特殊场境，巨大而无遮无拦、无所倚持的空间，似乎末日世界般没一点儿生命迹象的四野，会形成无形的压力，对置身于其中的孤零零个体，确是一种很另类的心理考验。当然，还有那里的地形地貌，在某种条件下，或许也会造成视觉上的失常。

而且，什么叫"看见"？什么叫"眼见为实"？色即是空，我们识别现实事物的必需要素：光亮，还有颜色，原本不过就是人类的虚构，幻象而已。

事实上，人类对自身生命的理解无非刚刚起步，生命的许多奥秘我们并没有解开。就算外界事物的光亮颜色真实存在，从眼睛对物象的捕捉到最后大脑视觉中枢对信息的处理确认，其中有许许多多复杂的化学变化和传导过程。任何一个小环节发生改变，最后"看到"的并不一定是眼球感觉的那个画面。而且，即使什么也没看到，即使紧闭着眼睛，化学反应和传导过程如果依然运作，我们还是可以"看到"许多莫名其妙的东西。

想起自己手术后的情形。我躺在床上，却觉得自己一路向西，沿着古长城，走到陕西榆林的镇北台。站在古城上，我望到西方天际一轮红得耀眼异常艳丽的落日，连声催促立在病床边的夫人把相机递过来，生怕错过眼前这一幅从未见过的美景。那图像清晰鲜亮，深深刻印于记忆。

医生说，这是抗排异药引起的幻觉。是的，幻觉。幻觉又是什么？为什么可能出现？一粒小药丸，即可越过视觉反应的许多过程，直接把不存在的图像呈现于我的眼前。反过来呢？如果有别的化学反应在大脑感觉系统中演绎，是不是就可以抹去我们平时"眼见"的事物？

不要过于在意看见或是没看见，俗世人生的许多真假和有无，往往不过是幻觉。

还要说一说"鬼魅"后来的情形。

土台与雪峰的消失，只是很短暂的事。几十秒还是几分钟？记不确切了。我当时低下头，使劲在心里提示自己要冷静要冷静。当感觉自己的紧张有所缓和，抬头再看，雪峰巍然，的的确确耸立在那里。转身回望，土台也同样完好存在。风未动，幡未动，心意飘飞而已。我一直以为自己不信邪，不一定。也许潜意识里，我暗暗希望这次戈壁游走真会出现点儿什么情况。

图 13　昆仑山下大戈壁

没再继续前行，我还没有完全从刚才的震惊中平静下来。显然自己在高处的目测应该有误，这一段戈壁，远远超出我的预计。起码在我止步的地方，再望过去，那一片我计划走过去的地域，大概还在三公里之外。

立于"幻觉"处，拍了几张戈壁雪峰图，反身向刚才差点儿就消失的土台走回去。（图 13）

五、走进"巴音布鲁克"

对巴音布鲁克我肯定很向往，但走进巴音布鲁克却有点儿意外。

那一年去新疆，我是五月底到达巴州的。起初计划走东路，从博斯腾湖边的焉耆县去巴音布鲁克。但那里的朋友劝我，五月底六月初，沿途许多地段很可能还有大雪封堵，不是上山的好时机。我对去不去哪里一般都无可无不可，所以也就打消了进巴音布鲁克的念头。

后来我从焉耆南下，在南疆的沙尘中游走了一个多月，然后从喀什返至库车休整。库车即古代西域的龟兹，有许多很有趣的古迹，我在这儿逍遥了五六天。时间已到七月初，我才重新启程。计划是向北，经魔鬼大峡谷，翻越冰大坂，然后到林则徐流放地伊犁。

那天坐了一辆很破的大巴车，摇摇晃晃，时走时停。午夜时分，在让人很难抵御的盛夏严寒中，到了一个小镇。因为听不明白维吾尔族司机的提示，我起初并不知道到了哪里。只是感觉与季节过于反差的低温，应该是到了高海拔地区。莫非已距天山南麓的冰大坂不远？

哆哆嗦嗦随着同车人跳下来跑到路边小饭店烤火。看饭店老板相貌，似乎是典型的汉族同胞。一问，果然，甘肃人。随口又询问，这小镇是啥地方？他看看我，好像有点儿不屑我的无知，略略拖长音调回了一句：巴音布鲁克呀。

就是那个名曰"天鹅湖"的大草原？

是啊，就这里！他肯定地回答。

我好不惊喜，怎么感觉像是一个大馅饼从天而降？赶忙返回汽车取下自己的背包。

我就这样走进了巴音布鲁克小镇。

资料说巴音布鲁克在我国是仅次于鄂尔多斯的第二大草原，然而它的风格，它的美丽，与鄂尔多斯不甚相同。一是海拔高，四周环绕着雪山，高原草甸，白雪碧草，别有一番神韵。二是开都河横贯而过，周围水系稠密，湖泊丛集，形成天鹅栖息的优美环境，是我国最大的好像那时还是唯一的天鹅自然保护区。

饭店老板在二楼给我开了一个小单间。他几次说我来得不是时候，再过一个月，草原上要举办一年一度的那达慕盛会，那时这里将热闹成一锅粥。

我的理解相反，既然自己是这个时候来，那就说明来得正是时候，理就应该偏向自己才好玩。不是自欺，也不阿Q。尽管夏季七月，但因为是高海拔地区，白天气温不高，适宜行走。而草原花草已经茂盛，景色养眼，足够我观赏。何必期望再多？最主要的，比较那达慕期间的人头攒动，吃住紧张，哪有我这会儿独自一人的宽松自在？

我在的这几天，真没再见到别的旅游者。蓝天白云和芳草野花之间，任我孤家寡人随意游走。没有搅扰，正好可以在如画风景中放纵情怀，驰骋想象，这份独占风骚的乐趣实在难得。

租车去看了开都河的九曲十八弯，其余时间基本都是自个儿背着包到处乱窜。

开都河，有人说是《西游记》中的通天河。牵强附会？起码，它在西域。起码，它海拔确实高。

在新疆游走，总会与《西游记》中的某某地名不期而遇。

比如库尔勒的铁门关，有人说那是沙僧潜藏过的流沙河。我去看了，并不险峻，感觉不到一点点妖风怪雾的气氛。水库大坝出来，一片清流，风景如画，很让人流连。难怪沙和尚那么好脾气。

我刚离开的龟兹古城，有人说是美男唐僧差点儿没过了关的女儿国。历史上真实的玄奘是来过龟兹的。据说那时龟兹古国的女孩子们不仅美丽如仙女，还都热情开朗，能歌善舞。龟兹又是个极端遵奉佛教的国家，精美的克孜尔千佛洞和规模宏大的苏巴什大庙遗址就是证明。玄奘大师到这里，被龟兹女孩子们追星簇拥，我以为十有八九是事实。

现在，我徜徉在通天河，清流在碧绿铺陈中蜿蜒闪烁。它是不是《西游记》里的那条通天河？无所谓啦。反正，我愿意它就是，我认为它就是，我喜欢这个气派的名字。

其实，小镇周围即是水草肥美牛羊成群的典型草原风光，所以也不必远走。我一般是早饭后出门，带几包饼干和一大杯水，游荡到傍晚时分才返回住所。

有一个下午，是看新来的牧民搭帐篷。从他们卸下家具行装看起，如何在草丛中摊平夯实一片地基，如何一根根支起木棍支架，如何在拱形框架上铺展厚重的毡片，如何在帐篷里摆设沙发木床，最后几块干牛粪在刚架好的炉子里熊熊燃烧，炉上小铁壶里的水开始沸腾，被看得不好意思的主人提起壶先给我的杯子满上，一个新家在曲线优美的小山包下建成。

在这片开阔而美丽的草原上，主要生活着蒙古族牧民。我曾走进过许多老乡的帐篷。我发现，这些外表彪悍的蒙古族牧民，面对一个陌生人，往往显得有几分羞涩甚至腼腆。我给他们拍照，拍挤奶，拍做饭，拍草坡上游走的羊，拍池塘边饮水的马，拍忠于职守的牧羊犬，拍晃动利角凶巴巴盯着我的老牛，拍女人迎着晨曦在帐门前梳妆，拍小伙子在马背上挥鞭奔驰。说好了，过几天我会把打印好的照片寄过来。

后来我扩印了一大包照片，按他们所说，寄给附近一个国营牧场。不知道那些牧民看没看到这些定格于画面的生活场景。他们容忍过我不太礼貌的搅扰，他们给我水喝请我吃饭，我希望寄去的照片能让他们在帐篷里喝茶时小小开心一下。

三天之后，我离开草原，搭车继续北进。

六、美色与废墟

如果你以为的就是你以为的，出游就没那么好玩，往往不过是对别人经历与认知的复习。

巴音布鲁克小镇北去不远，即是当地老乡所说的"冰大坂"。此地名好理解，特征性强。我甚至已经在意识里勾勒出冰瀑悬挂白雪厚积的画面。不这样还能会是怎样？此类图片网络上实在太多。汽车缓缓前行，心里反复嘀咕着的是，这车行吗？不会半路滑溜溜上不去吧？

车还真的行，前程出乎意料地顺利。斜度不是太明显的公路路况不错，除了拐弯太多，几乎没有感觉到是在翻越大山。沿途倒也偶尔在背阴处瞥见一两小片残雪，但我以为的冰雪场景却一直没有出现。

"冰大坂"误我。车到高点，虽然层峦叠嶂，这还在意料之中。让我心头不由一凛的，是渲染于峰峦之上的一望无际的翠绿。这绿果真是绿？绿的……不知道该如何形容，清纯？鲜活？娇艳？怎么让人感觉绿得不真实？似乎一幅软件修出来的图片，调了色阶加了饱和度。

被震撼了，面对如此清晰通透生机勃勃的画面，摁相机快门的指头都有点儿颤抖。

或许，纤尘不染的自然态植被本该如此，而我们不过是习惯了那种被稠密人气涂抹过的不太自然的自然，反认他乡是故乡。

风情万种，说人，说自然，都可以。

同是草原，因为地域、时节以及观赏者那双眼睛的不同，就会变幻出性格迥异的角色。憨厚爽直的大哥、邻家灵动的小妹、长髯飘逸的老人、心中暗恋的女神……可以水润娇柔，可以沉郁苍茫，可以华美靓丽，可以开阔雄浑。

七月，赛里木湖畔，又一块草原。鲜嫩草丛中野花烂漫，如洗蓝天上白云飞扬。赛里木理所当然的美，而且是第一眼就让你销魂的美，越看越让你心生怜惜的美，怜惜到你有时都不忍心举相机去拍它。

但真正深刻于记忆中的，却不止于它的美。我感受更多的是另一个词：清凉。

雪峰近在咫尺，几步就可以走至雪线。脚下是宁静湛蓝仿佛冰镇了的湖水，我一下子就从体表清凉到内心，好像骤然间跌入一个童话世界。

童话世界未必适宜凡人，它过于洁净，也过于清凉。所带衣服全部叠加于身，依然耸肩缩手。在湖边雪峰下，拍照一会儿就得赶快返回房间，钻进大厚被子捂半天。

赛里木的清凉，让人回想起来，身心浮躁都会顿然消失。或者，还要打一个爽快的哆嗦。

行走西域，对我而言，不单单是为了寻找悦目景色。怎么说呢？有时觉得，西域苍茫，就如一面巨大的风月宝鉴。草原与戈壁，雪峰与大漠，鲜活的眼前与毁灭了的过去。这种大起大落，反差强烈的比照，往往给人震撼，引发沉思。

我走了几处前人留下的遗址，或者也可以称之为废墟：高昌、交河、龟兹、苏巴什。

西域古国应该有过我们现在已经无法想象的繁荣，水肥草美，安逸富足，极尽奢靡地在人类进化史中一闪而去。然而毕竟并不久远，一两千年，遗迹尚存。

在那些因战乱、因人事或因天灾而遭遇焚灭的废墟里徘徊，你处处触摸着一两千年前另一群人的生活印迹，想象着他们与我们或许没什么两样的花前月下得失损誉生老病死时，会有怎样一种内心深处的触动？

在我一篇游记里，有几句游览交河古城的感慨：

在这座突遭毁灭的城堡中，街道、民宅、官衙、庙宇，甚至门廊、院落、内舍、灶坑都清晰可辨。时光似乎停滞于毁灭的瞬间，只要轻轻闭住眼，你就仿佛置身于数千年前，周围熙熙攘攘，街头买卖热闹，一方方小院里正上演着形形色色的家庭悲喜剧……

不过是苍凉戈壁上一阵风尘，这一切就都化成不能再复原的历史废墟。

在这样的废墟里徘徊，难免让人联想到有关人生的古老话题，难免让人去思索我们以为有意义或没意义的事物的本原意义，难免就会发一声叹息：人生如梦啊！

"人生如梦"的说法，通常意识中好像有点儿低沉。但对于当初废墟中那些生猛鲜活过的人们而言，这说法似乎未必有多么错。

不说那么远，说我们自己。常常会听到这位那位朋友感叹：一眨眼工夫，怎么就老了？

我们就像刚才还在嬉戏玩耍的孩童，欢叫着跑来跑去，以为前面总有到不了头的人生。跑累了，伏在树荫下或靠在墙角边打个盹，迷迷瞪瞪一睁眼，才忽然发现自己一下子已经三十岁、四十岁、五十岁、六十岁了。这人生有时还真的不能细琢磨。

前不久，看过一篇天文科学家的预测文章。文章说：我们现在还能感知到的宇宙，正因迅速膨胀而会渐渐演化成一片废墟。若干亿万年以后，宇宙中仅存几个孤零零的"小岛"。

把自己一眨眼就烟消云散的几十年生命，放进这片宇宙大废墟之中，人生是什么？

其实，我们一直徘徊在历史和人生的废墟里，只是不愿面对或自以为废墟与我们无关。

七、在新疆拍美女

说新疆美女，不少人会想到"达坂城的姑娘"。

听过一个段子，某男士慕名到达坂城探究新疆妹子的芳容。站在马路边，睁圆眼盯了半晌，结果是大失所望，没有找到美女如云的感觉。后来他遇到一位会讲汉话的维吾尔族老人，说出自己的疑惑。老人以一种阿凡提式的幽默回答：此城以前靓女确实不少，只可惜架不住如你一样前来搜寻的先生，人数更众，都被他们前仆后继地拉走了。所以……

老翁为那位先生指了一条道，去南疆吧，那里的美丽姑娘，像天上星星一样多。

我后来游走南疆，实在印证了老翁之言不虚。南疆无论城镇小村，随意走去，不经意间迎面就有笑吟吟的女娃走来。淳朴美丽的维吾尔族姑娘真的就如点缀于天幕的星星，光灿灿、亮晶晶且数不胜数。

南疆的维吾尔族女孩大都开朗温顺，一般不太介意相机镜头的瞄准。她们不仅美丽可爱，而且聪敏乖巧。只需比画几个手势，就能大体明白你的拍摄意向，马上表情到位地摆出姿势，任你按动快门。我的理解，松快跃动的民风是一个原因，或许还有这些女孩儿对自己容颜的自信。

在南疆一个小县城的街道，我遇到一个女孩从院里走出，随即举起相机。她却摆手，示意我别拍，转身退了回去。这样的小尴尬，对摄影人而言，实在寻常。所以我也没在意，继续沿街闲逛，捕捉目标。

估计已是半个多小时之后，我从街的另一端折回，那女孩居然又立在院门口。她朝我微微一笑，然后做了个姿势。镜头里，我注意到她显然换了衣服，双眉也按当地习俗勾描成很有异域情调的一条线。明白了，姑娘刚才不是不让拍，而是不想让人拍到她自以为不够完美的形象。

我是冬天到的帕米尔，那里塔吉克族女孩都喜欢穿红衣。正像歌词里唱的：红得好像燃烧的火。雪域红装，一朵朵动感的火苗，分外夺目。

去红旗拉普的路上，我们的车停在一个小村庄稍事休息。迎面看到村里一个红衣红帽红围巾的女孩，她那双纯净的眼睛吸引了我，我随口就喊了一声：古兰丹姆。

在帕米尔，在塔城，随时都可以听到电影《冰山上的来客》的主题歌《花儿为什么这样红》。女孩微笑着立住，她应该知道"古兰丹姆"。也或许，她的名字没准真就是"古兰丹姆"呢！

她带着清纯的笑意，任我按动快门。然而，不满足，不完美。我比画了几次，希望她把遮脸的纱巾取下。我不知道这是否有悖塔吉克族的民族习俗，我只是试试。女孩轻轻扭动了一下身躯，面对镜头拉下围巾，露出自己几分娇羞的真容。

在雪峰下一个简朴的小村，立着一个城市装束的维吾尔族姑娘，这让我有点儿小惊讶。更惊讶的是，她没避我而去，却指指我胸前的相机，又随即指向拐角另一面。什么意思，让我到那边拍摄？顺着她指的方向看过去，噢，一群孩子，几十个小女生小男生正沐浴于冬阳，窝在墙角做作业。城市装束的姑娘显然是这些孩子的老师，她一直面含微笑，在旁边注视着我的拍摄。

那是个阳光充沛的下午，孩子们围着我，肩后许多小脑袋探过来，在屏幕上观赏他们的形象。纤尘不染的童音，小雀般跳跃翻飞于檐头枝梢。

行走西域，拍摄对我并不重要。然而途中的拍摄点滴，却给我留存了许多美好回忆。

在网上我贴过许多当时拍摄的图片，还写了几句拍摄新疆美女的感想。我的意思，不要仅仅被那里女孩子们秀丽的容貌所吸引，要较为深入地欣赏或理解，千万不可忽略了她们头上的纱巾。

正如不理解馕和毛驴车就不能完全理解维吾尔族寻常百姓的生活一样，不会欣赏女孩子头上的纱巾，也就不可能解读新疆美女的生动内心。

点染着西域风情的纱巾，不仅是那里女孩子们外在美的点睛之处，而且是她们内心审美素质的最直接体现。只要稍加留意就会发现，几个新疆姑娘凑到一起，每人秀发上一束纱巾，花纹色彩和结扎式样都不尽相同。即使是同一姑娘，也会因时间、场合、心境的不同而变换式样。女孩儿家的自怜自赏和自重，大可从纱巾上读出端倪。

丝绸古道，纱巾是飘逸于天山南北的一朵朵轻灵动人的彩云。

浙东寻诗

第一站：武汉

某友人寒冬季跑到青藏雪域，晒了几张那里的风景和人物照。高原景象、风光人物，都有视觉冲击力。我跟帖两句：

1. 别人眼里是风景，自己心中是生活。

2. 有人行走于异域他乡的风景中，有人生活于自家庭院的常态中。

意思是：拍摄者眼里是很有特色的风情，而镜中人物却是在那里经营自己的凡庸生活。拍摄者远远跑去寻找远方的瑰丽画面，画中人物却是在自家门里平淡度日。

是奇异风景还是普通生活？角色转变一下，就因人而异了。

换言之，我们每个人，往往都可能既是自己生活中的寻常辈，也可以走进他人镜头成为风景。

有诗人说："你站在桥上看风景，看风景的人在楼上看你。"差不多也是这个意思。

再引申，自己身边的风景或自己这道风景我们看到了吗？

仅从观赏风景的角度而言，远远跑去看别处的风景看别人的生活，是一种方式。而发现身边的风景，理解自身这道也很美丽的风景，同样是一种难得的体会。当然这话往往是说给别人的，我自己也是时不时就会离开身边的风景去看外地的"诗情画意"。

但我没去西部雪域，这个冬日的出游目标我选择了浙东。柔和路线，挑战性不强。本人的如意算盘是错开季节高温和人流高峰，以较为舒缓宽松的节拍行走。然而路上的实际情况却未必如我所愿，比如游人就不见得少。或许别人同我一样的设想也未可知。

第一站是途经武汉。来过许多次了，所以没把这里当作此行游览目标，只略作停留游览。而武汉街头的这一晃悠，真让我生出几分后怕又甚感万幸。12月8日我从武昌站下车，十几天后返回来从汉口站撤离，汉口站距不久被封闭的海鲜市场仅几步之遥。

从事后得知的信息才知道，12月中旬这个时间段，病毒已经在荆楚之地到处飘飞悄悄传播。然而我悠悠然游走于其中的市井街巷却一如既往地熙熙攘攘。没谁知晓几天之后的疫情暴发，更不会猜到接下来"新冠"显现出的可怕杀伤力。可谓无知者无畏，我的武汉之行玩得既自在又开心，游东湖，看博物馆，登黄鹤楼，走长江大桥，在游人蜂拥的户部巷排队小吃，还来来去去挤了几趟地铁公交。

参照后来听到的许多人只是在街头或超市偶遇某人擦肩而过就被感染的情形推论，我似乎大概率地应该中枪。但事实是我居然出险境而未染，毫发无损全身而退。不可思议，莫非因我过于瘦弱上天垂悯，抑或病毒也不屑于我这种干巴巴口味？总之是稀里糊涂在疫情刀锋上游荡了一回。

旅途有时就是人生写照，充满了诱惑，也常常伴随着许多莫名的风险。好在迷迷瞪瞪不知不觉中躲开了险情。但也可以换角度来看，危险难道不也是一种略显锐利的诗情？

离开锐利的武昌，向东南，火车一晚上把我运至美丽柔和的杭州。

第二站：杭州

时下流行诗与远方，很雅致。

时下还流行说走就走，很任性。

如果这个远方是藏区，那这雅致的诗意还掺了点高原的野性。

如果走的是藏区，那任性就更带了几分了不起的豪气。

高原的野性雅致加豪气的任性，对年轻而浪漫的心肯定有诱惑力。所以现在自驾去青藏骑行去青藏步行去青藏，热闹成一锅粥。

无论如何，对大多数内地人而言，青藏高原既有挑战性也有诱惑力。所以，有能力有机会去一趟，从出游的角度，从观赏的角度，从体验另一种生活状态的角度看，都有意义。

不过，是不是走藏区就算任性就能收获诗与远方？另说。我以为，我所要去的杭州也有诗意，或者，接近诗意。

杭州温度适宜。毕竟江南，感觉不到初冬的寒意。原本这里也只是计划中的中转，诗意的真正目标还在下一站。但来也来了，不妨随意走走。所以仍然较为周细地把常规景点（西湖、岳庙、灵隐、孤山）走了个遍。

杭州有两个博物馆，都进去看了。其实古人的盆盆罐罐，我没多大兴趣。总觉得只有对考古有特殊喜好的人，才能忍受那种略带古董落寞气息的赏鉴。

文化广场前不远，即古运河。在桥上徘徊，眼前水流浩浩，驳船来往，大致可以让人推想出隋唐时期千帆摇曳于河面的景象，那大概也算古久盛世时代的一种诗意？不过想想，口碑不佳的隋炀帝，这一番沟通运河的胡作非为，居然到现在还可以为后人的生活服务。功乎过乎？历史往往是一笔很难确切捋清的糊涂账。

住在河坊街，这里也算旅游区，其实是小吃街。也有几处准文物，紧挨小旅店的是"胡庆余堂中医馆"。门厅开阔，仿古式样，诊病抓药人天天排长队。看中堂供奉解说，此人算胡雪岩后裔。难怪，红顶商人的产业，枝枝蔓蔓，上层背景，自有其立脚发展的理由。

沿河坊街小巷走不远，即所谓南宋御街。是不是不晓得，也无所谓，南宋毕竟过去几百年，说这里那里是它以前什么，对现代人毫无影响。"御街"很现代，霓灯闪烁，装潢时尚，夜里看看很有几分艳丽，算是现代化的诗意吧。

第三站：绍兴

诗，其实不一定在远方，更可靠的或许还是在心里。

任性，也未必是说走就走，而够意思的任性是不追随潮流。

心中无诗，带着一肚子的猎奇或炫耀，跑得再远恐怕也与诗意无缘，最多收获几张被别人点个赞的图片。

何况，现在许多被商业化包裹起来的万水千山，颠颠跑去，难免被宰得心头滴血。怄气都来不及，哪还有意趣悠远的诗句？

就算憋几行"诗"出来，也苦巴巴的，没准还掺着灰颜色的吐槽怨愤。

至于说走就走的任性，先别说容易不容易。怎么走？走到哪里？定目标做攻略算时间的"走"算不算任性？起码打了折扣。去别人拍了一大堆美照的景点？去人们都说必须去一次的景点？去网上爆红的景点？去可以让别人夸赞一声的景点？去可以显示自己时尚前卫的景点？不是不可以，但只要带了追随他人追随热闹且多少附加了炫耀的功利性，那这任性就更要大打折扣。充其量，不过是去做了一次被潮流被宣传包装炒作牵了鼻子的"绵羊"。与任性不甚相关，与诗意也差着几条马路。

我自己的这趟浙东行呢？也与任性无关，循规蹈矩，亦步亦趋。

离杭州，下一目标地：绍兴。网上了解到的浙东"唐诗之路"，似乎就从这里算起。顺曹娥江、剡溪，经嵊州、新昌、天台，一路南下。唐代时尚小资们，沿这段旅途游走卖萌打卡发朋友圈，涂抹了一大堆美艳"诗文"。

我也走一次，原本想的是来步唐代诗家后尘，实地感悟那些曾经给过我许多奇瑰惊艳感觉的诗句。而真实的收获呢，却是品味了古诗意韵与现代真实的落差。这落差可以从李白诗句中找几个数字，比如"三千丈"，远远不够。"四万八千丈"，还欠点。"落九天"，差不多了。换言之，高科技现代化的时代，在"唐诗之路"上找唐诗意韵，基本是白日梦。要闭起眼，假想自己身无挂碍，逍遥于碧水青山，且口袋里钞票多多，不飘飘然怎么行？不吟几句诗文怎么行？

或许还有青山碧水，那也被挤对得很偏远了。路途所见，车流、建筑、电杆……无处不是现代气息。好还是不好？看从哪个角度理解。

现在流行"发展观"与"进步观"，大意是发展了就好，进步了就好，因为这是最主流也最不用动脑筋去分辨质疑的观念。曾有友人在我一篇游古镇的胡思乱想后面跟帖，说依我所感慨，是不是退回没有科技文明的古旧时代就好？真还别说，友人说对了，我还就是这种想法。当然，不可能。返老还童，起码对现阶段人类是一种不"科学"的幻梦。将来呢？估计也难。

社会其实是扩大版的个体，发展过来的时代能倒回去吗？那才奇怪。曾国藩教训家人：由俭入奢易，由奢入俭难。借用过来，享受了现代声光电化新科技的人类，哪还可能回到古旧的生活氛围中。但这不等于说，那样的氛围就不好，与那种氛围匹配的那种时代的山水或许才更有山水样也更富古典美的诗意，让许多现代人向往垂涎。

到了绍兴，此地几十年前来过，记忆中保留着几个要点。

其一，古轩亭口秋瑾女士就义碑。碑身钟塔式，小巧秀气，柔弱了点儿，不太合鉴湖女侠气概。那是个闹市区的交叉路口，周围几幢门面陈旧的店铺。看碑，伫立良久。回望那个时代风云人士的呐喊抗争，似有几分小思绪。伤感还是感慨？说不大清，浅浅的，很快被周围闹嚷嚷气氛冲淡。

其二，鲁迅故居，百草园，还有路对面河流边的三味书屋。江南式样的房屋，略旧，没什么大看头。入内绕一圈，算是来过了，只留下光线暗幽幽的印象。"百草园"刚开始修整，墙角路旁栽几排植物，还没长成气候，几无观赏性。出三味书屋，时已近午，就近到"来亨酒店"进食。要一份据说是此地特色的梅菜扣肉，加一份很糙的米饭。最主要的，到这里，必须品一碗绍兴老酒，佐以一碟鲁迅小说中"多乎哉不多也"的茴香豆。不晓得喝到的老酒是否正宗，感觉很一般。但毕竟在鲁迅小说场景中喝过酒吃过饭，意思到了。

其三，沈园。如雷贯耳啊，少年时代就知道的"错错错"故事发生地，当然得进去看看。园子好小，巴掌大，寻常农家宅院模样，没几步就到头。一段陈旧的砖墙，上面是那首有名的"钗头凤"。如此沈园？小失望，掉头而去。

此次再来，旧貌变新颜。秋瑾就义碑的周围，俨然换了人间的簇新店铺。鲁迅故居有了大气势，广场畅阔，招牌炫目，游人如织，好不热闹。尤其沈园，真成了一座秀美园林。亭台楼榭、小桥流水、竹枝枫叶、曲径湖石，还建了一座放翁展览馆，颇具观赏性和文化内涵。

重游景点外的新增内容：走仓桥老街，游府山博物馆和越王台，去安昌古镇看那里水乡式街景。没重点，随意走，图个放松，说不上什么感受。许多东西，一旦泛滥，很难有意思。比如古镇古街，二十年前看，还可以写一篇文字，或者，凑几行打油诗。现在到哪里，顶多五个字：也不过如此。

第四站：嵊州

出游，当然还是很有意思的一件事。

与自己过于熟悉的生存地域拉开距离；与自己腻透了的生活氛围形成反差。

漂游到陌生的远方，往往会给人感官上的新鲜。

这新鲜也许就能开阔人的视野，激发人的想象，给心灵带来营养。最起码，改变一下按部就班今日明日没什么两样的生活节拍，让疲惫的近乎麻木的身心多少得到舒缓，给平庸乏味的日子添些许别样色彩，也不错了。

这或许就是人们乐此不疲的缘故吧。

但也不要对出游赋予太多期望。尤其现在这种出游的环境和套路，不大可能找到李杜时代的诗意，也未必就是一种可以让心灵任性的途径。

风景看到几幅，后脑勺看到一堆，拍几张到此一游晒到群里，可以了。

这样的出游有多大意思？各人有各人的感觉，没有标准。

离绍兴去嵊州，想按我的标准看一段诗句中的剡溪。此去不为鲈鱼脍，自爱名山入剡中。唐代文人们，没少在剡溪边搔首弄姿涂抹文字。若从地图看，公路似乎就沿溪而行，但路两边是连缀不断的各式楼房建筑，把视线遮挡得毫无意趣。偶有几处空当，匆匆一瞥，也不过乱糟糟河滩，哪有什么碧水清流。

网上查到，嵊州有剡溪漂游景区，据说那里河段还保留着天然秀美。是否近似于唐人当初所见？有点儿小向往。但去了一问当地人，说现在冬季，漂流区关门歇业。望溪兴叹，只好另换目标。

又在网上搜寻，发现距市区不远有崇仁古镇，好像还可以一看。绕一圈，又绕到古镇，奈何。崇仁除古镇老街外，另有亮点：一是女子越剧的故乡，二是建筑精美的裘氏祠堂。去的这天下午，正好村里几个女孩子要在祠堂戏台上展示越剧传承，做了半小时观众。对戏剧歌舞，我一向不甚来电，所以也没看出什么感觉。给我留下深刻印象的是祠堂窗棂木雕。以前在山西古镇，见过许多木雕。但论及精雕细刻，崇仁裘氏祠堂的木雕似乎还要胜出一筹。人物故事，山水花鸟，精细入微，颇有观赏性。也算不枉此行，多少算点儿与民俗相关的落寞诗意。

第五站：天台

说走就走过，不下数十次。也去了许多个远方。旅途，远方，有没有找到诗？

偶尔有，路途之中免不了有所触动。

更多时候，诗意不在行途，而在归家之后的放松状态中。

美睡一觉，褪去旅途疲劳，懒懒睁开眼，看着窗外灿灿阳光，心头忽然就有一点儿诗意飘起。

还有另一种情形，独自漫步于房前屋后的闲草小径。并未想诗，甚至是否在走动都不甚知觉。突然间，几行好诗句却不期而至。

结论是：诗未必与远方有必然联系，更多时候，与内心世界的自在放纵清朗疏阔相关。

不过，这次浙东行，我还是找到一点儿。尽管只是瞬间，但真正能打动人的美好事物，也往往就在瞬间。

继续南行，至天台山。是从算术不及格的李白同学抄本中，知道"四万八千丈"的天台和赤城，所以有亲切感。途经赤城山，远眺一下，比较袖珍，玲珑小塔，赭褐色小山包，不甚诱人。目标是国清寺，天台宗发源地。

在国清寺游走了两个多小时。环境氛围的清幽宁静自不待说，给我留下最深刻印象的，是此寺与现实时代的距离感。国清，确实清，在经济大潮中维系了一个少有铜臭味的清凉寺院，有了那么点儿诗意的氛围。

开宗祖庭，算得上佛教界名刹。单论寺建规模，也宏阔庄严。寺内草木葱茏山水有致，也有观赏趣味。若按新时代旅游观念，名山又名寺，景色又不错，收一张门票毫不为过。却出乎意料，偌大景区，居然免费。而且据说，午时还有免费斋饭供应，可惜没有赶上。

游得不甚上心，却颇有触动。寺内有一精巧茶室，同样也向游人免费开放。入内，茶叶、沸水、壶杯俱备。游人可自行取杯取茶，冲泡品饮。这才有佛界的施舍气度，较之斤斤于经营意识的许多寺庙，实在不属同类，可谓风景这边独好。一点儿带着茶香味的氤氲诗意飘飞起来了。

第六站：临海

所谓出游的任性，我的标准：

真要任性，最好自己也不知道要去哪里，跟着自己的脚步和眼睛，去寻找一片属于自己的风景。

那里是不是景点无所谓，出不出大片无所谓，有没有人知道无所谓，别人看着好不好无所谓，别人愿不愿去无所谓。

只要自己感觉心有所动，只要能让自己被拘禁被沙化被压抑的心灵得到自在，这出游就有点儿诗意了，这出游就有点儿任性了。

任着性子走嘛！

何必在意是否三山五岳几星名胜？

何必在意有没有花团锦簇奇峰秀水？

何必在意远在天边还是近在咫尺？

何必在意是自驾是骑行或者迈动双腿？

一在意，哪有任性？

这标准，不是真理。它仅仅适用于我自己。

任性让我从天台继续前行，一直走到临海的"江南长城"。依堞墙眺望，看山上山下游人来去，忽然想到一个问题。古旧时代，往往被新人类视为落后甚至荒蛮。但奇怪的是，许多时尚的新人类，却又总喜欢到"古旧"景点中寻找某种略带回望意味的"静好"感觉。潜意识里，其实是对"古旧"多少有点儿割舍不掉的眷恋。但只要是惹人眷恋的，往往总是去而不可再有的，过去就过去了。我现在看到的"唐诗之路"，只够写几行简单的记述性文字，酿出诗句已很有难度了。写不出诗，肯定与才情有关，但如果再找找"客观"原因，或许与改天换地的新环境以及现代化的时尚出游方式也有关系吧。簇新的商业模式打造的景点，急迫的不容闲逸放浪的游走节拍，酝酿出的也就是刚够在朋友圈写几行到此一游图片的说明文字。

被超量激素激发出的高速节拍，已经成了进步时代的标配生活，这样的标配，有没有"唐诗"已经没多大意义。发展，快速发展，容不得山野小路上慢悠悠地观玩吟咏。而且，说到底，那些吟咏怕也真与大多数人的生活无关。所以，走不走"唐诗之路"，或有没有这样一条"唐诗之路"，何足道哉。而足道者，又有什么？对我，该想的，是换一条路线，最好还是古旧与现实反差较大的路途，再去找找感觉。

赶路

开封至沁县，高德地图给出的距离是 360 公里。

这点儿路程，高速公路加高铁的时代，差不多就是到菜市场逛一圈的事，起码我开始是这样以为，且自认为不会太离谱。

方案是两步：上午九点半坐大巴，先 190 公里高速到晋城。三小时足够了吧，实在是比较保守的估计。到晋城还可以悠悠然小吃一顿，然后第二步，下午两点半换乘火车。车上泡杯茶，看自拍的图片再刷刷朋友圈，摇摇晃晃三个半小时到沁县，很逍遥愉快的安排。

提前半小时到达开封汽车站，毕竟大巴钟点有伸缩性，要多留余地。

一次又一次验明正身，买票出示证件，进候车厅出示证件，验票进站还要出示证件。坐趟汽车都这么仪式隆重，如我这般有老年痴呆倾向的家伙，一而再再而三地被验证自己就是自己，或许可以避免把自己搞丢的危险？

开封汽车站的乘客管理比较到位。进站，迎面就有一位气度不凡嗓门高亢的女士挥舞着指挥棒指点大家到某数字牌下候车。这类场合，我通常是随众派，与几十个同行者挤作一团，老老实实在规定处立正稍息。

然而，发车时间早过，仍不见车影。疑惑间听到广播，恭候了好一阵的这趟车临时取消。

一帮人叹气加叫骂，但又都不敢怠慢，顺女士棒子指示的方向，你碰我撞急匆匆涌向服务台，或改签或退票。

自认为颇有余地的第一方案烟消云散。仓促间只得请教服务台工作人员，答复是一个小时后可以换车去焦作，再由焦作转晋城。工作人员语态坚定且不屑：一样的，也就相当于途中服务区休息一下啦。

赶忙又在手机上测距。开封至焦作，140公里高速，两小时应该能到。且焦作去晋城据说有城际公交，十几分钟一班，便捷得很。也就是说，下午两点半之前赶到晋城是有可能的。

那就焦作，改签。

十点半准时开车，小紧张了一下的神经很快放松。坐车了，上路了，人只能把自己的身家交给司机和路况。可做的就是耐着性子，一面体验车轮与地面的不间断摩擦，同时还可以略略张望一下沿途景况。

对我而言，乘车是件惬意的事。常态时的呆头呆脑往往会被车身流动所改变。人在车中，漫不经心地看山看水，同时就让意念散漫开来，上天入地胡思乱想。

不过今天小不顺，没等我把思绪飙起来，车却突然刹住。看窗外，好长一排车队卡在高架桥下，遭遇堵车了。

车内又是一片叹息与叫骂，这大概是没有决定权的人们毫无办法时的唯一可为法。堵于高速路，真正的无奈。不能掉头，左右难逃，且又插不上翅膀，只有眼巴巴翘盼。

忽然就想，世事的变化发展，通常应该算作好，然而有时也不见得。

若干年前，公路既少且窄，不过道上一天见不到几部车，想堵都难。那叫落后，落后肯定不好，据说不仅要挨打，人们的幸福指数也低。

反推，发展之后呢，土路铺上柏油，小路进化为"高速"，是不是就不挨打了？好像听人们嚷嚷：帝国主义亡我之心依然。最麻烦的，时不时就会上演堵车闹剧，闹得人心意悬悬。

至于幸福指数，我以为与社会的变化或科技的进步未必成正比。天上坐大飞机绕地球转圈的时代比乡间小路骑小毛驴摇晃的时代幸福指数高？很难定论。

老生常谈，人类对生活的感受与认定，有物质的标准，有心里的感受，有主流媒体的引导，也有自我意念的追求。单单用社会形态某方面的所谓"进步"做判断，作不得数。

车中人嚷嚷得无趣味也无气力了，车轮重新启动。其实时间不算长，堵了半个多小时，但赴晋城换乘火车，时间已经很紧张。第二方案只能舍弃。

正好朋友发来短信，说焦作有开长治的列车。是吗？赶忙打开 12306 软件，果然有趟车，且时间也还合适。这是不是叫作"车到堵后必有路"？堵出今天的第三方案。

午后一点，出焦作汽车站。毕竟有几分游走江湖的习惯，先来一个举目扇面扫视的动作，站前广场相当冷清，周围建筑也不稠密。结论是：离市区估计有点儿距离。

还没收回目光，却发现自己已被几个出租车司机左右挟持。

我不太喜欢在包围圈中做决定。旅途中遭遇这种被重点看护的局面，一般是不搭腔挣脱纠缠再说。当然以前不这样，我曾经很愿意相信所遇之人，一期一会，皆是缘分。不过经历几次轻信引出的小不愉快，就渐渐认同"他人即地狱"的出门原则。这或许也是时代进步的代价。

今天得破例了。刚才视觉扫描范围，好像站前也就这么几辆出租车。反正是要打车，也只能跟他们聊聊。

我说目标是火车站，赶长治那趟车。交这个底，意思是想让几位"地主"司机帮我确认计划的可行性。

有位先生马上批驳，那要等半下午啊，不如坐快车，可以赶时间。

起初没搞明白"快车"何意，以为另有高铁之类。先生解释：非也。此快车者，是他马上送我到某约定地点换乘马上即走的大巴，马上又马上，岂不快乎？

听起来蛮不错，而且手续简单，给司机八十元一次搞定，我只管轻轻松松被拉着兜风即可。

成交！这是今天第四套行动方案。

出租车马上发动，沿大街向西疾驶。本以为约定地点不会太远，应该就在车站附近。然而，车轮飞转，过一个红灯又一个红灯，簇新的建筑群甩在身后，一直开出市区。再走，已经是乡间公路。眼中风情换了格调，大片农田在暖暖的冬阳下无边无际蔓延到远方。

哪有什么"快车"，意念一闪，莫非上当受骗？不会拉我到乡下什么秘密据点吧？

侧目观察司机，块头很足且雄赳赳满脸横肉。嗯，有作案资本。那么，劫财？我这身土里吧唧的穿着，一个瘪瘪行包，值得他如此周折？劫色？呵呵，负面信息综合征，心里很邪恶地笑起来。

毕竟出我预计，二十分钟了，按车速起码开出二十公里，约定地点有多远？几次想喊司机停车，却又忍忍，好奇心占了上风。何况朗朗乾坤，我想看看司机这"快车"之约究竟咋回事。

块头司机或许觉出我的疑惑，连连解释，快了快了，前面高速路口，朋友的大巴在那儿等着呢。

一个急弯，路面开阔，看见了高速路入口，真停着一辆大巴。司机没有行骗，是我多疑。如约，把八十元递到司机手里，想想自己刚才的疑虑，略有歉意地说了两声"谢谢"。

这是一趟从商丘到长治的长途大巴，车上乘客稀稀拉拉十几个，实在浪费资源。之所以会等着拉我，不言而喻。一管窥豹，淡季的长途客运，境况不佳压力山大。

后面的行程，几乎每个高速路口大巴都会出去溜一圈，或接几件货物，或拉一两个乘客。很显然，如我这样方式的上车，在这条线路已成惯例，对接稳妥，操作熟练。

越轨还是创新？出租司机与大巴司机联手，绕过正常的公路客运管理，形成一种另类的流水线运作模式，把三三两两散客从市区拉到高速路出入口，勉强维持着惨淡经营。

对乘客而言，也许提供了方便，却也不见得有多少益处。先不说涉及身家的安全保障，一般人心理上大多忽略。就算平安畅通，逢口就停，耗费的时间司机也没法把握。途中有次等人，差不多半小时，司机都有点儿不耐烦，或许是做样子给乘客看？电话里嚷嚷着不等了不等了。当然最后还是在其他乘客的抗议声中等到来人。

我没吭气，我自己刚才也是这样让别人等来的。

听过一个笑话：下雨了，街上行人都急匆匆跑路躲雨，唯有一人依然慢悠悠踱着小碎步。别人问他咋不跑，答曰：前面也下雨，跑过去还不照样淋？

身在旅途，这笑话常被我用作不急于赶路的理由。前面不也还是路？何必着急赶过去。

我的大多数出游，有目标，却未必把目标太当回事。走没走到，看没看好，无所谓。重要的是身心是否放松，在放松前提下，再看出点儿以前不知道的东西，更好。

我往往不喜欢赶路，走哪算哪，最好在日落前把自己安顿于某个小旅店，或者躺到火车卧铺上过夜也不错。这样的安排，有安全因素的考虑，而更主要的还是不想把本意是放浪形骸的游走变成攻城略地的战斗。

今天稀里糊涂堕入赶路族。起初优哉游哉的计划，几次变动，误上这辆沿途捞客的大巴，一百多公里路程整整消磨一下午。

到长治，下午五点半。冬季西天，晚云早已褪尽，暮色急不可耐地铺陈开来。

走吗？走吧。剩余八十公里，基本已经算到了家门口。售票处一问，有车，最后一趟，且马上开车。今天换第四趟车了，好玩。

司机却苦巴巴，仅有两名坐客。一个坐在第一排的老人家本人，一个缩在后座的女娃娃。

出了站，司机开始演说。大体内容是这一段时间的运营如何艰难困顿。他要说服的主要是我吧，后排女娃子正抱着手机叽叽咕咕。

我当然认同，两个乘客的状况一目了然。如果天天如此，他有什么赚头？这段铺垫之后，车在市区停了又停，扭捏着不肯前进。叹气，随他去吧，打心里我还真是有点儿同情，大冷天的，司机也是人，谁不希望快点儿回家？

揽了几个市郊短途客。司机自嘲，够缴过路费，不错啦。

后排女娃的心境估计不会"不错"，毕竟天已晚，却要独自面对两个大老爷们儿。上车就听她在电话里给家长作路况报道，一路没停。

越走越黑，忽然迎面车灯一亮，随即又一团漆黑。女孩的声音明显压低，嘟嘟囔囔，气喘吁吁，听不出在讲啥。直到县城边跳下车，看她激动万分扑进路边等候的妇女怀抱，我立马想给这个镜头来一句旁白：悬着的心总算归位。

车到沁县，晚上八点半，从早上出酒店算起，正好十二个小时。

对司机道了一声"辛苦"，心里却说，更辛苦的是咱这个误判行程的老江湖啊。

旅途与诗

一、八仙宫，醉中杜甫

每次去西安，都要到城东的"八仙宫"走走。这次依然，习惯。

八仙宫，进去过两回，很清幽的一座道观。这不是我来这里的主要缘由。关于八仙宫的来历有几种说法，其中之一是说：因为杜甫写过一篇《醉中八仙歌》，后有好事者借此而建起一座"八仙宫"。果然这样？起码我以为差不多，或者我希望大概如此。

以前附近有一座以"长安酒肆"为招牌的酒楼，还有一块"李白醉酒处"的石碑。虽是近现代人的没来头，但多多少少，有一点儿让人可以牵强附会的印迹。我就是因这点儿印迹而来，想象自己也盘坐于"长安酒肆"的酒桌之上，举个相机正瞄那几个大唐高人发酒疯。

"醉中八仙歌"描画得别具一格，洒脱放荡，谐谑传神。不算老杜精雕之作，却也差不多成了经典。其中"李白斗酒诗百篇"几句，千年诵传，雅俗皆知，几乎成了评说李白的定语。

后来有一大堆考究家细细推敲"天子呼来不上船"之意，长安市上可以行船吗？抑或是天子在后花园湖里划船，李白醉态迷离腿软软的不敢上？还有人说是李白阶级觉悟高要与皇帝划清界限，气昂昂地坚决不上贼船。另有人从老祖宗旧典中考证出，"船"不过是一种酒器，李白是嚷嚷着让皇帝给他摆一"船"酒。我都快喷饭了，当然也就更糊涂了，对李白先生上不上船的问题不敢胡乱发言。

诗人，我的理解，是一群怪物，不是神经病，胜似神经病。不要以为这是贬义词，是说诗人的思维方式与寻常人大有不同，也许他们脑袋瓜里经常会颠三倒四飘舞着许多不同寻常的零零碎碎的画面，再用倒四颠三的语言描绘出来。你却要用寻常人的思路、合逻辑的推理去解读，风马牛不相及，纯粹一个没事找抽。

杜诗是"史诗"，三吏三别是写实，也只能在一定意义上才可以这么解说。艺术总是与现实拉开距离的，即使是现代化的相机拍照，借用光影，借用透视，借用色彩，借用构图，或者仅仅借用相机镜头前的那几层高精度镀膜，最后的印象都未必不走样地"写实"，何况千年前的语言艺术，何况语言中最荒诞不经的"诗"句。

八个当时文艺界的大腕，醉没醉过？在哪里喝醉的？天知道。文艺作品，当不得真。就写作者而言，你以为很冷静吗？不喝酒吗？没癫狂起来吗？杜甫其人，因他那些沉郁工整洗练的诗句而让许多人误解，以为他儒雅谦让低眉内敛的老学究一个。其实杜甫的放浪形骸不亚于八仙中的任何一个，杜甫的嗜酒任性也完全可以与李白打个平手或者更甚。

杜甫曾坦荡荡评说自己："性豪业嗜酒，嫉恶怀刚肠""我生性放诞，雅欲逃自然"。这可不是自我批评，杜甫觉得自个儿这样豪气而放浪，才是个诗人样。

杜甫青少年，实在疯得可以。他自己交代，"放荡齐赵间，裘马颇清狂。春歌丛台上，冬猎青丘旁。呼鹰皂枥林，逐兽云雪冈。射飞曾纵鞚，引臂落鹙鸧"，完全一个纨绔恶少的形象。剔去艺术夸张的水分，杜甫的青春期，乃至杜甫的前半生，他可不是埋头书斋每天完成作业看辅导资料的好学生书呆子，后来高考落榜也未必不合情理。大体整日里一群狐朋狗友吃酒胡闹，要不就揣着父亲养老金外出闲逛，时不时还约个妹子划划船唱唱曲游山玩水。别以为我在胡编乱造，自己去读读杜甫诗集就会明白。

杜甫也没想安分守己去做小公务员，第一份工作河西县尉，官小，基层干部，相当于县政府办公室主任。也不错了吧，连文凭都没有，还要咋的？杜甫才不屑，这工作，去都不去。以后几份官职，他也没好好干，不几天就炒老板鱿鱼，拍屁股走人。诗人脑子里，是要"致君尧舜上，再使风俗淳"，干通天大事业的。你说他着不着边，你说他狂不狂？

后来杜甫穷困潦倒跑到成都，封疆大臣严武收容接纳了他。人在屋檐下，夹夹尾巴不行？何况已经老人家一个，识点儿人情世故不行？平时可以，吃了酒照样按捺不住，他要撒酒疯，跳到严武床上，指着人家鼻子骂骂咧咧，差点儿没让这位大人拖出去砍了脑壳。杜老夫子"儒雅"吗？

从常人的世俗的角度看，杜甫不是好老公，不是好父亲。老婆孩子都养不活，还不上班，还要胡混。他更不是温良恭俭让的君子，甚至做个朋友也未必好相处。百无一用，脾气怪多。这种人，现实中谁碰上谁恶心。然而，华夏文化的巅峰代表，空前绝后的诗坛大圣，就这样练出来了。

许多不是诗人的人恐怕并不知道怎样去了解诗人。李白不饮成烂泥，就没他那些神来之笔。杜甫不喝成泼皮，写出来的估计也就是干巴巴的数学题。实话告诉你，我手里正捧着一杯酒，呷一口写一行。我不相信不饮酒的人能理解饮酒的人，我不相信不饮酒的人能写出带酒味带酒劲的诗章。诗人杜甫，举着关中老酒，一杯又一杯，他脱帽，他揎袖，他索性把那领衣衫一扔爬上桌子，直喊店小二拿纸拿笔。杯中酒点点滴滴泼洒于宣纸，杜诗人挥毫涂抹，好一篇长诗写就，读一读，嗅一嗅，《醉中八仙歌》，有没有浓烈的酒精味？

我是半上午去的"八仙宫"，这地方已经大有改变。改变本在预料中，这几年全国山河折腾房地产，哪有不触动的角落？不过没想到的改变是，记忆中"长安酒肆"和那块"李白醉酒处"石碑不见了。

失望，计划落空。原想进"长安酒肆"要一壶老酒，虽不喝醉也起码把自己灌个周身燥热，再摇晃到"李白醉酒处"怪叫几声，也就是古代文人们所谓仰天"长啸"一顿，找找灵感。我也想写几行诗，写《醉中杜甫歌》。

读杜甫诗，有时会发一声叹息。他对当年那几个文艺圈"大仙"点赞写传，极尽勾描夸张之能事。而"八仙"呢？昂昂然醺醺然，恣肆诞放，旁若无人，谁都没把在一旁也喝得有了醉意的杜甫小同学放在眼里。找一找，有哪位大仙写过"醉中杜甫歌"？或者有哪位大师点赞过"杜陵布衣"的诗文大作？好像找不出来。

"李杜"并称，是后人论调。二人在世时，其实未必对等。杜对李，不仅评价高："白也诗无敌，飘然思不群""笔落惊风雨，诗成泣鬼神"；而且相信："文彩承殊渥，流传必绝伦"；而且断定："千秋万岁名，寂寞身后事"。杜甫既是李白的铁杆粉丝，更是李白的真正知音。反过来呢？李对杜，不过是有时馋酒了想和杜甫对饮几杯，不过是偶尔出游了想拉杜甫给自己背背行包。看李白写给杜甫的几首诗，没一句点评杜甫的诗文如何。谪仙大腕眼里，杜甫还嫩，刚起步的小后生，没资格算成"八仙"那个顶级文艺圈的成员。

古往今来，文艺圈都未必开放，不是你有才华就可以混进去。当然，才华是必不可少的，但更主要的，恐怕还在于因机遇而造就的知名度和因财力权力而获取的话语权。杜甫恰好缺少的就是后两项，既没有赶上好机遇，也没有足够的权力财力作铺垫。诗写得好又如何？他只能望"圈"兴叹，只能给当时那些耀眼的明星人物刷屏点赞，而他自己，却并没有真正能站到生前那个时代的最高点。

现在常听一句话：高手在民间。有多大准确度？是不是真正的高手都在民间？不好说。但民间潜藏着高手是不可否认的。许多有才华的高手，错过时代的机遇而湮没无闻也应该是事实。历史，最终只给极少数人提供表演和发挥的舞台，这是没办法的事。不是所有生命都可以占据食物链的最顶端，大部分生命，大部分高手，只能做营养基。

其实杜甫还算幸运，虽然错过了生前，但死后几十年却有个铁杆粉丝元稹跳出来为他鸣不平，归拢归拢他的诗作重新炒作上市。后人才从杜甫一大堆诗文遗产中，读出一个笔力雄健诗风多变形式创新且内容宏阔的真正大师级诗人。

唯一有点儿可惜的，这个嗜酒如命的酒徒，一生曾与多少人共饮共醉，却没有一个人写一写杜甫的醉态狂情。

在八仙宫，我没能喝酒，写不出《醉中杜甫歌》。八仙宫，以后也许不会再去了。

二、秦岭，神仙李白

列车过秦岭站已是暮霭沉沉。凭窗仰目，看郁郁山峰被越来越厚重的夜色抹去细节，渐渐变成突兀而流动的剪影。山中时有几处亮光，一闪而过，星星点点。应该是岭上人家，想象中，大致与我曾经住过的几处山里农舍相似。

隐约山路上还有一些快速移动的亮光，估计是山里人家的某个成员，正驱车赶着回家。这个时辰在山路行走，有点儿危险性，却也有趣。当然这个有趣，是我这类旅游人的感觉。只要不是一个人，再略有月色相伴，夜晚走走山路，确是一件既刺激又好玩的事。

这种感受，或许古人也会有吧。忽然就想到李白，想到他那首题目很长的游山诗《下终南山过斛斯山人宿置酒》。读这首诗时，我曾有过疑惑，疑惑这标题真的是李白拟定的？简直是要把诗的内容全部交代清楚，毫不卖关子留悬念。题目交代的详细不说，后面句子读起来也很轻松。"暮从碧山下，山月随人归"，这还用解释吗？口语一样。然而巧妙的是，明明白白的诗句，却又会引人联想：哦，李白那家伙，逍遥，到终南山上玩到天黑才下山。当然他也会选时机，有月亮，不用打手电。月下山路，小凉风吹着，多安逸受用。

所以李白不急，慢慢走，"却顾所来径，苍苍横翠微"，时不时要转头看看身后。显然玩到天黑了还不尽兴，舍不得下山。问题是月光如水，山色苍莽，别有一番韵味，也确实让人流连。

那就别下山，反正也天晚了。支顶帐篷或找个山洞，像现在的背包族？李白才不屑于吃这份苦，他一身漂游，从没听说背个大帐篷吭哧吭哧行路。他似乎人缘好，到处有铁哥们儿招待。连这野岭苍凉之地，也能找个"斛斯山人"，难怪他不急。

"相携及田家，童稚开荆扉"。月色朦胧下，现在才看到，李白不是一个人玩，还有伴儿。美女还是帅哥？没看清。但帅哥的可能性大。一是美女不适宜徒步于这种山路，二呢，好像李白出游，也没有携带过美女，起码是他的诗句里看不到。李白游来荡去，他的诗有侠气有仙气却甚少脂粉气。

文人，尤其是诗人，似乎多为情种。有些小艳遇什么的本不稀奇。连苏东坡那样修禅问道洒脱开阔之人，都免不了有一半个红粉知己。李白却怪，他诗中大写特写的人物，多是山人道士渔夫隐者之类。他自己也没听说过有什么可以让后人津津乐道一下的"桃花运"。就是到了桃花灿灿的"桃花潭"，也只遇了个豪迈的唱着歌来送朋友上船的汪伦，一位当地气概粗犷的江湖人士。

据说，有几位"后现代"考证家，对李白行径大惑不解，只能得出结论，李白没准是分桃断袖派中的"同志"？不好说了，即使如此也没啥不对没啥不好，此荒唐之说倒也算不上对诗人的大不敬。

再回到终南山，诗人李白和同行帅哥在月色下敲开"斛斯山人"用破树枝编成的院门。院子不小且布置得很情调，"绿竹入幽径，青萝拂行衣"，好去处啊。像我住过的一处山庄，虽然农家宅院，也植了许多花草树木，错落有致。"斛斯山人"显然更有讲究，估计是个挣脱凡尘却又颇会享受生活的人物。

李白和这样的人对脾气，共同语言多。一见面就"欢言得所憩，美酒聊共挥"。哈哈大笑着推推搡搡一块来到酒桌边，边喝边聊。在月色下的大山上，几个意气相投的朋友，推杯换盏，谈天说地，那场景想一想就让人有轻飘飘的畅快感觉。

这还不是高潮，看下面："长歌吟松风，曲尽河星稀。"不仅喝酒，不仅聊天，不够尽兴，还要对酒而高歌。山野茅屋，松涛声声。几个放浪形骸的家伙，举着酒杯，放开嗓门直吼到月偏星稀。你说痛快不痛快！

酒喝够了，嗓子吼哑了，总算尽兴。李白说："我醉君复乐，陶然共忘机。"哥们儿几个这种快活谁比得了？升不升工资，买不买房子，失恋没失恋，或者领导看重不看重，与终南山月夜这一醉比起来，算个屁事！

秦岭山头，夜月朦胧下的李白，神仙啊。让车中我这个现代人实在是羡慕至极。

三、襄阳，孟浩然"夏日"

夏日去襄阳，目标是襄阳城外的古隆中。此隆中是否就是三国演义中刘皇叔三顾茅庐的那个？许多人有异议。另有一处隆中在河南省的南阳，南阳诸葛亮嘛，好像也说得过去。我倾向于襄阳的这个，从地理位置分析，南阳隆中距离曹操势力中心许昌，近在咫尺。刘备会傻乎乎跑到对手鼻子底下捞人？不大可能。

清晨出站，就赶上下雨。犹豫了一下，把行李扔进旅舍，还是决定冒雨前往。理由是襄阳夏日火热，雨中比较凉快。好在到了景区雨势渐小，而且因为有雨，游人极少。景区植被稠密，植物园一般。林木遮天蔽日，中间一条缓缓上行的长满青苔的石板路，走起来很舒服。一直走到茅庐遗址处，一个现代人建构的小院，倒也雅致清幽。左顾右盼一阵，好像也没多大意思，于是下山。毕竟来过了，算是拜访了先贤，旅游计划目录中又可以划去一项。

及至返到城边，云开雨收，大太阳火辣辣一晒，闷热潮湿，汗水哗啦啦而出。加之又有几分饥饿感，赶忙在路边寻找餐馆。几步远一家小店的招牌上"冷气开放"几个字吸引了我，就这儿了。进屋，凉爽，确实开着空调。未到饭点，吃客寥寥。坐下随意扫了一眼，对面墙上，是一幅荷花竹叶图，留白处写着两句诗"荷风送香气，竹露滴清响"，贴切。

这诗句好熟悉，却又一下子想不起作者。老人家了，记忆时不时就会溜号。正好店家端着我的饭菜过来，赶忙请教。有几分文气的店家轻轻一笑说道："孟浩然的夏日诗啊。"噢，对对，想起来了，孟浩然是襄阳人，唐代诗人圈里，被称作"孟山人"。夏日，于襄阳古城，居然邂逅了孟山人的"夏日"诗，缘分。

饭后回旅店，把自己在床上摆放平整，就赶忙掏手机百度出《夏日南亭怀辛大》全文，细细品读。

"山光忽西落，池月渐东上"，起句就如此对仗，孟山人厉害。但咱不研究这个，这无所谓。有意思的是孟夫子的眼睛。这双眼睛好啊。别误会，不是眼睛长得好，而是眼睛会看，看得好。不仅看到太阳忽然一下子从西面山头沉落

184

了，还要继续看月亮一点一点儿从东面升起，月光闪闪烁烁洒满池塘水面。

从忽西落到渐东上，时间不会短，有闲情才能好半天站（或坐）在那里观赏。如果应酬多，如果居闹市，如果急着看新闻听股评或约哪位妹子幽会，哪能这么悠悠哉？

不愧是孟山人。这"山人"二字，我总觉得有不食人间烟火的味道。起码是与世俗喧闹拉开一段距离。孟先生做"山人"，比较有资格。虽然他知名度不算低，却并不被各级领导看好，所以一生没做过国家机关公务员，大部分时间呆在乡间山里混日子，不是"山人"胜似"山人"。

其实，做"山人"蛮好。何况孟浩然在襄阳砚山脚下还有老宅院小别墅，离老前辈诸葛亮隐居的"隆中"隔不了多远。空气清新，绿色天然粮蔬，没事了爬爬砚山戏戏汉水再看看云卷云舒，多潇洒多自在。这条件足够放浪形骸过好"山人"小日子。

想象孟山人徘徊于乡间别墅观日落赏月亮，看够了看累了，回屋冲个澡。然后呢，"散发乘夕凉，开轩卧闲敞"。应该说，这两句写得还是很有"山人"味的。挨着敞开的轩窗，披散着湿漉漉的头发躺在凉席上，身心放松，享受夏夜的清凉，多舒畅。别说真让你躺到山里那个凉亭子里，就是读一读这样的诗句，已经感觉很凉快了。

一片清凉中，"荷风送香气，竹露滴清响"。这两句是让我最流口水的。空气太清新了，环境太幽静了。如果是闹市，能闻到微风中浅浅拂来的荷香吗？闻闻汽车尾气差不多。能听到竹叶上那一小点儿露珠滴落的声响吗？大着嗓门喊话都未必听得清。

我这人没太大上进心，如果也能在"荷风送香气，竹露滴清响"的山里盖个小房子读书写字，很满足了，给个省市级领导职务也不换。问题是也没人给我这种职务。

清凉、荷香、静寂中轻轻的竹露洒落声，换了我，是要酣然入梦的。孟先生却不行，没睡意，在凉席上坐卧不宁，长吁短叹，有点儿耐不住寂寞，"欲取鸣琴弹"。好啊，那就弹嘛，反正山野之家，又自己一人，想咋折腾也没人过问。可又不弹，就是嫌没人过问，没听懂的人听，"恨无知音赏"。白让我支起耳朵等半天。

最要命的是后两句，"感此怀故人，中宵劳梦想"。想那个能听懂琴音的辛大，想得很执着，想得很辛苦。友谊第一，睡觉第二。所以失眠，一晚上不睡。过分了点吧？当然辛大也许高兴，得友人如斯，也是一种快慰。只可惜，太辜负荷风竹露。

孟山人的失眠，不止这一次。比如他最有名的"春眠不觉晓"，光看开头一句，还以为他睡得很好，大天亮都醒不来。仔细看，往后看，才发现他是失眠，晚上不睡，听"夜来风雨声"，天快亮才迷迷糊糊，能"觉晓"吗？

春雨有多大？"润物细无声"，那么一小点儿，孟夫子却听得清清楚楚。也不奇怪，竹露都听得到，充分证明，孟山人不仅眼睛好，耳朵也不差，而且他的山间别墅也确实安静。另外，最主要的，孟诗人的秉性，太细腻多思。

雨声本来催眠，要是个无牵无挂心宽体胖的"山人"，雨声淅沥中，肯定一场好睡。而孟山人却不，边听要边琢磨，那几丛狗尾巴花可别让风风雨雨给打趴下啊。

这叫个事吗？花开花落，本来寻常。如果非想点儿什么，那就想想坡上庄稼地里蔬菜，也不失"山人"本色。看来孟大诗人的这个"山人"，做得三心二意，有点儿勉强。

四、西安，"古意"大唐

西安，十三朝古都，已有三千多年历史。这两个数字寓含着巨大魅力，不禁就会引诱喜好历史人文的人去与它会面。二十世纪七十年代，我第一次走进西安，见识了它那时沉郁而略显落寞的姿容。以后许多年，来来去去，或短暂路过，或专程探访，与这个背负着厚重历史的古都，起码有了十几次的近距离接触。每次来，都会看到古城的变化，也同时会从变化中收获一些感慨。

此次再来，是专程。主要目标：北郊大明宫遗址。用了一个下午的时间，在遗址公园里浏览徘徊。单从面积的阔大，就相当惊人，不可想象。真正的盛世之作啊。没有相当的国力，哪可能堆砌起如此气势恢宏的建筑群。

然而，那又如何？大唐盛世的富丽堂皇，居然没多久就在一场内乱的兵变中化为灰烬。岂止遗憾，更令人心痛。一座绝无仅有的顶尖级宏大建筑群，其实是那时无数黎民百姓的血汗铸就啊，就这样在一场权力追逐的战乱中被轻易抹掉了。

　　离开大明宫遗址，晚上独自在市内钟楼广场附近踱步。这里是没有夜色的，街灯通明，霓灯闪烁，亮若白昼。置身于熙熙攘攘的中外人群，流连于各式装潢精美的店铺，恍然间想想自己正走在大唐的街市，心头似乎就有种"浮华若梦"的感觉。

　　某次与朋友聊天，朋友提问：你外出旅游到一个地方，总喜欢借用一首古诗来表达自己的感受。若到西安游走，你会找哪首呢？

　　我答：如果春天去，最好在芙蓉园附近的曲江游玩，那就读老杜的《丽人行》。正是踏青季，水色温柔，春情荡漾，多养眼。而一群群服饰华贵姿容艳丽的美女迤逦而来，从你眼前款款走过，岂不更养眼？仅此一个侧面，即可窥视那时大唐的富足与安逸。夏天去呢，温度太高，轻松点儿在市区小吃街古玩店走走也不错。那就比对着卢照邻的《长安古意》，当自己穿越进大唐街市，回望一下先人们曾在同样地段营建过的繁华。

　　这是正面的，或者，表面的。没有给朋友说的，其实还应该加上另外一面。

　　丽人如云的曲江，不久之后，即成了胡兵饮马之处。安史之乱让曲江之水被鲜血染红。那也是真实。大唐，就是在截然对立的两面真实中最终走向毁灭。

　　卢照邻的长诗《长安古意》，我以为是要在"望黄叶飘零，捧浊酒一樽"的气氛中才能读出诗文后面隐伏的意蕴。这只是一家之见。比如一些热恋中年轻人，或许读到的却是"得成比目何辞死，愿做鸳鸯不羡仙"，把此诗当作爱情至上的宣言，也未必不可以。

　　而我的理解，"长安古意"里的"古意"，并不在爱情，也没有要为"爱情至上"立论。卢照邻是想真正摄录出他看到的大唐盛世，且从这盛世的浮华中，去感悟任何"钟鸣鼎食""烈火烹油"的繁华艳丽都不过是转瞬即灭的一宵春梦。

　　可惜了卢照邻，手里没有一部相机。他只能凭借诗句，细碎零乱地写来，用许多细节连缀，构描出一幅幅社会生活画面。静心读进去，会有一种时空穿越的错位感。诗人写的是早已逝去而不复存在的长安吗？是在抒发一千多年前大唐盛世的萧条古意吗？然而恍兮惚兮，仿佛自己不过是立在现时楼房的阳台上，凭栏把玩近在咫尺的场景。

看到的是什么？未必陌生。岂止似曾相识，或许自己就一直游走辗转于其中：簇新堂皇的官家府第，纵横交错的通衢小巷，各式时尚轿车招摇于市，郊外游乐园里幸福地嬉戏着的红男绿女……这是大背景，浅表的大背景。

大背景前，熙熙攘攘的群众演员肩挑手提引车卖浆煞有介事，而那些主角，那些名流上层的大角色，正慷慨激昂，正你争我斗，正你杀我砍。当然，还不可或缺肉欲的享受。夜幕下的酒馆歌厅，又是另一番火热。白道黑道，花天酒地，歌舞升平。

这才是一个从白昼到夜晚的完整社会，一个富丽堂皇淫靡奢华的大唐真实社会。

其实这还不能算作全部。

浮华的表象，必然要有底层的支撑。权贵纨绔们的奢靡挥霍，最终得有真正的付出者。卢照邻的"相机"缺少立体功能，没有拍出或拍不出真正支撑社会的另一层面。那一面是什么？并非坚硬如铁的磐石，而是柔弱的缓缓涌动着的流水。

逝者如斯，洪流东去。载舟覆舟，河东河西，至柔至卑之水，却拥有冲刷和改变现状的最可怕的力量。总有一天，浮华躁动的上层泡沫忽然会流逝殆尽，那些鸳鸯蝴蝶，那些冠盖精英，那些握权柄执利器的显赫人物，总以为自己才是主宰或者主流，总以为他们所拥有所支配所享用的一切，会永恒不动。然而，恰恰是他们忽略了的涌动于底层的暗流，承载负重，含辛茹苦，不动声色，点点滴滴，缓缓地冲刷着表面的浮华。

卢照邻应该也没有意识到，浮华表象下面万千草民凭借时间的壕沟汇合而成的暗流。但他看清了趋势："节物风光不相待，桑田沧海须臾改。"这"须臾改"的落幕，当时，有多少人会相信？有多少人敢相信？

俟喧闹过后，俟水退沙出，长安消失了，大唐没有了。平静下来的水面上出现的是另一个时代的泡沫。这另一代的命运会怎样？大唐之后，好像又有宋元明清的衰亡消失。一场又一场的浮华，一次又一次的春梦。

五、车中，咸阳古道

列车平稳地在关中平原向东行驶。夜已深，却无睡意，凭几而坐。这一段路程，感觉是行进于繁华富庶之地。窗外城乡连缀，灯火稠密，几乎没有间断。映衬得天上一弯新月反倒浅淡隐约。不过有这么点儿月光总比没有强，从老祖宗那里继承过来的审美意念，只要独自一人，在夜里，在月光下，又是在旅途中，多少总会生发出一些零碎的飘忽不定的感慨。

车过咸阳，过西安，已经准备躺下了，却收到友人短信，问我到了哪里。这或许就是机缘？来情绪了，赶忙涂几行诗句回复过去：

长车已过咸阳城，惟有斜月照乃翁。

不见灞桥折枝柳，一怀离意寄葭萌。

其实没细琢磨，真还一下子说不清自己要表达的准确意思。咸阳古道，天际新月，灞桥折柳，一怀离意，不过是刚才独自依窗作沉思态时脑子里闪现过的片段思绪。

所谓八百里秦川，渭水之滨，太白山下，以文字记录的华夏文明史里，这一带曾经发生过许多惊天动地的大事件。我们的民族，我们的先人，就是被这些事件裹挟着、推搡着，踉踉跄跄走来。而"走来"二字，真的不容易不简单，染血浸泪。最直观的，是要跨过一段又一段过去的历史。换言之，只有离别了过去，才有可能走过来。

那必须离别的过去又寓含着什么？或许是几十年人生拼搏的家业，或许是曾经习惯了的生存方式，或许是温馨相守的亲人，或许是携手同游的朋友。在这一切之上呢，或许就是朝代的更迭了吧。难怪古人的诗词里，离别的句子特别多。今日一别，千山万水，颠沛流离，还会有相逢之日吗？此事一过，风云变幻，物是人非，又会走向怎样的结局？

许多年前，第一次读到李白的《忆秦娥》，就被词中意蕴浓重而场景寥廓的离别之情深深打动。乐游原上，秦楼月下，箫声幽幽，如缕如丝，轻轻飞入心中。仿佛一只神奇的小手，撩拨着心底的期盼和缠绵。春情如梦，往事如烟。楼外柳色，葱茏碧绿。时光飞逝，恍惚间又是一年。景依旧，心依旧，人却未必还似从前。纯情的故事已远，刻骨铭心的只是灞陵柳下的离别。

或许不过是小女子"秦娥"的一怀离愁？未必，但凡踏上人生旅途，谁没有经历过几次离别？而离别总伴随着无奈，总伴随着无法把握的未来。所以离愁乱心，离愁感人，最易引起共鸣。人世间，红尘中，所谓离别，其实不止与亲人与情人，那当然是离别，离别的精品。还有呢，与故乡，与母校，与流过汗水的事业，与自己的童稚少年，与曾经的花容月貌，与一个又一个美丽的幻梦……离别了又离别。

熟悉的会走远，在一起的会分开，拥有的会渐渐失去。这大概就是人生，时时离别着的人生。

飘逸如仙的李白，不仅洒脱，却也温情。或许此时他正亲历着或亲见着一场离别？生离，未必就能重逢。死别，即成永久遗憾。李白举目，他读懂了"秦娥"倚窗眺望新柳的心绪，那心绪里显然起伏着一段含泪的往事。

故事的情节不重要，千百年来，旧戏新唱，上台下台，演绎了一遍又一遍。人物换了，其实没换。你我难道不又在秦楼月下伤叹离别？

此时轻别，果真还有再见？即使再见，早已不是现在的你我。海总会枯，石亦能烂，这人生，回不得头。离别就是永远的离别，失去就是再不可得的失去。

李白不愧是李白，"秦娥"的离别值得写，而"秦娥"身后，更写出另一番悲壮的离别。

那是大离别，一种场景，一阵潮流，一段历史，一个时代的离而远去。西风猎猎，吹散的岂止一个人的情愁？乐游原上，咸阳旧道，帅男靓女，熙来攘去，曾经出现过怎样的繁华绮丽春色无限？也就是弹指瞬间，花开花谢，落英缤纷。一代代风流尽逝，留下的不过是诗人一声长叹。

当时以为盛况空前的，一回身就成了几句浅浅的历史。当时以为重若泰山的，一阵风就化作古道上隐隐飞尘。美女或是江山，豪情或是壮志，金戈铁马或是纵横捭阖，都会离去，都会云散，都会烟灭。挥挥手，那显赫的大汉王朝也早已无影无踪，远远离开人们的视线。

词好，但读一次之后不想再读。或者更准确点儿说：不忍再读！不愿在诗人李白营造出的巨大而悲凉的离别氛围中苦求出路。而离别，又怎能有出路？即使有，也只是一条不可回转的出路。

还是看不透人生，还是喜欢沉迷于转瞬即逝的美好。为离别伤感，为离别流泪，为离别惋惜。然后呢，忘掉离别，在乐游原上，快乐着还能把握的快乐，欣赏着花儿正艳的春天。

就算要离别了，折一枝灞陵柳，骗骗自己说：真能把一切美好留下的……

列车已经驰过灞陵，往前就走出关中，过黄河，进入表里山河的三晋之地。这大概也算一种离别，离别一段旅程，同时不也离别了自己的又一段人生？

六、李家山，王绩"无功"

李家山，黄河岸边黄土沟里隐藏的村落。我在二十世纪九十年代第一次去时，它还无甚声名，很少为旅游人关注。那次去颇费了气力，土路，爬坡，喘吁吁走过去，已是一身大汗。印象一般，毕竟我在黄土沟小山村呆过几年。眼前这个依坡而建的村子，除了保存较为完整外，无论是窑洞还是寻常院落，与我生活过的村子格调相似，只是布局略有不同。

时隔三十年再去，李家山已成了旅游热点。交通方便了，从对岸碛口镇打出租，沿平整的柏油路，几个拐弯上坡，不一会儿就到了村口旅游接待处。天气不错，游人不少，熙熙攘攘，把这个禁闭于农耕时代的小村庄一下子拉进现代商品经济的大潮。

这次我游得仔细，随着一队队一群群游人，在村里上上下下走了几个来回。与上次看到的有几分冷寂的自然态相比，小村庄已有许多改观。道路整洁，路边植出花圃，一些可供游客居住的民俗窑洞里，还配置了卫生间。无论人们怎么理解这种类型的进步，它都说明，过去式的生存模式，必然会一点一点地向新模式新习惯靠拢。像李家山这样的黄土沟里的小村，放在半个世纪前，不会有人不远万里翻山越岭来观赏，同样的村庄到处都是，谁稀罕？谁会觉得这种生存格局会在几十年后被彻底改变？

当人们把一种所剩无几的旧事物当作近乎艺术形式来浏览品味时，它大体已经渐行渐远地快要走出当今人类的视野。而现在的时尚的已经成为主流的生存模式又会如何？这是一个很难看清也很难回答的问题。

人生或者社会，似乎总是习惯于往前走，前面会有什么？很难说。总以为大了比小的好，多了比少的好，前面比身后好，现代比过去好。然而走过去，一山又一山，没有尽头。即使走到了自以为的目的地，得到的也未必就是起初想要的东西。而静下来回首，却又往往发现，远逝的、遗失的、过去的，反倒别有一番滋味。站在黄土塬上，观望着这个已经稀有的小山村，难免就会联想岁月的流逝，就会感慨自己一路走来所见识过的时代进步。那个当年独自怅然地立在黄土塬上眺望四野的王绩，不晓得是否也相似于我现在这样的心情？

年少时读唐诗，实在不太在意王绩的那首《野望》，不对口味。渴求和希望着未来的目光，更倾向于蓬勃张扬绚丽多彩的画面。《野望》呢，似乎滞留在古旧的岁月长河的那一边。轻浅的笔触，泛黄的场景，淡云薄雾般的惆怅和无奈，离现实世界太隔膜太遥远。

需要时间，需要能把自己渐渐与所谓精彩簇新的世界拉开点儿距离，也许才能走进那个几乎已经被人们遗失的场景。多少年后，在春日暖暖的阳光下，独自坐在晾台上，这首铺陈浅显的小诗竟然触发了我心中的许多感慨。

思索王绩的人生经历，也肯定有过风华年少的岁月，也应该有过年青时代热烈而向前向上的梦想。但他终于选择了另外一种人生，掉头从宦途退出，沉迷于美酒，放浪于漫游，然后一步步退回黄河岸边的老家，在退隐中消磨完后半生。

王绩说，他的名字应该叫"无功"。他说得也许没错，这个"绩"字，似乎名不副实。他一生没有出过政绩，他不过是一个嗜酒且酒量惊人的酒徒，一个东游西走纵情于山水的土公子哥。这样的人生，即使不是很失败，却也算不得成功。"无功"或许最贴切。

可以这样解读王绩吗？也许还是没有把握住他的内心。人与人心灵的沟通其实很难，更何况与古人，与一个没按世俗常理出牌而退隐乡间的古人。

把"无功"的王绩放到一边，先看看"有功"的人们，看看那些铭刻于史册上的不朽而辉煌的业绩。且不论任何战绩政绩"功劳"后面无数普通百姓的血与汗，所谓"一将功成万骨枯"的代价是不是太大，就算我们津津乐道的现代文明是许许多多此类业绩的结果，这颗果子是不是真的好吃？是不是富有营养？是不是确实有益于人类的发展昌盛？假如没有这些"有功"，人类生活是不是会糟成地狱？

当年的王绩，站在家乡的土坡上，几乎是直白如话地记录下自己的所见：牧人、猎马、牛羊，还有薄暮时分的远山和秋叶。略加一点儿想象，就能从这些片断的画面中感悟出一种"原生态"的乡野景象。

那样的场景，那样的生活，与现代高科技社会相比，真的很低劣落后？如果是那样，古人的诗句又为什么会引发我们内心的向往和美感？

我是从《野望》中看到自己儿时生活过的太行山乡的影子。诗人描写的那些场景，会让我回到过去，回到牧人、牛羊，秋叶、远山和那种空气清新的旷野。

然而，"回到过去"，只不过是心灵的回归。谁能退回童年？那里曾经与李家山几乎一样的许多小村落也早已大变，变得现代，变得陌生，变得会让人喟然感慨。小河涸竭了，山林伐完了，小村闹嚷嚷的，没有了当初的宁静和从容。仰起头，天空也再看不到能让人沉静下来忘掉自己的纯净和湛蓝。

《野望》的场景早已过去，被遗失，被遗忘。李家山也同样，隐藏于深沟的历史会过去，渐渐演变成现代化的格局。遗弃与换代的流变，必然会丢失、舍弃许多东西。这种过程还要演绎下去，人们还在忙不迭地往前走，还要更加现代更加文明。无须太久远，再过几百年几千年，当我们也成了早被遗忘的古人时，我们生活的场景是不是也会让几千年后的现代人感觉到诗情画意？

站在土坡上怅望的王绩，看到的也绝不会是他儿时熟悉的乡村。他的心中也在感叹着世事的变迁。他一人退耕还乡，并不意味着周围大环境的无功而退。

相顾无相识，长歌怀采薇。没有理解王绩的人，他只能从心灵深处去回归更古老的"采薇"时代。也许，只有伯夷叔齐所生活的场景，自然更自然，人也更自然？

而那样的场景，早已被一代又一代急匆匆前行的人们遗失于久远的过去，且不可能再找回来。

写给姐姐

一个家族由盛及衰的变故，往往最明显直接的起因，是成员的离去。

我虽是第一个离开父母走出老宅院去寻找自己生活天地的，然而我是不够格的成员，家里吃喝拉撒一应事务很少上心，所以我的出走对家族运转的影响几乎可以忽略不计。几十年后回头细想，当初那个热闹而生机勃勃的大家庭，是从姐姐病逝发生转折的。

1991年夏季，我正游走在南国山水中寻找自己的文字灵感，姐姐在千里之外的故乡去世。亲人之间的心灵感应应该是有的。姐姐病危那天，我在一辆大巴车里颠簸，很晚还没到达目的地。望着天际碎云中一弯细月，没来由想到姐姐病情，忽然就心里一阵抽痛。十几天后，我冒着大雨回到县城，心境也雨雾蒙蒙地听父母讲述姐姐离世前的情景。这是我第一次遭逢家里亲人的亡故，心绪悲凉，格外沉重。没能最后送姐姐走，虽然总是自我安慰这或许没多少实质意义，却在我心里留下一个怎么也丢不开的遗憾。好长一段时间，我同别的失去亲人的人一样，在几乎处处仍可感觉到死者痕迹的老院子里，实在是接受不了姐姐已经不在的事实。然而她确实走了，一去而不复还。

记得姐姐到省城看病，有一天与我谈起儿时和少时的事，她感慨不已："想想小时候的欢蹦乱跳，好像没几天，感觉生活还没开始，就动也不能动躺在床上……"那时，她虽也情绪低迷，却对治疗抱着一线侥幸，甚至说身体好了要与我一块儿去四川看看。她肯定没有或不敢去想，不几天后就会离开这个给她痛苦烦恼也给她希望欢乐的世界，她毕竟才四十二岁。

1949年初春，解放大军挥师西南巴蜀前夕，姐姐在战火中出生于野战医院。襁褓中就随着军人母亲开始了血与火的行程，那是一段奇特而布满死亡陷阱的跋涉。几个月的姐姐，被绑捆在母亲背上，渡黄河，过秦川，翻越大巴山，躲过十数次国民党残兵和当地土匪的袭击，才在成都城下与父亲会合。

母亲受的苦自不待言，姐姐经历的也许更甚。母亲说，经常有十几个小时的急行军，中途小歇，赶快把姐姐解下来喂点儿水喂点儿奶。但往往是刚解开绑绳就听到枪声，又赶忙捆起来再走。几天不解除捆绑也无法喂奶是常有的事。这对一个稚嫩的生命而言，肯定是极痛苦的磨难。不知道姐姐的记忆中，生命之初死生一线的翻山越岭，留下怎样的烙印。一个时代向另一个时代的过渡，中间横亘着的深深断沟，总要用许多普通生命的受苦受难甚至献出血肉之躯才能填平。

与父亲会合后，父亲所在的野战部队，相对安全得多，但也并非绝对保险。那时成都周边依然一片风雨飘摇，土匪的暴动骚乱此起彼伏。新旧权力更替，是变数最多也危机四伏的时期。父亲率领所属连队，每天都处在高度紧张又充满悬念的剿匪战斗中，而驻防之地却相对成为薄弱环节。有一次队伍归来，发现姐姐突然落在村内恶霸之手，要不是连部通讯员眼疾手快扑过去抢救，姐姐恐怕那次就惨死于恶霸的柴刀之下。这大概是姐姐幼儿时期最凶险的一次遭遇。

或许就是人之初几个月的坎坷艰险和与死神的几次擦肩而过，幼年和少年时期的姐姐，个性极其敏感，身体也很瘦弱，这与她后来的病情不无关系。

柔弱细芽，经历一场又一场的疾风骤雨，居然渐渐抽枝展叶。少年与青年时代应该是姐姐一生中阳光艳丽的岁月。她聪明、好学，几乎从入学起一直保持着老师和家长心目中的好学生好孩子形象。也许正因为如此，师长都偏爱她娇纵她，俨然兄妹中光彩照人的小公主。弟弟妹妹中有谁在学校出了小乱子或成绩不理想，父母就常拿姐姐作尺度考校训诫。我接受的比对参照次数应该最多。

我们少时一段岁月，父亲工作地点几次调动，几乎一年半载就要转一次学。这肯定会影响我们的学习。但姐姐的聪明和刻苦却并不太受环境影响，她顺利地一直保持着优异成绩读完小学初中，然后捧着一大堆奖状进了高中。

高中阶段的姐姐身体发育极好，甚至成了校排球队的主力。那时期的姐姐，意气风发，敢作敢为。谁都没料到，一向标准好孩子好学生的姐姐，也会有青春期的叛逆。1964年秋，十五岁的姐姐，不顾父母阻拦，毅然剪去一头秀发，留了个男生式样的发型，这倒更使她显得英姿勃勃。那个年代，这举动有挑战传统的意味。姐姐成了左邻右舍与学校许多同学老师指指点点的新闻人物。

她坚持了一年多，第二年，姐姐去照相馆为自己留了一张影像，在照片背面题了两句诗：雄心壮志销难尽，惹得旁人笑热魔。（图14）

此事让我对姐姐敬佩不已，第一次觉得她好有个性。在我的记忆中，姐姐剪发这段岁月，应该是她一生最自我最活力也最美丽的时期。

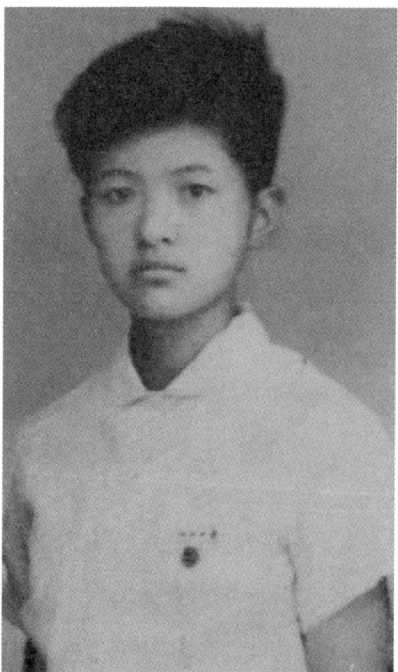

图14　十六岁的姐姐

姐姐照片背面的两行诗也让我感动。与常态或平庸对抗，即使仅仅换一种发型，往往也会被世俗视为一种疯魔。然而，如果连这么点儿小疯魔也不敢表现，人生怕也就过于乏味暗淡。本来就应该激情怒放的青春，肯定就缺失了许多色彩。

几年之后我才知道，这两句诗出自秋瑾女士的《感时二首》，抒发了鉴湖女侠反叛世俗、把剑悲歌、以身许国的胸襟情怀。我猜想，姐姐或许是把秋瑾视为自己的人生楷模。起码，多少可以说明她内心的一些自许和向往。

1965 年年底，父亲因病离开工作岗位，举家迁回故乡定居。到县里没几个月，"文化大革命"运动开始，我们就读的县中学随即一片乱糟糟。在那个特殊的岁月，我与姐姐有过两次较直接的"政治"方面的接触。

一次是到京城"串联"，时间是 1966 年 10 月中旬，县中学选一批学生去北京，姐姐哥哥和我居然同时被班里选定。姐弟三人一块儿去北京，在当时小县城也算一件新闻，让父母自豪了几天。

这应该是我有生以来第一次享受公费旅游的待遇。当然条件极差，从县里出发，坐着大卡车，一路是名副其实的风尘扑面。好在，那年月的孩子虽然营养不良却抵抗力很强，又有"一轮红日"在心中的兴奋和豪迈，所以并没有因此而感冒生病。

路上几经折腾，虽有招待，却大多凉菜冷馍加木板苇席通铺。这支队伍里我年纪最小，只有十三岁，所以姐姐对我很不放心，或替我拿背包行李，或给我买烧饼热馍。吃饭睡觉，都要来照顾一下。有个关护自己的姐姐，实在是一种福气。

年底，我从上海串联归来，学校运动已有波涛汹涌之势，最明显的标志是各种名称的组织如雨后山菇，一团团一簇簇冒了出来。我与十几个初中班小家伙也看样学样结了一个帮派，赶忙占据几间大房间，不甘寂寞地建了山头。几乎同时，姐姐和她的一些高中同学也组了个什么团体。他们的人数不算多，势单力薄，不够气势，想与我们联合。姐姐与另一个高中学生来谈判，起初倒也相谈甚欢，一拍即合，一"高"一"初"两股小势力会师于某教室，姐弟俩成了同组织的战友。

然而，"政治"战友往往不可靠，很快就会反目。初中小战士们发现，说是同一组织成员，高中帮却基本没把小弟小妹放在眼里，主要活动都是大同学在那里策划安排组织，而初中生的作用只是充当撑场子的人，跟在人家屁股后面摇旗呐喊。这让少年派心理很不平衡。"革命小将"是要做"将"的，岂能甘屈人下？于是我们发动了一次"政变"，把公章、队旗以及油印机、纸张等用品统统从总部搬到自己教室，然后贴一张大海报，宣布把十几名高中生全部开除。等姐姐他们发现我们的行动，已是所谓"生米成了熟饭"，为时晚矣。

公章、队旗攥在我们手里，就有了名正言顺的硬气。高中帮只能服输，姐姐被派来游说谈判。只是这帮胡闹的初中生自以为得理，非逼着很和气可亲的第一任小组织领导宣布辞职，才同意重新吸收高中生回来。初与高第二次达成统一战线，小同学算是取得胜利，这所谓"胜利"究竟有何意义？没去深想。还有冠以"革命"名义的打斗吵闹，又有何意义？更没谁深想。人世间本有许多其实无谓而身在其中的人却煞有介事的剧情。那些精英或大人物的"政治"较量，不至于也这么无聊抑或无赖吧，毕竟是另一种格局了。

姐姐后来的坎坷与不幸，应该就萌芽于这场运动。准确讲是开始于红卫兵走出校门到工厂单位的"串联""点火"，这是县里学生在1967年忽然兴起的一种时髦。姐姐为什么恰恰选择了那个只算一间小作坊的缝纫社？而且一向做事认真要强的她，还真的与那几位缝纫师傅打成一片相处融洽，甚至学了一点儿初级水准的裁剪缝纫技术。

随后不久，1968年上山下乡运动开始，县里与全国大多数没什么知识的"知识青年"一样，都卷入这股潮流。但县城这批学生，有许多县府官员子弟，县里自然格外照顾，没让去农村而都安排到城区附近的小工厂。我在几经犹豫之后，很不情愿地去了县建筑队。姐姐则选择了比较熟悉的缝纫社，她的命运从此与这个小作坊联系到一起。

以学生的身份到那里宣讲演说煽风点火，或凭一时热情到艰苦环境接受几天锻炼是一回事，而要真正完成从一个父母的掌中明珠优秀学生到一名普通缝纫女工的转变却完全是另一回事。这其中，姐姐有过多少苦闷多少思想波澜，我不知道别人也永远无从知道了。但就我自己在建筑队短短两年生涯中的内心起伏，可以推测出，姐姐心灵深处承受的压力是很大的。她毕竟是个自负且极其敏感的女孩子。

姐姐并不是没有想到要离开这个封闭狭窄的小天地，恢复高考后也动过重新入学的念头，还让我帮她找过复习资料。但也许命运真在作怪，总有这样那样的原因牵制羁绊着，不让她离去。而当她后来好不容易离开缝纫社后，许多可能的路都已被时光封堵。

其中一个极重要也是最先遇到的障碍，是她的婚姻。其实姐姐当初年龄并不算大，即使在小县城，与姐姐同龄的二十一二岁女孩多了去。我那时就想不通，毕竟也走南闯北大半生见过世面的父母，为什么在这个问题上会如此固执守旧？或许是爱之太深而过于担忧，生怕姐姐错过最佳年龄段耽误终身？父母的念叨催促，辅以周边亲友时不时地启发训导，缠绵不绝的劝婚攻势，终于让姐姐不得不屈从现实。这是她的大不幸，她本对自己期望很高。

那一段时间，左邻右舍热情牵线者大有人在，隔不久就有一个整饰一新的小伙子被引进家门。姐姐也见，却明显地态度敷衍，见一两次就没了下文。我的猜测，姐姐两难，既为自己的屈服而内心多有不甘，而多少年体谅父母的习惯又让她没法狠下心断然回绝。只能以这种不是办法的办法拖延。过了一年还是两年，有点儿记不大确切。总之，介绍者少了，曾与姐姐约会过几次的男性公民也一个个陆续成家。父母担心更甚，劝婚指数逐步升级。忽然有一天，已在省城读书的我接到家信，说姐姐成婚了，姐夫是她以前的高中同学，正服役于云南边防的军人。在我隐约记忆中，姐姐对这位同学似乎并不怎么看好，父母也很不赞同。她之所以最后作出这样的决定，恐怕还是内心深处那种没有被彻底泯灭的反抗世俗的情绪起了作用。尽管这一点儿带赌气性质的小小反抗让父母不愉快了几天，但归根到底深受其害者还是姐姐自己。

姐夫后来复员到距县城一百多公里的一家工厂，而姐姐婚后的大多数时间依然住在娘家，只在过年时才到姐夫乡下的老家住几天或用探亲假到姐夫的工厂住几天。俩人感情明显比较冷淡，这其中一部分原因是双方父母观念的不对称。所谓彼此间的不理解，也无非世俗礼尚往来方面的小问题。但日积月累，加之姐姐姐夫原本脆弱的感情纽带，勉强维系了几年的婚姻终于以分手结束。

我后来想，极要面子的父母和自尊心极强的姐姐，下了离婚决心，实在是一件很伤神的事。无疑，这次感情纠葛对姐姐的心灵创伤是惨痛的，而同时，为这场失败婚姻白白消磨三四年的精力和时光，损失确实太大。随着时间推移，这损失的意义就更加明显。它使姐姐错过了几次重新选择职业的机会，使姐姐产生了自暴自弃的心理，另外，便是她内心深处恐怕永远无法恢复的创痛。大概正是因为这些缘故，姐姐似乎忽然走到了另一极端，很草率又很匆忙地进入了她的第二次婚姻。

姐姐的病，推究其直接表面的原因，是因为工作不顺心。缝纫裁剪工作琐屑而劳累，这倒无所谓，姐姐其实很能吃苦。更主要的，那些靠手艺吃饭的工人，思维习惯价值观念与姐姐大有出入。姐姐书生气浓，不合世俗也不善处世。日复一日相处共事，互不理解是难免的。在这样的气氛中过日子，心境怎么会晴朗舒畅？正因为如此，尽管后来她在单位的作用日渐重要，先是成了技术员，后来又接任支部书记，但她还是不愿再待下去，费尽周折，调动到一家汽修厂。

初到新单位，厂长比较信任姐姐，让她接管财务。那一段应该算顺利愉快。如果姐姐稍微收敛一下自己的个性，或许就完全是另外一种皆大欢喜的结局。但时隔不久，她就与厂长闹翻。我始终有点儿为姐姐感慨，她毕竟在生活底层磨砺了那么多年，怎么就不能适应社会上不合理不公正的一面？姐姐总以为自己一身正气就无所畏惧，她未免太天真，她的社会生存课基本没及格。

不久，姐姐被调出厂部，发配到下属一个零配件小卖部去做售货员。从这以后，姐姐的境遇就每况愈下。小卖部自负盈亏，业绩很不好，工资经常开不出。还有个脾气暴躁江湖混混式的小头目，动辄骂人。姐姐能忍受这个？经常吵得翻天覆地，有时索性就不去上班，反正工资也拿不上。这种状况的生活，苦闷忧郁自不待言，她的身体很快出了问题。

如果当时认真检查积极治疗，并能调整心态，还不至于不可收拾。但姐姐忽略了病情，一拖再拖，只在家中生闷气，致使病情迅速恶化。1990年年初，突发的大出血几乎要了她的命。随后检查的结果出人意料：白血病。

姐姐终于没有找到能真正发挥她作用的单位，终于是自负极高却一事无成地走了。在病中，她对如何治疗迟疑不决非常矛盾，两次来太原都下不了接受化疗的决心。一部分原因是没有单位报销医疗费，她的经济能力和父母弟妹的资助很难维持较长时间的高额支出，而且姐夫又是个不愿承担一点儿责任，只想让别人拿主意拿钱的人。更主要的原因则是不相信化疗，担心化疗反会促使病情的恶化。现在很难说最终没有采取化疗究竟是对是错，谁能估计到病情会怎样发展？

在最后一段中药治疗中，她把很大希望寄予报纸上广告满天飞的一家晋南小诊所，隔几天让家人去购买几瓶药水。不晓得是此药真有点儿疗效还是姐姐心理作用，服用几瓶后，姐姐的精神状态似有好转，给亲人也给姐姐带来难得的希望。

然而这状况没维持多久。也就在我出走南下几天之后，姐姐病情突然恶化。听母亲讲，姐姐几次念叨，说我十几天没回县里看她，是不是又遇到了什么事。姐姐心中，我依然是个常会莫名其妙惹出事端的小弟。这次的病势急转，迅疾凶险，姐姐没再熬过来。临终前，她已无法说话，只望着家人流了长长一道泪。她是抱着怎样的遗憾走的呢？下葬前，三个弟弟在灵前守了她一夜，只有我不在。

逝者逝矣，生活依旧还在进行。但留在亲人心头的伤痛却愈合得很慢。最受打击的肯定是父母，我返回故乡时，马上感到父母的突然衰老。尤其是父亲，这个戎马半生的老军人，表面并没有显露太多的悲哀，而看他比以往更多地沉闷不语更多地呆坐抽烟，是不难感觉他内心深处因失去爱女而弥漫着的挥之不去的凄云惨雾。后来母亲也说，姐姐的离世，是我家诸多不幸的起始。恐怕确是如此。两个月后，父亲在菜地黄瓜架旁突然跌倒偏瘫。病床上的父亲表现出平时所没有的脆弱和情绪化，我几次听他用中风后含糊不清的语言给同室病人讲述姐姐的去世，听得我直流泪。

失去一个朝夕亲近相濡以沫的亲人，对心灵的影响不仅仅是一种简单的痛苦，还有许多说不清的感觉。你会突然用一种陌生的重新审视的眼光面对生活和生命。好像周围的一切都没有变，左邻右舍的人们依旧吵吵嚷嚷，忙碌着晨练买菜做饭上班上学，卖豆腐的、卖小吃的、收破烂的依旧拖长声音吆喝着从门外走过，小鸟在啼叫，微风在吹拂，阳光又从云层后透射下来，把小院照耀得斑驳陆离。但你心中会恍然觉得这一切似乎都有点儿不真实。原本清晰的画面仿佛变得有几分朦胧，让你把握不住捉摸不透。生命竟这样脆弱！几天前还真切地与你说话谈天的那个人，现在却静静地躺在一抔黄土之中。她走动，她听课，她参加考试，她结婚成家，她为工作奔走，她争来斗去，意义是什么？

姐姐去世十周年，我去祭奠。土墓坐西朝东，背山面川。周围一片绿油油的麦田，阳光充裕，静寂开阔。我长叹一声：茔垄颇佳！远离尘世嚣闹，空气清新自然。姐姐若是耐得寂寞，倒是修身养性之处。

见证死亡

一、难得的圆满

岳丈大人驾鹤西去，走完九十一岁的人生长旅。鲐背苍耇，如此高寿，在村子里，算得上绝无仅有。

这个战争年代负过重伤，又在黄土地耕作大半生的老人，因了他与世无争的性情和勤俭劳作的生活，身体一向很好。即使离世前最后几天，检查医生都惊讶于他没有任何实质性病变的状态。老人只是整体衰竭，所有脏器都完好，但所有脏器都到了运作的极限。

我目睹了全过程，从略可饮水到不再饮水，从勉强起坐到只能躺卧，从意识清醒到渐渐昏迷，这是一次真实而毫无造作的油灯燃尽的落幕。生命快到终点时，仿佛从高空翻落的过山车，下滑的速度越来越快，每隔一小会儿都有明显变化。最后的逝灭很平静，在清晨，大儿子给他翻了一下身，五分钟后，老人悄然离去。

老人这一生，应该算作圆满。无争，故无失。凭自己力气种田吃饭，不贪不占，故无愧。儿女孝顺且皆有出息，故无憾。晚年基本未受病痛卧床折磨，又不拖累子女亲人，该去时就去，回归生于斯长于斯的黄土地，自然而然。（图15）

有一个无失、无愧、无憾且自然而然的终结，实在难得，能真正做到的人很少。

二、人生另一种镜鉴

几十年间，我比较完整地参加过四次亡故亲人的安葬。第一次是外婆过世，我年龄尚幼，记忆已很零散。第二次在少年时代，大伯离世，我正逆反心理强烈，对送葬的"陈规旧俗"甚是不屑，没怎么放在心上。第三次父亲去世，我重孝在身，没能分心去观察和理解那些乡土味浓重的葬礼程序。而这次，我大体以一种可深可浅的边缘角色出现，在见证一个老人从临终阖目到下葬入土的同时，也有时间从拉开一点儿距离的角度作自己的观察和思考。

对"生"的礼赞和热爱当然重要，而对"死亡"的正视和理解，也许更不能忽略。活着的人们，有这种"见证死亡"的经历和拉开一点儿距离的关注，应该是有意义的。因为任何人的完整人生，不仅仅只有"生"，它还有不能回避也无法挣脱的另一面：死亡！如果只看到生而忽略了死，只经营生而回避了死，只知道生的热闹而不了解死的庄重，也未必能真正把握准人生方向。

亲友的亡故，往往给我们近距离观察死亡的机会。除了悲悼，除了怀念，也许还能让我们在喧嚣热闹甚至多少有点儿浮躁茫然的常规生活中，更痛切真实地感触到生命之幕背后的另一番景象。

台前，太阳依然亮丽，街头照旧喧腾，生活的脚步一如既往急匆匆前行。而幕后呢，那个几天或者几小时前还生活于我们中间的亲人，却一去而不能复

图15　一生辛劳于黄土地的老人

203

还。这似幻似真的变故，不可能不触及我们内心深处的许多微妙情绪，不可能不引发我们关于人生某些方面的思考。

面对戛然而止的终局，面对什么也带不去的寂灭，我们往往会想到手足亲情的相伴相护，会想到邻里街坊同事友人的交往纷争，会想到学业工作情感的酸甜苦辣……生生死死，一季又一季。每茬生命，都似乎在承继上一代，循环着操劳奔走、得失荣辱又归于全部抛尽的故事。

身陷其中时，我们往往以周围活泼互动的他人为参照，到处生机勃勃，好一个花花世界。许多人都在一头汗水地努力着活出自己的精彩，那当然也是蛮不错的人生。然而，没有对整体人生清醒的认识和把握，这种"精彩"也许就显得肤浅和乏味。而理解死亡，尤其是所熟悉所亲近者的亡故，或许是我们反观和重新估价人生的另一种镜鉴。

在所谓盖棺论定的最后时刻，我们才能明白死者的一生是光明还是灰暗，是成功还是失败。但活着的人们是不能等到自己被"盖棺"时才去权衡和校正生活，之前需要找到一种借鉴。而这种特殊的借鉴，也许通过"见证死亡"的葬礼最为直接。

三、沟通两界的丧葬仪式

丧葬习俗，在我从小接受的正统教育中，一直把它当作迷信色彩很浓的陋习。年龄大了，或者说敢于有自己一小点儿思想了，对这种"陋习"就有了新的理解。民间乡下的葬礼仪式，迷信色彩是有，然而比起古旧时代的封建皇权迷信，小巫见大巫，轻微得多，基本可以忽略不计。

丧葬的礼仪和规矩，最直观和表面的意义，是宣泄和纾解后人亲友的哀悼之情。亲人的过世，必然会给后人和亲友带来心灵的震动与创痛，用一种虽庄重却冗繁而又多少有几分热闹的形式，给活着的人们一个接受、淡化的过程，是很有必要的。记得在大伯葬礼上，看到他大儿子最初在灵柩前哭得呼天抢地。葬礼折腾了七八天，几十道仪式下来，儿子在墓地已能与村人较平静地开玩笑了。这恐怕也是我们先人自创的一种很有民族特色的精神抚慰法。

事实上，在乡间许多地方，丧事的哀情色彩往往不浓重。有的地方要天天在灵堂前唱大戏，我所在的太行山里，则是请一个民乐团来吹奏。吹奏得越热闹越好，其作用显然不是为了增添哀愁。

除此之外，乡间葬礼似乎还有更深层次的含义。我总感觉，先人们从荒蛮时代开始渐渐演绎积累而成的一整套安葬死者的程序，未必全是为了寄托哀思，或者主要并不是为了寄托哀思。更多的也许是要通过这种礼仪形式，来表达对死者的尊崇和对死亡的敬畏。

死者无论生前怎样卑微，只要他清白正直地走完自己的一生，他就应该得到后人尊敬，他就应该得到一个机会成为某种场合某种仪式中的主角，这是他用一生争取来的特权。能让每个卑微的生命从隆重而肃穆的仪式中最后在人世间闪亮一下，既是对生者自我心灵的抚慰也是对死者的一种补偿吧，尽管这种补偿在现代人眼里毫无意义。其实也未必毫无意义，我们对那些建立功勋的伟人以及英勇牺牲的先烈们的祭奠，何尝不是如此？

先人们对死亡的理解，远比我们想象的豁达。习俗流传至今，丧事在乡间通常还是被当作"白喜事"。死亡并不是灰飞烟灭一无所有，死亡不过是生命形式的转变，而且有可能是向更高形式的转变。这种理念，几乎渗透葬礼的每一个细节。而建立在这种理念上的死亡观，死亡就不仅仅是肉体毁灭这么简单的事。死亡之后还有另一种内容（或者说是另一种世界）的生活，死亡还面临着清算阳间一生和转世的大问题。葬礼则用它的一道道程序，形象地把这种死亡观展示给活着的人，让人们面对死亡而心生敬畏，因此能更慎重地对待阳世间自己的人生。

四、带人情味的农家丧事

乡下葬礼，村人热心参与者众多，有那么点儿患难与共的味道，这也算是古之遗风。夫人家是大姓，老人生前又人缘不错，几乎大半个村子的人都赶来帮忙。也有反面例证，听村民讲，某家兄弟多，七狼八虎，血气方刚，横行乡间，结果老爹去世，村人都不过问。好在兄弟几个一身蛮力，自己动手把棺木扛到坟地，成了乡民嘴里一番"佳话"。

记得我父亲在世时，就常训导我们，要善待礼让乡亲父老，千万不要摆城里人架子，否则将来他去世，我们几个文弱小子，怕是连他的棺木都送不到墓地。老父亲倒不是真担心自己身后的安葬问题，戎马一生，他对生死看得很淡。他主要还是不希望我们做了几天城里人就忘掉根本。这是题外话。

巴掌大的小村，不是族人就是近邻，只要插得上手，都会来帮忙。人一多，丧事就演变成一场盛大的聚会。丧事主家一般也不会过于在意人多嘴杂，或者也有点儿顾及不到。只要大方向不出错，乱糟糟一点儿才有气氛。村人也上礼。这个礼很简洁，只是象征性的，几个或十几个大馍，另带几尺幛布或几元钱。幛布随即搭到院里展示，收下的大馍，礼房按收到馍的数量当场回礼一半。剩余的馍，在院里大笼屉上蒸热，主管灶事的另做一锅烩菜，自产的土豆白菜粉条豆腐之类，绿色天然，绝无公害。一到开饭时，院里院外，或蹲或立，男女老少，人手一碗，热气腾腾，吃得都很带劲。

如是场景，儿时在乡下常见，闹嚷嚷的气氛，婚丧大事没什么太大差别。所不同的是院中宴席里主家人一身穿戴。婚礼，衣裤肯定偏于时尚靓丽。丧事，就成了惹人注目的白布孝服。

关于孝服，不夸张地讲，完全可以写成专著。其内容涉及很多，是当地民风民俗的一个重要方面。按我理解，应该是古代葬礼五服制的简化改进版。虽然简化，却也不是几句话可以说明。

简言之，谁该怎么穿，哪个阶段穿什么，腰间麻绳怎么系，帽后拖尾有多长，都有说法和讲究。懂行人一看，就知道穿孝者的身份，就知道丧事进展到哪一步。

单说孝帽，就花样层出。儿子女儿是白布缠头，后有长长拖尾。媳妇重孝的缠头用布量惊人，几尺甚至几丈不等，拖曳于身后，类似西式婚礼新娘婚纱裙的后摆，颇显凝重风范。远亲旁系的帽子就简单，单层布缝成屋脊样，后有短短两根布条。老人刚去世时，儿女只是白布缠头即可。入殓后开始哭棚，脸前就要垂下麻布遮帘，好像是给哭而无泪的子女一种遮挡。古人想得周到。棺木入墓，遮帘也随即扯起掖进缠头，身后几尺长的披麻也要扯起绕到腰际。

现代年轻人，能搞明白这一套仪程的恐怕不多。所以乡村葬礼没几个通古礼的老辈人把持参议，真是应付不下来。这个时候，就显现出"老古董"的作用。

必要吗？我以为很必要。烦琐了一点儿，但内容必然要通过一种形式才能完美展示。丧事的庄重感也正是因了这些礼仪才得以体现。

五、繁复且趣味的程式

从老人去世到出殡，大体要五到七天，一般由阴阳先生测算才能决定。这五到七天时间，并不是坐在那里傻等，程序排得满满的。如果把整个葬礼比作一台大戏，那每天都会上演几场内容不同的祭奠节目。一场接一场，一步步把葬礼推至高潮。其中较为重要，场面也很热闹的有这样几场戏：成仙、送魂、移丧、守灵哭棚、祭酒、迎灯、迎供……另外，还有许多必不可少的上香、烧纸、叩拜等小过门小插曲。

移丧，是把入殓后的棺木从室内移到院里的灵棚。儿女们事先换好守灵服装，在屋门前叩拜烧纸，然后由"伴陪"的人扶入灵棚等候。哭声和音乐声中，抬灵人把盖着棺套的棺木缓缓移出房门，在灵棚的布帘后安置好。这场面不陌生，电视里某些重要人物的出殡，大体也是如此。

移丧之后，灵棚内就不能断人守灵，也不能断了哭声。小时在山里听老人讲，守灵之夜，哭声是不能停的，尤其是不能没有女人的哭声。为什么呢？老人们告我，阎王爷喜欢听女人哭。哭好了，正举着判笔的阎王爷一开心，没准就会给刚拘押到案前的新鬼安排个好轮回。

山乡葬礼，女性哭腔有大体通用的曲谱，估计先得学会？要不可能哭出来不是味。奇怪的是，好像也没见哪个女人事先学练，但只要一到灵前，老一辈的女人，就能合辙押韵哭出那个调，抑扬婉转，非常动听。难怪阎王先生欣赏，我也听着很有味道。

不仅哭声有技巧，而且还得有词。这词一般是自己临场发挥，越悲越好，仿佛是在吟唱一首哀歌，当然也确是哀歌。我见过许多女人哭灵，起先只是有声而无泪，配上自个儿的词，一会儿就泪水涟涟。这技巧以后怕是要失传。其实许多村人来围观出丧，往往就是来看或听村里年轻女子哭灵。边听还要边议论，调准不准，声悲不悲，音美不美。丧事成了村里"娱乐界"一件大事。

然而现在已经没什么人会哭了。年轻人直来直去的号哭，有几声就可以了，谁能坚持一个晚上？阎王老爷怕也听得心烦。守灵之夜不断哭声的老规矩已经改变。

祭酒是比较有悲情色彩的。尤其几个儿女，一边举杯酹酒一边抛洒泪珠。老人家生前有小饮几樽的习惯，儿女们此情此景，肯定难过。连我这个在旁边拍照片的都看得几乎掉泪。

相比之下，迎灯仪式，就有点儿喜庆气氛。迎灯是在夜里，由乐队前导，把小红蜡烛从大门外一次次迎到院中灵棚。这个过程要持续很长时间。蜡烛数与死者寿龄相当，一次几支，九十多支得往返排场许多次。迎进的蜡烛红艳艳亮闪闪插到棚前桌子上，组成寿字，实在等于送老人一个很浪漫的祝福。

迎供，是把灵棚祭台上的供品抬到大门外，再由乐队引导，吹吹打打抬回来。其意义似乎更多是为了体现家族人脉之旺和亲戚友人之众。在场亲友邻居，只要愿意，都有资格出迎。谁马上掏钱，乐队就马上出门表演一次。次数多少，就看死者生前的威望和人缘了。

这其中也有规矩，自家儿女只集中迎一次，主要是让远亲外族表现。像我的身份，属于半内半外，列入可迎范围。不过，我又与别的亲友略有差异，仪式之前要给抬供人敬奉贿赂。

我不懂，所以出了小差错。供品抬出院外，我学别人样子跟出去立到供桌后等着起步。奇怪的是，这回抬供人却表现异常，把供桌放到地上就是不走。我呢，无知而无畏，心想，是不是就该如此？傻站在那里等候。抬供人也不明说，围观者多是笑笑，把我弄得一脑门疑惑。对峙十几分钟，主管发现了问题，拿着一条烟和一个大馍跑出来放到供桌上，算是贿赂。仪式这才启动。

其实，抬供人和围观人，并不是真正在意这个小小贿赂。要的就是一种效果，太顺利了反而不过瘾。抬供人有机会稍微摆摆大爷架子，而且还是摆给城里来的人，那才有趣味。

六、庄重的"成仙"

乡村葬礼，让人感觉最庄重和神秘的仪式是"成仙"和"送魂"，当然这是我的感觉。

"成仙"一般在去世后第三天的黄昏时分进行，其实就是把死者从床上放入棺木，即入殓或入棺。这是子女亲友接触死者的最后机会，同时也是子女为死去的老人尽服侍义务的最后机会。

记得外婆和大伯的入殓仪式是允许外人在场观看的，只是观看者必须绝对禁言。或许是十里不同俗的缘故，岳丈的入殓仪式，更神秘一点儿。不仅外人不能进屋，而且子女中属相不合者（事先由阴阳先生测定）也不能在场。夫人就因此而不得不回避。我呢，既没让阴阳先生掐指一算，也不好说是外人还是内人，总之是待在屋里参与了整个"成仙"过程。

说起来，不过是把死者放入棺木，但过程却并不简单。

床上，先由在场亲人为老人清理身下可能泄出的秽物，然后整饰好寿衣。这是儿女为老人最后一次尽实际的孝道，显然有几分伤感。但不能哭泣，也不能说话。室内气氛沉静而凝重。我在旁边一直举着摄像机，却没有按下录制键。内心有一种肃穆感，不愿搅扰即将睡入棺木的老人。

地下，阴阳先生用硬币（以前是用铜钱）在棺木里摆一个七星阵，还要另贴几张纸符，无非是祛邪镇魅之意。棺底，铺炉灰、柴草、麻纸，都有说法和讲究。比如几张麻纸间要有距离，不能把下面柴草遮住，意思是让死者的灵魂能接地气。但我猜先民们的本意也许很现实，不过是让尸化时的流体能较快被下面的柴草炉灰吸收。

死者预先停在一块漆红的木板上，木板大小与棺木内框相当，四周有缺口，与棺木里凸起的木条铆合，这样就保证放进去的木板不会晃动。这实在是一件既费气力又有技术含量的操作，几个人左挪右摆，头上都冒了汗，总算完成。

接下来的程序还很多，头部放什么，脚下放什么，又一层层撒各种物品，连老人生前穿用的衣服也要填放在身旁。儿女们按照老规矩，把能给老人便利能让老人带走的东西尽量摆置进去，这恐怕是晚辈能尽到的最后一份心愿了吧。

老人可以留下的是他离世时所用的铺盖。从意义上讲，这是最有老人生前印迹的物件，无非是让孩子们保存下来作个纪念。聪明的先人大概想到了这不过只是一副旧了的铺盖，何况又是死者用过的，后人未必重视，甚至还会嫌弃。于是给这副铺盖起了个极有诱惑力的名字：刮金板。意思是，这铺盖在，就能给后人"刮"来金钱。铺盖不在呢，金钱也会被"刮"走。宁可信其有的乡民们，大都很珍惜这副铺盖。有的人家甚至会因为争夺"刮金板"而起纠纷。先人们传下的这点儿迷信好不好？

入殓毕，已是暮色浓重。一根大钉叮叮当当钉住棺盖。这就是所谓"盖棺论定"了。艳红的棺盖罩遮下来，把棺木遮得严严实实。门前，亲友们按辈分次序进香烧纸。子女们压抑了半天的悲哀又化成哭声在灵前响起。

七、神秘的"送魂"

"成仙"入殓后的当天晚上，要举行"送魂"仪式。这二者有关联性。"成仙"是把死者肉身放进棺木，"送魂"则要把死者魂灵送出家门。反正是从此阴阳隔绝，不再共存于同一维度。

"送魂"时辰有讲究，许多乡村是在午夜，最起码也要到夜深人静村民大都入睡之后。之所以这么选择，据说是为了尽量避开阳间人气的干扰，顺利地让死者阴魂过渡到另一空间。因为这个时辰，又涉及"阴魂"，仪式就难免让人觉得几分神秘和诡异。

"送魂"队伍往往以一匹纸马为前导，据说纸马是死者魂灵的坐骑。纸马不能自己乱走，要由一对纸扎的童男女来"牵引"。儿时，我对这两个牵马的纸人很是畏惧，他们煞白而表情呆滞的面孔似乎就透露着几分鬼魅之气。

牵马毕竟责任重大，所以，死者家人对这对童男女还是很恭敬的。一"请"回来，就与纸马一块儿供到大门内侧，儿女们时不时得过去敬一炷香。那个童男，有个相当阔气的名字："中用"大哥。"中用"，老乡口语，能干、勤快、听话、顺从的意思。让这么一个"人"来牵马，简直是百里挑一的合适。

尽管已经很"中用"，儿女们还是不放心。临"上马"前，女儿要过去叮咛"中用"大哥几句：上坡下坡，过河过桥，你把马拉好……从现代人的角度，听起来有点儿荒唐。而做儿女的，此时恐怕真是万般无奈地希望把父亲路途的安危拜托给这位纸糊大哥。说的人哽咽难语，旁观者亦无不动容。

时辰到了，浓密的夜色中，人们列队出门。一般"送魂"路线都要经由村里主要街道，走出村庄，走过村边最后一家农户的院子，再往前走几百米。有的乡村，还会走更远，出村二三里，走到去坟地没岔道的路口才行，意思无非还是要远避人气，让死者顺畅无碍地到达目的地。

队伍前面的开道人，隔几步就在途经的路两边插一束火把，既引导出走的亡魂，也给"送魂"的人们照亮。火把旁边还要泼一勺饭汤，那是让出走的亡魂渴了饿了享用。这不能不让我感叹，先人们对亡魂出走，考虑得多么周详。死者，在活着的人们心中，确实是很被看重。

寂静的暗夜，身穿孝服一片哭声的一长队人，在摇曳的火把光亮中缓缓走去，那场景确实会给人阴气浓郁的压抑。仿佛真的在走向另一个不为我们所知晓的另一层世界。

队伍停下来，乐队的唢呐吹奏着悲凉的曲调，儿女亲友齐刷刷跪倒在地。纸人纸马以及死者生前用过的杂物被柴草点燃，大火在旷野的小路上腾起。据说此时亡魂正站在烟雾盘旋的阴阳交界处，最后一次眺望故乡和亲人。大火一灭，人鬼阻隔，分道永别了。

这是一个很关键的时刻，必须快刀斩乱麻。不能再有任何纠缠，才能让亡魂走得轻快，才能让活着的人摆脱离世者的阴影。所以在火光将灭未灭之际，"送魂"仪式就算结束。而且按规矩，"送魂"的人们要马上转身尽快朝家走，不能说话，不能哭泣，更不能回头看火堆。于是，四野突然归于寂静，只有一片急匆匆的脚步声。

身后，将熄的火堆旁，那个被送出人间的亡魂，在浓黑的夜色中，正从他忙碌一世的广袤的土地上，渐渐逝去。

几十年前大伯去世，"送魂"前有族人告诫我，送魂完后，最重要的就是千万不能回头看火堆，那会在烟雾中看到正在变形的鬼魂。他们的劝告恰恰打动了我的好奇，我想试一试自己的胆量，也想验证一下这个老规矩的正确与否。

记得那次是近午夜时分出发，山村早已阒静无声。路旁隐约可见的树木、土包，都被夜色扭曲成奇形怪状探臂伸腰的"精灵"。"送魂"队伍走出去很远，直走到周围已是沟沟壑壑的荒野。

仪式是一样的，唢呐、哭声、大火……然后主事者低低喝一声：行了！回！人们马上转身，似乎被一种巨大的恐惧所震慑，垂着头赶快向回走。那种场合，没有人注意我。我放慢了脚步，落到最后。转过身，看到的是火焰已经很小，没有其他异样。再走，小路马上要拐弯了。拐弯处，我又一次停住脚步，转回身去。火焰已灭，火堆上只余几点闪闪烁烁的火星，还有几缕似乎是即将消散的烟雾。终究是没有看到我要看的。然而那种夜幕下火星和烟雾的场面，因为特殊的"送魂"仪式，却深深留在记忆中。

而这一回，我很老实，没有回头。不是胆怯，也不是不再好奇。有没有亡魂出现，与回头能否看到什么恐怕并无太大关系。先人们之所以这么规定，也许还是用一种换位思考，希望死者走得更安宁一些。

八、故事终于完结

出殡是整个葬礼的最后高潮，重头戏。但经过前面近一星期十几道程序的铺垫，死者的入土为安就水到渠成顺理成章了。

棺木从灵棚抬出院门，抬过村里小巷。一个曾经是小范围中大家所熟悉的老人，演绎完他卑微平凡的一生，在子女亲友的护送下，在村人邻居的唏嘘声里，终于一去不归地离开小村庄。

当棺木抬出村外，抬到接近墓地的小路上后，音乐停止吹奏，许多关系稍疏的亲友和围观的村人陆续散去返回，他们对死者的关注到此为止了。大幕其实已经算是落下，剩下的事，当由子女儿媳与抬棺起坟的村民去作料理。

在已经提前砌好的墓地，棺木顺着倾斜的墓道被缓缓推进墓穴。子女儿媳们要进入墓穴"摸福"，用手沿着棺木由外及里抚摸一下。其实这是后人隔着棺木最后一次与死者的亲近。接下来，放五谷，放衣饭罐，先民们看重五谷衣食的思想，又一次体现于死者的葬礼。最后摆置好牌位，石板做的墓门将要掩上了。

十几年前老父亲去世，我也曾进入墓穴，一边轻轻抚摸着冰凉的棺木，一边追忆老父亲波澜壮阔的一生，心中真是五味俱全感慨万千。想到老人家从此孤单地长眠于这样一个狭小阴湿的洞穴之中，也想到父亲晚年卧病于床，我却没有好好服侍几天，歉疚之情不禁而生。那一刻，确实想偎着棺木，好好陪他老人家坐一会儿，说几句父子之间的掏心话。

忽然有点儿明白，先人们设计编排出的这些仪式，是不是就有让后人反思的昭示启发作用？给你时间，让你身临其境，你不可能没有联想，不可能没有感悟。

现代人，已基本生活在一个物欲至上的轻浮现实的大环境中。活着时操劳得焦头烂额，离世时又备受煎熬宰割缺乏情调。生前忙得屁股冒烟，死后那股烟冒得也不算小。如果文明就是把人生进化成一种缺乏想象没有悠闲开阔心境且人情味淡薄的状态，那这文明和进步未必算得上是件好事。

不是说旧俗就好，且不说这旧俗已经渐渐被时代淘汰，而是要在新旧更替新旧对比之时，想一想我们人类，该怎样对待生者，该怎样对待死者，该怎样过好人生，该怎样面对死亡？

一座新坟，在黄土地上隆起。老人的故事终于完结。下一代人的故事呢？

"舞"文止痒

一、肤痒之症

若干年前，夏月跋涉，大汗之际冲了一阵冷水。当时爽到骨子里，却从此遗下后患，每到冬季就会肤痒一段时日。白天有所事，尚可忍受，一入夜，尤其卧床阖目，瘙痒节目随即开播。剧情不复杂，做猴状上挠下抓。烦不胜烦，辗转反侧，只能不睡。夜半孤灯，或读书或写字，勤奋几个钟点，直熬到眼皮支棱不住，痒势才会渐渐减缓。

用学过几天的中医理论分析，此症应该是外感风湿邪侵腠理，又迁延失治而血不养荣肌腠失和。治法也能查到，所谓"治风先活血，血行风自灭"，听起来蛮有道理。但终究没有照猫画虎拟方子试试，时下市场上许多中草药的药性，实在是觉得不怎么靠谱。

最主要的，是自己一向喜欢且奉行"有病不治常得中（去声）医"的不治之法。说不好听点儿，就是讳疾忌医，以苟且偷安得过且过来躲避治疗。只要

214

能不吃药就尽可能不吃，只要能不看医生就尽可能不看，只要能拖到明天那就再让自己煎熬一晚。

某友人说法：反正你散漫惯了，夜里不睡就不睡吧。其实这个散漫我真不想要，更愿意的还是乖乖遵守作息时间。没体验过夜幕笼罩下的奇痒，确实没法给对方说清恨不得抓破肌肤的颠倒烦躁之态，那实在不是好玩的事。当然，也不至于要命，无非该瞌睡迷瞪时偏让周身末梢神经兴奋，倒也可以算是颇有个人特色的难言之隐。

按我通常规劝别人的说法，凡属自己所遭遇，皆有合该如此的无奈。既无奈，不如索性赋其意义，权当多了一种生存体验了悟之道。所谓烦恼即菩提，扩展一下，肤痒当然会惹人烦恼，肤痒岂不也就"即菩提"了？那么，我的肤痒也许就可以与阿 Q 头上的疤癞相媲美，别人还不配有呢。

难眠且菩提着，居然悟出几段文字。

二、何足道哉

痒症发作，以午夜至凌晨四五点钟为甚。按生物钟的调度，这个时间段本应该最需要毫无知觉的深度睡眠。然而痒感就如一群抖搂不掉又奋勇前进的蚂蚁，纷纷扰扰在周身肤内乱窜。是否有人能抵御这种考验？我是没修炼出如此道行。反射性的有效动作是抓挠，不过面对蚁群的全方位进攻，两只手少了点儿，挪来移去也还是顾此失彼。防不胜防，只能腾地从床上弹起，清醒了。本该昏沉沉的时辰，这种清醒确实无奈，不过也小有白昼得不到的意趣。起码，对夜的认识就略有改变。

通常意识，夜似乎与静相连，其实大有出入。尤其城市之夜，很难说多么静谧。平时只是因为睡乡沉沉睡意厚重，不会真切感知"夜深人静"的不到位。熬了几夜就发现，仅我所在的大院，夜里就难免乱糟糟。不入眠者、胡折腾者，不单单只我一个。隔三岔五就会在午夜时分听到这里那里噼噼啪啪一阵鞭炮，还有谁家汽车的出进，还有哪个单元楼门的开合以及随后的脚步匆匆。

我的不睡觉，应该是不得已。他们呢？怕也差不多，有他们自以为的不得已。鸣放鞭炮的人家，嫁娶或者乔迁，都算好事。好事就一定好？老祖宗都说了"福兮祸所伏"。就算祸有点儿说得过头，起码得熬夜筹办吧，还必须打点许多绕不过去的没来由的麻烦，这不也是不得已？那些深夜不眠走来走去的归人或行者，自然也有他们的不得已，人生难免遇几件等不及天明的棘手事项。反正，是个人就有自己一堆不得已的故事。不得已之外呢？人还往往会自己找麻烦。所谓人生本无事，庸人自扰之，淡如水的生活因此才会泛起活在人间的情节。

不得已怎么办？简言之，只能照办。或者雅趣点儿：随缘。说白了，就是来一套阿Q大法。用自家的野狐禅来解释：痒就是不痒，痒不痒存乎一心；事未尝是事，不当事它就真不是事。夜空下星球上，此时此夜难为情者大有人在。饥寒交迫的、花天酒地的、做夜工的、又麻将的、网上亲密接触的、阿富汗大山里当炮灰的、挨了老板训辗转不宁的、舞厅里活蹦乱跳的，还有那些稀里糊涂降生到这花花世界的婴儿和那些昏惨惨灯将尽掉入死亡黑洞一去不返的先生……肤疾小痒，何足道哉。

抓挠的手觉出累，清醒的脑也泛起困，看表也到了凌晨四时多，肤内那群窜来窜去的"蚁群"也激情过去，又熬到卧榻之时。

三、算是检讨

记不清是一本什么励志书讲的，自律、坚持和牢记初心是成事的重要因素。此言我比较认同，也几次对别人复述。意思当然是劝勉别人成才，然而自己做不到。我这人自律虽有点儿，坚持性就很不够，最主要的还健忘。

提及这个话题，是因为忽然想到去年这几天，我也正如现在一样每晚与肤痒纠缠。苦熬中曾生出念头，既然病起于洗冷水，何不以毒攻毒，索性尝试几个月冷水浴？或许可以增强肌肤的应变能力，抵住瘙痒。记得那晚还真当回事，马上查了相关的方法步骤。噢，冷水浴也有讲究，起码是要循序渐进，最好从天气不太凉也不太热的秋季开始。嗯，不需要立即行动，先松一口气。顺手就在本子上立志：明秋一试。

后来呢？没有后来。肤痒之疾一过冬天就悄然消失，我早去忙别的事了。冬夜与肤痒扯皮以及本子上的冷水浴计划，早忘到脑后。赶快翻出旧日记，果然看到自己的几行手迹。不仅有想法，还确定了实施日期：国庆节后。国庆节后我干吗去了？"明秋一试"早已泡汤。现在想起来，只能"悔之晚矣"了。再计划一次？算啦，待到明年，肤痒又成了往事，我还会记起现在的难堪吗？

我的因循和惰性，不仅表现于一个冷水浴计划。细细回想，岂止肤痒，即使事关人生道路的大问题，我也经历了许多失误和教训。当时好像也要反省总结，也有纠偏补损措施。不过，真正彻底实施的不多。有过几次向自己的宣战，锲而不舍坚持到底的也不多。挑战自我毕竟不会轻松，而我一向喜欢随意点儿的人生，遗忘恰好是宽容自己获得轻松的简便法宝。

偶尔回首，难免会有遗憾甚至后悔，尽管我常常劝诫别人不必如此。心中偷偷泛起的话在电视里书本里或别人嘴里经常可以听到见到：我那时真该怎样怎样呀，我要是如何如何了还会现在这样？只是，我只能现在这样了。谁让我健忘？谁让我当时没有如何如何坚持一下？

忘却并非坏事，但要善忘才行。以前曾在一篇小文中写过这样的话：能做成一点儿事的人，往往是把该忘的忘掉而把不该忘的牢记心中；失败的人生却相反，该忘的总是萦绕心头，不该忘的却早已抛之脑后。我的一事无成或许就有这方面因素。

四、"舞"文止痒

第几晚了？仍然午夜而起。虽不及古人闻鸡而起的豪迈壮烈，但毕竟也是起。起因虽有异，动作却相同。而且，我似乎起得更早，子夜时分。起码在这点上是不是可以骄傲地叫作超越古人？

古人闻鸡后不单单早起就完事，还必须"舞"一番，通常是舞剑。这我办不到，此时下楼到大院里比比划划，会给正做婆媳妇梦的保安惹麻烦，让人家闻我而起，不厚道。何况我也舞不了剑。偶尔涂抹小诗，也会用到"仗剑天涯"一类假冒好汉的词句，但那不过是矫情。别人读了，以为我如何雄赳赳很江湖很气概。其实我手无缚鸡之力，从来不舞枪弄棒。别的比较现代而优雅的"舞"也不行，三步四步国标探戈……全不沾边，看都懒得看。

唯一会"舞"几下子的是"舞文"，也就是在纸上（现在是在电脑上），胡乱写点儿不着调的文字。这种"舞"比较好操作，一笔或一键在手，缩头缩脑于自家案前即可。不用出门，不影响任何人，渐渐就"舞"出几行莫名其妙的文字。文字不重要，主要是"舞"入佳境，得意忘形，居然有忘忧止痒之功效。

据说大作家大写手们，是另有大感触才写作。不晓得了，人心往往很难相通。而这"大感触"，概念很模糊，说不清楚。我的理解，大概是被什么刺了一下，神经系统有反应，就算感触吧。类推，被什么大刺激一下，有大反应，那就该是大感触了。

大感触之后，也许不过是引车卖浆者流"呀"地一吼了事。但也许就是鸿儒耆宿们"哎哟哟我要死了"的一首绝句。不管哪种，它多少都有点儿作用。自己自然是释放了感触，心头为之一快。而别人听了呢，没准能被"呀"地吓一跳或跟着"哎哟哟我要死了"摇头晃脑高雅一阵子。所以，一己之感触，躲在房间里或闷在被窝里，影响不过是一己。但只要有可能波及别人的视觉或听觉，就有麻烦，会引起别人的感触。

譬如肤痒，不过是我的小感触，自己偷偷缩在陋室里乱抓乱挠，没什么大了不起。但如果有人劝我写一篇"挠痒赋"或"痒之精义"什么的，那我就要考虑。写得太飘飘欲仙了，怕别人没痒找痒，学我抓挠。写得太悲惨黑暗，又担心别人痒起来都不敢下手抓挠。为文而还要发出来让人看，起码这点审慎之心是应该有的。

说到写文，以前是很瞧不起那些顾影自怜咀嚼着一己小小悲欢的文人雅士。殊不料自己更次，一个肌肤之痒，竟然几夜接连写下来。是否说明我已苍白乏味到毫无可写的可悲地步？

我的恶习，是偏要给自己的无聊找点儿借口。曾在摄影杂志上看过一位外国某大师的介绍，耗费十几年精力，一遍遍拍一枚青椒。读时心中很不以为然，至于吗？就算再拍得何等精妙奇绝，也不过是一枚青椒。有何意义？但后来又对自己的武断疑惑起来，大师痴痴迷迷面对青椒拍了十几年，如果不是神经有毛病，他或许有自己的道理。

一花一世界，一叶一菩提。传说中的王阳明，不就是面对几片竹叶去"格"宇宙自然和人生真谛的吗？而据小说家言，还有个叫牛顿的老外，竟从一个落地苹果里发现了几大物理定律。那么，拍青椒起码也算异曲同工，没准就会从青椒上拍出划时代后现代的摄影理论。

身外之物的一竿细竹、一个苹果、一枚青椒，尚且寓有大道，切肤之痒的"这一个"我的感受，何尝不可写写？

扯远了，都是"肤痒"惹的祸，让我又夜半"舞"出几行文字。好在困意沉沉而来。止舞，睡去！

医牙

父亲在世时，闹过几次牙疼。老人家戎马半生，经历了沙场上生生死死的场面，也大小承受过几次刀枪"赐予"的创伤。听他谈笑风生忆起当年如何挤压腿部伤口的血脓，就觉得老人家真算得上我心目中铁打的汉子。然而那几日看牙疼的父亲抱着脑袋呻吟不已，有时还用拳头击打脸颊，又免不了想，不过是牙疾，一半颗牙，再严重也有局限，能疼到哪里？对老人家的"钢筋铁骨"有了几分怀疑。

十几年后，子承父业，我也学会闹牙疼，才对一半颗病牙的冲击力有了切身体验。起初还没怎么当回事，遇冷遇热小抽搐一下，略有不自在的感觉。心存侥幸，或许不过如此了？似觉还可以迁延过去。然而不，疼痛一点点升级。渐渐地稍一碰撞就刀刺般由腔内到面颊袭击我一下，需要捂着腮帮做沉思状好一阵。但平息后又风和日丽平静如初，给我的误导是还可以继续苟且偷安。再发展就不行了，疼痛一浪高过一浪，事态越发热烈，范围也日趋扩展，大有星火燎原农村包围城市之势。终于半个脑袋半边脸颊失守，不自觉就无师自通继承了老父亲的拳击法，开始在自己脸部脑部乱敲鼓点。

自击拳其实无效，最后的解决办法是乖乖去看牙医。被置放于窄细而一波三折的牙科椅上，眼前晃动着带灯带刀带钻的机器，仿佛被研究被宰割的模样，难免惴惴。

那次的治牙经历我没有详细记录备案，看旧日记，只有"疼""甚疼""疼煞老夫也"之类定性模糊的简述，总之是不怎么舒服爽快的意思。大概前后修理了一个多月，在牙科椅上躺过五六次，钻且修补一颗，连根拔除一颗，总算圆满结束。

摧残过后，咬牙切齿功能又较为正常地运作了十几年。我都有点儿淡忘了那场小小苦难。留在记忆中的，似乎已经没有了毒刑拷打的细节，较清晰的，只剩下在我嘴里又拔又钻折腾又折腾的女牙医形象。她很年轻，技艺如何不好评说，态度却让人感动。柔声细语，动作轻快简洁，还会时不时叮咛：疼了就吭声，不要硬撑。或者一面操作一面蒙哄：快了快了，马上就好。而且面对面的，一双秀美的大眼睛盯着你，再疼也能打几分折扣。甚至免不了有那么一两次让我浮想联翩，觉得医牙也蛮有浪漫色彩。当然当然，这样的浪漫最好还是没有为好。

谁晓得历史闹剧还会重演，而且更甚？

推究起因，恐怕还在于自己的不自量力。流浪新疆半年，遍体伤痕归来。还没来得及恢复，又赶到山东半岛观海登山。然后划一条大弧线，直驱广西南端国界处的德天。再然后是走甘肃走四川，再然后又漂三峡，再然后……如此大规模出游流窜，不出故障才怪。

在四川九寨黄龙赏心悦目时，牙已开始作痛。发展下去的程序基本与十几年前相似，由隐而显由轻及重由点到面，患牙的攻势稳扎稳打逐渐升级毫无周转余地。所不同的，这回是两头发难，左上一颗，右下一颗，大对角，意思似乎是让我一享受美味就左右为难，无从下口。

有了上次教训，我想大概是在劫难逃，迟早免不了牙科椅上的劫难。一面心意悬悬等待上场，一面尽可能醉生梦死拖延。直到旧去新来的春节，大家都喜气洋洋在手机短信里恭喜发财万事如意你好我好着，我果然就迎来了牙疼新浪潮。

疼感细节忽略，少儿不宜。反正在镜中顾影自赏，这边脸苦痛得青暗沉郁十足晦气萧条景象，那边脸却红肿得艳若桃花好一派欣欣向荣。真所谓"一半是海水一半是火焰"。连家人都看着我目瞪口呆，以为天上掉下个另类猪八戒。

麻烦的是，此次牙痛发作不适时宜，适逢春节休假，没法立即赶去医院，好像有意考验我的忍耐力。白天还凑合，或咬花椒或含酒精棉球或傻不唧唧大笑几声，勉强能维持男子汉形象。夜里就有点儿小不随意，入眠是不行，神经内一群小人刀枪剑戟地干仗，抓不住摸不着还无法镇压。索性不睡，独自躲在小书屋内，时而哼哼唧唧操练龇牙咧嘴功，时而在纸上胡乱涂抹几行文字，居然还写出了一篇长文《乡村过年》。伟人所谓的"坏事往往转变为好事"，似有道理。

最荒唐的是接了某友人一个电话，我正疼得手忙脚乱，嘴含一团酒精棉球。他却絮絮叨叨又祝贺又问询，热情得没完没了。他问一句我哼一声，终于对方听出问题。"不方便？""嗯。""在潇洒？""嗯。""哈哈，吓得嘴里含了棉花团？""嗯……"心里苦乐，这一句猜得不算太离谱。

水深火热熬过假期，义无反顾就朝医院跑。到牙科门外一瞧，心里小乐了一把。我这人别看表面有几分正人君子，内心深处却潜藏着许多世俗庸众的顽劣。比如，若见别人都幸福得热气直冒，唯独自己受苦受难，那苦难就或许会在心中成倍放大。现在一看，哈哈，候诊椅上挤满了同类，男女老少一式地愁眉苦脸，还有几位抚着鬓角抱着头颅喊冤叫屈。心中顿觉平衡，没过好年的原来不止本人，疼痛感似乎立即减轻几分。

这是鸡年春节之后的第一天班，医生们也难免俗，喜笑颜开在诊室走廊里互致贺词。一群患者却在走廊外排队处喧闹成一团。这是否也算文明古国特色？反正到哪里，都觉得人多。而且只要有或先或后的次序问题，就免不了排队、免不了乱挤、免不了加塞儿、免不了斗鸡般争争吵吵。何况今年是鸡年，何况这帮人已经被牙痛蹂躏了七八天。

渐渐地有了点儿秩序，有个护士妹子出来按本叫号，开始有患者走进这间诊室那间诊室。然后没多久，这些先进分子或眉宇庄重地唇角带着血迹或垂头丧气摩挲着脸颊陆续走出。可怜的人们,可笑的人们,就这样开始了他们满心欢喜满怀希望的一年。

终于听到对我的召唤,略略小紧张一下。仿佛上考场,很盼望又很不情愿地拿着自己的诊疗本走进指定的专家门诊二室。专家正在牙科椅前忙碌,椅上还躺着一位年轻女士。感觉女士的牙齿比较执拗,不太好处置。专家钻一阵,不行。又夹,还不行。助手拿过一个小榔头,钉钉子般还是砸石子般叮当乱敲,总算解决问题。

这几分钟血淋淋的实况演练,直把我看得额头冒汗心跳加速。医生大概是为了节约时间,要在前一就诊者未完工前就让后一位进去恭候。然而参观这种现场有几分可怕,神经脆弱的很可能还没上椅子就开始筛糠。

那位女士真是勇敢。十八般刑具一一领教,虽然满嘴鲜血,神态依然自如。坐起身漱漱口,还不忘把头发梳理整齐,还不忘礼貌地向医生道一声谢谢,不由得我在心里点了一声赞。刚才刹那间我已经略略萌生去意,但看看人家一介弱女子的表现,我也心一横,小腿颤颤地就上了诊疗椅。

专家是个老头,面对着我的脸被一方口罩遮去大半。看不出表情的眼睛上方是稀疏的发了白的眉毛。口罩后面的声音是粤系普通话,挺时尚。那声音毋庸置疑地冷冰冰向我下达指令:嘴张开!张大!我就赶快乖乖地尽其所能咧开嘴巴。

觉得自己已最大努力地张成血盆大口,但与专家的期待显然还有差距。于是又有一枚浸过消毒液的金属片撬进唇角,血盆大口果然又扩张几许。现在老专家比较满意了,俯身过来开始认真审视我口内形势,用铁镊子左敲右击考证着各颗牙齿的优劣,还不住声问道:这里吗? 这颗痛不痛?

以前读过一个小笑话。说有个牙医最烦治疗时受治者的喋喋不休。正是嘴的部位需要绝对维持静止状态的关键时候,你一张一合地要多碍事有多碍事,索性就尽可能多地用棉花团塞进患者嘴里。这一招很见成效,多语者立即失去喉舌搅扰功能。但有一天牙医正要下气力拔牙,某患者却又奋力想吐出棉团发音。牙医甚怒,手势迅疾,又塞一大团棉球进去,随即施以雷霆手法,很快解决战斗。事毕取出棉团,牙医才昂昂然训斥,就差这几秒钟? 现在有啥话放开讲。患者闭目不语，好一阵才说，是要告你拔的那颗牙不对，拔都拔了，我还说啥？

想到这个笑话，我当然要联想答错了提问引来的荒唐效果。但血盆大口的状态，唯一的发言只能是一个单音节。痛吗？啊！是这颗吗？啊！这颗痛不痛？啊！我真有点儿着急了，我必须捍卫大多数牙齿的安全，我推开老专家的手，把唇角那个小铲子般的金属撬片拔出：大夫，左上角，从外向里，第二颗！

老专家看来并没有太不高兴，只反诘一句：你懂得哪是外哪是里？撬片又塞进我嘴里，铁镊子准确无误地击打着那个病牙，这个吗？啊啊啊……我痛得差点儿又想去推他手。

钻头探了过来，凉凉的咸咸的水喷进口腔，吱吱响了一小下，我周身神经已经绷紧，却听专家低低嗯一声，钻头停住了。专家与旁边小护士嘀嘀咕咕研究一阵，似乎是这颗钻头出了毛病。叮叮咣咣从工具柜另找一枚，鼓捣妥帖，新钻头才又吱吱作响，重新向我的牙齿发起进攻。

这回的钻头看来很顺手，老专家不住声赞叹：切豆腐一样，切豆腐一样。我正在想这"切豆腐"的含义是说新钻头太锋利了还是我的牙太酥软了，就觉一股刺裂脑袋的锐痛从钻头处迸发。我大叫一声，几乎从牙科椅上蹦起来。

事后我回想，可能这枚新换的钻头确实过于锋利，而我的牙齿又软弱得太没有抵抗力，稍不留神，那钻头就多钻进去一小点儿。鲜血随即喷涌而出，边漱边唾好一阵才见少。这时我才感觉，自己额上凉冰冰挂满汗珠，眼角处显然还流淌出泪水。牙根内一小点儿深度神经的触动，几乎把我痛觉系统击溃。

几小时后，疼痛已经在去痛片的压制下减缓，我给朋友发了条短信，说自己差点儿背叛组织，好在老专家对我的上级还是下级的姓名都不感兴趣，否则我可能全招供了。

生死路

一、赴京　旅程　床位

年根了，身体与我较劲，非逼我去京城看医生。没办法，我现在还和这个皮囊绑在一起且处处依赖于它。绑在一起，只能同生死共命运。而过于依赖它就不得不俯首屈从。尽管千不愿万不愿，还是乖乖打理行装上路。

太原至石家庄二百多公里，沿途是黄土高原的沟壑与太行山。北国冬日，天气不算晴朗，眼前实在是没什么景致可言。不过，多年习惯，只要在路上，我就不喜欢睡觉也不会看书。窗外不成风景的风景何尝不是一本书？盛夏的葱茏或寒冬的萧瑟，土地的苍凉与峰峦的冷峻，读进去都有内容。

"读"了两个多小时的旅程，车已翻越太行山。不必太久远，只须倒退一百年，对那时的人类，太行山还是一道很难逾越的天然障碍。现在呢，坐火车翻山越岭，实在是一件简单便捷的小事。再过一百年，地球上还有障碍吗？登珠峰或潜深海，应该都变得轻而易举，没什么挑战性同时也就没什么诱惑力了。或许还不止于此，我想再过一百年，人们的兴趣点怕就是飞向太空去玩星际旅行，谁还会把脚下这颗千疮百孔的地球当回事？

胡看，于是胡想，对我其实没什么意义。现在最要紧的是到京城后如何就医和有没有床位的问题。

过石家庄，列车在冀中平原行进。在媒体上久闻这一带地区雾霾的大名。果不其然，石市一带，雾霾稠密厚重，十几米外就影影绰绰。这哪像世间生态？诗意点儿理解，有身在云层或深水的模样。云是乌云，水是浊水。

已经半上午时分，浓雾依然如墙如堵没有退散。如此顽固嚣张的雾霾，实在让我惊叹不已。本以为自己所在的太原空气污染就相当了得，一比较，不禁扶额庆幸。差距岂止一两个台阶，起码还没高到河北老乡这种全天候双眼蒙蒙的醉态。

据说有关部门已在下大气力开始治理，好消息，好苗头。或许以后的冬日，新鲜空气能够满足供应。然而，忽略生态环境的教训，千万要牢记，一定要汲取。毕竟每个人都毫无例外要在其中磨蹭几十年。即使单算经济账，也是大亏。当年那些污染行当赚到的钱，怕要几倍甚至十几倍吐出来才能让遭受破坏的自然略有恢复，这已是最理想结果。

这或许类似自己走过的路。那时年少轻狂，总以为承载自己的这副躯体铁得很，耐摔打，够磨损。几晚不睡长途跋涉无所谓，奔走荒野风餐露宿无所谓，饼干加开水当一顿饭也无所谓。好豪迈，好自信。终于有一天，很忠实很听话很靠谱的身体突然反水，杀了我个措手不及。一败涂地倒在病床上我才明白，损坏的健康哪可能轻易修补回来？我只能节节败退，丢失一块又一块阵地。即使有高科技的现代医学又如何？真到了江河日下的颓势，神仙也没招。

苦笑一声，思绪绕来绕去，怎么又绕到自己头上？不想了，半眯起眼。窗外的朦朦胧胧看得我有了几分困意。

午时出站，一点多到达武警总医院。医院是个很让人纠结的地方，爱它肯定不是真心话。恨它？也绝对不是。说不清，没法说，反正非常不情愿来却又急迫地非要来。

进医院，熟门熟路，居然有几分归"家"的感觉。这个医院对我意义重大。在这里，第一次摸到阎王办公室门槛，昏昏沉沉与死神打了照面。好在，虽然生死一线徘徊良久，却又被尽责的医护生拉硬拽重返人间。旧事难忘，感恩在心，毕竟事关生死。

问值班医生，说床位很紧。到护士办打听，也说床位很紧。沿病房走一圈，果然各个房间都满满当当。中国特色，要找个没人的地方实在很难，戈壁滩、大沙漠差不多。然而医院这个地方人满为患，总让人有种不畅快的感觉。医院越建越多，规模越做越大，治疗费用迅猛飙升，床位却也越来越短缺。是病人增多了，还是人们更惜命了？

本以为今天办不了住院，已经准备到街上找宾馆，却在走廊遇到当年手术时的护士。有几分亲切，打招呼，互致问候，说明情况。熟人就是好，外国人都说中国是熟人社会。其实在医院住久了，病人与医护就不仅仅是熟悉，还多了几分战友情谊，曾经携手合力与死神拔河。

几年过去，当年的小护士已成了小负责人。她让我等着，然后她去跑这里那里，一会儿就把手续办妥。算是抢了一个床位，中午刚有病人出院，卫生员说床铺都没来得及清理。小问题了，总算按预定计划入住。

二、抽血　无眠　随缘

本人语录：安然酣睡一夜，清晨醒来，躺在自己床上，是人生一大幸福。

此公式可以略略延伸改编，清晨睁眼，美女护士举着针管来床头抽血，何尝不是幸福？起码比平时自己一大早气喘吁吁走到医院，再几次排队挂号开单缴费然后挤到抽血口等候要贵宾级吧。

不过今早的"幸福"要打折扣，我瘦弱的血管有意见，偏不顺顺当当出血。只能挨一针，再挨一针，总算挤出五管。这不算完，第一波打击而已，半上午还得再贡献几管。贵宾的"幸福"代价不小，真正用鲜血来换。

一晚睡得太不安稳，半眠或者基本无眠。不是因为认床，天涯放翁闯荡江湖几十年，什么恶劣环境没见识过？早把骄矜之态磨灭得差不多了。也不是因为对治疗的思虑，六年就医经历，已被整治得忧虑神经麻木，再糟还能糟到哪里？不入眠，是因为同室小病友一夜又咳又吐，折腾得动静过大。

这是间小病房，十几平方米，两个床位。另一张床是个十几岁小男孩，肾移植一年多。听孩子母亲讲，手术后问题多多，隔几天就来医院回炉一次，苦不堪言。确确实实的苦，小孩一夜无法躺卧，弓腰伏在枕上颠来倒去。我是过来人，有过生不如死的煎熬，不难想象他承受的苦痛。

医院这地方，实在没法讲羞耻，也容不得你矜持。正赶上小病号的肠胃出故障，一天往床上排泄十几次，一会儿就得让护士换床单。护士招架不住了，索性把他放在椅式便盆上。房间狭窄，两床之隔半米不到。置于中间的便器，紧挨孩子床也同样紧挨我的床。小病号得忍耐，我也得忍耐。

忽然想到托尔斯泰在《战争与和平》中发过的疑问：上帝既然创造人，他为什么又要让人受苦？这问题，如果借用中国式的民间理念，似乎能找到答案，直白点儿的，叫作"恶有恶报"。佛系一点儿，就是"果报"。

"果报"先丢一边，牵扯到前生后世，在咱这个国度现在没多大市场，反正我也不信。而现世的"恶有恶报"呢？小时候我是信的，因为总希望真有一种不可抗拒的规则能让做坏事的人受到惩罚。然而后来我明白，这不过也就是说说，弱者的自我安慰，过嘴瘾而已。现实中遭受恶报的往往未必作恶多端。

举我为例，坏吗？不至于。恶吗？更够不着，从未干过坑人骗人害人的事。毛病是有，但应该没混到遭遇"恶报"的级别。同室小男孩呢，几岁就开始闹病，十几年人生大多在病榻消磨，想坏也没有机会，再坏又能坏到哪里？实在有点儿天生下来找罪受的意思。

如果这是上帝安排，套到惩恶扬善框子里，他老人家的思维就有问题，起码很奇怪，不是世俗常人能够揣度的。或许也可以颠倒过来理解，人世间为什么会出现那么多有意或无意的恶行，存在那么多人为或自生的苦难，怕是上帝老先生也未必搞得明白。

有没有另外的道理？有，比如"天地不仁，以万物为刍狗"。在大自然的大运化中，一己人生的苦难与路边一丛野草所承受的风刀霜剑没多大区别。只是人类喜欢一厢情愿，总以为自己的苦乐、自己的得失、自己的生死才有大意义。

自以为的，作数也不作数。作数，是这些苦乐喜怒毕竟能真切感知。不作数呢，不单单是说一切感知无非都是过眼云烟终究会消散于运化之中，还有另外一个意思，凡属内心感受，皆可换角度化解。起码，不执着。

又想起《战争与和平》中的皮埃尔，最悲惨的做俘虏经历中，他的感受是：没有一种境遇，人在其中可以快活和完全自由；也没有一种境遇，人在其中完全不快活不自由。

万事如意的人幸福吗自由吗？很难说。越是这样的人生，有一点儿小不顺也会痛苦不堪。

皮埃尔的感悟，以前出席宫廷皇家舞宴时穿一双不合脚的舞鞋和现在做俘虏时用生满冻疮的脚在冰天雪地被枪托子赶着走路，痛苦的感觉其实差不多。

也许，借用随缘惜缘之说，似乎更接近不成道理的道理，同时也是一种不算应对的应对。人生际遇，最大的解脱就是别执着于区别幸福和痛苦，无所谓幸福也无所谓痛苦。凡所遇即是缘，凡是缘皆为造化赐予。感觉它乐也罢苦也罢，终归是躲不过。所以，不如随缘，尽可能平常心顺其自然就可以了。进一步呢，再能做到惜缘，那就更上一个台阶。乐当然是缘，苦也是缘，既是自己的缘，何乐何苦而不可承受不应承受？

只能说到这里，再往下，就成了阿Q门徒。

阿Q门徒在手机上做小结：

上午又抽几管血，第一天折腾算是对付过去了。对付一天是一天，对付一天少一天。只要还可以出气又吸气，没有过不去的河。现在是在河中还是河边？不多想，爱咋咋，爱谁谁，先轻松一下再说。

下楼吃饭，食堂美食小吃一长溜，选择花样多多，真不错。只是本人出息不大，舌尖上的判断只能达到下下水准。瞅来看去，挑来选去，迟迟疑疑点了一碗北京炸酱面。端过饭一看，没吃就自己咧嘴乐。紫红大碗，好喜庆。面条上的堆料又红又绿，五彩斑斓，食相好诱人。口水蠢蠢欲动，赶忙埋头大吃，颇有狼吞虎咽之态。

忽有食客立于身旁发问：味道咋样？我甩给对方一连串：好好好！其实我真评说不来，天生味蕾粗糙，算对方恰好问错了人。

餐后意犹未尽，在大门口购半袋炒板栗，携至病房。又给自己泡一杯红茶，边茶边栗边刷手机。对床孩子的妈妈说，听你剥栗子喝茶水，还以为正吃着花生米品小酒呢。呵呵，有这个意境。周身几分飘飘然，想象自己崖下松林，举杯邀月，好一番湖海泼皮心性。

三、节拍　公式　磁化

住院部的节拍依然老一套。清晨六点是第一波骚动，卫生员拖着清洁器具准时开练，房门推得乒乓作响，工作车坦克般轰隆隆在走道拉来拉去。然后蓬头垢面的陪视家属跟进，端着病人们一宿排泄的生化产物到卫生间倾倒清理。

勤快的或能走动的病人也陆续亮相，趿拉着拖鞋懒洋洋在过道踱步。熟悉的还会互致问候聊几句你好我好或你不好我不好之类话题。夹杂的还有护士妹子在各处病房出出进进，她们也有清晨时分的忙碌，抽血、量体温、测血压，以及经常会有的几个重点病人的监测关照。再过一会儿，餐车就推过来了，伴随着送餐员的吆喝，又是一阵腾着饭菜气息的忙乱。病房新一天开始。

这也是一种社会形态，看似松散无序其实结构紧密。不仅具有与其他团体机构大致相似的作息规律，同样也有许多掺和着欲望的喜怒哀乐情节。不一样的，在理解这一切情节或过程时，必须乘以一个"病"字系数，才能更准确显现出病房圈子里人们的生存特色。

我也经常在楼道里踱步。掺在病人堆里，不由得就会联想到囚笼里犯人们的放风。这种联想，有历史渊源。儿时在乡下常听老人们念叨，人一辈子，最好不进医院不蹲班房，那就可以算得上平和顺畅比较圆满了。为什么要把医院与班房并列？想了很久才明白，这两个任何社会都不可或缺的机构，同样是直面病态，也同样负有拯救治疗职责。起码，明面上的说法是这样。不过，老乡们的意思不太一样，他们的理解，在这两个多少都与常态拉开距离的另类空间里，面对着或承受着的是身不由己和躲不开的痛苦。

一想起乡下老人们这个衡量测定人生的公式，我就羞愧，两项都没避开。不一样的是，监狱似乎是不得已，别人硬要拖我进去。医院呢？虽然也不情愿，但毕竟是我自己非来不可。不管怎么说，以前班房是蹲了，在里面春夏秋冬体验了全部流程。现在医院也进了，也差不多全套享用了各种治疗手段。该怎样给自己的人生下判断？平和顺畅肯定是没我什么事，但因此就是不圆满吗？多少有点不服气。

老乡们还有另外一句关于人生的哲言：活着做遍，死了没怨。我更喜欢这句话。一世人生，难免遭遇险风巨浪。这肯定不是好事，但总不能被曾经的阴影困住走不出来。换角度，把各种遭遇当作历练何尝不可以？无论坦途抑或逆境，同在蓝天下，处处皆道场。不同寻常处，也有许多意趣，也会给人启迪，主要还看自己的理解以及自己的应对了。

昨晚休息得较好。小病友把夜里的闹腾提前，下午在我床边的蹲便椅上完成了十几次排泄程序。按中医八法理论，正合下法治疗。下泄排毒，既退烧又止吐，小家伙晚上果然少了哼唧，不太扰我这个近在咫尺的"民"。

睡好就有情绪，早晨与他聊天。我说，你真幸福，十几岁重被打回婴儿期，又让妈妈给你换尿布，多好，肯定同学中独一份。我说，我比你还幸福，五十多岁享受退货处理，一退退到解放初，重新开始长征路。当然了，革命不分先后，现在咱俩同班同学，也算铁哥们儿几天，这就是缘分。

我说缘分这东西很神奇很有趣，神奇的东西就要敬畏，有趣的东西就要珍惜。起码一点，咱现在有缘重归婴儿童年，每天都是净赚，这份福缘不是谁都能捞得到的。

其实这话没多少意义，说白了无非一种自我安慰。但人这种东西往往躯壳肉身由不了自己，也只能从精神上寻找漏气孔，才大体可以维持身心的平衡。平衡很重要，只要有可能，就别让自己陷入极端。艺术一点儿说，平衡是一种美学，有这么点儿平衡美，即使躺在病床上，也能心境怡然。

今天是冬至日，北方习俗吃饺子。正好早上不允许我进餐，把胃腾干净，中午就有更多存放饺子的空间。吃饺子倒在其次，今天我的光荣任务是参加两场"考试"，上午彩超，下午核磁，有几分紧张。

前一天就接到B超室通知，明确要求空腹。我很听话，不吃不喝坚守到约定时间。兴冲冲前往，B超室却又递我第二张通知单，让憋足尿液。有点儿难度了，我这形体，属于贫下中农，家底单薄，存储量甚小。本来就没多少库存，上游又一早晨断水断粮。于是赶忙返病房连灌两杯温吞水。我的排水系统一向还算畅通，若是平素，多饮几百毫升，不出十分钟就会生出开闸信号。但今天也是奇了，两大杯灌进去，就是没有尿意，关键时刻表现得比较爷们儿，实在让我无奈。

磨蹭了足足一个小时，总算才有那么一点儿小腹酸酸的意思，赶忙进去。一看，小惊喜，熟面孔，B超室任主任今天出诊。任主任在我六年前的治疗中起过相当重要的作用，B超时发现两大隐患，及时让我避过危情。提起这事，任主任说已经记不清了。我回答，我可不敢忘，那次检查，对我后续一个阶段的治疗，实在是性命攸关。

心里话，这个医院参与我治疗的几个大夫，我都难忘。后来回想，当时许多手段措施也有小失误。但我能真切感觉到，医生是尽职的，真心想救我一命。下午我专门去看望了接触最多的路医生，他负责我的刀口缝合，不仅术中，后来的治疗过程，也没少在我肚皮上展示他的缝合绣花技艺，这情谊我见一次就要向他感谢一次。这种感谢不嫌多，多少都不够。

午饭后去做核磁。所有的检测手段中，我最不情愿的就是核磁和CT，那阵势太唬人。被捆绑到窄窄的轨道床上，又被送进炮筒般的容器里，我每次都会起疑心，操作员一不留心按错电钮，会不会把我发射到太空？

磁共振的声音也实在不够悦耳，撕心裂肺，影响我胡思乱想。好在今天封闭在炮筒里的时间不长，一会儿就检测完成。没飞入太空，吱吱呀呀，轨道床把我推出来，背上已经汗津津。

正好接到老友询问短信，我答，刚在核磁机里修炼一遭。但不算完，医生说明天另有项目，还要再核老夫一把。这是要把我"磁化"的意思？我给老友说，没准自己会磁化成指南针。

四、生日　憋气　算账

一上班就到核磁共振室等候。昨天是血流造影，今天扫描胆系管道。同是管路检测，所以程序大体一样，先要在室外扎上输液管，然后进操作间边输"辣椒水"边造影。旁边一位也在等着过核磁关的小伙子，见美女护士在我胳膊上表演手工还愤愤不平：咋回事我就不扎管？我说你缴费少吧，金卡会员才有这种高大上待遇。说得美女护士都咧了嘴，直给小伙子解释，不是人人都走这道程序，许多造影是不需要输液的。本来我还想再补充一句，你以为这是便宜？输进去的造影液是有损害的。想想又算啦，让小伙子懊恼一会儿自己的不够级别也有意思。

往仪器轨道上绑我的时候，出了个小插曲。操作室播音器传来一句问话，问正拿着绳子的小护士是不是今天生日。小护士停住手里动作，仰起脸愣了一下才反应，噢，问我啊？是今天生日。这情节要是放到影视剧中，没准就是一段励志敬业的情节。现实中呢？也还是让我感慨了一下。花季女生，生日往往是带点儿小浪漫情调的节目，却在工作间紧张劳作，忙到忘记了这个重要日子。

真正推动大环境稳定运作的，主要是无数辛勤劳作于一线的如小护士这样的普通工作者。对他们，应该给予发自内心的尊重。我赶忙说一句：祝生日快乐哈。回收了小护士乐呵呵的一句谢谢，但照绑不误，绑得更紧了一点儿。

今天的核磁扫描时间拖得太久，近一个小时，反反复复操练几次。一面胡想着怕是真要被磁化成指南针，一面期待工作人员误操作把我放飞到太空。但似乎操作人员的业务能力太过硬，没有出现空中飞人的奇观，我只好一直憋屈在炮弹筒里收听机器噪音。

谁给核磁机设计的音响？不能搞得悦耳点儿柔和点儿吗？高分贝且单音节，嘟嘟嘟、呱呱呱、嘀嘀嘀、咚咚咚、哒哒哒……实在庆幸我大天朝创造出这么多优美的象声词。

时而这个单音演奏，时而又换另一个单音鸣响，时而两个音符交替表现，时而还要加上轨道床的震动（莫非这就是共振），时而又得按操作员通过耳机发来的指令表演配合动作："憋气"，真是憋气；"喘气"，马上大喘气；"再憋气"，够憋气了；"自由呼吸"……

终于全须全尾从炮弹筒退出来。没离开地球，小失望。出得门来，扭几圈，试试自己身体有没有"指南"倾向，好像也没有，又小失望。不过一抬头，看见窗外露出了少见的蓝天，好开心。京城总算挣出持续几天的重重雾霾。

住院已经三天，打冲锋般奔走于各个体检科室。不同项目的血液尿液生化系列以及电子器械的高科技成像，在当今所有现代化医院里，这一套已经成了入门的铁定程序。在网上读过一个笑话，某君感冒求治，医生开出一厚摞检验单，折腾几天，东排队西等候，还没检查完，感冒已经过去。权当在医院高消费玩了一把医疗科普式游戏。

检验手段，是现代医学的优势，精准的导弹制导打击肯定强于目标不明朗的胡乱放炮。但任何优势都不会是单向的，必然伴随或衍生着负面效应。仅费用一项，对咱社会主义初级阶段刚及或未及小康的大多数国人而言，就是一笔比较奢侈的消费。还有，器械先行，数据说话，好处是医生肩头压力减轻，可以心态平和处置。坏处呢？千万别把医生变成检验数据的描述者、依赖者。没有医生的主观能动性，少了精诚大医的仁爱慈悲情怀，医疗很可能走向冰冷生硬的器械化产业化道路。

一笑，打住。这是不属于我考虑的问题，考虑也没用。一种涉及所有人的医疗运作方式，如果已经进入常态轨道，有所谓的"科学"理论为依据，且又得到大多数人认可，好与不好，它都会照样持续下去。可考虑的，或者说最希望的，但凡仪器就有偏差，这百分之几的偶然性偏差，千万别落在自己头上，那或许就是百分之百的不幸，性命攸关。

下午医生没再给我安排艰巨任务。昏头昏脑睡了几个钟点，溜达到医生办公室去查阅前几天的检测报告。肝还是那个肝，肾也还是那个肾，尽管这里那里有小问题显示，但革命形势的发展主流还是健康向上的，起码咱这一米七八的瘦"竹竿"，依然可以在新长征路上杵来杵去继续玩物丧志苟且偷生。这成绩已经相当不错了，我给自己打九十五分。

有自以为的九十五分打底，身心好不放松。一下子感觉阳光为我而闪亮，背抄手，昂起头，踱着想象中散漫山人的八卦步履，在楼道巡视几个来回。

回房间，小病友正和母亲恋恋不舍。母亲有事要回单位，病中的孩子哼哼唧唧一百个不情愿。没办法请了个临时护工。护工是甘肃来的妇女，我好奇问了一下现在京城的护工行情，较之六年前，又大有进步。

所谓进步，我的衡量标准是价格指数。六年前我也有幸请过护工，那时开出的日工资是100元，医院抽5元管理费，每天95元再加病家加赠的用餐费，也算说得过去的收入。

六年过去，随着国民经济的欣欣向荣，护工费用也大幅上涨，每人每天240元。只是这笔钱先要由中介过一次手。护工说，她是由京城一家家政公司派出，每人每天要扣人头费72元，正好30%，好大比例的"管理费"。当然，这项巨大的抽头，最后都要由病人买单。

想一想，所谓光明和幸福的人世，如果没有病患者能行吗？育化出那么多医药科技研发单位，扶持了那么多医药工厂和商家，支撑着那么多医院和医护人员，还衍生出诸如护工之类的服务新行业，病人功绩可谓伟乎哉。

五、旧事 老友 庆幸

才发现是"平安夜"，洋节。忽然想到十几年前的平安夜，独自徘徊在新疆的于田，想想那时自以为的狂野不羁，又泛滥出浮生若梦的感慨。旧情旧景，过去了，拉远距离，在回味中就有点儿朦朦胧胧不可再得的美感。

新疆旧事，是在散步时想到的。天冷，也没心情到熙攘的马路上嗅尾气。所谓"散步"，一般就在医院的门诊大厅绕圈。大厅确实够大，足有一百多米长，相当于小运动场。上班时这里热闹成自由市场，人声鼎沸，你拥他挤。这个时候最好站在角落，看各式身份各种面孔在疾病面前的喜怒哀乐，也是蛮有趣的一件事。

我对大厅的早晚印象最好，几乎无人，开阔而清静。独自在其中练正步，顺便再胡乱想想心事，很不错的享受。六年前，我初次来这里时，大厅中央还建有一个环形坐台，供就诊者歇脚。坐台与我有缘，我曾在上面睡过几次。

那正是我几近玩完或优雅点儿说是濒临死亡的险恶阶段。白日还勉强，大体可以人模人样维持起居。一到晚上，不行了。从里到外，自己都搞不清，究竟哪块组织正酝酿着夜幕下的腐败，哪个机构正演绎着黎明前的崩盘。偶尔，堕入昏迷黑洞。这个省事，死亡彩排，没多少感觉了。或许也会有几个不甘寂寞的脑细胞在鼓捣周游世界的幻觉，不错。麻烦的是大多时候还清醒。清醒的意思是能感受，但这时的感受已经越出常规完全变态，实在成了神经耐受力的考验。也疼，疼里夹杂着异乎寻常的酸楚。好像又不完全是酸楚，似乎体内这里那里某几根神经忽然就莫名其妙地绞紧，不由就周身痉挛抽搐，小心脏怦怦跳，马上一身黏稠的汗液淌出来。

护士、家人时不时就教育我要好好睡觉。然而，哪可能？我只得胡折腾，逮个机会就逃出病房，到大厅把自己置放于环形坐台上。不一阵，背脊就让硬邦邦的木板硌得生痛，却多少可以缓释一下体内无法抓挠无法揉按的悸动痉挛。

在旧地，难免回想旧事。对我而言，那时的苦痛其实已不重要，想的更多的是另外一层意思。我毕竟已从六年前的生死一线摇摇晃晃走到现在，先不说容易不容易，起码，命运不仅没有舍弃我，而且待我不薄。即使前面再有多少麻烦、多少不测，我也要快快乐乐，也要自信满满，走下去。

早饭后，老友岑君过来表演他的驾技。在我这个从不把握方向盘的人眼里，只要能让车轱辘在马路上转起来，还不与其他车亲密接触，就算好司机老司机。

习惯，狐朋狗友一会面就东拉西扯。今天的话题，不知怎么就聊到人生学问。我俩大概都算不甚读书或读书也不求甚解的类型。所以一致认为，学问果然来自书本吗？最多只能说一部分而已。对社会百态的观察，对人生意义的理解，应该也算一种学问。某种意义上，或许还是更为生动深刻的学问。就算是为我们的没学问找借口吧，能找到借口，还找得心安理得，大概也算是一种学问。

与岑君的友谊要从二十世纪七十年代算起，那时我们还都是不知天高地厚的小青年。说这话并不害臊，因为我们确确实实年轻过，没有谁生下来就喜欢扮演老态龙钟。

人凑到一起，除了机缘，也就是必须有个能让彼此相识的时机和场合，最重要的还在于志趣相投。起码，价值观相去不远。按现在网络用语，叫作"三观"一致。我们那时的相投是什么？好像都比较青涩、无知。这未必就是不好。想当初聚在一起的十几个小年轻，指天画地评议古今，幼稚话不知嘟噜了多少。可笑？不见得，人生没那么一段傻气，好像也不圆满。

此生也就这么两三个贴心贴肺的哥们儿，不过也很知足了。前几日刚在医院找到床位，首先想到的就是发短信告知老友。两人来回几个短信，很有点儿会惹新生代年轻人笑话的小肉麻。"想你呀""很想念啊"之类，风雨历遍的老头儿，演这种情调，确也好耍得紧。

半调侃之外，也未必不是真正的心里话。我与这几个老友，有过吵闹斗气，有过争执撕扯。但关键时刻，他们会亲人般护卫我。六年前我进手术室，岑君正重感冒，他鼻涕眼泪蹲在手术室外整整一夜，直守候到我被推出来。他还亲眼见证了我被划拉下来的废零件，仅此，他就比我还多了解我一点儿，我比不过。

患难见真情的话人们常说，真正体会到却未必容易。我，我们几个，应该算是很幸运的人。我们这一代，半个多世纪的经历，风风雨雨，按理早看透看淡了世事人情，然而还维系着一点儿初衷，还守护着内心的一点儿纯真，这已经相当不易了。

伟人说过，忘记过去就意味着背叛。忘记自己的过去呢？是否就算对自己的背叛？与老友在一块儿时，往往会回忆我们共同的过去。从那个"过去"一路走来，做过许多蠢事错事，好在扪心自问，坑人害人之事还没做过，这是没出息的表现，却也起码给自己一个坦然的心境。说实话，身体的现状，不可能不让我偶尔会想到死亡的话题。但随即再想想自己拥有的友情，想想半个多世纪起起伏伏的经历，也该满足了，也该庆幸了，也没多少遗憾了。

何况，我还走在路上，还踉踉跄跄游游荡荡朝更远一点儿的目标走去。

六、生悲　自欺　难受

小乐了一下，也会生悲。小乐得早了点儿，以为就可以顺利返程，却横生枝节，大枝节。

昨下午在医办看我的"核磁"报告，着实蒙了，肝部居然出现"不规则"肿物。这是与癌症狭路相逢？不仅出师未捷，且遭遇更大麻烦。果真要被彻底干趴下。

前天窝在"炮弹筒"里就有疑惑，怎么回事时间拖那么久？好像对某个部位没法确定，反复扫描几次。只是我没深想，基本思路是认为自己不会出什么大问题。心大了。

情绪一下子与季节合拍，肯定的，但还在可控范围。六年前几次病危和术后这样那样的并发症后遗症，已把我神经系统打磨得比较粗糙。差不多算是死过几次，或许又来一次？破罐破摔，不过如此了。

不知道是真的没心没肺，还是过于闹心闹得趋于麻木大条，昨晚居然睡了来京城最好的一觉。而且今天依然遵从岑君意图，任他把我拉到几十公里外的山里游览了云居寺。

记不清在哪本书读过一段话，也许是我的语录，人类往往是种反着来的动物。情形好，顺境，就难免这顾虑那盘算，身心都不轻松也少自在。状况很糟且没的选了，反倒可以放下七绕八扯的思虑，活得更纯粹而真实。某伟人常说坏事好事往往互相转化，或许。

说好事是自欺，无奈中的自欺，然而有时候必须自欺，泄压阀。

昨日写小文，乐唧唧回忆了一把当初快要玩完的革命史。什么不好回忆？找点儿光明的向上的情节回忆一下多好，却要回忆病痛的难受的故事。老乡俗语叫作烧香引得鬼来，真个是鬼来了。"不规则"肿物先不说，从郊外回来，下午就感觉情况不妙。

起初以为是累了，周身一阵阵酸楚。躺一会儿，酸楚渐渐转为疼痛，最麻烦的是肝区也一阵阵刺痛，翻身都觉出有点儿困难。看来真不能得意忘形，一不留神，就不晓得要在哪条小沟里翻船。前天给自己体检成绩打九十五分，好骄傲好得意。一夜打回旧社会，及格都是奢望了。

晚上值班医生照例过来检查小病友，我赶忙报告了自己的问题。医生说估计是什么什么综合征，没听清。该怎么办？意见是观察一晚再说。

自我"观察"的结论，最大可能是流感，敌不过京城雾霾之缘故。或许还得加上心绪问题？总之，被撂倒了。难受，收笔。

七、难眠　躺倒　汪汪

小病友一晚也是在苦难深重中煎熬的，也许因为母亲不在身边没了支柱？晚间他的病症越发严重。被迫旁观的我，不免记起自己当初挂液体，从上午九点挂到第二天凌晨就又累又烦有拔管的冲动。小病友比我惨，从我进病房到现在一星期，他的输液管就没有取下过，隔一阵护士过来添加，没完没了。小小孩子，且现在"00后"宝贝，能承受得住？不能承受又如何？

睡不着，听小病友一夜不停咳嗽，感染得我也喉咙起反应。记得手术后第二年冬季，有过一次持续几个月的肺部感染，咳起来没完没了且咳也咳不透的滋味，也是一种想想依然会头皮发麻的难受。尤其夜间，越想安静睡会儿，气管还是肺部的炎症似乎就越严重，搅得胸腔里奇痒无比，恨不得在那里割一刀，把闹腾的气管拖出来使劲抓挠才过瘾。小病友的症状差不多就如我当初那样，听他先是强忍憋气，然后一顿猛咳，气管就用这种痉挛态的双模式交替解痒，难为小病友一夜苦熬。

还有一个不眠者，临时护工。她本来在另一病房有正规护理对象，一个出手术室几天的病人。通常情况，是要二十四小时不离人地陪护。小病友母亲找她过来兼顾一下，她还没意识到这两百元工钱的难挣。一晚上，十几分钟跑过去，十几分钟又跑过来。那面的形势肯定不稳定，这面小病友也事态起伏，找医生，找护士，紧急处理了十几次。

清晨我给她说，这样的兼顾以后还是不要再搞，人哪受得了？熬几晚把自己熬倒就大亏。她连声说是。但我想，以后再有这样的机会她还是会抓住。最现实的是一天两百多元工资，她半个月的房租，能放过吗？

上午医生来查房，说我体温还不太高，可以再观察一下。不马上要命的病，拖一拖也许就过去式了。人生面对苦痛，最好的应对就是拖延大法，有耐性拖过几十年，什么问题也不是问题。

不过，这回的酸楚疼痛有点儿拖不过去。

半下午体温就起来了，三十八度五。按我以往经验，还要爬坡。

住院七八天，自己大体做着自由分子，没被护士关照过。今天不行了，白衣小妹几次来测体温量血压，还叮嘱我这样那样。

我曾总结，在病房，最佳状态是被医护冷落，不闻不问，查房也仅止于匆匆一瞥，这说明医护觉得你大体完好，不必修理敲打。但凡一大群医护围在床边关怀备至，像同室小病友，那就惨了，你已经成了他们施展抱负的目标。

我躺倒了，小病友下午却精神，听他与家里的狗狗视频。好家伙，起码应该是中产家庭，居然有四只宠物狗。小病友呼唤得情真意切：嘀嘀、嘟嘟、咪咪，还有只啥啥没听清。一听这名字，肯定不会是四大金刚，没准四只小天鹅？

小病友问：我不在家谁和你们玩？

汪汪。

你们想我吗？

汪汪。

手机那头有人翻译：它们说想你。

小病友幽幽地低语一句：才怪。

商狗不知小主痛，隔屏犹叫汪汪汪。

不写了，闭目休息。核磁报告的困扰先放一下，扛过今晚的发烧再说。

八、高烧　打蔫　中彩

体温爆表，四十度，昨晚烧糊涂了。如果彻底糊涂也算，挣脱红尘，多好。天亮却又有点儿清醒，回归现实，正好感觉皮囊的酸痛。这大概也是我的特色毛病，从小就这样。感冒一般都会引起高烧，烧到四十度堕入半昏迷，酣畅淋漓出一身汗，感冒就基本过去了。

小时候不知道高烧引出的神志紊乱，烧到将汗未汗之际，会迷迷糊糊做怪梦，被各种精灵鬼怪追赶着，或者身体时而扩大成巨人时而又缩小成蚂蚁。扩大或者缩小往往还会伴随一种脑子里尖利啸叫和从高空坠落般的心悸。那时父母都忙，孩子多，一个小屁孩的感冒他们往往不留意。即使偶尔听我说说高烧时的胡梦颠倒，也以为我在编故事，编得蛮有创意。

高烧时的心悸，是一种说不清的恐惧。幼小的孩子，半昏迷态中的恐惧，难免想依傍着点儿什么，很希望有人在身边守护。这成了我的软肋，即使成人之后，高烧时也想请个人坐在身边。烧到迷糊，我又在各种各样的险境幻觉中左冲右突，心里多少明白有个清醒的人陪着，恐惧感就会减轻，就敢放任自己顺着高烧热浪漂游出更远，直至把汗逼出来。

昨晚没有达到周身大汗的巅峰状态。半迷糊了，幻觉出现了，身边没有人，心里不踏实，没敢让自己被热浪带着飘起来，终于无功而返。

早上查房，医生只简单一句：做 CT，再打个彩超。我说我不过是重感冒，不必 CT 彩超这么大阵势。医生却不容商量，必须的，全面排查。又要扩大检查范围？有点儿小不愉快了，内心嘟囔：与其躺在这里做医学仪器的检验对象，真不如让咱带着自个儿身体去放浪天涯。

好处是我的患者待遇升级，名副其实开启了住院模式。有护士量体温血压，有护士来皮试药性，然后，有护士来给我细弱的胳膊上扎管输液。终于有了摁电铃召唤美女护士的权力，一叹还是一乐？

这次感冒实在不适时宜，起码各种生化指标的重新测定要受影响。下午夹体温计，数字又浮起来，酸楚之感把我搞得辗转反侧。大考验之前，先来个较次的流感打击让我垂头丧气。

只能自我宽慰，输液、躺着、闭目，从某种角度理解，也是一件很幸福的事。还可以感觉苦痛，还可以接受治疗，起码说明生命仍在体内运行。而且还有一点，把自己困在床上的状态，实在是思绪乱飞的好时机，或许以后我还得经历更多的这种境界？有了胡思乱想的恶劣习惯，多少可以抵消一些躯体的痛苦与意志的消沉。

有朋友来短信问我近几日状况。没答好不好。好，肯定不达标。不好？又不愿认领。只能自嘲道：需要重新评估自己人品了。

以前总觉得咱老头儿虽不够好人，却也似乎坏不到哪里。一般有个头痛脑热，药都不吃，扛扛也就过去。现在呢，麻烦不断，步步惊心，时不时出个状况，还总是大状况。连医生看着我都叹气，某次我的主治医就开玩笑，让我快去五台山拜拜佛，敬几炷香。几炷香就可以在释氏座前改变人品指数？有这么便宜的事，以后医院怎么办？

反正，当年那个雄赳赳很扛病的家伙已矣，如今这副皮囊，真正的晚清政府，即使表面看起来还勉强可以运作，内里的各部门组织早已不堪深究。

今天总体表现比较打蔫，心神不宁几分哀怨。给自己找了两个客观原因：一是昨晚高烧未愈，浑身说不出的不对劲不舒坦不自在。二呢，最主要还是那个核磁结果，毕竟事关今后命运。果真体内孵化出鸡蛋大小的肿瘤？概念确立不起来，半信半疑。是否又被稀里糊涂逼至生死一线？没能让自己进入认可应对状态。

又被抽几大管血，又悬挂几袋液体，与旁边小病友同等待遇了。

闭目静卧一上午，心境似乎略略平和。躲不过就得面对，打蔫、烦躁、气恼，都无济于事。对疾病，对那个肿瘤宝宝，岂止需要冷静，进一步，或许还应该对它生点儿怜香惜玉之心。下午在肝友论坛发一帖，我问了一个似乎可笑的问题，宠物般养着这个肿瘤宝宝，会是什么结局？没人跟帖，他们肯定以为这是我无奈的调侃。

不过，冷静下来反思，我对它真的应该感激。想想六年来，我有点儿翘尾巴，有点儿不知自己为何物的放肆。当初做移植手术，最多的一个念头是必须抓紧时间把硬盘里那堆文稿和图片整理出来，其次就是要到自以为值得一去的地方再"放翁"几遭。这些事儿虽然在做，但做得断断续续不甚上心。谢谢肿瘤宝宝，又一次让我感觉到生命的脆弱和无常，又一次让我面临生命存亡的紧迫选择。治疗的事其实并不怎么重要，交给医生，顺其自然。更重要的是赶快完成我六年前手术时的几大心愿。

这世间，总得有人中彩票，既然是我，那也没的说。用自己常喜欢对别人讲的话：随缘，只要我所遇，都有其道理。惜缘，又给我一次特殊经历的机会，未尝不是生命对我的厚爱。活着或者死去，引用某病友的话，区别无非在于这一空间与另一空间，这一形态与另一形态，想通了真没什么大不了的。

这样想想，就算再阿Q一回也无妨，蔫劲或颓态或许就快过去了。我知道自己往往不大喜欢听别人的劝慰。受伤了，危难了，那就自己化解。任何坎，只有自己跨过去了，也就跨过去了。跨不过去呢？那又怎样？反正生命是自己的。

九、脆弱　宝宝　庸才

小病友的心律血压监测仪一晚上开着。快报废的机子？嗡嗡的电流声就像开着一架大功率电扇，测血压的声音几乎就是一台小型拖拉机。我只能闭眼忍受电扇和拖拉机在床头柜上没完没了地合奏，睡着是有点儿困难了。修炼这么多年，住院次数也不少，自己对声响动静的耐受度依然非常脆弱，好听点儿说就是感觉系统还算敏感。这种敏感只适宜做孤家寡人，缩在自己窝里才行。旁边小病友和他妈妈挤在一张床上却是睡得香，人家也是人，怎么就不受影响？嗡嗡声还是哒哒声似乎都是催梦曲。

从自己的脆弱抑或敏感想到自己这几十年的多事。百无一用而非书生，这倒也罢了，还总要给家人招惹麻烦。细细回想过往人生，大大小小的事故似乎就没间断。以后会怎样？这个问题好像有点儿可笑。不那么自信了，不晓得命运还会不会给我以后，或者还会给我多久的以后。听起来有点儿垂头丧气，但恐怕这是我马上就要面临的问题。

直到现在，都没有让自己的思路转到正统的顺从现代医学规则的治疗上。赌气一把的念头不一会儿就如旋风般在胸中掠过，自由自在放浪形骸几天算啦，何必这样辗转于病床挤在病人堆里看医护脸色？哼哼唧唧躺在病床上，战战兢兢盯着输液管里的水滴消磨时光，这也算活着？

六年前手术后，我就想过，以后再出状况也不把自己憋屈在病房。无非迟几天早几天的事，我希望最后的时光要真正把握在自己手里，任自己挥霍。

然而，未知数是不清楚造化之手还给我存留了多少时间，有几件颇费精力的事需要亲自处理。这一点实在又让我有所顾忌。

夜半扪心，真有几分惭愧，这六年我实在没有把时间安排好。如果几件该做的事做了，那还有什么放不下？命运有时也实在有趣，给一个考验，却又偏不让你痛快选择。当然，责任在自己，怪不到别人，更怪不得肿瘤宝宝。

说"肿瘤宝宝"，没有故作无所谓的意思，只是略带调侃。我对癌细胞以及它们的群体，其实很是惧怕，惧怕之外可能还有敬佩。我一向认为，癌细胞就算不是人体中最有生命力最有革命性的小群体，也应该是一大批散落民间隐于草莽的高手。不仅有不世出的超强武功，还都有敢于抗争不屈从命运的秉性。如果大环境清明和顺，它们或许只能和光同尘，与时人共进退，让寄寓其中的躯壳安安稳稳享完自己的气数。

只不过包括我在内的世人，大多不太懂得珍惜生命所依附的这副皮囊。胡吃海喝，不遵时序，各种逆天行为，把个好端端的体内环境搅得乌烟瘴气阴阳错位。待到气血失调，脏腑颠倒，必然就是天下大乱，民不聊生。癌细胞这才会揭竿而起，攻城略地大开杀戒，或绿林赤眉，或水泊梁山，与官家争天下。

我那个豢养肿瘤宝宝的帖子今天有了回音，两个同是肝移植的病友——灿烂夏花、布衣者，读了帖子马上给我推来一堆语音。危难时刻有朋友的关注且给你建议，心里实在是非常感动。

曾与某病友探讨过生病与情谊的话题。

但凡卧病床上，必然会领受一堆熟人亲友的探望问候。病友说，他躺在病房那会儿，很厌烦熟人同事出于客套明显言不由衷的外交礼仪式问候。有什么意思？耗费精力不说，对治疗没半点儿作用。听几个旁观者或真怜悯或假关切的慰问句，对一个正处于危难关头、生不如死痛苦着的病人，并不是一件很温馨快乐的事。

我的观点略有不同。在你十有八九就要灰飞烟灭之际，还有人惦念着你，还愿意来病床边陪伴你一小会儿说几句温情话，这本身就是难得的缘分。心绪烦乱的低谷，亲友的安慰和关心，毕竟也是一种鼓励。鼓励虽然当不了药，但起码可以感染一些健康者的心态情绪，没什么不好。

六年前病危期，许多朋友同事来医院看我，我是真的开心，至少闲聊几句，能让我转移一下注意力，减轻体内苦痛。手术前，几位朋友帮我垫凑治疗费，岑君一下拿来十五万元存折。十五万元对一个普通工薪族来说不是一笔小数目，而且，这种情况这种用途，扔出来还有多大可能收得回去？这情谊厚重沉实，是压力也是动力。有这么几个亲友在身边扶持，不奋起与疾病抗争都说不过去，怎么能说没有意义？

两位病友发来的语音，远远超出寻常问候范围。他们下了功夫，给我推荐治疗信息，提供诊治思路。俗语所谓"久病成医"，即使遵从精确数据的科技时代，病人自己的感受也是非常重要的医治借鉴。许多时候，病人经验可能比医学检验都有实际效用。这方面的功课我一向很差，没留意收集，说明我实在是个粗心大意不够意思的病人。

前一阵子，我的肝系酶超标，医生按"排异"处理，让增加药量。我把数据发到网上，几个病友却认为药损可能性大，不仅不该加量还得反过来减一部分才行。后来我换医院重新测量血药浓度和 T 淋巴计数比值，证明病友们的分析正确。果断减了 0.5 毫克药量，指标很快回落到正常范围，避免了南辕北辙的大失误。病友意见不容小觑。

这次是新情况。癌症猛于虎，我从未想到却骤然遭遇，有点儿被扑面腥风打蒙的感觉。如何应对？能否迈过眼前这座景阳冈？心中已是大大的不自信。

布衣者的说法，肿瘤这东西，反侦察能力极强，前期潜伏爪牙忍受，几乎很难察觉。一旦赫然亮相扯旗占山，随即招兵买马扩充势力，那就已经是泼天大患。不用几天就可能拔关夺寨经略四方，轻松击破你最重要的防线。所以，拖不得。所以，不能心慈手软。迎上去，施以雷霆手段，及早灭掉它，这才是唯一出路。

听友人言，有点儿醒悟自己的昏庸。如若不昏，何以把一副好端端的躯体治理成现在这样千疮百孔羸弱不堪，为癌细胞造反铺陈出可乘之机？如若不庸，又何以面对乱局，心绪不宁且没能树立起果断决绝的信心？

我一向思路，所谓"有病不治常得中医"的拖延大法，或许不过是优柔寡断的遮掩。

本来想法，施以仁政，允许肿瘤宝宝保留一块地盘，只要可以和平共处。即使是略显倾斜的病态平衡，维持个十年二十年也就够了。

我还有与它们谈判的资本吗？我还有能力钳制它们的扩展吗？我还有奋起一击灭掉它们的机会吗？

不知道的是，已经在我肝部安营扎寨的这个生机勃勃的小群体，只是占一块地盘发点儿小财就满足了，还是非要一鼓作气推翻我这副晚清政府的躯壳？

妥协拖延？不顾一切来一刀？或者第三条路，远遁山林，意念气功？依然是没有头绪，依然是下不了决心。庸才。

我给病友回复一句：朋友们的意见，我一定认真思考。

感冒还扛不过去，想睡一觉，就是难受得无法入眠。下午，体温又开始上浮，但愿今晚不要再烧那么严重。不怕烧糊涂，而是从头到脚的酸痛感实在闹心。

十、想家　反省　当下

夜梦还乡，想家了，想黄土地了。这是我没勇气往下说的话题，催泪，我明白自己内心深处的软弱。然而只要还能触碰这块软弱，我就有可能挺起脊梁。

我不是孝子，没认真侍奉过父母。这是心里的大愧疚。别的没做到，起码让老母亲安享晚年，最后也走得放心。

仅此一点，我就必须如狼似虎张牙舞爪立起来。

四点醒了没再阖眼。窗外黑沉沉，楼道静悄悄，感觉自己被一种虚幻若梦的气场所笼罩。

时光、岁月、生命，诸如此类的词句，在暗幽幽的四周飞来飘去。似水年华，不甚知觉中哗啦啦从身边流淌而去，心头难免一紧。

不敢反省，不敢回望，我实在是个并不怎么珍惜和敬畏生命的人。

经常自以为对生命对人生有多么深刻的理解，真的如此？想起哪本书中一句话，自以为是的人其实往往浅薄。说的就是我这类人。

书本文字的理解虽然也是一种理解，但撇开自己的切身感受，对生命对人生的看法就很难深刻，也未必就对这种自以为是的理解真当回事。

六年前移植手术，在无望中重获二次生命。自己经历了多少苦痛？亲人承受了多少连累？生命的不易、再生的艰难、血与泪的体验，本来是有许多应该记取。

据说全国每年需要器官移植的病人有几百万，而真正有幸等到手术的也就几千人。获得这样一个走向重生的机会实在是太难太难。

六年前刚住院，就听老病友讲，隔壁病房曾有一个即将毕业的大学生，住院几个月苦苦等候。乡下务农的父母变卖了住房，倾家荡产想保儿子。结果还是没能等到手术，活生生人财两空的悲剧。

还有邻床病友，我亲眼看着他从阔步昂首态渐渐走向步履蹒跚，最终逝去而没能等到手术。生命很脆弱，生命过程又充满了许多自己无法把握的变数。

可以由自己把握的时候呢？人们未必真的上心。该怎样还怎样，牢记教训的不多。

一个移植病人，本应该比任何别的病人更多一点儿对生命的理解和珍重。因为首要的前提，移植病人的复活，必须要有另一条生命为你作铺垫。那曾经也是一个渴望活下去的有血有肉的个体。

延续生命的真相，往往有许多无奈，甚至有许多不能直视的残酷。而这还不是全部。

一个生命的再造重组，还有亲人的倾尽全力，还有医护的昼夜辛劳，还得加上自个儿几个月苦痛不堪酷刑般的忍受。

与许多熟悉的病友相比，我过于大意，以为自己可以像当初健康时肆无忌惮地挥霍生命。

忽略或者淡忘那一段跌宕起伏的经历真的不应该。我有点儿忘乎所以了。

病友们常说的一句话：上天对我们很眷顾，我们更要懂得珍惜。这是分分秒秒都不应该忘记的一个原则一个宗旨。

当然，对自己而言，现在最主要的不是检讨，不是悄悄躲在一边吃后悔药。我需要的是振作，需要的是斗志，需要的是为捍卫疆域不顾一切的拼命劲头。

前因已成追忆，后事无须费神，把当下这一关过好才最为关键。

十一、核磁　见识　女孩

MRI（核磁共振成像），现代医学检测的大杀器。不病不知道，一病就跟这玩意摽上了，时不时就被拉去让它虐我一把。据说此物没有 CT 对身体的伤害严重，但我还是心理上有抵触。然而躲不过，必须的，入住病房的铁定程序。这次来医院复查，我要是不做核磁也就罢了，搞搞血液生化系列检测，再打个腹部彩超，高高兴兴走人，现在没准已经在某个旅游景点左顾右盼。

我喜欢性情温和的彩超，没什么杀伤力，但似乎从成像细节和清晰度，远远比不过核磁。已经进 B 超室接受了两次扫描，愣是没有发现肿瘤踪影。医生的说法，好像这家伙潜伏的部位很奇特，恰好是有别的什么组织阻挡，B 超探头的角度扫不过去。上午又让彩超室任主任做一次，左切右切，换了两台机器，仍然没能看到。也就是说，现在对我肝部的那个不该出现的物件，只有依赖核磁图像。

图像就在那里，跑不掉也没法篡改。然而对这张图的解读，几个主要医生却不是百分之百一致。如此高精尖成像，到具体人眼里，还是存在着不确定性。看来，仪器给出的数据或者图像，最多只是疾病某一个角度的判断指标，与事实的全部真相总有距离。这距离很可能就是一道考题，考校着医生的综合判断力。而我这张图，好像真还考住他们了，有点儿意思。

想到自己朽木一截，居然可以给总是以数据图像为最高原则的医生出难题，心里一阵好笑。仅此暗自看医生笑话的心态，就可以说明我的顽劣。被虐是活该，不冤。

两三天过去都没给我确切判决，就有晃悠悠悬在半空的侥幸。读过一句鸡汤语：最坏的结果也比悬而未决好。以前很喜欢这句话，现在却不这么看。悬而未决也没什么不好，起码留给自己一半希望。没准未决一段时间就会无罪释放呢。如果晃悠悠悬上几年十几年，有没有结果，或结果无论好坏，又奈我何，就这样吊在半空蛮有趣。丢开那个结果，躺在床上刷手机，先享受没结果的自在。

然而，主治医却不允许这种不确定性，几次过来建议我立即到设备更完备精良的医院再做检查。医生的提议是两项：一是穿刺活检，二是PET-CT。想想穿刺就算了，听说癌细胞很有脾气，不招惹它，未必马上炸毛。活检，应该算是狠狠招惹，没准就大麻烦，立马让它蹦起来发作。那就选择后一项吧。

早上七点打车出发，遵医生指示转向新战区——北京肿瘤医院。

有两个小震撼。车过定惠桥向东，一路堵车，堵得那才叫个气势磅礴。沿马路望过去，亮着红色尾灯的车队形成一道美丽长龙，长得既不见首更难见尾，真正是一望无际，值得一叹。这些年人类生活方式发展得太快了，生存环境与求存手段几乎是日新月异。而人体结构与机能的进化却远远跟不上人类异想天开的科技步伐。所谓天人合一，人类原本只是自然的产物，有其适应某种生态的先天局限。工具可以先进，思维可以超前，但人体的自然结构却不可能跟上外部环境的变化。这种差异，这种不适宜性，很可能就是许多现代病多发的重要原因。

七点半总算进了医院门诊大厅，又是一种壮观。规模大还在其次，如果不看窗口标识文字，恍惚间我竟然以为是走进了火车站候车大厅。匆忙的旅客，各线路的排队检票人群，上车的、下车的、转车的，一个又一个要奔往的目标，喧闹嘈杂，人气沸腾，生机勃勃。这哪有天塌地陷癌症肿瘤肆虐的模样？

跻身于熙熙攘攘的癌症群体中，不觉孤单了。赴死的、绝望的大有人在，我何必战战兢兢。

来这里要做的是PET-CT，从没听说过。所谓PET，查了一下，中文全名叫作正电子发射计算机断层显像，一长串的大名，很高深很科技的样子。做病人也有好处，长见识，总能听到一些蹂躏人类的新手段新方法。这个PET，据说对肿瘤性质确定是如何如何灵验，但问了一个邻居的孩子，她恰好专业从事此项业务，给的答复是"也不见得"。我同意这个"也不见得"，世上哪有完美的百分百准确可靠的科技？再精确也有漏洞。你恰恰是漏洞里的那一个呢，这技术也就百分百地不灵。

在等候区听做过一次的人讲，PET-CT最大的风险是注射放射性针剂。打了之后，就周身充满放射性元素，变成一个移动的核放射源。心存善意一点儿，几天都不要靠近儿童孕妇。有这么厉害？以后要找谁报仇，这倒是好办法。不显山不显水，只需自残自受 PET 一把，然后找仇家亲密接触。思维能拐到这里，可见本人内心的不着调，受摧残实在合理。

又有某病人介绍，此针剂贵比黄金，不是谁都打得起。嗯？或许这还成了可以拿来炫一把的高雅事，那我身份岂不因此上了档次？

换个角度，把这两个东西摆在一起比较倒也说得过去。不仅价格类似，作用也差不多，都是对人的腐蚀，一个在于肉体，一个侧重内心。

有点儿心绪起伏不太情愿地注射了"放射源"，可以进候诊室了。意外，这么高级的候诊室，仿佛什么机构的贵宾接待处。想想或许有道理，刚注射一管子"黄金"，差不多也算是名副其实的金卡贵宾。

室内只有几张很舒服的半躺大沙发，类似飞机头等舱的座位。先到的已有几个病人，其中一个八九岁女孩，小脸蛋俊秀可爱，却挺着一个巨大的肚子，应该是一颗超级大肿瘤。孩子的父母一看就是老实巴交的乡下人，他们讲，孩子现在已经没法往下躺，天天只能挺着肚子坐着。孩子艰难万分地斜偎在母亲怀里，母亲则垂首无言轻轻把扶着女儿纤瘦的双肩。相依为命的样子让人心酸，突然眼角有了泪奔的感觉。一个幼小生命的不幸，或许已把这个普通农家拖入无底的治疗黑洞，不知能不能走得出来。

旁边沙发床上的男士一口地道京片子，开始大发议论。说这是无良企业造的孽，空气雾霾，食品污染，孩子遭了老鼻子罪。出绩效，拉 GDP，没错，也该把普通百姓的生活安全纳入考核指标才对吧。另一位站着的先生接话，肿瘤医院的 GDP 贡献就不小啊，看看咱做这什么派 CT，一次七八千一万多，从早到晚机器不停还派不过来。过几年，癌症患者如果潮水般出现，那不用房地产，单肿瘤行业就可以支撑起很大一块财政税收。听得我都蒙了，莫不成怀揣个肿瘤宝宝是在做贡献？意义重大啊。不过，时下的医院或者肿瘤医院，规模扩大、仪器更新、业务红火、患者蜂拥，确是不争的事实。

小女孩先被推进去扫描，但孩子真的没法躺下。好不容易硬放在轨道床上，那显然对孩子是一种巨大的痛苦，一入舱就身体乱动，按也按不住。几次都没成功，只能退出来在门外休息。直到我被派完要离去了，女孩还在影相室门边，坐在轮椅里等候，父母一边一个守护着。瞥一眼孩子的父亲，一脸泪水，满眼绝望。

迟疑一下，想安慰几句。说什么？说不出，鼻子酸酸的，作罢。又想到托尔斯泰那句话：上帝创造了人，为什么要让他们活受罪？

不知道这先进的科技机器，能否增添几件附属设备，这应该不是太难吧。让小女孩这样的特殊患者能略略轻松一点儿接受检测多好。孩子本来已经活得太艰难太痛苦了。

还想说的是，小女孩这种病情，未必非得动用如此昂贵且不入医保的检验手段，让孩子轻松点儿，让那对农家夫妇轻松点儿，是不是也算医院积德？忘了，科技时代，以科技指标为准。别的，可以忽略不计。这样的生存氛围，真的是人类福音？

十二、输液　病友　幸运

住医院吃病家这碗饭，咱也算老资格了。自己免不了时常挂吊瓶，也看多了别人输药水，但此次同室小病友这种档次的输入法我还真是第一次目睹。真可谓人们常说的一句话：没有最好，只有更好。反过来，没有最糟，只有更糟。

小病友先我七八天入住，一来就扎上输液管。我与他同室已经十几天了，就没见他哪怕一小会儿停了液体。如果这也可以搞排名，他绝对在现有几百个病号中轻松拿到输液冠军称号。二十四小时无间歇，不是一天，而是天天。一个人，一次二十四小时输液比较难，而天天二十四小时挂着液体且半月二十天不带喘气稍息的，可就实在太难了。

没明没夜，端盘子的护士走马灯般绕着他转。各种各样药液，一会儿塑料装，一会儿玻璃瓶，一会儿带色，一会儿清澈，经常还支架上"硕果"累累悬挂几个品种同时往小同学血管里猛灌。估计这医院可以开出的化学制剂他都领受了。几次自问，如此高级别待遇我受得了吗？想一阵就摇头，肯定早按捺不住拔针头了。

对输液，我比较排斥。这意思，不是说别的治疗方式，就多么安全舒适好处多多。其实现在医院所有与治疗相关的手段、生化检验、仪器检测、扎针用药，都或多或少利弊相随，会有一定副作用。而输液之所以令人忌惮，首先是太煎熬人，大半天几小时卧床不动，一滴一滴慢慢让悬在眼前的一大瓶或一大包药水流进血脉，实在需要出家修行般好心性。

最主要的，我总有一种感觉，原来身体虽然这不对那不对，但只要还喘气活着，就大体有自己勉强可以维持一段时间的病态的运作格局。换言之，虽然已是晚清政府摇摇欲坠，若没有民变蜂起外敌入侵，各贪官污吏还会半死不活上班下班撞钟过日子。这局面一旦风吹草动遭遇强劲的冲击会怎样？必然打乱原本捉襟见肘的微弱平衡，先就会让那些已经病变的部位失去效用。起初也许会有逆转之效，持续日久，用进废退，原先权力结构可能就会趋于瘫痪。到那时，器官组织若未能在药效扶持下略有恢复，那身体的许多内在功能就只能由药物所分析出的生化作用来替代。

六年前同室一位侯姓病人，去世前一天，小护士来巡查，悄悄在我耳边说一句：明天中午老侯就完了。我起初还吃惊，现代化医院还搞死亡预测，而且还预测得这么精确？后来才明白，老侯最后几天的轻微体征，基本是各种药水和相关器械在起作用，真正的原版老侯已经不在。第二天上午亲友来病房告别，仪式结束，中午时分把身上各种管线拔除，那点儿活着的表象随即消散。

大凡急功近利的手段，往往有腐蚀性，往往带来可怕的副作用，往往会引出无法逆转的反噬。小病友的液体疗法应该赶快告一段落。

小病友的另一考验是不能进食，住院这么长时间，一直挂营养液维持。他馋啊，经常发狠言要吃这吃那。有次他妈妈在旁边啃面包，小同学哼哼唧唧一连声我也要我也要。妈妈把面包探过来：那就闻一下。小同学真是伤心欲绝，直把床铺拍得砰砰响。

终于，昨天有曙光在前的兆头，医生查房时宣布：明天可以吃东西了。他咧嘴傻乐，呵呵了十几声。然而医生又补充，几口粥啊。他立马又长叹息。太不过瘾了，太吊胃口了。

孩子毕竟是孩子，今后漫长的人生道路大概还来不及细想。他想得简单，只想过节过年能回自己宽畅的大房间。对那个并不遥远却咫尺天涯的家，他念叨最多的是几只狗狗和书房课桌，还有各式正餐和小吃。

初来几天，常听他几次问妈妈问护士问医生，再有多少天过元旦，是不是可以回家？这几天不问了，估计他也明白，元旦他肯定走不出医院大门。

我曾对孩子开玩笑说，你将来搞革命不怕做叛徒。小病友没明白，仰起脸睁圆眼问，为什么呀？我说，他们抓起你来用什么刑，你一看就乐，这啊，太小菜啦，俺十几岁住医院，受得不受了，挠痒痒的事。小病友也不禁莞尔，就是就是。

因为马上就是元旦，也因为不能畅快进食，小病友这两天情绪起伏，流了几行咸涩的泪水。我起初只是见他这几天治疗的超负荷，后来才明白，我看到的，冰山一角都不到。

在病患队伍里，他完全够得上老资格。几岁就发病，几年前发展成尿毒症开始透析。边透析边排队等候移植。移植一年危情不断，常常是出院没几天就又被重新送回来。我见到的这一次，住院二十多天了，仍未控制住险情。这经历，听听都让人头大。别说一个孩子，就算成年人，有几个能忍受？

人与人没法比，健康的人，往往很难理解自己有多幸福。就拿本人而言，有时也难免郁闷，觉得自己这一生风风雨雨命运多舛。然而待在病房，即使与小病友比较，我确实已经算是相当有福了。

常会回想六年前第一次来这个医院，我住的那间大病房有三四个精力充沛的年轻病友。他们都开朗阳光，搅得房间里笑声不断，歌声不断。在我自以为最苦难深沉的岁月里，他们的情绪非常感染我。某种意义上，他们是我的好老师，天天用自己的言行施教，让第一次在病床上经受生死磨难的我，也渐渐习惯了用常态心性来面对厄运。

几个年轻人一年之内先后离开人世。后来我每次去医院，总要到那间5号大病房转一转，缅怀一下那段岁月，在心底为几个年轻人祈祷。与他们比，我还不够幸运吗？我还有什么不知足？

事实上就我自己而言，即使手术之后，衍生灾难不断，那时我对自己的期望值也不是太高，三年？五年？而现在我已在向七年迈进。已经赚够了，我早应该无所畏惧了。

十三、岁末　纠结　希望

写下"12月31日"一行日期，就在心里敲打自己，爷们儿点哈，别给咱假冒旧式文人泛酸。现在是伏在前沿阵地的沟壕里，敌军已经冲过来，触手可及。这种时候，感时伤怀吟风诵月，毫无意义倒还罢了，实在还会败坏士气。

几位朋友还有女儿，给我补了几节肿瘤治疗课。我自己也在网上乱查一通。正反看法都有，左听右听稀里糊涂没了方向。怎么对？糊涂的答案是，好像怎么都未必对，没有万全之策，没有绝对有把握的医治方案。反推一步，或许就是怎么做都无所谓。

通常感冒，无论积极治疗或者硬扛着不管不顾，结果大体差不多，拖个七八天也就过去了。接受治疗者，以为吃药打针有效，总算治好了。硬扛的呢，却以为是自个儿身体棒打败了疾病。其实人家感冒病毒领的任务就是出来骚扰一星期，任务完成，回营休息，留下被打残的人类在那儿自以为是。

所以，我的惯常心理，比较倾向于不治之治，拖下去也许就没事了？心存侥幸。但又不坚决，毕竟身家性命。扛不过呢？或者，真能治好呢？实在是没有看透生死，修为不够。

家人加几个朋友的意见，肯定是积极治疗。但凡正常人，没谁会毫无遮拦劝病人放弃，即使明知没用，也说不出口。而明面上的理由，既然这种病已经不可能自己控制，交给专业人士处理当然就是不二之选。这想法对不对？不能追问。追下去，起码得追问现代医学所依赖的基础，科技检验手段是否绝对可靠。医生不能，病人更不能确定检验数据的微小误差不会落在自己头上。

岂止病人在赌，医生也在赌。赌检验数据的准确无误，赌解读认知数据的准确无误，赌医治程序的准确无误，赌实施治疗手段的准确无误。其中某个环节出错呢？折戟沉沙，满盘皆输。

大多数人，面临不可测，感觉到自己的无奈，最后一招就是把自己的命运交出去，随便交给什么人或索性交给一种观念。因没路了无望了而交出命运，不是真的以为别人有办法，而是自己没了主意，就希望别人或许会有办法。自欺，也是自慰。

所谓完全交给专业人士，许多时候也不过是一厢情愿。仅就危重疾病的治与不治而言，最终还是得自己拿主意。我所了解的医生说法，通常是一面讲必须治疗，一面又会告知你治疗可不一定有把握。放弃还是赌一把？自己掂量，最后的选择权想交也交不出去，医生才不会替你决定。

平心而论，治疗不一定有把握，不是医生要规避责任。人体这部机器，现代科技对它的解密还远远不够。我以为，永远不会彻底。不精确的认知，怎么可能有精确的治疗？恐怕只有江湖骗子才敢说绝对治愈的鬼话。治病而没有风险，只是梦想。疾病，是生命进化过程中淘汰残次品的手段，所谓医治本就逆天，哪可能不付代价。

至于癌症，病因病机都没定论，如何治疗也肯定有分歧。癌症专家近藤诚有个观点，肿瘤病变，其实不存在"治愈"一说。通常所谓治愈的，不过是假性肿瘤。治与不治，与感冒一样，到点就自己好了。而真性肿瘤，治与不治，也没多少区别，该哪天玩完还是哪天。区别只在于：治疗会带来更多痛苦。

这话是不是过于绝对？现在不好下判断，几年十几年后，人们对癌症的理解肯定又有大的改变，随即治法也会与现在不同。当然，后话，与我无关了。

现在呢，大家都在治，你不治是不是不负责任？不是有多少多少人治好了吗？自己为什么不会是其中一个？这是一种希望，也或许不过是一个误区。

大多数人还是倾向于治。为什么？一、总得做点儿什么吧，快完蛋了，啥也不做，是不是太消极悲观太缺乏勇气？二、既然大家都急着要治，那应该还是治比不治好，随大溜总归没错。三、你能不相信科学？你能不相信专业？尤其是你得信服现在几乎无所不能的最新医疗手段吧。最重要的，千百年才修来的一条命，放弃呢，没了就真的没了，而赌一把或许还有赢的可能。这是一笔很简单的账，不必太费思量。

只要还有一线希望，病人不可能不赌。医家算好了的，就等着你乖乖签字画押。

今晚医院静悄悄，门诊大厅几近空无一人。下午有出院小高潮，我住的内

255

科七八间病房，前几天还热闹拥挤，晚饭后我巡视一番，大体腾空。只有我和小病友这间小屋不为所动，坚持满负荷。

小病友今天无比伤感，两三次落泪，嚷嚷着想回家。据说距他家，开车顺利点儿不用一小时。然而，越过这不足一小时车距的障碍，还真是相当艰难，哭鼻子也解决不了问题。

"节日快乐"是最应景的一句祝词。但在这节日前夜，不是所有人都可能自由自在享受快乐。就医院而言，病患者不必说了，值班的医护怕也难免相思怀念之情吧。

我也很忠于职守，躺完本年最后一班岗，晚八点半输了今年最后一袋液体才"下班"。按多年积习，岁末这一晚是要小结一下，再给自己一点儿新年鼓励的。此项工作今年暂停，我需要让自己的心情维稳维平。

不过输液时还是翻了一下全年日记，多少总有几件蛮开心的事。我知道自己时间抓得不紧，但仍然努力做着点儿什么，这就好。给自己打个 61 分以示鼓励。

人生只能向后兼容，看明白过去的岁月。然而这种明白其实于事无补，该怎样早已经怎样了。人们总是寄希望于今后，今后谁可能看明白？谁都不会晓得自己有多少今后，又会有怎样的今后。但只要还可以给自己许诺今后，这本身就是一种福缘。自我安慰也罢，自我欺骗也罢，起码，希望明年自己可以做得更好。

最主要的，鼓足气力，迈过眼前这道坎。如果迈不过呢？吉利不吉利先撇一边，从战略上讲，往最坏处着想并不为错。

那就先把最紧要的事处理妥当，再说治疗的话。

十四、新元　掉队　候车

"1月1日"，写下这行日期，内心按捺不住的小自豪小得意。起码的，确切的，老子又挤进了 2017 年大门，开始享受新一轮 365。不客气了，既然进来，就要有模有样待下去。先张狂一把，虽然深冬之季，毕竟新元起始，咱就敢先让春意在心中荡起。然后呢，从心开始，让自己以泼皮无赖不怕折腾的姿态走向新的春天。

七点，天未尽亮，出街小走。很冷，然而街头已是车行不断，路上许多匆匆行人，各式早摊也在医院附近摆满。这就是现实人生，即使有那么一小撮如我的某类分子已经或即将被抛离常规丢弃于荒野，俗世生活的主流照样在凡庸之上轰鸣着沸腾着红火热闹地朝前行进。

大队中的人，城堡中的人，一代代一茬茬过去，却总是那样充满憧憬和向往，为各种欲望所诱惑。正像当初的自己，总以为生活没有尽头，总以为来日方长，总以为受伤倒下与咱何干？

其实，貌似一如既往正常行进的大队，落伍和淘汰在时时发生。每个行走于大队中的个体，对掉队者、对受伤者、对倒下者，或许最多也就是心生怜悯一下，却从来不愿也来不及细想，这命运是否会降临到自己头上，也未必会停住脚步思量一下如果伤痛之运摊在自己身上又该怎么办。裹挟于求存大潮，只能匆匆随流而去，冲向前面以为会有的圆满幸福。

命运真的没法细想，不过也没多了不起。掉队了，被甩出来了，成旁观者了，倒也落个轻松，正好可以缩手袖间立在一边，去观赏风尘仆仆行路者的无谓，去回味自己曾经经历过的虚妄。

生活中的跌宕起伏得失损益，不亲历往往不会明白个中滋味。身在其中了呢？经历过了呢？以为很幸福很甜蜜的事，也就那么回事。以为很苦痛很可怕的事，同样也就那么回事。

据说，台风的中心往往平静，没在这中心待过，说不出。但自己成了被淘汰出局者，总算体验了脱离大队的孤单，总算经历了几次病危的击打，总算承受了病床上似乎没有尽头的煎熬，现在，还又总算挤进最为世人避之唯恐不及的癌症群体，好像也就那么回事，似乎也未必糟到哪里。

想起阿Q之言，人生大抵是有时会被绑来绑去，有时会被按着指头在纸上画圆。那么，人生大抵也有时会被置于病床，这真没多大了不起，真不值得一惊一乍，天塌了地陷了一般。其实真正要是天塌地陷，怕是连惊愕害怕的工夫都不会有。5·12汶川大地震，几分钟的事，一下子毁灭了多少正常的生命？

还可以受苦，还可以被医治，还可以为命运担忧，本身或许就是一种大幸运。幸运在于，这同样是活泼泼人世间的活泼泼的生活。

病房里的人，被推至危难境地的人，只要没有最后陷入死亡黑洞，与街上常规俗世的人似乎也没多少本质区别。诱惑不同而已，向往不同而已，烦恼不同而已。生命还在进行，轨道略有偏移。

阳光灿灿，隔窗望去是京城少见的蓝天，有种让人去海阔天空的魅惑。假日，外面的世界或许正上演许多快乐活剧。然而病房是另一重天地，护士依旧忙忙碌碌，脚步匆匆奔走于病床之间。憔悴的无奈的病患者们或躺或坐，呻唧着，并不为新年伊始的蓝天丽日所鼓动。

而我，想象自己是一个候车者，徘徊于站台已经几天几夜，这趟车等得我好辛苦。据说有个"等车定律"，你要等的那趟经常是迟迟不来，现在我就有这样的感觉。不过，揭晓谜底的时刻毕竟是快到了，再有两天，就可以接到那份 PET-CT 通知书。说一点儿也不担忧是假，不过明面上还能绷出一副坦然。

不坦然不行，不绷着不行。夫人和女儿内心，这几日真正的压力山大。站在一边，亲眼看着亲人一点一点儿陷入泥潭却不知道该如何援手，哪可能没压力？我没法索性躺倒，我只能若无其事。我还得告诉她们，别自己吓自己。还没到最后与死神过招的时候，就会有许多变数，不至于一定是我输。

主治医的意思，别考虑什么过年，明智的做法是马上手术。其实，回省城过年只是我的托词，真正想法是再观察一段时间。一上来就缴械投降有点儿憋气窝火，我毕竟没有试着抗争过，怎么就断定抵抗无效？起码尝试一下，哪怕两个月，一个月也行。不走这一步，我不甘心。另外，就算我乖顺，就算我低头，我这副晚清政府的身体，经得起疾风骤雨的变革吗？这应该是自己的不自信，因为不自信，所以想拖一拖。

这点不自信还牵扯着另一个因素，如果马上做手术，我就得停下手头所有的事情。就算顺利，也得拖延很长时间。如果不顺利呢？如果出现危局呢？我需要完成的几件事情或许就永远到此为止，这使我不能不有所顾忌。我必须选一个自认为勉强可以接受的时间再躺下。

大体想好下一步棋的走法，先回省城做观察。回省城基于几点考虑：一、京城不熟，找人困难；二、省城医疗技术未必差到哪里；三、家人生活要比在京城方便；四、最主要的，还有必须处理的几件事。

十五、走步　医院　判决

这次趁火打劫的重感冒，余毒没有散尽，晚上还有咳嗽，但体温大体是正常了。值得庆幸，说明官方机构还可以组织有效镇压。起码眼前阶段，游击队小股暴动虽然燎原了一下，让我高烧几天，但毕竟被正规军击败，没能左右大局。

早饭后，有了走步的冲动。到京城慌慌乱乱，东检查西测试，又遭遇流感袭击，一下子被打倒在床，栖栖遑遑了七八天。原谅自己，与小病毒打架很耗费体能，难免疲怠萎靡神情不爽。然而却不可因此迁就自己，如果身体进而内心把自己当作衰弱不堪的病夫，流感一把，就软绵绵躺倒，遑论下一步面对杀手级强敌的主动进攻。所以，我得鼓劲，哪怕硬撑起来，也得占有气势上的优势。

局限于医院小天地，可操作项目不多，最简单易行的是走步。意义不在于体能，更主要是维持一种依然可以自以为是的姿态，告诉自己也告诉对手，别以为我会服输躺倒，别以为我真的那么不堪一击，我精神头倔强着呢，抵抗力强盛着呢。让你们瞧瞧我昂着头气势汹汹咬牙切齿在走廊在大厅走过去又走过来，那意思是，你们过来试试？看我敢不敢狠狠一口咬过去！

先是小碎步慢跑，然后是迈大步疾走。效果不错，一个多小时，直走到微微有汗。

门诊大厅较之昨天又多了活气，说明病毒很尽职很辛苦，过节也不休息，生怕一疏忽放人类一马。病毒积极主动，医院就得紧密配合，仅有一天的松弛冷清迅速回归闹嚷嚷常态。敞开大门收纳病患的工作必须懈而不怠更上台阶，苟日新，日日新，又日新。老祖宗这语录用到医院，我怎么感觉有点儿邪恶的味道。

邪恶的还有这个几分疯癫态的走步者。这可是病患聚集处，我气喘吁吁甩着双臂在排队挂号人群中拐来拐去穿梭绕行，几近故意捣乱，好不碍事。大厅里几个保安侧目了几次，终究是没过来干涉。估计我一身病号服，大体可以算半个内部人。一脸凶巴巴表情，莫非药吃错了还是吃多了，正在"行散"？最好不要招惹，也真的没有招惹。

走累了，在拐角处找个椅子坐下。看男女老少在各个窗口前挤来撞去的焦急，看各式被推着抬着扶着的病人，既有身在其中身不由己的一点儿相怜，又有立在岸边观赏旁人深陷泥沼的些许侥幸，还掺杂着几分似乎扮演群众演员的恍惚。

人类确实奇怪，居然能搞出医院这样一种神奇的地方。说它是好去处，好像不妥。你祝某人住医院试试，他肯定跟你瞪眼，没谁喜欢来这里享乐潇洒。说它不好？也未必妥。毕竟起死回生的最后一道防线，不知有多少人想着法儿花大价钱打破脑袋猴急猫跳要挤进来，眼前大厅里熙熙攘攘就是实证。也就昨日元旦略略小清静，今天马上就恢复人声鼎沸，一派忙乱景象。

是否有人探究过医院这种机构出现和完善的过程？我胡猜，起初肯定是带着互助或友情色彩的救危解难，然后就渐渐演变成一种养家糊口的职业，一种越来越与钞票紧密结合的特色产业。该如何评价现在这种结构严谨分工精细科技手段新奇的医院？显然不能说它远离了拯救病人的正轨，但如果硬要说它就是以救死扶伤为第一要义核心宗旨怕也很难让寻常百姓信服。

网上看到一个帖子，说古代医药堂前常贴一副对联：但愿世间人无病，宁可架上药生尘。哪怕仅仅是门脸上的广告，总比时下各种天花乱坠的疗效宣传以及会员优惠打折促销之类赤裸裸诱惑让人看着舒服。情怀怕是早已碎成玻璃碴儿，就剩下直截了当掏对方口袋的原始冲动了。

说到底，家底不够厚。或许将来，大家庭所有成员都有主人般资格享受免费医疗？一梦。这不重要，或者说，这是个想不想都没多少实际意义的问题，距那个目标很遥远。

真正让我疑惑的是，虽然医学的进步大家公认，然而，与此同步的却是疾病种类病患数量的剧增。回想半世纪前，一个几排平房的县医院也没见有多少病人挤来涌去。现在呢，从县城到省城再到京城，医院规模越来越膨胀扩展，诊断技术越来越精巧奇妙，医疗手段越来越高超强大，病人呢，却似乎越治越多，多到令人无法想象。莫非，医高一尺，病高一丈？

这样的进步，即使不算有缺陷的进步，怕也是一种值得重新估量的进步。单拿治疗手段而言，高端科技与生化药物的普及，本身就会引出许多新型病种。比如 CT 一类检测手段的副作用，比如输液常态化对人体的伤害，比如滥用抗生素带来的后果。

这种医治思路还会延伸多远？人们什么时候才能警觉？

其实，任何一种已成定规的模式都不可能走得太远，甚至往往走向反面。实际操作推波助澜的医生们是否会意识到，现代化医院的这两条腿，过度依赖科技器械生化药物的医治模式与效益为主的指导原则，很可能最终把医生这个行业灭掉。若干年后，一部揣在口袋里的电子终端，就可以完成远程测试和对症指导的标准化治疗，养那么多也不过就是看看数据且只能依赖数据处理病情的医生干吗？

一堆胡思乱想，需要检讨自己心态了。

环境、气氛，往往影响人的情绪。这几天身家性命的疑虑，难免生出一种末日场景的不带劲感受。事实上，对许多与我同类者而言，一旦来到医院这种距死亡黑洞只有一步之遥的地方，怕也真是在体验穷途末路的灰色情调。

但不管怎么说，正面理解，病家所有求生之途都封堵之后，医院毕竟是没得选的最后可选之处。至于诊断是否精准、治疗是否奏效，那是另外的问题。

乡下老乡常说一句无可奈何的话：治了病治不了命。我对此语的理解：但凡真要得了要紧的病要命的病，到医院也不过就是自我安慰，尽心而已，基本没什么实质意义。

起码医学科技发展到现在，真正的要命的病的治疗，还是在探索，有所延缓有所控制已经是相当好的效果了。

也许再过十几年几十年，生命科学的研究会有质的突破和飞跃。那时的人们或许不会再为疾病治疗而奔忙焦虑。但我确信，人类估计也就会因此面临更无奈更可怕的麻烦和焦虑。

等了几天，下午总算收到肿瘤医院的 PET-CT 判决。其实也说不清算不算最后结论，对那个肿物的性质描述，使用的是不很确定的"考虑为"，而且还要"结合临床体征"一块儿才能考虑，有外交辞令的意味。部位、大小的认定与武警总院也有分歧。纳闷，这就是尖端科技给出的结论？

用朋友的话说，检测数据的分歧不一定是坏事，说明有商量。但对我的这个分歧却很难说是好事，虽然也可以商量，商量的不是有没有，而是手术该怎么做、何时做。

十六、桥段　随记　迷茫

此次赴京就医，养成全天候戴口罩的习惯，除进食洗漱，口罩就面部标配般牢牢遮在嘴鼻部位。有多少作用？薄薄一次性用品，又明知伪劣产品到处泛滥，对自己从街头小药店买来的"医用级"口罩实在没多少信心。最多也就起点儿心理作用。

但还是要戴，心理作用也是作用。白天似乎没多少不适，尤其住院部里，左右一看，医护都人脸一套，与自己同属"口罩党"，有平起平坐的自豪感。晚上却很不爽，不太沉稳的睡乡里，迷迷糊糊总会觉得脸部被蒙了厚厚一层障碍，吐故纳新大受影响。下意识就去一扯，醒了。噢，口罩，苦乐苦乐的。

三番五次，与口罩拉扯缠绵到六点，没睡意了。起床，打车出发，二次奔赴北京肿瘤医院。

挂了超声波专家严老师的号，意思是结合 PET-CT 影像，再从彩超角度做一次验证。无非是不够死心，总希望峰回路转找出别的依据推翻前面的认定。严老师很和蔼，柔声细语，面带微笑。检测也是非常认真，翻来颠去把我扫描一大阵，然后让我出去换家属进来听结果。不用问，在严老师看来，情形不妙，已经不能直接给我讲病情了。

接下来，应该就是影视剧中常见的桥段。

室外病患本人傻乎乎一副花好月圆姿态，室内医生与家属面对面正酝酿情绪高潮（往往还配有狂风大雨电闪雷鸣，最少也得天际月轮被乌云遮住）。

家属（焦虑期待状）：大夫，他没事吧？

医生（手中笔轻点桌面略作沉吟）：很危险，需要马上手术。

还有第二个版本：

家属（哀痛欲绝）：医生，他还有救吗？

医生（一脸同情）：回家吧，想吃什么就让他吃点儿什么。

大概有十几分钟，我已在手机上涂抹了上面两段剧情，夫人和女儿才神情凝重地从诊室走出。没说立马卷铺盖回家，也没问我想吃什么。那么，我要参与演出的应该是第一个版本。只是不晓得我在剧中是不是男一号，倘若是，那大概一时半会还完不了。

主治医的意见，到此为止，暂时不用再做检查了。显然从他认为的角度，大体可以得出结果。几处检测报告归拢到一块，不仅没能推倒最初那张核磁判断，问题似乎又增多了几处。结合肿瘤医院的看法，不单单是肝部胆管问题，还牵扯到周围组织。

主治医放下片子对我说：病灶牵扯到哪里，难说了。怎么切割，只能是打开以后看情况。按他的理解，从现有图像不同角度综合分析，要切除的部位应该不是孤零零的存在，拖拖拽拽粘连着几个脏器。能不能顺利剥离，会破坏几个器官，破坏到什么程度？说不准了。

简言之，难度很大，预后很差。

我的疑惑是：我这个肝本来就是移植的，勉力维持了六年，再施以斧钺切来剁去，还有意义吗？医生当然是主战派。起码他的观点，不搞掉，病势就会如火如荼迅速蔓延，切了或许还有一线转机。一线也是希望，怎么能不抓住？所以千万不可犹豫，越快越好，争分夺秒。

我的第二个疑惑是：如果不手术，上天还能给我多少时间？医生说：真没法估计。也许很快，仨月俩月，也许可以拖延，一年半载。基本等于没说，而且很快还是拖延，日子好像也差别不大。

高难度选题，做还是不做？想到自己以前写的一篇文字：人生就是选择。人生是什么？我已经没答案了，不过，这次的选择却是必须的，而且或许就把自己引到我已经估不透的未来。

真正的大战还未开始，现在是战前的平静。这平静很煎熬也很让人无奈。

我的应对，只能在手机上时不时涂几行文字。

现在是手机时代，早有设想，把手机与出游结合，边游走边在手机上写写所见所感，随走随记，随想随写。

其实若干年前一个人游走天下时就是这种方式，不过那时是在纸质本子上，一笔一本任悠游，鸡零狗碎记得不少，十几本，厚厚一摞堆在抽屉里。当时不觉得有什么意义，习惯而已，毛病而已。事隔若干年后，翻出本子一看，那时那事，旧景还原，自己居然发烧过荒唐过出糗过难受过快活过？读起来真还有几分趣味。

此次赴京就医，换个角度，也可以算作一次出游，姑且也只能这样开导自己了。无非游的景点不同，体验的项目不同，心境思绪也自然不同。不同就是特色就是故事，这样的出游也算难得。若不是皮囊病患生死攸关所迫，谁会自觉自愿来领略这份罪？来了，就是缘。

十几天的文字记录，起码是我十几天所见所想的一部分。最大的好处是耗时间解心焦。我是个没什么乐趣的人，雅点儿的不听音乐，俗点儿的不抽烟打牌。在医院这样的氛围中，受检查，等结果，总有几分难耐。勉强可以让我与现实拉开距离，也最方便做的，是随时想到什么就用手机写出来。自己与自己交流，自己与自己争辩，自己为自己化解，在交流争辩与化解中把时间耗过去。

年少时不知地厚天高，以为自己无所不能。身体健康时没把困顿危难当回事，以为挺一挺熬一熬就可以把一切险阻丢到身后。但终于越来越明白人生的渺小与局限，个体生命实在是无常而微不足道，不怎么费劲就会被疾病打倒，转瞬间就会化作一缕轻烟。

前途怎样？不得不想。心里话，已经不太看好自己。更确切点儿，沉甸甸的迷茫。

略感欣慰的是，好在以前还可以自以为是时有过许多荒唐和折腾，好在这些荒唐和折腾还演绎成几行文字，包括此次的就医笔记。或许若干年后，没准会偶尔有一两个多事的人与我的文字相遇，从中读出点儿他们对生命的感悟。那么，这种边行边写的记录，也许还多少有点儿意义？

不过是自己的一厢情愿，而已。

十七、腊八　怀旧　出院

京城被阴云笼罩，是否会飘一场雪？干燥而多霾的冬季，有雪舞苍穹调剂一下也好。

今天是喝腊八粥的日子，居然因此而思绪起伏。记忆飞回黄土地的幼年，那积雪覆盖下静谧沉稳的偏远小村，老电影片中才能见到的裹着破旧土布棉衣裤的村民，萧瑟冬寒中似乎凝滞的远离主流社会的岁月，还有冰天雪地里孩子们无拘无束东奔西窜的撒欢儿……眼前掠过一幅幅线条简单却意蕴深厚的画面。一声长叹，这些场景，确是自己亲历见证过的？

人在看不明前面路程的时候，是否就会缅怀有阳光有快乐又满怀希望的过去？

我是个不够坚强的人，常常莫名其妙为怀旧情绪而纠结。在这个早上，在充溢着消毒液气息的房间里，内心却携带着浅浅惆怅回归清晰如昨的六十年前的乡野场景。曾经拥有过多么鲜活生动的岁月啊，那个在黄土塬雪地里尖声欢叫的小男孩，怎么可能想到，一眨眼间，就被疾病拽出行进的行列。一边看着如潮人流从身旁走过，一边战战兢兢缩在床角等候命运裁决？

六十年，无论如何平庸浅俗，也有一大把雨雪风霜的凡尘历练。我知道自己心里有许多只有我体验过的故事，过去式了，不会再有。即使我，也没法重来一次那些仅仅属于造化演绎的过程。我熟悉的我曾如鱼得水般游戏于其中的黄土地，还有承载过我童年幻梦的小山村，早已风貌大变，面目全非。

无论是河山、村庄还是人群，都一样有荣枯兴衰生老病死，而且往往相互影响关联。那时那些不起眼的村人，那时村里许多鸡零狗碎的小事，那时小村周围的几道沟谷河流，汇集成有活力的有呼吸的有希望的存在与过程。不单单是我那时现实人生的参照物坐标点，还彼此映照或同步着生命的流逝与改变。

我活力蓬勃的时候，它们也莺飞草长。我年轻气盛的时候，它们也枝繁叶茂。它们在，我的记忆就不会悬浮于虚空。它们改变了，它们衰老了，它们从时空的大坐标中隐去了，我的童年我的过往我那时生机勃勃的岁月也将化作无根的云絮悄然消散。

回想童年，回想曾经的山野田畴天蓝云白，更让我感觉出黄土故园在心中沉甸甸的分量。不知为什么，总想在决定是否手术之前，再回那里看一看，这可能是我决定出院的一个因素。

还有一点，我欠故园一笔账。十几年前独自游走黄土地，拍了许多乡村故旧的图片。当时想法，是用影像存留自己熟悉的童年氛围。也有小小奢望，或许可以让以后的人们比较直观地看到，同在蓝天下，曾经存在过那样一种生活场境和那样一种生命过程。不能让图片因为我的离去而丢失，我得给它们安排好去路。

早上医生来查房，不知是否出于怜悯，柔声细语一通安慰。对我而言，真的不必要，搞得我实在不好意思。好像生病是我故意不乖顺，没事干了玩赖，跑到这里给医护找一堆麻烦。

该领教的高科技仪器都亲身尝试了，几处医家的劝诫说服也都认真聆听了。从医疗科学的角度看问题，医者肯定有他们专业的考虑和理由。然而，我多少保留一点儿看法，再先进的技术也不可能完全解码人的生命。我想拖一拖，最少也得给自己一两个月的缓冲过渡。

医生话里，隐约有点儿为我的退避遗憾。他们的以为也许不错。尽管我给自己找了理由，但静心细想，这些理由也确实糅杂着一部分退避心理。真的很难说清自己的选择是由于勇敢还是怯懦了，各占一半？

办妥出院手续，心里几天的波翻浪涌也就平静多了。过程中的抉择，没法立即检验对错，谁也把握不住有多少变数，更难预测过程之后的那个结果。也只能蒙自己一句：随缘吧。再激励自我一句：爱咋咋。

更多还是要从积极的一面理解，起码争取到一两个月可以自己做主的时间，起码争取到缓缓劲重新认识和评估身体状况的机会，起码有了处理那几件放不下的事情的可能。或许，还有从别的角度寻找治疗突破的机会？

换个环境，换种方式，走另一种山野之路试试。如果走得通呢？

后记：

一、2017 年 1 月 6 日日记：又一次从医院出逃，还可以出逃就是大幸。

二、2017 年 2 月 8 日日记：撤退一个月，也奋战了一个月。这一个月对我太重要了，需要处理的几件事大体有了眉目。这就好，一身轻松，准备上考场。

三、2017 年 2 月 16 日在京城佑安医院等候第二天手术。难眠之夜，涂抹几行文字留于 QQ 空间：

似乎仓促上阵，午后方入住医院，医生即决定明日手术。全面检查都来不及，只匆匆验几项常规。也好，原来程序可以这样简单，就轻云淡雾中步入命运的考场。

开腹，且要修整内脏，吉凶虽难测，却也无所谓了，好像还可以做到心气平和。静卧于床，略略回首人生。自我鉴定，虽不够好人，但绝对不坏。几十年日月风尘，愧于心者，一事无成耳。但细细考量，毕竟还算活得认真活得努力。若论为人，虽不善交往，不喜应酬，却从没做过一件坑人害人之事，大致可以说一句——无愧于天地良心。

能坦坦然然回首过往，能坦坦然然接受苦难，能坦坦然然面对不测，我完全有资格在手术前给自己点一个赞。然后呢？随缘吧。

四、我一向认为，再精确的高科技检测仪器也有误差。没想到的是，这误差还就偏偏落在我的头上。手术第二天，主刀大夫来告知，切掉的一大块肝，质量良好没有病变。我给友人发短信：说不清这算是躲过一劫还是遭遇一劫。

五、2017 年 10 月，我的摄影集《远去的乡村》，由九州出版社印刷出版。

走思集

一、漫步河边

空闲无聊的日子，我会消耗一两个小时到河边走步。

住所门前，一条漳河水，哗啦啦流去。"哗啦啦"其实是记忆，半世纪前的故事。那时这段河流还是本来面目，自己刷出的河道，由北而南，顺城西土墙根下松软的泥沙缓缓而过，无拘无束游走于萋萋芳草鸟语花香之中。河水深不没膝，随时裤腿一挽就能乐在其中。河面丝绸般绵软光滑，被阳光嬉逗得闪闪烁烁，自有几分天然媚态。河底很少石块，柔柔一层细沙。总之，清浅、轻俏，却又不失野性，山乡小妹模样。

河岸两侧水草稠密，布局般隐着几块菜地，时有农人在其中操劳。几个浣衣女点缀河畔，漂洗干净的衣物往身后郁郁葱葱的植物上一搭，花花绿绿好有画面感。

这场景是从记忆深处搜寻出来又略加拼接的。当初一个贪玩的十几岁小男生，还不懂得欣赏和理解河流山川的蕴含，只是不经意间捡拾了几片细碎，一转身随手丢进自己的记忆库。

现在这条河已彻底改观。水泥堆砌的河道笔直坚固，沿岸齐整整竖护栏、铺石砖、植垂柳，捯饬得整洁鲜亮，另一番意韵了。前方不远处还雄赳赳挡起一道大坝，所以河水倒也省事，懒洋洋很少流动，也不再会"哗啦啦"。

此类改造，往往起因于现实人世的欲求。蜿蜒回环的河道被挤压拉直，两岸一大片野生植物王国也全部收入地产商图纸。我现在就居住于那图纸衍生出的一幢楼房。

城市河流的重新布局，或许已成一种时尚，时尚就会流行。当年张大导演因剧情需要，给某古镇檐下悬了几盏大红灯笼。这灯笼不知怎么时尚起来，一下子挂遍天南地北所有自以为像是古镇的地方。看着倒是喜庆，却因此而丢失了绵长沉郁的古镇气韵。河流的走势差不多，只要有条近郊或市内的河流，治河大师们都会忙不迭赶过去施展身手。反正也不至于高难度，到许多新格局河道走走，大体差不多兄弟姐妹般同一面孔。

好不好？看如何理解。起码，规整划一的长处是易于摆布也易于管理。还让河流像以前老模样，曲线曼妙地在寸土寸金人口快挤爆的城市里自由自在，怕是不可想象。楼建高架如何安排？让人得益还是任河逍遥？利弊相权，切割河道就理所当然。

善意地，正面地，我只能理解这么多。设计者真正意图我没法知道，好像改造前也没谁出面解释说明。更何况，一条城市河道的切割，真正摊到某个具体小老百姓身上的得失损益兴许不大，没准得益的成分多。如我，因此而有了河景楼房住，还可以想来就来，在平整宽阔的河边行道迈一会儿八字步。所以，只要这种易于管理也看着顺眼的切割思路不过于延展到其他方面，管它呢。

说到"切割"，与我基本无关但也似乎有时会有点儿关。我现在归类于闲人，晃悠散淡于俗世边缘，本性一贯老实巴交，从不违法乱纪，主要也没那种机会。所以涉及"划一"切刀，大多到不了我头上，因此也大多不甚关心。

然而世间事，谁也排不在百分百之外，偶尔也难免遭遇小刀小割。比如前一段想把自己几篇旧文字付印，就遇到裁纸刀。编审说其中几处似有溢出河道或拐成 S 的趋向，不如切掉了事。文字事，也可以换说法：斧正。而我那几篇单薄文字，未必能抵得几斧，所以还是"裁纸刀"更显和顺温情。我理解编审苦心，即使"病灶"疑似，也早切早放心，这方面我有切身经验。真正的"切"身。

2016 年冬，我在京城医院体检，被塞进一个炮弹状大圆筒，"核磁"吱嗡吱嗡考校我一阵，认定我肝脏出现逆反部位，且该部位的危险级别极高。

现代医学加新式仪器，没法质疑。检验数据，科技影像，对病人而言，相当于"皇帝诏曰"。我起初是很不情愿接旨的，自我感觉还行，没有即将毙命的感觉。如果再往前推六年，2010 年夏季，不用医生提示，我就能觉出自己身边缠绕着一种腐朽气息，去日无多。然而这次没有，不仅没觉出天将亡我在即，还信心满满设计来年春夏搞一场骑行千里的胡闹。

"核磁"黑掉我的骑行梦，顾不得了。医学数据提示，我面临的，是死神很快就要收网。而我那时所筹谋的，却是如何动脑筋想歪理，先从现代医学规整划一的数据罗网里出逃。想想而已，我一贯作风。偷偷躲在一边胡思乱想还行，真要行动？打小就没培养出质疑反抗权威的勇气。

经几位专家教授赏鉴甄别我的"核磁"图片，结论基本一致：切。只是切的手法，他们好像各有所好，不属同一师门。有说开膛大动作的，划定歼灭区域，一刀下去痛痛快快毫不拖泥带水。有说不妨小打小闹，用电子刀划拉掉几立方厘米先试探着，下一步再琢磨。哪种切法我都不喜欢，毕竟是我腹内物件，毕竟是我领教麻烦。

软弱无力地拖延逃避了一段时间，按医生当初测算，已经到了"最后的斗争"阶段。终于还是向权威低头，不情不愿被拉进手术室。切的结果证明，"核磁"那玩意未必靠谱，"皇帝诏曰"也难免走眼。手术大夫第二天来床边探视，很开心地恭喜我"躲过一劫"。

是吗？我那时虽已从"全麻"状态回归人间，思维意识还乘着余麻云里雾里，所以也搞不清被切开肚皮又切去一段器官怎么叫躲过一劫。不过后来想明白了，"皇帝诏曰"大致是不应该有多少错，本来是要切出一个沉重后果的，不知怎么命运一拐弯，却以皆大欢喜收场，多好。

挨一刀而躲一劫，这账应该划得来？不知道了。起码经历了这次切割，从医学规则的角度看，我可以被排除在医院重点关照对象之外。所以现在还可以弓腰曲背一步三喘地以"健康"姿态在远离医院的河边散步。

我那几小段文字的处理没这么伤神费力。我只是略略傻呆一小会儿，就想通了同意了，而且还因此欣欣然几天。其一，以前总以为自己的文字过于风平浪静老态龙钟。编辑这么一提示，才发现也不尽然。还是偶有几处翻墙上树追鸡撵狗的顽劣情怀。用自己以前某段文章的话：回首以往，心头难免一热，原来自己日渐苍白纤弱的血管里，也曾流淌过火辣辣的酒精。其二，所写所思，得益于阅历，却也往往会被阅历所困扰。不知觉这一点，如何翻篇？我的许多文字，仿佛那条旧日漳河，清浅而随意地游走于一隅黄土塬。然而那个时代过去了，萋萋芳草鸟语花香的模糊感性在精准冷峻的大数据框架中，实在不是一点点的不合时宜。那样的文字要想活下去，就得重新架构，在切割成既炫目却又生硬的城市水系中找到新的宣泄口。还有其三，自以为欣欣然着却又略有迟疑不晓得是否应该欣欣然。虽然闲散老迈，没法豪言壮语为什么什么奋斗，但被小切一下，如此说改成这般说，某几篇文字就可以为岁月静好的局面添几缕色彩，也算。

二、寻找清静

我散步通常在半上午，这时间是经过多次实践和思考才选定的。

单从我偶尔几句文字或言说理解，我这人似乎与严谨认真天生不合拍，常要摆一副放荡洒脱的姿态。其实装样子，大有水分。文如其人往往不可靠。真相不过是努力想让自己加入"率性党"，我觉得那样的人生或许才可以活得轻松。日常生活中，我实在很不散漫也不随意。恰恰相反，完全可以算作严谨认真派的模范成员。但这"模范"行为，只是打小被各种正统说教训导出的习惯，而真正心向往之的是扯一把反旗。标准的表里不一，有反心而无反骨。

比如与人约会，从来没有失约或迟到，通常是早到，心里才踏实。答应别人的事，再有尴尬处，也竭尽全力。没办妥，心里还几分悻悻，似乎欠了别人的信任和依赖。这是优点吗？以前以为是，现在不这么想了。这样的人，其实眼界心胸都被许多似是而非的观念拘束住了，一般不会有多大出息，还活得累，白累。对方未必说好，顶多就是不说你坏。而且别人说好说坏有多大意义？没出息不自信的人才计较别人评语。看看成事者，他们往往不会在意别人眼光，无论是侧视正视还是仰视，都阻挡不了人家的自行其是，在这个其实没什么道理的红尘世界才可以有所作为。

话又说回来，有无作为又能如何？许多（或者大部分）作为，只要刨根问底一推敲，未必真是好事。凌烟阁里那几十个皇家打手，哪个手上没有成百上千条人命血案？可以这样作为的人，心理素质首先得过硬，面对机遇面对利益，狼性勃发下得了狠手才能合格，也不是谁说说就可以做得到。所以想想，似我这种从小就被灌了一脑袋"好人"概念的寻常良善辈，也只配无所作为浑浑噩噩充当一下凌烟阁之类的垫脚石了此一生。

这话听起来有为自己凡庸无谓做辩解的意思，或许吧。总之是，既然习惯了不随意不散漫，就这样也不能说不好，起码睡觉时心境平和。当然只要有可能，偶尔装出很放浪形骸的样子，或在涂抹的文字中过一把孙猴子大闹天宫瘾，也就可以了，聊胜于无。

一通胡扯，我都不晓得让思绪把自己带到了哪里。原本要说的是，散步之事，还能算事？完全可以散漫率性，想出门了就出，想走几步就走，这才有"散"的意味。就这么点儿事，我却要"严谨"一番（明白刚才扯"严谨"的意思了吧），左掐右算，排除各种纷扰因素，选定半上午去河边亮相的时间。

为什么是这个时间？答案是这时去才有诸多我以为的趣味。光线通透，空气洁净，最最主要的是人少。一线主流人士在上班上学，二线闲杂人员忙着家务清洁采办食材。河边静悄悄，柳绿花红蝶飞蜂舞，空寂中氤氲着一种绵软微醺的气氛。米酒掺和着奶糖，有几分让人陷进去的诱惑性。然而这等事，也不一定老少咸宜，尤其有为之士最好避开，它只适宜我这种边缘人士消遣余生散步河边时悄悄享用。

这样讲的意思，是不是说闲暇自在等同于无用？差不多。但凡有用，如我上面提到没法在这个时间段来与我争抢走步权的一线主流人士二线闲杂人员，正被什么结构或流程使用着难以脱身。所以，闲适散淡也不一定是好事，首先你得从一线二线被刷下来。这就可以了吗？还不行。还得有无视自己无用的厚脸皮且进而以无用自以为得意的好心态，才能真正心境宽松地承受慵闲自在。否则，越闲反而越会搞得心急火燎坐卧不宁。我见过不少离开岗位后心意惶惶把血压也闲得高出十几个汞柱的人，他们是小车不倒只管推的信徒，不能闲。最低限度，也得捞个看护下下一代的工作，手头有点儿什么事干才能安心。

我呢，够格吗？五十九分吧，与神仙级别大有差距。其实神仙不难做，民间说法：无事便是活神仙。鼻孔朝天，充耳不闻，就差不多了。然而，世人都晓神仙好，唯有什么什么忘不了。所以我也括在其中的芸芸众生，大多只能做人，只得劳碌，命也乎，性也乎，怨不得天地。

之所以给自己不及格，一是因为我也有许多忘不了，不仅忘不了，还藏在心里自觉珍贵；二呢，本意也不是要到河边修炼神仙心性，反倒是想在无人搅扰的状态下放纵自己的胡思乱想。我是个喜欢胡思乱想的人，说起来，这也是种劳碌，脑子里的。几十年的旧毛病，不想改了。

要测算时间，要给自己寻找甚少搅扰的地方，不是我矫情，要怪城建发展太迅猛，搞得到处都是楼房林立车来人往好不热闹。没有处处作道场喧闹即清静的修为，只能跟着锣鼓点儿血脉偾张。

如果后退五十年，我脚下这一大片河道周边，几乎还是水草丛生的半沼泽地。除了实在想发散一下野性的顽童，或为几根嫩草引诱而误入歧途的老牛，没谁到这地方蹓步。那时来这里找清静，随时都可以。我这样讲有依据，因为五十年前我就是常来这一带撒野的顽童。那个年代，想看点儿热闹不好办，找僻静地还不容易？别说城外河滩，城里也同样好使。

当年城外漳河，之所以曲来绕去盘踞一大片水域，不过是因为小县城还蜷缩在城墙围出的旧框架中打瞌睡，没兴趣也没必要与水流过招打架。以后人们是否还会再看到那时场景？很难了。我说自己心中藏着许多忘不了，其中就有几幅县城旧时图样。那时的我，有许多次立于已经不甚高耸的土城墙上眺望，城内是灰蒙蒙一片古旧时代的土墙瓦屋，说这是百年前模样也不会错。好在宅院大多篮球场般敞阔，院里养花种菜，檐下葡架石桌，院门一关，自成体系。寻常人家图个平和，图个自足，看起来也倒安逸自得。

习惯了现在商品楼格局的人，也许不会想到，当初如此松散的住宅结构，居然没能把城圈填满。东头西头各有几大块菜地。畦圃如坪，葱绿一片。老式绞水车吱吱呀呀一天不停，清凌凌水流顺着垄沟游走蠕动。只要不去理会已经残破的城墙，小县城里田园风味十足，与农庄乡舍没多大差异。城里很难见一辆汽车，自行车都少，好像也没觉着有多必要。家住城西北角的孩子，走至东南角的学校，慢慢磨蹭，沿途还要看看街头店铺杂七杂八，二十多分钟足够。

找清静很容易，菜地周边，除清晨附近人家来地头买菜，其余时间，只有一把菜农在远处弓着腰引水灌畦，想找个说话对象都难。还不满意，再退一步，到植满洋槐树的土城墙上，林稠草密，一片静寂。一条小路曲曲弯弯，随意走去吧，大半天遇不到几个人。

别问好不好，谁也给不出精确答案。活着的滋味，只有活在当时的人们才能感受。我们没法把那时与现在隔着半个世纪的两拨人拉到一起面对面探讨争论比较。即便是如我这种经历过那时也感觉过现在的人，同样没法判断。人的肌体感受不一样，人的经济地位不一样，人的认知水准不一样，人的精神需求不一样，你要绝对说某个人或某种人群的说法就对，我最好的应对是赶快换话题，说一句：今天天气，哈哈哈。

通常的习惯，是后来人自以为地宣称进步总是好的，而且现在一定好过从前。常听一种说法，如果那时好，又怎么会发展到现在？这推导很有问题，起码是不严密。等同于判定老年肯定比青年少年好。如果少年青年好，为什么要发展到老年？

我的理解，变化和发展，更多时候是不得已。不得已就不是好不好的问题。说好也行，比较省事，起码是不与自己较劲。因为好不好你又能如何？你没法回到你以为不错的从前，也很难提前享受到你幻想的完美无缺的以后。唯一的可能，每个人都只能活在当下。按佛家说法，这是缘。缘就无所谓好坏，不过为了让自己活得不气馁，不妨认定眼下就是最好的时代。略有什么小阻碍小不顺呢？想办法避开嘛。

没法徜徉于土城墙的洋槐林里，没法款步于曲径通幽的水草丛中，多大事？只要选择好时间段，不也还是可以享受到清静？信步而行，无人搅扰的河岸显得空旷。独自摇来晃去，在水阔处驻足片刻，摆一副若有所思的造型，不过好像还真的在想着点儿什么。

三、喜欢什么

我喜欢散步。这句话我常说。随口一说时我以为说得不算错，别人听着似乎也不会觉得有错。因为毕竟没谁逼着赶着押着我去散步。咎由自取，且常态化，成为我现在生活主旋律中的一项，每天不走两步就会觉得对不起有关机构返还我的养老金。然而，但凡已表现为事件或形成了动作，就会出现角度问题。而角度（相当于现在人们动不动挂在嘴边的"三观"）引出来的就是不确定性。

为什么角度会引出不确定性？一、对事或物的认识理解，不同人就会有不同的角度；二、同一人在不同时期或因为某些附加因素，对角度的选择是可变的。

角度的不同可是大问题，往往对结果至关重要。我喜欢以摄影为例，玩过几天相机的毛病。同一拍摄对象，角度不同，效果很可能就天壤之别。比如秋天拍红叶，人家的画面火焰般灵动鲜活，你的可能就一片灰暗很没看头。问题在哪？其实就是顺光与逆光的角度不同。即使同一机位，你立着拍而人家蹲下拍，几十厘米的差异，角度略略有所不同，画面的内涵就会发生质的改变。

扯回来，还说我的散步。这件事的进行，我必然全须全尾整体出动，不可能把哪部分撂在家里。而身体虽然血肉相连在一块儿，但又往往分成不同组织阶层，不同组织阶层就会有不同角度的感受。腿脚当然是毋庸置疑的底层，承担负重前行爬坡过坎的艰巨任务，所以这个部位最吃力也最容易觉出散步的不快活，不一阵就用疲劳感向上层部门表示不满，希望罢"散"回家躺在沙发上歇脚。然而，这个时候大脑部分却偏偏正在散漫游荡中觉出妙不可言的意蕴，顾盼风物，流连美景，驰骋想象，浮想联翩，飘飘然有神仙出世汗漫太空之感。所以，领导和群众是很难达成共识的，角度不同，感受大有差距。

大脑拥有指挥调度的绝对权力，走还是不走，它说了算。一般情况下，对腿脚的不满情绪往往置之不理，打压下去。腿脚只能被驱使着继续前行。直到大脑快活够了，才会允许腿脚掉头，疲惫不堪踢踢拖拖蹒蹒跚跚返程。出力是腿脚的事，享受却全归大脑，主流文化往往不过如此。

这样看来，现在有谁做一个是否喜欢散步的问卷调查，腿脚与大脑给出的答案恐怕就截然相反。所以"我喜欢散步"这句话，看起来不错，看起来成立，其实经不起推敲，一较真就会引出许多疑问。最起码，这里的这个"我"，是不是"我"，就成问题。腿脚的"我"无话语权，它的呼声感受没法表达。所以，明面上所谓的"我"，往往是大脑部分自以为的"我"。

就算大脑的我就是我，如果再把"我喜欢散步"这句话讲给古希腊那个也正在散步途中却又停住脚步作"仰望星空"状的泰勒斯，他没准还有另外一些说法。或许要追问，你是喜欢散步本身呢还是喜欢散步的结果？是喜欢散步过程呢还是喜欢散步的附带属性？哲学领域的大课题。

从哲学范畴理解，散步是可以分解成形而下的劳力部分与形而上的思维部分，这是一个层面。还可分解成外在形式的双腿运动以及过程中对阳光空气花草的感知与过程后所期待的"健康"，这是又一个层面。

简单说吧，电视片中常有很蹩脚的桥段，某女向某男表示爱意，某男往往并不咧嘴笑眯眯却一皱眉头问道：你是喜欢我这个人本身呢还是喜欢我的房产汽车存款？差不多就是这个意思。所以严格意义上讲，我也许未必是真的喜欢散步，而是喜欢散步途中的阳光空气和花草，喜欢散步或许会带给我的健康，喜欢散步中的意识流。如果不散步就可以得到想要的，那我何必费时费力到户外出力流汗？不如躺着做梦更惬意。

这些话都是我独自散步时胡思乱想的，不好意思说给别人听。人家听了会送我一个斜视，心中肯定在想，这就是吃错了药的典型症状。但人有想法一般是很希望分享出去，引得共鸣或起码对方能做领教姿态耐着性子听我说完。当然最期待的效果是对方不仅听完了还会赞一句"你好厉害呀，连这都想得出来"。其实我心里有数，就算人家真会说一句"你好厉害呀"，潜台词不过是

"这药的副作用好厉害呀"，所以还是不给人说最好。

有话说而不可以说，心里就痒痒。这痒痒不像皮肤表层的能挠能抓，得用另一种方法。比如古人就会"长啸"，直着脖颈把痒痒恶气啸出去。还有另一法，举笔涂写，或诗或文，让痒痒感宣散出去，感觉就舒服多了。我通常是施这一招，散步归来，一堆歪七竖八的念头还在脑内冲来撞去，我就打开电脑一指禅敲击键盘，把这类不能说给别人听的话转换成几行方块字，于是心内舒坦，可以泡杯茶慢慢品尝了。

这些带"药味"的文字要不要贴出去？品茶之后的答案是"贴"。但要在前面注明：有事干的人不宜。正人君子们见了这提示，就不会点进来费眼神，于是我也就不担心他们会发现杜某人居然这么幼稚顽劣。而点进来的呢？我更不担心了，说明他们和我一样，闲极无聊，免不了也会思想越轨想东想西做做白日梦。同党、战友，何惧之有？就算某贤达人士一时手贱不留神点进来看到，其实也没关系。角度不一致，即使同样文字，读后的理解也完全不同。他看出的意思只是他以为的意思，与我何干。

四、人鱼之战

惯常思维，比较懒省事，往往不去理会岁月的流淌延续，而只把日常生活眼前所见当作从来如此恒久不变。好处是省心，管它以前如何今后咋样，埋头料理小日子就行。但人有记忆，星星点点日积月累就会在心中存留许多早已成为过去式的场景。我的记忆库中，就有几幅少时的画图。

记忆不单单是阅历印记的检点，它还有另外功能。比如，只要抽去中间几十年跨度，就可以把旧时与眼前重叠在一起。有了这种叠加的比对，不难看出时空舞台上世事的变异和无常。

某日沿河道走得远了点儿。接近大坝处，遇到一排溜十几个渔具豪华的钓翁，新时代钓翁好像都舍得下本钱。几十根花花绿绿的钓竿往岸边一戳，很有人鱼斗法的阵势。这样场景，走遍祖国大江南北，到处可见，不稀奇。其中略略比较抢眼的是某公，居然还张起一个阔气的金属钓台。大半截支架置于水中，箕踞其上倒也显得派头十足。

我赞一声停步观看，随口问道：业绩如何？答曰：还行。探头往桶里一瞧，我不禁咧嘴偷偷一乐。这也叫还行？六七条十厘米不到的小鱼。再问：大家伙多吗？对方语气就略略偏软：有，难，看运气。现在鱼贼精，不轻易咬钩。

于是，记忆复活，回到五十年前自己在这条河里捉鱼的情景中。

这个"捉"字其实不准确。哪里用捉，是鱼主动往人手里钻。还有这等好事？不亲历，我也难信。那时那条纯天然的河流，完全另一种气氛，河鱼居然与人没有猜忌。人鱼遇于水，各玩各的，随意自得。鱼从戏水的孩子身边游过，最多无非被顽劣者用手脚逗弄一下，基本互不相干。

走到河中间，弯腰，逆流。手探入水中，腕部相合两掌张开，即是一个简单罗网。虽简单，用于没有戒备的对手已经足够。一会儿就有鱼顺流而来，意态慵闲，尾巴都懒得摇，也不躲避，浮游着就进入两手布成的陷阱。

鱼天真得可以，居然不懂人会捉它。在水中弓腰不动，仅用双手，一会儿就捞到半脸盆小鱼。小朋友问，捞这干啥？我说：吃啊。鱼还能吃？他们盯我，肯定心里奇怪，居然发现一个吃鱼的家伙。

几年以后，捞鱼的多了，但县城里依然很少有人家吃鱼，多是卖给过路的卡车司机，几毛钱一条。我记得有个邻居小孩，暴雨天在河里疯，一下子捞到十几条七八斤重的大鱼。把裤管下面一扎，兜着鱼到公路边换回两元钱，得意了好几天。

人类视野中的低等生命，未必没有恩怨情仇，它们似乎能觉出人类的劫掠机心。想到古人讲过的"鸥鹭忘机"。先前鸥鸟可以无所顾忌与人一同戏水，然而，只要你有了捕捉意图，它们就会起飞，远远避开心怀叵测的人类。这或许是寓言，但没准也是许多古人生活实践的真实体验。因为我都有过鱼不惧人的经历，也见识了现在豪华渔具难有收获的实情。

据说鱼只有七秒记忆，也许，却也未必。任何生命的存在，都会在环境变动的挤压中不断进化。鱼类现在好像不那么健忘，它们能记住人类的奸诈与戕害，不断调整自己的生存策略。当初傻乎乎的漳河鱼，或许就是从我捕捉它们开始，渐渐学会与人类虚虚实实的周旋，躲避得越来越远。现在的孩子，即使跳进河里，百分百不会感受到与鱼共放浪的喜乐情趣。兜手不动就能捉鱼的情节，也怕再不可能复制出现实版。鱼聪明多了，即使面对香喷喷的诱饵，也是试探再试探，不肯轻易吞食。较之人类大多数在诱惑面前的无所顾忌易于上钩，鱼类的智商好像还高出一截。

人鱼之战，从古及今，还会持续下去。人厉害还是鱼聪明？华丽渔具与空手捉鱼哪个好玩有趣？从单一维度看，进化或者进步应该是好事，是人类征服自然征服异类能力的提高。换一个角度呢，或许不过是完成同样事情的成本增加。当初敌对阵营的力量对比，只要在林子里砍几根木棍就可以，现在发展到航母核弹的对抗又如何？好像并没有让双方打斗能力有决定性改变。

倒是另外一些东西改变得出乎意料。脚下漳河与当初那条捉鱼的河，叠加在一起，哪还有一点儿相似。记忆中还存留着的另一条小河，已经不好说是不是改变了。

四岁那年，我离开天府之国四川，到黄土沟里的姨妈家生活了几年。姨妈家土窑前，有一条水花四溅喧哗东去的溪流，村人呼其为"河湾"。

"河湾"与我幼年生活相关。或者说，是我童稚岁月不可或缺的组成。这条活力充沛水声喧哗的山野之河，已经血脉般融入我刚刚起步的人生。一个四五岁小男孩的许多时光，泼洒于曲曲河道的嬉水溜冰，放纵于河畔田畴的寻觅打闹。抹去这些鲜活欢快的细节，也就没有了我的童年。

择水而居，万千生物共性，人类尤甚。有水才有种族的生息繁衍，有水才有生命的泽润靓丽。黄土塬无数小村，差不多大体格局都会依傍于潺潺流动的河水。河流迂回曲折，游走于沟谷土梁，浇灌着那里一个个自成体系的小山村和一片片并不肥沃的黄土地。

年复一年，春耕秋获的农耕画图，注定离不了一条河流的渲染浸润。不是比喻，哪个小村庄走出来的人生，血脉里没有流淌着村外小河的流水？喝乡野河水长大的人，怕也从此割舍不掉对过去式的乡村岁月的怀念。这是那一代人的局限，那一代人的特色，那一代人挣脱不掉的生命底色。

当人类体内水分完全由自来水龙头灌注之后，人的世界，生存内容，已经翻天覆地另一套版本另一种感受了。以后乡村孩子，怕是很难再有屋前小河嬉水的记忆，它只存在于已成过去式的乡野模式。

见证且相随了小河的存在，却绝对想象不出，还会见证它的消亡。半个世纪，进化长河中，不能再短的一瞬，然而，恰恰重叠了一种古旧文明渐行渐远的转型。

黄土地上的农耕模式延续了几千年，傍河而居的田园生活多少代没有走样。我熟知的那些大叔大婶，或与我一同嬉戏于乡野的伙伴，应该都没有想到这一代人会遭遇的改变。

"河湾"曾经在许多代村人的集体记忆中积淀，等同于大自然的守恒，等同于只应如此的生存。谁会料到，它居然也会断流，也会干涸。没有溪水喧哗的小村，愿或者不愿，都无法回避另一段旅程。

几十年后重返小村，魂牵梦绕的"河湾"早已不见踪影，沟底河床故道，野草丛生荒蛮一片。包容和营养过我童年的古式小村果真远去。那时只道是寻常，回首一望，旧事已成绝唱，哪还再能找回熟悉而温馨的心底画图。

鱼憨态过，对人毫无警觉。"河湾"野性过，率性而流淌。有我见证和亲历，且深深留存于记忆，幻化成几许感慨。见证者去了之后呢？一条河流的历史真实也就模糊不清，不为人知，彻底格式化。

五、漫话人生

出大门，沿河岸向西，过国道走远一点儿，就是郁郁葱葱的玉米地。只要不在农忙时节，通常极少人迹。来这里有两个好处：一是天然氧吧，尽可张大嘴呼吸，不收费。二是非常安静，独自一人，想蹦想跳，想喊想唱，随你折腾，没谁来围观或阻拦。走累了坐在地堰上，拔根青草咬在嘴里，仰目长空，就可以灵魂出窍，任其古往今来乱飞。

但每次走得远点儿，就必须带手机，这是个麻烦。不带不放心，怕世界格局有变我没及时知晓情况，被落在时局之外怎么办？带着也闹心，本想无思无欲心意浩渺地在庄稼地里享受活神仙待遇，却冷不丁来个电话把我拉回人间。

打开一听，什么人推销旺铺或某老友要与我一诉衷肠，悠闲宁静的态势就面目全非了。

今天又受搅扰。某小朋友的微信语音，探讨人生无谓的问题。

人生如何先不说，我先就愣怔一下。此问题，与网络时代不时涌现的热点吵闹有关系吗？我没回复，故意地避而不答。其实是不好答，手里没标准答案。别人（圣贤们）或许有？但圣贤们的话往往离活泼泼的人世太远。

然后就往回返，在田间小道上边走边思考小朋友出的这道考题。

有关"人生"，我以前也思索过。是在少年不识愁滋味的轻狂年代，那时身边有几个小年轻好像喜欢谈论这种话题。记不清是读某先哲教导还是看哪本流行小说，有一阵子我忽然觉得明白了人生。很兴奋，以为悟到了真谛，赶忙拿这套"真谛"给朋友们宣讲。

后来呢，自己先对"真谛"怀疑起来，渐渐地就糊涂了，再后来再有人与我讨论此类问题，就有点儿不敢信口开河，起码是不敢布道般严肃认真地指点"人生"了。

私下里暗自琢磨，"人生"这东西有几分古怪。稀里糊涂，没什么问题。一天天一年年，忙忙碌碌哭哭笑笑有滋有味，蛮好。弹指一挥间，咿呀幼童变成耄耋老人，生龙活虎化作一抔黄土。就这么简单，大家都如此，谁能变出别的花样？

但要细思量，那就麻烦，"人生"实在是个玄虚缥缈的谜团。这一阵或许有点看通看透，睡一觉起来可能又恍恍惚惚。即便是所谓先知先觉者们，有关"人生"的高论五花八门，谁敢说他们把握了颠扑不破的确论？

当然人生也不是不可以想不可以讲的。比如自己，毕竟混也混了几十年的"人生"，"真谛"产不出来，感觉总该有点儿。这感觉简单归纳，是两点：一、人生恐怕真的很无谓；二、人生或许又是一次不可再来的机遇。听起来多少有点儿矛盾。没办法，伟人说过：矛盾无处不在。矛盾，也许才合情理。

说"无谓"有前提。要把人生放到宇宙进化的宏观背景中或再缩小范围也得放到人类进化的长河中去看。也就是说，你要先做一下万能的佛祖，跳出三界外，鸟瞰全宇宙。看到什么了？妄自尊大的人类所赖以立足的这颗小星球，实在微不足道。发生了，却也会很快（宇宙进化尺度的"很快"）衰灭。前几天在网上还看到哪个科学家绘制出的"地球临终图"，地球一点点地被吸进熄灭的太阳灰烬中。人类，人类的所有创建以及现在活灵活现的万千生物种群，都在一场小小的宇宙进化游戏中消失得无踪无影。

更悲观的科学家另有一套推测，他们认为现在的人类没那么好运气，不可能熬到地球灭亡的最后结局。在地球存在的几十亿年中，地球生命已经经历了无数次的劫难和轮回，差不多几十万到几百万年，生命就会遭逢一次彻底的毁灭。几十万或几百万年，似乎极遥远。但再遥远也是有尽头的。仅从一己生命而言，大限到来，你可以觉得自己的努力毕竟留给后人一点儿东西，这应该算作"意义"。而作为种群来讲，所有的努力最后都会归零，那"意义"又在哪里？

宏观看，别说微若轻尘的一己，即使整个人类的活动，真有积极意义的结果吗？无谓！

说得有点儿玄远了，打住。从佛主的位置回到人间，具体我们个人，究竟该怎样理解和对待自己的人生？无非两种：一无谓，那么出世；二还有点儿意思，继续待在"世"里面。

关于"出世"，通常的理由是"看透"。我没出世，无体验，不敢妄置可否。因为我觉得，"看透"人生，对活在"人生"中的人而言，实在是一件很难做到或基本做不到的事。只有完全走过"人生"之后的人，才可能实实在在地看透。但完全走过自己的"人生"，对正常的普通人，是件比较可怕的事，也许得成了神仙才能试行。而成了神仙，也就无所谓看透不看透了。

"看透"不易，"出世"其实也很难。有人以为"出世"是一种怯懦或逃避。不一定。更多的还是需要勇气和迎战。如若不信，你"出世"一下试试。马上就得面对各种生存欲望的诱惑和周遭社会舆论的压力。所以，没有义无反顾的气概，不要轻言"出世"。

一提"出世"，人们通常会想到往寺庙里跑。这是误解。寺庙里的人，大都很"入世"。他们除了与我们一样得吃喝拉撒，另外，还有个大任务是普度众生，比我们一般人还得多联系群众更深入群众，才合格。哪个世间人，能像佛祖或菩萨那样每天接见那么多不同阶层的人士，听他们唠叨自己的鸡毛蒜皮头疼脑热婚丧娶嫁各种欲望？真想"出世"，别去寺庙。

去哪？我不知道，我又不出世。不过我想，哪也不必去，老实待在家也行。只要心存高远，不为凡尘遮目，也就差不多能算半个"出世"了吧。半个"出世"其实还是没出世，而通常人们所谓看轻名利避开纷争的"出世"，更不能叫作"出世"，那不过只是入世的方式、切入点有所不同而已。再明确点儿讲，世上真能"出世"的人极少，佛祖或菩萨或许是个例。而佛祖和菩萨又偏偏很入世，要以"大雄"姿态怀一副慈悲心肠在凡世间甚至地狱里普济芸芸众生。

理论上讲，"出世"这条路是应该存在的。但如何实际操作？究竟能否走得通？"出世"之后会是怎样结果？能不能让无谓变成有谓？依然有点儿玄，有待推敲考证。

不玄的办法只能是从身边，也就是在"入世"里作文章。

"入世"似乎比较好说，我们每天每时都在实践。但也因为身陷其中，或者也未必能明明白白知其所以然。生活很现实，欲望又极易扰乱我们的思维。一茬一茬的人生，如野草般出现，无数生灵拥挤在这条狭窄的满是泥泞、棘丛和陷坑的"入世"途中蹒跚而行。生存的压力、生活的竞争以及一种接一种欲望的诱惑，已经够我们受了。有多少人能静坐下来奢侈地探讨生存、生活的意义和价值？而生命是那样易逝，一不留神，现存的过去了，发生的消逝了，结局呢？了无痕迹。这大概就是"人生"的常态，也就是所谓的"无谓"。这种"无谓"似乎是所有生命难以挣脱的宿命。

是这样吗？大体上是，不完全是。其实人生随时可以出现变数且随时可能面对不同选择。只不过我们往往会回避变数和选择。回避是因为变数总有不确定性，而选择又往往很难。难，在于畏惧，畏惧不可知的后果，所以我们才省心省力地选择了从众。从众的结果，是我们即使看出了万千生命的无谓，还是要小心翼翼亦步亦趋地照样走下去。

不可以反过来想吗？反正是"无谓"，反正是若干年后所有生命所有劳作所有痕迹的"归零"。那还有什么可畏惧的？那为什么不可以在还能把握自己生命的时候张扬而个性地选择自己的生活？

常态之外，应该有非常态。即使同在"入世"一条小径上，走法也可以各有自己的不同。别人垂着头随大溜，你未必不可以仰起脸。别人陷入泥淖，你未必非跟着跳进去。别人急匆匆地追赶欲望，你未必不可以放慢脚步立在路边看看蓝天白云。当自己与"常态"拉开一段距离时，"入世"也许就有了别样的内容。

尽管这"别样的内容"总体还局限在凡尘人世的框架里，但它毕竟与从众的"无谓"有了区别，毕竟在个体存在的时候，自在自是地展现过自己。

当然，这不够。这不是走出"无谓"的途径。但这种与"常态"拉开距离的思维方式，或许会给我们一次完全崭新的选择。问题是我们有没有勇气去追寻不同去把握不同去抓住可能的选择机遇。

再回到玄远的宏观场景中，现有科学家们的"科学"论断可靠吗？我感觉它有明显漏洞，最大的漏洞在于它仅仅是局限于现在的某些科研手段某些科研理念的一种推测。没人亲历过几十万几百万年前上次生命毁灭的过程，也没人能确切肯定几十亿年之后地球化为灰烬的必然结局。谁可以断言拨弄宇宙的真正动因在哪里？谁可以知晓宇宙进化究竟有多少种可能性？

按"正常"的发展规律，地球的结局也许躲不过最后那一劫。但有没有不"正常"的机遇？人类的前景，会不会出现不"正常"的光明或喜剧色彩的可能？起码可以说，在没有最后定论之前，星光般的一线希望是不该断然抹杀的。许多种可能性中，难免就有人类或我们每个生命个体去而不能再来的一次机遇。

这机遇在哪里？我不知道，我也在思索。不过，重复一遍：当我们敢于抬起头正视无谓的现实，当我们能从追逐欲望的潮流中退到一边，当我们让自己的思维方式与主流"常态"拉开距离，也许离机遇就不远了。或许，我现在这种羊肠土路上的踽踽独行就蕴含着这样的可能。

六、如意之后

养生之事，古已有之，不是现代人才开始折腾。我所亲历的几十年，就流行过许多养生抑或养身大法。比如打鸡血，比如吃茄子吃绿豆，比如各种据说带仙气的"功夫"操练。后人说起，以为愚妄。而后人于自己时代的"流行"时尚中，何尝不也同样？"时尚"涌来，往往有许多为时人愿意接受的美妙理由，于是追随，于是流行。

但凡新潮能够泛起，或许因了几个并不愚昧的精英人士在前面做头羊，或许真的益处多多，起码是某些人嚷嚷着益处多多。关乎健康，切身利益，有影响力的人一吆喝，很容易吸引眼球。普罗大众蹭热度唯恐不及，谁去琢磨是或不是？然而但凡"流行"，即流且行，终难持久。浪打浪，没几天就被又一浪热点事物所替代。热闹场景一幕接一幕，人世不寂寞，新诱惑、新向往、新追求没完没了。

没想到的是，居然走步也可以流行成一道风景。听某些专业人士游说，日行几千步就消耗多少大卡，就心如何肺如何青春焕发。比吃药都见效的好处，谁能不动心。活成长寿，在什么时代都是令人垂涎的话题。何况现在盛世，衣食无忧，惜命者越发多起来。

就算不能再活五百年，尽可能多在人世磨蹭几年，看看小康中康大康的花团锦簇也好。而所需付出，不必吞食不明物体，没有太过高渺的功法，无非挪动双脚。这动作又极易操作，人人打小就练出童子功，蜂起效尤成气候成潮流自有道理。于是许多地方冒出暴走族，气昂昂几十人排长队在街头疾步。手机里有行走软件，朋友圈在比拼步数排行，颇有科技含量的测步手环卖得飞快。

走步是否真的养生，不好评说。无车无马时代，人们天天用双脚丈量大地，健康状态是否一定良好？这方面确切数据还没看到。我也勉强算走步族老前辈，几十年践行不辍，但百分百认同这种论点还很犹豫，因为我自身就病恹恹不够健康。不走步是否情况更糟？没法从头活一次进行比对，所以还是难下结论。活得久恐怕是多因素结果，没病没灾也应该是侥幸机缘。听过一句调侃，走步就算真能让人多活十几年，这十几年也都用来走步了。一笑。《红楼梦》里一句话：加减乘除，上有苍穹。换种说法，人算不如天算。人生琐屑，往往抓这头就很可能丢了那头，得到多少也许就要付出多少。是否合算，自己掂量究竟想要什么。

我的走步虽然也是走，但与时下疾行阔步的养生走法略有差异，只能算走步族里一个分支流派，名曰"散步"。散就不那么紧迫，不为出汗，没有多少多少步数的硬性指标。只要把自己丢至哪条比较僻静合意的道途，凭任双脚或慢或快或走或止地遛那么一圈即可。如果说也有所求，那最好就是让自己心态散漫开来，边蹒跚而行边胡思乱想。在我看来，如此随意散漫而行，有没有增寿效果且不论，只要自以为意趣悠然，就是很美妙的享受了。

　　现在我行走最多的路线，即城外漳河堤堰。意虽不在养生，但沿河走去，身心也畅然自在，似乎真有某种活力在向体内灌输。大概就是亲水性？此词，物理学另有一堆解释，我只是随意借用。单从生命需求层面看，喜水或更确切讲是需水，这特性应该与生命起源于海洋有关。据说，人体百分之六十由水组成，不仅女人是水做的，男人也一样。仅此，没法不向水靠拢。生命正常运作程序，或曰天性，不得不如此。

　　年轻时玩过几年摄影，背个相机在黄土沟坡东游西走。走多了就看出名堂，原来先民总是择水而居。只要是个成规模的村镇，村前村后大多会有一条河流。若是跳到天空俯瞰，巨大棋枰上溪流纵横，而村庄就如一颗颗棋子，星星点点摆布于血脉般流淌不息的河水边，且村子规模往往与河的宽窄大小成正比。

　　所谓"一方水土"，这四字细琢磨有点儿意思。水于土前，前人直觉上是知晓水对生命的重要，甚至超过给我们提供粮草的土地。大河长流，溪水滋润，才有黄土地里一茬茬需水生命的繁衍。

　　然而这种生命构架上的直觉，已成过去式，越来越在尘世理念中轻浅模糊。如果给现在学科学有文化的小朋友出一题，问河流与自己吃大餐做作业有何关系，怕是很难回答准确。营营于打拼捞钱的成年人能答上来吗？未必。主要是也没必要。每代人都有寻常百姓自以为的存活场景。河水井水这类最基本的生存要素，已成了旧时代的一点儿象征。现在孩子们眼里水的概念，大多已与规范了的水龙头的水、桶装水或者超市货架上塑料瓶里形形色色的品牌水相关。现代化科技化越来越远地拉开了人与纯天然河流的直接关联，这也许是时代进步生活质量提高的表现。此处句号可以换成问号，意思略有差异，我也说不准该选哪个。

忽然觉出自己的可笑。盘桓河边，散步也散心。看水色，看河柳，看近处土坡上柔美清丽的野花小草，可以了。最好别让自己堕入九斤老太式的絮叨行列。回头翻检旧事，所思未必确切。时间过滤了杂质、过滤了细碎、过滤了亿万真实生命日复一日的具体感受，留下的似乎会让人以为那时比较纯粹美好。而眼前现实的日常凡庸冗杂，却因为各种习惯与欲求的搅扰，总会有许多不如意。

如意，是愿景也是诱惑。人有许多时候自以为是，先想象设计一个以为如何就会美好的目标，然后就把可以抓到手的事物按构想重新摆布折腾，不仅为自己所用，还要合自己所好，于是就以为可以得到如意。

这"如意"，通常只是想当然，似是而非。即使果真如意了，也不会恒久。世事哪有完美？如意哪有止境？起初河流只要能喝几口解渴就不错，然后要用它灌田，要让它给自己跑运输。再然后又觉得它曲来绕去碍手碍脚，非把它拉成直线框进划定好的沟渠才看着放心。下一步呢？肯定过不多久又会有新诱惑在前面熠熠放光。

一窝蜂地相信走步可以多活几年，一窝蜂地把城市河流鼓捣成亮丽景观，都是为了如意。起码我现在徜徉于漳河岸边，就很有如意感。不必顺从河流的绕来绕去，不必在水湿处左顾右盼选择下脚点，也无须担心滑进水坑酿出湿鞋事故。笔直而铺着砖石的堤岸，傍水一边还竖着护栏，尽管放心大胆走过去，闭着眼都没事。多惬意。

一窝蜂是否也是人性？反正我见识过的一窝蜂，扳指头数不过来。还说延寿健身，几十年各类养生大师纷至沓来络绎不绝。或气功，或食疗，或出书，或演说，读起来听起来都奇妙无比令人垂涎。哪股新潮涌来，也都是应者云集铁粉无数热闹成一窝蜂。只是持续下来的不多，几乎没有，过一阵就有另外一窝蜂兴起，有没有效也就天晓得。但养生之类的一窝蜂毕竟只是个体事，无论有效没坚持还是无效而舍弃，都影响不大，不至于遗憾深远。

而水系改造的一窝蜂，就有的琢磨了。

市镇里的河流，大都水流平缓，几乎没什么落差。前人选址居住，只是为了便于取水用水，既没有近水楼台看风景的意思，更不想激流险滩寻求刺激。这样的水系，在千百年动态平衡的过程中，冲刷出最适宜自身流淌的河道，这大概就是一种自然态。

人却是自然态的天敌，总觉得这种自然态不怎么如意，非要按自家需求与自然较劲。切割河道，压缩流域，眼下看起来倒是确有几分如意。起码挤出一大片楼建用地，马上就可兑换成一笔巨款。整洁笔直的河道，岂止仅仅利于似我这般的河边走步族，它还提升形象，彰显文明，实打实抢眼球的城改政绩。

但这恐怕未必是结果，未必是定局。自然怎么看？它如果不配合又会如何？

人把自己想象成天地万物的中心，江河湖海、沟谷山川、花草树木、万千生灵都是上天配发给人类的私用物。所以就可以东凿西挖颠来倒去，就可以随意糟践任性挥霍。然而这不过是一厢情愿的想象。有人脑洞大开，大到无垠宇宙，小到我们安身立命于其间的地球，或许是我们人类无法理解的另一种更高形态的生命体。它或许在某种限度内可以宽容人类这种微小寄生虫的胡来，越过这个界限呢？大自然真的会逆来顺受？它会不会用别的方式惩戒人类，收复被夺去的领地？

黄河成了悬河，长江也成了悬河。只要上天稍稍洒点水，就可以让人类的自以为是付之东流。这些年许多城市的水淹已经不是新鲜话题。那些挤占河道流域的利益，用不多久就会还回去，或者还不够。身旁这条小小漳河水的改造，我就有疑惑。也就几年时间，人工水泥河道的淤积问题已经相当严重。接下来，单单清淤工程就是一项只有付出而见不到多少回报的无底洞。当初的县府打造出的北方水城名片，要用以后一任任后继者的没有尽头的投入来维持，可能吗？

如意成了包袱，成了压力，成了没完没了的消耗，这如意怕就不得不丢弃了。我料想许多一窝蜂打造的城市河道，都会在不几年之后渐渐成为过去式。或许，河流还有夺回自己自然河道自然流域的机会。当然也有另一种可能，一条水系从此走向衰落干涸，完成它血脉般营养这块土地的使命。

曾经在我儿时生涯中留下深深记忆的几条河流已经消失。那些村庄，那些城镇，丢失了千年相伴的那条河，所谓"一方水土"是否还可以称之为一方水土？

脚下漳水毕竟还在不舍昼夜地奔流而去，每日可以沿河丈步实在是一种机缘。它是我的师长，也是我的朋友。它见证过我顽劣年少时一小段水灵活现，伴随过我懵懂青春期一小段低迷徘徊。现在呢，又做了我衰迈之际胡言乱语的最可靠听众。有时想想，因河起意，这意也许并不仅仅在河。对这条河流的今昔比对，感慨的或许不过是对自己逝去岁月的回望。

我曾经也是荒野沟谷里一条率性自在的河流，任自己透亮清澈的水流哗啦啦吟唱着，放浪于草稠花繁的丛林深谷。然而它还是被某种精心设计引入一条据说唯此才是合格河流的规范化渠道。我那些随意延展出去的许多小支流被切割丢弃，我曾经自以为舒展自在的曲曲弯弯被拉成一条直线，终于变得与其他所有改造出的河流没什么两样。这是不是就是设计者心中需要的一种如意？然而，设计者修剪整饰出的如意，不过是设计者以为的如意，与我这条小河流的如意会是一回事吗？我如果并不觉得这是如意呢？

转身一望，稀里糊涂。原始丛林里老祖宗们活得快乐还是不快乐？他们自己感觉的幸福指数比我们现代人高还是低？那种自在流淌的生涯是否一定就如意或者不如意？不知道，无论个体生命还是人类大群体，走向一个自以为的"如意"后，是不可能退回去的。如意或者不如意，也没法重来一次做比对。我们只能一厢情愿地以为，一步步向某种设计好的更高级"如意"走去就是进步，而进步就一定美好。然而，为什么呢？我还是更喜欢峻岭深谷中远避红尘的自然风光，我还是怀念曾经拥有过的清澈自在无所羁绊的欢快流淌。

七、关于自在

酷暑正午之际，平时我不会在这个时间段外出。因了楼上邻家不分昼夜争分夺秒的装潢工程，我觉得与其在高分贝电钻声中打磨听觉，还不如到外面烤紫外线舒服。于是就来到距住所不远的小公园。

到这里的如意算盘，是想找个座椅把自己放平。然而入园一瞧，小皱眉又小乐。赤日炎炎似火烧的氛围，来这里凑热闹的人居然不少。尤其树荫下的几条靠背椅，早有人长卧于上。豪壮者甚至半裸上身，活像先锋派在展示行为艺术。

细看，前前后后十几人，占据了颇大一块地盘。他们颈处或身下垫着铺着安全头盔和泥迹斑驳的工服。我明白了，应该是附近建筑工地的农民工。我的判断不会错，我有做建筑工的亲历。倒退五十年，我就是他们中的一员。有过许多次，与他们一样，午餐后也会在工地附近的阴凉处歇息。

建筑工地的劳作，其艰辛无须多说。尤其五十年前小县城的修房盖屋，工人的体能承受度简直没有底线。因为那时基本没有电动机械工具，再繁重的工序操作也得人力全手工。苦？当然的。然而也并非全部。

常听人说一句话：贫穷会限制想象。没错。豪门的奢华以及他们的生活理念，寻常百姓想象不出。不过这句话有时候可以反过来说：富贵也会限制想象。比如建筑工的苦累，似乎有眼就可以看明白。然而他们的愉悦快活呢？他们自以为的舒畅自在呢？没做过建筑工，或者没做过五十年前小县城的建筑工，富贵辈怕也未必能想象到。

夏日工地，作业面无遮无拦，没法躲避太阳公公的热情。再辅以繁重劳作，只能一身大汗接一身大汗。别因此就下判断，没准这不过是全套程序的铺垫。挨到正午阳光最毒时，撤至屋檐树荫下，享乐节目开始。我们是木工，随手抱一堆刨花，往地下一撒，天然全木结构软床就成了。随即仰面八叉，把自己放倒。眼前是绿叶婆娑，天际还袅袅飘几朵白云。凉风轻拂，褪去汗湿，骨节放松，忽然就晕乎乎地似乎酒精上头，周身被一种无法形容的畅快自在包裹浸透。那一会儿的感受，说得雅一点儿，"个中滋味，足傲王孙"。

烈日下以苦力换温饱的建筑工，绝对不会知晓豪门顶级奢华享乐的意味。反过来呢？如果用仪器测一下大脑皮层的反应点，我可以断言，打工族与富豪派，两种自在快乐的感受程度不会有太大差别。或许建筑工凉爽荫下酣然大睡的畅快还要高出一些，毕竟接地气而绿色自然，更合天性。

建筑工的这点自得其乐是不是很神仙态？未必。某次清凉荫下正快活着，躺在旁边的老师傅，或许有那么点儿触景生情，悠悠地吟唱了几句流传于那一带的"乞丐歌"：

头枕胡基块，家住文昌阁。

　　一觉大天亮，没人催干活。

　　到了吃饭时，孙子往出掇。

　　这得作点注解。胡基，乡下起屋垒墙的土坯，实际就是黄土块。文昌阁，旧时文化人抱佛脚的地方。但凡考前试后，一定会有许多之乎者也辈来这里顶礼膜拜供奉香火。此类油水不很大，管理也不甚严格的文化建筑，好像那时候有个不成文的规则，就是可以被"丐帮"人马暂且挪用当作行宫。起码我所了解的，旧时蜀地锦官城里中心地带的古皇宫和颇有名气的大慈寺，都曾聚集着一大队乞丐。

　　世间事，用舒展悠然的心境观赏，就往往如别致的江南园林。移步变景，换位成趣。美不美，乐不乐，趣味不趣味，要看从哪个角度理解，要看谁是品评的主体。

　　乞丐歌，也得看谁来感受。有钱一族读起来，估计会读出好大一堆居高临下的怜悯。沿街乞食，居无定所，身无长物，睡觉都只能枕块土圪垃，好凄凉好悲惨的人生。然而这毕竟是乞丐自己哼哼的歌，其意思就未必是叫苦卖惨。

　　先说咱乞讨这份职业，入门没台阶，不用考试，不看资历，不走后门，绝对不需要"研究"乃至"烟酒"。愿意上岗，随时可以。而且一百个一千个放心，空位多多，无须争抢。实在碍着谁了，打一枪换个地角，照样吃香喝辣。身外之物，何足道哉。檐下二尺宽，头枕胡基块，就可以放展身躯。何况住所未必差，文雅场所，亭台楼阁，古色古香，敞亮开阔，舒服得让人欲仙欲死。不欠谁，不怕贼，酣然入睡。一觉大天亮，还用不着上班。不打卡，无考核，屁股后面没有监工。数数星星，晒晒太阳，捉捉虱子。这日子，已经带了仙气，与诗意不远了。

　　人生说到底，顶顶关键的无非是生存。而最关及生存的要素，无非一日三餐。这对乞丐而言，简直不算事儿。待到肚儿瘪了，懒洋洋蹭到某处豪门大宅院前，上等人、有钱人、体面人，孙子们一会儿就把吃喝端了出来。

　　老师傅唱后面两句时，我一下笑起来。这份顽劣洒脱气概，寻常辈真是没法比。难怪古往今来世事变迁，多少时尚体面有前途的职业都被进化淘汰，而乞丐队伍却历久弥新，生命力旺盛从来不乏后继者。无奈者有，自觉自愿者却也不在少数。我都听得意动了，荫下清风的自在，与人家"孙子往出拨"的排场，好像还差了点儿档次。是否该与萧峰大哥勾兑勾兑，走后门办个丐帮会员证去嗨皮几天？

行文至此，回头一瞅，文中几次出现一个词：自在。

这可是个不错的东西。天下人，没谁会说不愿意得到它。即使遁入空门的佛系高人，也念念不忘追求一个大"自在"。

然而人人稀罕的东西，似乎也就难得。譬如空门里的大自在，是要经历漫长岁月的修行，还得看有没有那个根器。换言之，能否自在，有前提，还有代价。前提，往往可遇不可求。代价，也不是谁都给得起或愿意给。我有几次外出游走归来，与以前单位同事碰面，他们难免会说一句：好羡慕你这份自在啊。羡慕吗？也许，但大多不过是随意一说。真要拖他们与我一块儿去游走山川行迹四海，立马就可以听到一大堆责任呀现实呀之类的推辞理由。

自在与现实与责任对立吗？这又是一个让人挠头的问题。曾与某友人争论此话题，他的观点：衡量生活内容以及生活质量的优劣，有许多选项。而"自在"，不仅不是必选项，更不会是主选项。它大体可以算作奢侈选项，有当然好，没有也不怎么碍事。此说确有道理，但不够完美，应该是对"自在"的理解有偏差。

自在，最主要的不过是内心的情绪感受，很难或不可以与现实的物质的东西并列而论。情绪、感受，与物质与现实有关联，却未必等同。如果那样，"自在"这东西怕只能是富豪族的专利了。而事实却不是如此。以乞丐"孙子往出拨"为例，虽有点儿极端，从心理感受角度理解，你能说它不会是事实？再拿我做建筑工的体验来说，没有脱离现实，也没耽搁该尽的责任，照样可以享受荫下清风的自在快活，哪怕那只是一小会儿。而所谓人生，不也同样只是进化大过程中的一小会儿？

少俗务人事纠缠又有丰厚物质支撑的自在当然好，没这个条件呢？不妨试试与时尚拉开距离，把攀比奔竞争夺的欲念减去一点儿，或许就能卸掉许多压力，就不会感觉那么累。少压力而不累不就是一种自在？再高一个层次，把所遇现况当作一种合该如此的缘分。烦恼即菩提，缘分即自在。差不多相当于老人家们抚养小孙子小外甥，一面累得苦哈哈，一面又美滋滋觉得好开心好满足。这何尝不也是一种自在。

小公园里，面对十几个横七竖八的躺卧者，我略略迟疑。躺椅是没我什么事了，那边树荫处倒还可以挤出一席之地。迈步过去，斜靠树干，顺势坐下。先把几十公斤皮囊摆放妥帖，再让两条仙鹤腿肆无忌惮地伸展出去，然后掏出小本子，涂抹了几行关于"自在"的文字。

八、古镇随想

今儿换个走法。顺性价比最高的房前屋后线路蹀步十几天，就想奢侈一下，给循规蹈矩的散步添点儿不确定性。这也是我的坏毛病之一，大致相当于不耐烦了随手捡块石头丢出去，在平缓流淌的河面溅起一片水花。"水花"是我去古镇途中想到的几句话：古旧是种沉淀，古旧是种无奈，古旧是与现实的虚幻剥离，古旧是繁华嚣闹之外的短暂缓冲地。

对我而言，到貌似古旧的建筑群走走，是乡野空旷型散步的改良版，意思是从寂静无人区挪步至人烟虽稠密却又多少与世俗常态拉开距离的环境，让自己的思维也跟着拐个弯。好在此操作没难度，住处周边，半真半假的古屋古街不少，出大院向西两三百米远就有一片新修的"古街"，那也是我时不时会去首长视察般背抄手迈迈八字步的地方。不过今天去的不是那里。换别处，距离稍远，得坐一会儿车，等同于小出游。

目的，周而复始的独行表演暂停一天，在形态比较勉强的"古旧"中找找另外感觉。不为观游，只为放任，放任自己换一点儿胡思乱想的内容。

阳光真好，心境宽松，踏着不太长的青石板路悠悠然做游客。看人气旺盛的茶摊，看吃客稀少的卤面馆，看酸味扑鼻的陈醋作坊，在相机里捕获两个汉服妹子，在福音堂听十几个老人家唱经，然后坐在路边台阶上看匆匆走过的人群。歇够了，起身继续乱走。依然无目标，仰脸瞅工人翻修屋脊，立在五金店前观赏师傅修锁，又在木器铺待了好一阵。略显古旧的世俗风情图画中，我这种若即若离的姿态算不算逍遥风雅？反正自己觉得还算自在。

自在中忽然发现巷口一个小小的"农具博物馆"，也不收票，欣然入内。院里摆排着许多上世纪农家用物。一下子让咱重回（时下新派人叫"穿越"）一甲子前的农耕场景。那时的镢头刨地，那时的牛犁耕作，那时的锄禾日当午，境况依稀，田园故事，心里油然而生出柔柔的感慨。

院展中还有几辆几十年前的农用大车。这东西也是老相识，整整六十年前，二十世纪五十年代，本人不止一次坐着这种车在乡间小路兜风。此"兜风"的意义不是潇洒而在于接受考验。木轮外箍铁圈，实际就是铁轮。崎岖不平布满石块的小路上跑铁轮车，那真叫硬碰硬。个中滋味，后生小子们坐惯时下带减震装置的高档轿车，能否想象得到？总之，上下颠簸，骨酥筋软，腚部生疼，味道酷极。农家汉子劳累一天，从地头颠到村口，再有脾气也被颠得喘不出粗气，只好赶快回窑洞土炕上摆一个大字躺平。然而那一瞬间，没人不感觉自己舒畅得就要飘上天。

坐铁轮车的考验，还不是想享用就可以享用，有这样一辆车的农家不多。乡里赶集，十几里山路，左邻右舍提前就得跟有车人家定座。赶集那天，打早村里十几辆大车排成一队。车把式意气扬扬，鞭梢啪地一响启程，大人喊小孩叫一通热闹好有气氛。

蹲下身，拍一张早已走出人们视野的铁箍车轮，不由就泛起对古旧岁月的思念。感受最深刻的，或总让我难以忘却的，是车行途中的细碎。或沟谷，或溪流，远处土崖上几声悠悠的鹧鸪啼鸣，清风拂面，绿禾遍野。这场景烙入儿时记忆，再难拭去。

出农具馆继续游走，观览了两座风格迥异的建筑。一座西洋特色的天主教堂，一座异域格调的清真寺院。它们各自拥有两群信仰不同的受众。打小接受现代理念教育的我，对这两座建筑里宣扬的天堂或真主都不信，但我却多少有点儿羡慕这两群虔诚的追随者。我猜想，起码从他们个人而言，在转瞬即逝的生存过程中，或许也算找到了心中一线光亮，求得了内心的平和安宁。一介寻常百姓近乎自生自灭的艰辛人生之旅，有这么一种价廉而易得的内心支撑，也就够了吧。

因此而想到的，是另外一些问题。

现实人生，是安于旧习好还是锐意进取好？是留守乡土好还是走向城市好？是坚守传统好还是投入新潮好？先别急着下结论。在一个裂变的大时代，人类前行的方向不明，世事演变的结局难卜。现代文明何去何从，起码眼前，未必有人能给出确切答案。蹦过裂缝跳至另一堆冰块或许是出路，而待在原来的冰块上没准更安全。谁敢说他信奉他以为的行为方式就是今后人类社会必然的必须的且最合理安全美妙的选择？

网上常会见到两拨或几拨意见高手的汹汹然争论，那阵势往往不亚于一场逐鹿中原的大战。金戈铁马，杀声震耳，热闹得不得了。我也不自量力介入过几次，每次都挂彩落败而逃，有种越辩越辩不明的感觉，既无奈又好笑。静下来想想，许多争论的实际意义其实不过就是为了争论。对阵双方使出的济世良方，顶多也就是他们自己心里的自以为是，没准还未必。

认知差异，理念冲突，按说不算事儿。尤其历史也许真的走到岔路口，面临着或已经进行着艰难而巨大的转折，每个人都可能因为生存环境的不同得出自己对现况与未来的理解。好好商量不行吗？许多时候不行。宽容甚至欣赏不同于自己的观念，是一件非常困难的事。我又何尝不是如此？用自以为比庸庸众生高且明的心态理解意识理念的冲突，只能更让相悖的理念对仗加剧纠缠不清。其一，感知认识领域从来没有全能和绝对的救世主。其二，自我感觉良好的引领潮流时尚的理念很可能只是一种浅薄，或者更是一种霸道。

因参与争辩而退了几个群，不想为争论而争论，也懒得再去展示好为人师的劣性。现在耳根清净多了，口水也基本节约下来回归消化食物的本能。

漫步古街，难免会有怀旧的情绪。对过去对古旧事物的回望和欣赏，好像是古今中外许多人的通病。为什么呢？习惯以时下主流价值观评判好坏是非的人类，说起来会认为现在一定好过从前，却又总喜欢让自己假装穿越一下回归旧昔场景。潜意识里，现代情境模式的好坏评说不一定作数。我自己就常有疑惑，是拿个手机整天刷屏浏览天下八卦的生活有趣，还是拿个泥壶沏一泡山里新茶坐于草庐享受清风明月的惬意？落后封闭不好，而与喧嚣紧张的快节拍拉开距离又似乎不坏。已经远去的乡野农耕田圃生活与信息时代高科技现代化生活，哪个更适宜人的自然属性？哪个更可以给人幸福安全感？这是个不好回答也未必有答案的话题。

其实，人们一旦对某种时代某种生活开始缅怀或发生兴趣时，那种时代和那种生活就已经没有活力而行将消亡。从山顶洞人到现在，有过多少种生活方式？有过多少式样的群居房建架构？正像眼前古街这种仅存无几的所谓"明清"风貌曾经破坏蚕食毁灭过更古老的民居方式一样，现代都市模板也必然迟早把这种古旧诗画中所谓悠悠然的古旧情调破坏蚕食毁灭殆尽。这不是好不好的问题，而是一种无可奈何的趋势。发发思古之幽情未尝不可，但没用。

当代科技新潮的趋向，似乎已经大体描绘出一个用先进手段引领人类走向崭新天地的美丽故事。太好了，谁不希望将来越过越美好？然而，技术革命带来的负面效应，又难免惹人怀疑。或许科学并不万能，其探寻理解的范围也毕竟有限。仅从率性适意这一小点儿衡量角度而言，人生真正需要的未必全是科技昌明带来的产物。对自然野趣的向往，对类似古镇模式的散淡悠然慢节拍生活的向往，或许就是现代人性在科技飞速发展过程中渴求回归的一种挣扎。

九、月亮跑了

我一般晚上不散步，打小就没培养起月黑风高的豪迈情怀。这说明我大体算个正常人。这里的"正常"，是依据古典式的判断标准。很古很古，也就是通常所谓的上古时代，被现代人类认可的弹跳于树上的猿类一代祖先或再后来一点儿乔迁至山顶洞穴的二代祖先，夜里应该不会在野外游荡。

人的视觉在阳光下才好使，看山看水看美女，也看花看果看那些可以捕来烧烤的各种走兽。看过瘾了折腾够了，吃饱喝足，夜里躺在树杈上乖乖睡觉，或缩在山洞里，才比较正常。当然，非要不正常也不是不可以，迷迷瞪瞪两眼抹黑到山野林木间游走，一不留神，很有可能就做了在夜间也目光炯炯的其他动物的夜宵。

不正常的危险系数太大，这或许是人对黑夜敬而远之的来由。小时候在乡下，姨妈就不许我在日落之后去窑洞外玩耍。姨妈的理由很简单：天一黑狼群虎豹就出来啦。我那时的理解，这花花世界原来可以一劈两半，一段白昼归属两条腿的人，另一半黑夜则让四条腿的狼群虎豹霸占。最好别越界，越界有危险。大白天，狼群虎豹往往被人追得满地乱跑，所以公平起见，人在夜里被野兽叼走也活该。

然而这个"正常"，到现在又似乎变成不正常。这是因为眼下这一茬我也被括在其中的人类已经与两代祖先大不相同。起码，黑夜与白天的划分已不那么分明，黑白颠倒很可能成为趋势。不说全部，作为生活主流的城市文明，一个重要表现就是夜生活的如火如荼。大半夜去喝酒，去蹦迪，去看电影，去吃宵夜……或起码也在网络上呼朋唤友，谈情说爱，追追剧，刷刷群才是新时代声色犬马疯癫狂热的正常。

凡人，或所有动物，不必念鸡汤语，也只能活在当下。所谓当下，此身此时此地，谁挣得脱？而依照当下城市夜生活的状态，用罢晚餐就老衲入定般待在屋里打瞌睡似乎就属于不正常。所以我得改变，跟上时代。说改就改，好在不难。比如今晚，既无风吹且又隔窗瞅见明晃晃天上一轮"白玉盘"，于是心意浮动，欣然出门。

河畔静寂，水声浅浅，踽踽而行。这样的境况放在一二代老祖先那里，肯定危机四伏，前后左右几十张血盆大口伺候着，哪敢孤家寡人到此一游表现自我？庆幸自己毕竟活在祖先之后，无数血盆大口们大都让我们樱桃小口一点点吞进肚里。现在这个"当下"，虽有猿神或洞仙想不到的许多高科技麻烦，但夜里在河边溜达却可以忽略其他族类的出没。没了危及身家的搅扰，身心即可以在隐去许多俗世粗鄙的静夜里放松。这一放松，思绪就像没了管束的乡野顽童，探头探脑摸出土屋，闪身奔出柴门，在蒙蒙黄土塬上叫吧跳吧折跟头吧，一不留神，又被目光携带着飞起来，荡悠悠飞过河岸，飞上树梢，再往上，就飞向月亮。

天际，月轮皎洁，银光如水。

这句子随口而出，却不是我的原创。好像在某本或某几本书里见到过。虽然明白是在赞美月光，起初却没有细琢磨。在自家小文里借用几次后，才有了疑惑，这个"如水"，究竟是怎样一种情态？显然，如水的水，不会是洪涛汹涌的水，不会是排空浊浪的水，那与月光不搭调。或许，近似于天然纯净水？石岩下泠泠清泉，草丛中淙淙溪流，清冽、洁净、轻盈、灵动。然而，好像还不够，还没够到那个意韵。清泉溪涧之上，还应该氤氲着隐隐的水汽，细润轻柔而飘逸，似有若无，如幻如梦，弥散四野。

那些古人，审美细胞过于敏感的李太白苏东坡之流，借着几大杯酒劲，浸沐于漂浮于舞弄于放浪于疯癫于这样的"如水"或"水汽"意境中，怎能不嘟噜几句美艳无比的诗句？即使我这样感官迟钝者，河边月夜，也还是被招惹得头重脚轻几分飘飘然。

外国月亮圆不圆不太肯定。猜想，古月或许比今月要美妙。起码，李苏仰望的天空应该比现在少许多 PM2.5，他们眼里的圆月也应该比现在晶莹亮丽。

而且，最主要的，在那时人们的意识中，天上悬着的，确是一个光洁如镜且可望而不可即的另一处奇异存在。一个圆润美丽而光线柔美的世界，差不多也就是神仙境界了吧，怎能不让泥土地里的俗世凡夫仰望向往？现代人写不出他们那样美到极致的诗句，月色似乎有了差异也是原因，更主要的，是否现代人意识中也没太把月亮看得那样高邈神秘？

今人与古人的差别，除了生存环境的变化，最主要的，应该是意识深处，对天地万物的感知和理解远远拉开了距离。通常说法，古人活在蒙昧无知中，而我们已经进步到"科学"昌明时代。

认知的进步，社会的进步，是一种必然。所谓"必然"，换一种说法就是无奈，不得不如此。幼稚终归要走向青壮，青壮终归要走向老朽。无论喜欢不喜欢，无论是好是坏，必然如此。既然不得不，既然无奈，不如索性认定进步就好，省得自寻烦恼。这是不是我们总以为进步是一件好事的缘由？

然而究竟好不好，是个很难给出确切答案的问题。古与今的比较和评判，要有古今通用先人后人都能认同的统一标准才行。先人没与我们沟通过，他们的意见究竟怎样？没法了解。所以，最后的标准，只有今人给定。而这个"今人"，又在变动中。近一点儿说，"六〇后""七〇后""八〇后""九〇后""〇〇后"，十年之差，对许多物事的感受和理解就很不同。以哪一拨观念为准？而这极其短暂的一拨人的意识观念是否真的靠谱？

几十个几万个十年之后，还要一拨拨更替，无数拨之后，月亮成了什么样子，或者，对月亮的认知又会进步到哪里？他们还会把望月当成一种有品位的带着艺术鉴赏性的美好事情吗？先人们那些以此喻彼绕几个弯子才能悟出个中滋味的诗句，还会在快节拍的科技精确化的现代后现代人群中引起共鸣吗？写不出是第一步，不理解是第二步，第三步呢？无所谓了。

继续说对月的认知，过去几千年，人们活在自己编造的月亮神话中，还往往被这神话所陶醉。若从诗意角度，若从美的享受角度，蒙昧一些陶醉在神话中，或许才好。毕竟有个空灵而缥缈的憧憬，毕竟给人以无穷的推测和遐想，而且，毕竟在若幻若真的如水月光中得到了精神上的美好享受。

进步了，科学了，现代人谁都知道月亮并不发光，那上面绝对不是琼楼玉宇构架出的世界，更没有可爱的小白兔和被二师兄惦记着的嫦娥姐姐。按现在的"科学"认知，它不过是地球捕获的小跟班，一颗黑不溜秋尘灰厚积且满是坑坑洼洼的铁疙瘩。而且，人类已经无须耗费很大气力，就可以登上去踩几个脚印。明知这样一个灰头土脑的东西，还要假模假样整出弯弯绕的诗句，似乎就有点儿可笑了。

或许，人时时刻刻被禁锢于"科学"的所谓真实中，未必是件很惬意的事。许多时候，放浪形骸无知无畏地活在幻梦中，活在想象中，活在懵懂蒙昧中，也不见得绝对不好。只是我们再使多大劲，再有多高深的科技手段，都无法让时空倒转回到从前，就像我们无法从老朽退到青壮，从青壮返至天真好奇充满幻想的童稚少年一样。

今人不见古时月，今月曾经照古人。

那时那个皎洁亮丽显现于许多优美诗句里的月亮，今人是看不到了。但毕竟眼前仍有一轮圆月真真切切悬在天空。许多时候，只要下一场雨只要刮一阵风，或者费点儿气力跑到旷野高原，还是可以见识比较美好的月色。望今月而任想象穿越回去，不算很难。古人的诗句我们依然可以理解欣赏。然而，今月会照到后人吗？后人能理解古人诗句里那个月亮吗？

曾在一本科普读物里，知道了鹦鹉螺，一种美丽的海螺。

美丽是次要的，它存在的时间非常久远，起码四亿年以上。它出现的时候，人类前生的前生都还八字不见一撇。实在算是物种进化史中一种生命体的活化石。

这也还不主要，更有趣的是，科学家们发现，鹦鹉螺与月亮相关。嫦娥姑娘在天上绕一圈，鹦鹉螺就在自己贝壳上划一条线，绝对是月亮骨灰级粉丝。不止于此，鹦鹉螺的统计学学得不错。为了方便查看，每一个阴历月，鹦鹉螺要把贝壳上一个月的刻线划归一道大格。天天如此，月月不辍。

自然界有许多我们不知晓的神奇，这鹦鹉螺对月亮的忠实追随和精准记录就是一例。它实在算是月亮绕行地球的记录仪。而正是这种几亿年持之以恒的记录，让今人直观地看明白，月亮与地球的距离在不断拉远。

四亿多年前的奥陶纪，鹦鹉螺贝壳上的一个大格里有九条细线，石炭纪成了十五条，侏罗纪长到十八条，白垩纪变成二十二条，而现代，成了三十条。

换言之，四亿年前的一个月只有九天，那时月亮与地球真的是近在咫尺。假设那时就有人类出现，古人看到的月亮，岂止没有 PM2.5 影响，月亮体积的庞大更是我们没法想象的。一个炫目的直径一米多的硕大圆盘在眼前晃悠，大地被映照得亮如白昼。置身如此情景，是该觉得美妙还是恐惧？我倾向于后者。

好在，月亮有叛逆性，不喜欢一直被地球牵引，它一天天一点点偷偷拉远了与地球老大的距离。待到人类张开眼睛，它已经逃逸到现在这个人类视觉恰好可以接受的最佳位置。人类好幸运。

然而这幸运是暂时的。几千年？几万年？蜉蝣人生的感知，好像很久远。而在地球演化的长河中不过一瞬间的事。据说，月亮争取自由的行动一直没有停止，它以每年 4 厘米的速度向外逃跑。如果人类真的可以"子子孙孙无穷匮也"地延续下去，月亮将在人类视觉中一天天缩小，先是变成天际一颗普通小星，再然后，完全消失。

月亮的渐行渐远，会给现存的地球生态带来许多剧烈变化。那是怎样的景象？人类躲得过那些劫难吗？这且不论，天道渺远，人类说了不算。小的方面，若干万年之后，人类如果还真的可以按现在许多人以为的一直延续下去，那时的人们不仅要少过中秋和元宵两个节日，而且后生小子们读到老祖宗有关月亮的诗句，也会因为"月亮究竟是个什么东西"而困惑不已。没准会出现"月亮学"，许多科学家费了牛劲，总算找出答案，噢，天驴星系那颗似亮非亮的小不点，原来就是几亿年前老祖宗描述的月亮。

闲话少说，老祖宗我，现在赶紧多瞅几眼当下的月亮。

十、丘山之思

冬日，立于小山之巅。

先说说这座山。虽被附近村民称之为山，却无棱无角，形象老诚厚道。更准确讲，其实应把它归类为"性本爱丘山"的那种丘陵。与通常概念中颠连突兀伟岸挺拔的"山峰"排到一起，略显勉强。一道斜坡缓缓而上，穿过低矮的灌木草丛，几百米不甚费力的散步式攀爬即可到顶，实在很适宜我这样怠惰之人的游走。

小小一座丘山，树木稀疏，真正的荒山秃岭。满坡枯草瑟瑟，偶露几块苍苔斑驳同样也无棱无角的大石。这季节，来这里，从观玩角度看，几无趣味。

不过，另有一种对赏景的说辞：看见什么不重要，最主要是能否看出点儿什么。那意思，大概其即古人所谓"看山不是山"，或西哲所谓"认识现象后面那个本真存在"。人总会给自己任何行为找出很优雅的理由，当然，这说辞也不是完全没道理。

以我理解，对周遭事物如何感受，往往有人为的随意性。这样瞧没啥名堂，随意换到另一边，或许就能瞄出点儿寻常没在意的东西。这个随意性和角度，大多时候，可能只是内心情绪的关照。同样景物，因人因时，失恋之人与热恋中人，青春少艾与耄耋老朽，感受的意味应该不同。境由心造，或许？

踏过荒草，身靠一块大石。荒山上阳光毫无遮拦，我只能半眯缝着眼似看非看，看久了，似乎真还看出点儿什么。

脚下这座小山，并不孤零零，而是如它一般许多山包中的一个。山包叠着山包，倒也连绵起伏，渐至远方。好不好看，有时未必重要，前面所言，看心境。一派童山秃岭，正因其荒蛮萧瑟，却在静寂空旷中让人感觉出亘古久远的意境。思绪出来了，忽然就想，眼前一堆堆山包，是否从来如此？当初曾经怎样？它们或许也适用从哪来到哪去的古老命题？

人的思维有时确实好玩，只需拿出一点儿想象，就能让自己挣脱现实和时空的禁锢，构架起任意伸展的桥梁。直白说法，这叫胡思乱想。换种说法，也可以算是白日梦中的"穿越"。"穿越"不仅仅是网络小说写手的专利，许多时候对自然景物的理解，也可以任凭想象穿越以往，且穿越的尺度要无边无际。岂止几百年几千年，那有什么意思？蜉蝣境界。何尝不可以放开胆量，放开再放开，穿他个数亿或数十亿年才带劲。

那是脚下这颗小星球不安本分动荡折腾的时代，板块碰撞熔岩喷发天塌地陷陆海易位，几十上百级的地震摇荡，置身其中会是什么感受？人类没在那样的大动乱年代出现真是福气，当然也没那种可能。人类这种虫子，脆弱得很，可适应的生存环境，苛刻而有限。放在地球数十亿年自然状态变动幅度的数轴上，无非只是极其狭小的区域。等到地球蹦跳够了疲沓下来，在它迷瞪打盹瞬间，才留给人类偷偷溜出来露脸的机会。

即使是天体运转，即使是沟谷山川，应该也有初生期的元气充沛，也有青春期的热血张扬。想象一下，眼前这片线条和缓的山峦，那时或许另一番模样。刚从几大板块碰撞出的难以估算的巨大挤压中骤然崛起，或者刀削斧斫陡峭嶙峋，或者鬼斧神工峰奇石怪。只可惜那时那样的景观，不属于人类。

它们出现，它们存在，它们也会在宇宙洪荒的运作中不停变化。再坚固的构架，再雄阔的气势，再睥睨万物无所忌惮的姿态，都挡不住岁月之河的浸润侵蚀。造化之手打磨掉这些山包曾经的凌厉彪悍，不知耗费了多少光阴。几亿年？几十亿年？总之，眼前这些峰峦的存在与过往，与人类寻常岁月的所谓"久远"，实在不在一个维度。它们究竟经历过怎样的过去，从哪里走起，一直走到现在这般模样？以后又会走到哪里？别说一个个转瞬即逝的具体生命，即使人类整个族群，既无法见证也很难知晓。

造化大尺度的演绎过程中，不知有过多少细微生命的来来去去，不知有过多少次动植物霸主的招摇表演，一直到自命不凡的人类现在。而人类惯常意识中历史的"悠久"，无非上下几千年。在这样一座荒凉的小山包面前，那点儿历史还算历史？那点儿久远还叫久远？我们以为的亘古不变，我们以为的从来如此，同样，我们以为的人类不可一世，在恒河一沙的小小地球上，实在是浮光掠影的轻浅一现。说有，也不错。说没有，未必错到哪里。

稍微离开人类自身的立场来理解生命，稍微走出人类存在的狭窄时间段来看待万物，即使满山坡冬日寒风中瑟瑟摇曳的枯草，真的就比不过人类的张狂？想起多年前读过的一本小册子《进化论与伦理学》，英人赫胥黎从书斋窗口看到山坡上一片萋萋野草，感慨了一句："与这种下等植物漫长的过去相比，文明人类的全部历史只不过是一个插曲而已。"

面对一坡小草，人类可以自高自大。然而换个角度，人类也可能真的不值一提。多少亿年前，野草已经开疆辟土，于沟谷山川到处铺陈开自己的郁郁葱葱之势，人类还不知道在哪里。若干亿年后，"野火烧不尽，春风吹又生"的画面依然不改，人类早不知在哪场野火中化为灰烬。而且不用多久，看似柔嫩的小草就会一小点儿又一小点儿把人类那些宏伟建造分化掩埋。每次走进乡下老宅，我都会感叹野草的不屈不挠坚韧顽强。人为打造的一方院落，主人年复一年把小草铲除得干干净净。然而，只要几个月无人居住，满院子又会变成野草稠密的植物王国。

人斗不过草，不是人类武功不强，不是人类力量不大，或者倒是相反。强大往往是双刃剑，成也强大败也强大。强大过头，就会反噬自身。

《进化论与伦理学》一书中有一个观点：为维系自身生命（自私性）而尽可能多地抢夺生存物资（争斗性），是大自然赋予所有生命物种的天性。这种天性少了，物种将从外部遭到毁灭。但这种天性如果过多，物种就会从内部遭到毁灭。

此说，基本道出人类成功的主要原因。人类的自私性和争斗性都强大得爆表，因此而一路杀伐，灭掉天性较弱的各路诸侯，终于登上食物链皇座。

然而，这只是剧情的一半。过强过大的天性，待到外患已清，就会调转枪口，在自家族群内寻找争夺生存资源的对手。赫氏此说，揭示了人类这个物种，也许会出现从内部遭到毁灭的结局。所谓人类文明史，大致就是两条线：

一条，人与自然的搏斗；另一条，这一群人对另一群人的屠杀。前一条线路上，人类所向披靡最终获胜。后一条线路呢？即使躲得过天谴，即使躲得过更强大生命物种的攻击，人类或许很难躲过这一群人与另一群人拼命撕咬而引发的同归于尽。

那个天性设计者，实在可恶。

收回思绪。漫步于山巅，原本是想收获点儿小欣喜小愉悦。一通胡思乱想。把刚才爬山的一小点儿兴趣也扫荡殆尽。还是要给自己一点儿没来由的乐观，没准将来人类变性了呢？都成了见面就笑眯眯低头哈腰你好我好的谦谦君子。然而那也麻烦。按赫氏之说，天性退化，又会被别的物种灭掉。看来，还真是无解。总之，设计者的错。

一堆歪思胡想抛之脑后，又晃晃悠悠下得山来。太阳已经升高，即使冬日，周身依然觉出几分暖融融。此时此地，放松身心，享受这点儿日照吧，毕竟还有这种可能。

避疫集

2020 年 2 月 1 日

武汉封城之后，疫情似乎汹汹然四处扩散，又如当年"非典"时的风声鹤唳。会不会蔓延到偏远县城？谁也说不清。笨办法，也最保险，惹不起就躲。索性不出门，闭关半月。

若我之辈，原本也早已退至社会边缘，在现实中的存在感几近于零，有可无亦可。只是"匹夫"劣习未尽，偶尔要习惯性关注一下时事。而时下之事恰如八宝热粥一锅，五颜六色，翻滚冒泡，戾气腾喧，让咱一双老花眼越发看不出名堂。不看也罢，逍遥化外，自闭于斗室，何尝不是幸事。

但眼帘拉开，总得映入点儿什么。于是，置眼前一个小读书器。墨水屏，没有亮瞎眼的弊端。五英寸界面，舒掌曲指，不紧不松正好把握。再配翻页器，另一手操作（感谢老祖宗给我们打造出双手构件）。

正在实际使用也自认为最舒服的姿势：斜倚靠枕，用毛毯把腿包裹。电子书在正前方放稳，舒展身心，即可一动不动，静静游走于方块文字中。

听过一种说法，有情怀的人往往更喜欢纸质书，有仪式感，视觉效果也好。这样看来，我应该属于没什么情怀的人。纸质书虽也还看，但沉甸甸一块"砖头"在手，或置书于几案，正襟凛然而坐，我以为实在少了读书的轻松自在。

十几年前读书器一出现，我就是热烈的追捧者。尤其外出行走，优势更显。轻巧、便捷，一方小机器在手，里面存放成百上千本书，读不读都觉得带劲，有坐拥书城的自得。

终于用这种方式把自己与嚣嚣然时事剥离开，哪怕暂时，哪怕并未真正挣脱。有一小会儿虚幻的清静适意就好，放大了看，整个人类何尝不是一小会儿的虚幻？

2020年2月2日

冠者五六人，童子六七人，散发广袖，徜徉于清流秀谷。忽闻马蹄铿锵，贼人涌至。刀枪炫目，杀声聒耳。心惴惴然自思不敌锋芒，鼠窜沟壑，缩身荆莽。耳边似有搜寻之声，脚步渐近，甚窘急，忽寤，梦耳。

睡不着了，析梦。莫非因疫情乖张之故？原本喜洋洋迎新，却迎来一波新冠病毒，几亿人被攥得气喘吁吁，避入斗室，不敢出头。若干年后，这会不会演绎成一部灾难大片？事实上，情节之离奇多变，各色人物的亮相表演，不用演绎，已经出乎想象，起码出乎我的想象。

在百姓最忘形最匆忙最混乱的返乡探亲时间段，在一个四通八达难以设防的交通枢纽处，突发攻击。而且恐怖的是，感染症状不典型，感染渠道多样化，且没有精准的还击武器。围城、围省，堵路、封门，第一波打击之后的匆匆应战，希望有效。我还惦记着梦中散发广袖清流秀谷的出游。

2020 年 2 月 4 日

被"病毒"禁闭。想想这小东西真的厉害，不动声色就让大块头人类服服帖帖自入囚笼。

读过几篇有关"病毒"的文章。某病毒学专家的文中有一段话，大意是：他对与之打斗了几十年的病毒充满敬意。

病毒这东西，看不见摸不着，通常情况下，我们普通人一般不会费精力去琢磨了解。作为一种已经算是生命体却又没达到小而全完备状态的微颗粒，其生存其繁衍，好像只能走依附寄生路线，也就是说，得有为其提供生活资料的宿主才行。这没什么不对或者不好，所有物种都这副德行。

人类往往从自以为是的角度去理解别的生命。其实，调动智慧去创造和利用条件来完成自身的生命过程，不是人类专长。其他物种（包括病毒）也同样如此，形式不同而已。

病毒依靠自己的智慧和能力，在生物演化舞台一直占据着非常重要的位置。从某种意义讲，人类可以算是病毒后代，血液里本就流淌着病毒的基因。这不是胡说，有现代科技手段提供的数据，人类基因组中，高达 10 万条片段来自病毒，占了人类基因组的 8%。没有这些病毒基因片段，人类生命的维持或许就是一个虚幻的笑话。

岂止关乎人类生存，在更大尺度更大范围的生态系统平衡中，病毒也起着举足轻重的作用。数据说话：病毒每天会杀死海洋中几乎半数的细菌，释放出数十亿吨碳供其他生命体使用，这是迄今人类现有力量完全做不到的事情。如果生态循环系统中没有病毒运作这个环节，地球生命的繁衍也是一个虚幻的笑话。

病毒，应该算是一种顽强而勇敢的生命。但凡生命，就有人家活下去的理由。别鄙视它的寄生性，延伸理解，人类不也是地球身上的病毒？寄生其中，吃饱喝足，管它宿主会被污染毒化成啥样。

病毒的求存能力强大，强大到出乎人类想象。它们经过亿万年生存考验，家族中锤炼出许多武功盖世的高手，随意释放出一两粒没多少杀伤力的小弟兄，比如此次的"新冠"，人类就难以招架。

换一个角度，病毒或许就可以算作"生命之花"。它的超乎寻常的顽强斗志和聪明多变的求存策略，实在值得尊敬。人类最好的办法是与之共处，躲远点儿，让病毒在它们习惯了的地盘胡作非为。别以为人类在与病毒的抗争中得过几场小胜就心高气傲，我的理解，人类是惹不起病毒的。海洋深处、冻层下面潜藏着的杀手级病毒，千万不要让无所顾忌的人类折腾出来，那将是毁灭性的灾难。

2020 年 2 月 7 日

云层厚积。

闭关，沉闷，岂止。

为友人帖留言：总有逆风前行的人，谢谢他们。这让人觉得沉重，却毕竟是一抹亮色。

回友人问候：小民百姓，还可以缩头苟活于疫世，就是大幸。

听《金刚经》，睡过去了。

送自己，也送给那些与病毒拼搏的人们：又迎来一个清晨，就是胜利。

2020 年 2 月 28 日

一场春雪，出去踏雪的念头一闪即灭，只在窗前略略观望。足不出户已近一月，此次闭户封道工程，实在轰轰烈烈规模空前。果然"万径人踪灭"，有了点儿劫灰几度的寂寥萧瑟大空境景象，自禁的日子，许多时候是在胡思乱想，任思绪随意飞舞。这大概也不失为一种孤寂中的乐趣。

真的需要或喜欢什么，很难有确切答案。奔竞操劳时，总想不出工不上班窝在自家放松筋骨。好梦成真，被圈在屋里未及一月，似乎又憋屈出一肚子烦恼，盼望着快快解禁好去户外折腾。

乡间老农言：人，天生贱骨头。

骨贱天生？也许。人这种"裸猿"，据说已存在几百万年，大部分时光是在丛林沟谷厮混。别看现在身披时装有模有样，满打满算一两千年，骨子里那点儿林木山川自然野性的基因还在起主导作用。大尺度看，顶着日头踩着泥石摇来晃去才是正常，而麇集于红尘闹市栖息于四壁囚笼的人生，才是无奈扭曲和变态。

骨子里潜藏着撒野本能，就算有人天天撒狗粮供你温饱，也未必喜欢蜷伏于笼内浑浑噩噩。当然宅货除外，他们是进化品种，另论。阳光蓝天，自由自在，但凡活物都向往。别说人，小猫小狗，关在暗屋里十几天不外出溜溜腿脚，也会气急败坏。

希望解禁的呼声，大多来自自食其力者，宅在安乐窝里有人供养的毕竟少数。需求温饱且希冀小康，唯有打拼，打拼都未必真能实现。读到一句话：被病毒感染是百分之几的风险，而不出工却百分之百没得饭吃。利害相权，迫不得已。无非为了求存，尤其求眼前必须马上面对的"存"，只能不计风险。

个体细胞的无奈，很可能是整体结构的缺陷。忽略个体的结构，迟早会导致整体的无奈。

2020 年 2 月 29 日

乍暖还寒，酷热难耐，苍凉辛劳，冻手冻脚。春夏秋冬，各有其不惬意处，却又各有其美妙。看从哪个角度感受，或自己是何种心境。所谓"境由心造"，信然。

此次的闭关修行好还是不好？

我这人平时比较顽劣，常把自己放浪于旅途，但也能屈能伸，假冒"大丈夫"。只要形势微妙，官方发话，我就屏息敛声缩在屋内一动不动。算不上乖顺，其实是怯懦，自知敌不过"新冠"，三十七计躲为上。

好在信息时代，虽门户紧闭蜷伏床头，只要手机在手即可窥视天下。再时不时去朋友圈与什么人抬抬杠或转几条小道八卦，倒也不甚寂寞。不觉之间，岁月流逝。看日历，啊呀一声，感天动地的 2020 年已消耗了六分之一。

藏猫猫居然已经一月？生命太易消耗。其实足不出户甚至足不接地状态，对我不算难事，有过几次先期培训。比如 10 年前大病手术，病床上躺了差不多半年，也稀里糊涂熬了过来。

起居方式的改变或生活习性的养成，难也不难。人随奈何走。无奈，没得选，非如此不可，很少改变不了的。至于苦不苦，另说。毕竟心理感受，别人看不见，自己却可以调整。

换思维角度，但凡改变，就是情节。但凡苦痛，就是故事。风平浪静一生好像是大幸运，不过也乏味。年迈之时，连回忆的内容都找不出来，幸运或许就成了不幸。

毕竟人世一遭，没活出酸甜苦辣，不也遗憾？这话不宜送人，只用来安慰自己。躲在小屋内无所事事，难免想想往事，而我的往事，改变和苦痛的情节不少。自怨自艾？矫情。倒不如自赞自喜，虽傻了点儿，自己有趣就好。

有人说，这次禁足家中，才明白当初在外面疯跑胡来的珍贵。或许过一段，不得不外出摸爬滚打，又会觉得禁足家中的难得。禅家所谓"吃茶时吃茶"，一心一意品味当下的美好，就有了几分禅意。

2020 年 3 月 7 日

几百万人城市一个多月的封禁和几亿人缩于住所的避疫，也算想都想不到的奇特事件。"新冠"庚子灾变，应该会在"国史"中留存几行记录。但我只是旁观者。所在小县城地处偏远搅扰甚微，居民生活基本如常。即使风声鹤唳那一段，院里许多人仍旧不戴口罩晃来晃去，仿佛疫情只是天外传奇。

不晓得是否与经济落后有关，莫非病毒也有嫌贫爱富的毛病？或许还有另一个原因，被现代观念所不屑的"农民意识"，有随遇而安的自欺成分。只要雷鸣电闪还没有实实在在砸到头上就先别管它。千百年来，黄土地上的农民啥时缺少过遭遇灾患？饥荒、战乱、瘟疫、旱涝……更艰难更不堪的天灾人祸不知经历了多少，"新冠"者，何惧之有。

不刻意防护，不把病毒当回事，是愚昧吗？按时尚的科学认知，答案是肯定的。对错或者好坏，从不同角度去理解就会易位，农家古久的生存之道也是如此。落后于现代化的是否一定不好？没法概而论之。就比如乡村散养的土鸡与现代化的饲料鸡哪个好？让小孩经风雨多摔打与给孩子最优越的条件精心呵护哪个好？正反都能随便找一大把证据，很难确论。

人类是一路伴随险恶困顿走过来的，这其中也包括与自然界各种病毒的抗争和融合。不感染当然好，而感染之后生成免疫没准更好。放到进化大尺度中看，因无知而无畏的无所谓会经受许多戕害，熬过来了也许就能行走得更远。老乡有言：迷迷糊糊，老天照顾。许多时候，稀里糊涂比自以为的清醒有益于生存。

网上看到一个段子，说许多法国人对"新冠"不太在意，与其面对1%的死亡率战战兢兢，还不如在意死亡率高出许多倍的交通事故。其实，交通事故又何必在意？但凡科技成果都是双刃剑，人类既然选择了现代化，享受其便利的同时也必须得承受其危害。很欣赏这个段子的观点，整天活在恐惧中的人往往不能坦然面对死亡。

只要心态阳光地活在当下，享受生活的美好，也许对疾病带来的危难就能淡然处之。"农民意识"的随意姿态未必比"科学意识"的神经紧绷差到哪里。从凡世生活的角度理解，或许前者更显高明。

2020 年 3 月 20 日

春草破土，一种对生命的执着又从泥尘中不屈不挠地显现出来。

援鄂医疗队撤离，感慨至深的是镜头前摘去口罩时一张张青春昂扬的脸，险恶之际，是他们用血肉之躯支撑起将倾的危局，由衷地说一声谢谢。

总会想到自己几年前生死线上的挣扎。巨创，或许也是触及灵魂的洗礼。不要轻易忘记与死神的抗争，更要对得起曾经承受的苦痛。

许多怆然，许多愤懑，然而同时也有许多欣慰。怯懦中总有斗士，谄媚中总有直言，苟活中总有披荆斩棘的先行者。唯此，一片泥土，总会有翠生生的春意。

2020 年 3 月 24 日

网上的热闹，原因之一是争论。网上的无谓，原因之一也是争论。

热闹，各路大侠华山论剑唇来舌往火药味浓烈。无谓，血压飙升咽干喉燥一地鸡毛。

争论，如果是为了探究疑惑，那就有点儿意思。如果是为了抬杠较劲，那就有几分无聊。如果是为了炫自己的高智商却同时把对手贬入"脑残"党，那就难免让人不屑了。

有人说，不与"三观"不同者争论，因为频道不同、标尺不同、视角不同、层次不同。问一句：频道标尺视角层次一致，还有什么可争论？再问一句：世间芸芸众生，频道标尺视角层次完全相同的两个人有吗？

此二问不要答案，会引出争论。

其实，争论就是或只能在三观不同者之间展开才有意义，但前提是双方都有诚意析疑解惑，都把对方尊为师友或起码对等。

一上来就已经认定自己手握着百分之百的真理，且目的就是要把这个不能质疑的"真理"灌输给其他"低能儿"，那还谈何争论？只能是各秀各的狂妄，除了伤及彼此，再无他用。

网络时代，信息海量。只要认定一个死理，正反证据都可以随手搜寻一大把，越搜越觉得自己高明。单听一方，似乎说得通。再听另一方，也未必无道理。两边都听不是不可以，除非你过于有闲，就想观赏两拨人面红耳赤。

我介入过几次争论，过后就觉荒唐。哪可能冷静探究问题？实在是在较量牙硬舌长。忽然想到若干年前街头"大辩论"，也是两拨人，都真理在手，都义正词严，都恨不得劈开对方脑壳把一盆滚热的"醍醐"灌进去，让对方趴下服输。嚷嚷的结果呢？后人眼里两个字：可笑。加两个字：可叹。

河东河西，再过 30 年，另一代人会如何评说现代网上口水乱喷的阵仗？希望不是用几分怜悯几分讥讽的口吻。不过我猜想，他们未必好到哪里，唾沫飞溅的程度也许更猛更高。人性就这么好玩。所以，省事的办法：壁上观。更优的选项：离开网络去看看大自然。

2020 年 3 月 29 日

没想到开始，看不清过程，也猜不出结局，一部史诗级连续剧。

你我都是剧中人，本色投入，台词随意，演得逼真。

惊愕，担忧，恐惧。戴口罩，待屋里，刷手机。传八卦言说，听神仙吵闹，看新增数据。

吃瓜群众，义务配角，烘托气氛。

倒在医院的确是病了，待在家里的也难免一身邪气。

时代病了。

疫情＝战争。

制造死伤，弥散恐怖。

地无分南北，人不分老幼，几十亿人卷入。管你贩夫走卒，管你金枝玉叶，管你穿什么名牌，管你嘟囔哪国鸟语，子弹直射过来不会拐弯。细皮嫩肉者，或许更合"新冠"口味。

逃离疫区，显现着最原始的求生本能。或许也只有到了这种时候，才晓得孰轻孰重。

十几万美金的机票也舍得买，当然前提是兜里要揣着几十万才行。

抹去时间和疫情的标识，看入关处人潮汹涌，看拥挤推搡奔走的场景，紧张焦躁期盼惶恐的气氛扑面而来。似曾见过，像不像影视里强寇入侵的情节？

不能没有情怀，不能没有雅致，不能没有红酒咖啡的布尔乔亚，但在弹片横飞的生死场，第一要义是：活下去。

活下去。让习惯了安逸忘掉了危机的人们补习人生最重要的一课。

从平静中醒来，一缕晨曦从帘缝飘飞而入，这真是生活的美好。

有时感慨人性的不知止不知足，直要等到被无常逼至墙角，才能明白曾经拥有的珍贵。

直到现在，面对"新冠"，我们还是既没能真正知彼也很不愿意知己。这仗会打成什么样？孟婆汤是否会脱销涨价？编剧还会推出多少悬念和起伏？遍体鳞伤后的几十亿演出者会怎样反思？

2020 年 3 月 31 日

同学观点：出现许多无症状"新冠"感染者未必是坏事。可谓再衰三竭，病毒经几代传播，战斗力下降，毒性已经减弱。对否？还没听到哪个专家对此发表高见，权当闲话。

现在是总希望专家给出终极答案而专家又未必靠谱的时代。未必靠谱，不是说专家真是"砖家"，脑壳石化了，而是新问题层出，研来究去追不上时代。"理论是灰色的，生活之树常青"，这句格言不会过时。所以，紧迫危难之际，进化赋予人类的直觉和常识也许更有效。

无症状感染者增多，有可能练就一帮产生抗体的人群。只要数目持续累积，至六成以上病毒就没办法折腾，这是前段时间老牌英帝国的"群体免疫"设想。果能如是，似乎算不太坏的结果。因为已经有专家预测，此次疫情，很可能打成持久拉锯战。在特效药还是水中月的阶段，单靠现有医疗手段，胜算几成不说，人力物力的消耗也实在太大。

然而群体免疫有代价。与病毒撕扯扭打过程，先得让一部分免疫力低下的人群填坑做铺垫，大概率是如我这样吃闲饭不干活的老家伙们，看网上意大利医院的传闻就是这个状况。从人性关爱的角度而言，不是好选项。从自然进化的大尺度看，好像还在合理范围。

我在同学帖后跟言：替天行道，开镰收割。自以为是地球老大，其实也确是地球老大的人类，不知把多少硕大强健的对手打趴下，切巴切巴丢进锅里炖成美味，这回却栽在看都看不见的小病毒手里。想起儿时在乡下玩的动物棋，从最厉害的大象往下，狮虎豹狼直到最微弱的老鼠，一级吃一级。不过好玩的是，小老鼠反过来又可以打败顶端的大象。这就是"天道"，生克制化，谁都有软肋，自然界没有绝对的强者。过于蛮横，偏要越界，就难免被"打土豪"，丢掉多占的地盘。

不过想想，现在我属于被收割的对象，很有几分不悦且害怕。怎么办？向缩头乌龟学习嘛。老乡哲言：惹不起就躲。游击战术：打不赢就走。总之，先拄杖远遁，静候否极之机。

2020 年 4 月 7 日

所住小城，基本没有遭受疫情风暴的搅扰。撼动世界格局的大事件，在许多乡民的感觉中，似乎只是饭后谈资，偶尔交流一两句道听途说，不当回事。说几次，寡油乏味，懒得再提。别说外省大武汉，即使自家省府，好遥远，隔山隔河，俨然天际故事。

记得儿时在乡下，听农家婆婆谈论几十公里外的县城，缥缈如神话传奇，比月亮还遥不可及的口吻。月亮的圆缺她们能眼观，县城呢？一辈子没去过，费猜想。所谓"贫穷限制想象"，她们的的确确想象不出那里人群的喜怒哀乐，当然，也没必要去想，意义何在？乡野生活，自家劳作，自家维系。

世界很宏阔，黄土塬的野草却微小。百公里千公里以外发生或不发生什么，与沟谷里汗洒黄泥的艰辛看不出有啥子必然联系。

不好吗？好吗？不知道。事物的所长或者所短，往往只是换个角度的问题。

这个小城，用现代化经济发展的眼光看，太差了。无资源无工业，连高速高铁都要故意绕开它，就连此次活蹦乱跳的"新冠"，或许也有点儿不屑于此地的偏远，没来光顾。

其实，这个"偏远"已经很勉强，那种艰辛而闭塞的农耕生涯毕竟渐行渐远。虽然观念和习俗还略略滞后，但迟早会被新浪潮冲刷浸泡淹没取代。

好在，它现在还与呼啸而至的时尚生活有段距离。因了这距离，空间就换来时间，避免了第一波疫情的进攻。

但凡致命打击，往往来自不期而遇毫无准备。只要熬过初期猛烈而无序的轰炸，时间就会换出退一步的空间，给人们找到突围的转机。就算只是眼前，小城的静好，足可以了。

2020 年 4 月 10 日

清晨大雪，真正的鹅毛雪片，或者改为"鸭绒"亦可。玉皇大帝的鸭绒大衣被玩心勃发的猴哥一爪子捅破，天地间"鸭绒"飘洒，迷蒙一片。

雪舞穹隆的景致，萌动潮润，给人略带新奇的欣悦；又缥缈幻化，给人远避尘屑的恬静。然而，此时本人心态，却在紊乱无序中堕入世事反复的苍凉。这感觉不诗意不阳光，可又撇不开挣不脱。

找理由，或与疫情相关？临窗望雪之际，在手机里翻阅了几条疫情泛滥的消息。各种传闻，各种理解，各种因势而酝酿的哀情义愤，各种乘乱而蜂拥的争强斗狠。有意图有动作也有漩流有深坑，但，有没有真正的清醒者？

几十亿无所不能的人类与小病毒打斗得难解难分异常艰辛苦痛，"新冠"狡猾顽劣、死缠烂打、没完没了、气势乖张，疫况动荡凶险、此伏彼起、野火蔓延、毒焰冲天直要把地球村烧遍烧透。四个月前，有几人会猜到一场天大灾患要降临人间？三个月前，有几人能料到疫毒会一国又一国把大半个地球攻陷？

更大的困惑是如何走出险境，何时挣脱棘丛，有多少鲜活的生命会在突围途中倒下做了铺垫。走出之后呢？一种说法，很难再回到疫情前的世态，尽管许多人也并没觉得那时的安稳凡庸有多珍贵有多幸福。还有一种说法，疫情的洗礼，或将给人类锻造出一种新的生存格局，希望似乎总在天际遥遥地给人类一点儿色眯眯的诱惑。

疫情过渡到"之后"是必然，但重要却也未必重要。真正的苦厄在当下，活下去，不是口号，不是泛泛理论话题。对大多数人而言，是具体的吃喝拉撒，是有没有饭碗，是明天能不能买回食材。而且，这个日常琐屑之上，还有一个并未褪去的巨大阴影。谁也不知晓，下一秒，上帝的"新冠"之鞭会抽打在哪里。

窗外飞雪，在我涂抹这几行文字时，渐渐消停。大自然的一场逆动过去了，我的胡思乱想也该丢到一边。

2020 年 4 月 12 日

堤岸草坡，残雪未尽。细叶小花与冰晶雪润交映，也是风景。不过这风景略显肃杀之气，清明过后的寒流，实在逆发展趋势。娇怯怯桃杏花蕾，怕是躲不过这一劫。

虽劫，毕竟春深。举目周顾，偌大场景，一湾春水，夹岸新柳。构图虽简，却因了罕至人迹而惹我流连。每日总要抽时间来这里迈八字步显摆，反正前后无人搅扰，任我摇来晃去泛滥情怀。

最近几日已甚少关注疫情，因为没用。流行语：反正疫情就在那里。凡尘草根族，关不关注，意义甚微。若我，又不会研发疫苗，挤过去也看不明白高精尖生化科技的奥妙，胡言乱语何用？隔靴搔痒而已。

有老同学寄来几句牢骚：每日网上浏览疫情动态，收集各位或专业或外道人士的讲解指南警示，已搞得自己相当郁闷疑神疑鬼。打个喷嚏也会吓一跳，不会中枪吧？咳嗽一声更要神经紧张，这应该没跑了？上楼略略气喘，好像以前不这样，快测体温。水银计一天在腋下夹十几次，还是时不时觉得额头又泛起热度。

"新冠"攻势，在夷族正兵锋锐利侵城拔地，怕是短时没有止步可能。中土疫战势头虽减，却也并未真正消停，境外输入加无症状感染，把局面搅得扑朔迷离。若干专家已经推论，此次抗疫，十有八九要缠绵拖延，去而复来，潮涨潮落，打成常规战、持久战、拉锯战。

会引出怎样的乱局？大自然病毒与人类恶念联手发力会造成多大麻烦？天晓得，天也不晓得。神经一直绷紧，不仅无益或倒有害，没栽于疫情也会被自我恐吓打趴下。

所以，老乡的古朴主意，迷迷糊糊，老天照顾，或许不失为无奈之际的解药。先让认知从纷至沓来的疫情信息中脱敏，摆正平常心，看能如何。又想起那个古老寓言，被藤条悬挂于半崖，上有老鼠啮藤，下有老虎张开血盆大口候着。管它，探过手把身旁草莓摘来吃掉，先甜蜜蜜了再说，任下一秒风刀霜剑浊浪滔天。

芸芸众生，其实不过是荒坡上的细叶嫩草。或许幸运，从春至秋循序度过，了此平顺一生。或许也会遭遇倒春寒，刚喜气洋洋探头就被灾患覆盖，只有咬牙坚持，熬过去，熬到冰融雪化，就是赢家。

2020 年 4 月 14 日

退后十年，若见到朗朗乾坤下有人用纱布或纸片把鼻孔嘴巴封堵得严严实实密不透风，我是会很不屑的。太娇情了吧，你的喉管肺泡那么娇滴滴，吸几口普罗大众共享的空气都无法承受？

转变总是出乎意料。切腹手术把我鼓捣成重点保护对象，开始规规矩矩戴口罩了。先在病房实践，因循而自然，渐渐成了日常规范动作。只要出门，口罩就随即蹬鼻子上脸，丝毫不敢苟且马虎。

轮到我被别人不屑了。在院里散步，几次引小朋友好奇，追着问我大热天脸上挂块帘布会不会出汗。某次在候车室坐等检票，被对面一位很有探究精神的女士拷问了好一阵，非让我交代众人皆露我独遮的意图动机。我只能对曰："有病"。女士沉吟良久也说："看来真是有病。"好荒唐，好尴尬。

近十年戴功做铺垫，至抗疫初期许多人面对"捂着还是敞开"的灵魂追问时，我早已习惯了口罩在脸部的附加感。基本浑然一体，没有任何不适。倒是平素一不留意骤然摘下，或有时急着与快递小哥接头没来得及佩戴，反有一种裸奔的惶恐若失。

人类的服饰穿戴，往往是因初始的实用性而转变为必需性，从大众化而渐渐升级为时尚化。据说早期人类都裸奔（我没亲眼见，权且以也没亲眼见过的说者观点为准），穿衣戴帽的历史并不久远。起初自然是因了御寒防护，日久就成了必配，冷不冷都得在身上挂几件，才觉得自己有几分人样。

口罩呢？以我为例，几十年不戴过得很好。一旦戴起戴成习惯，成了常备日用品，不好摘了。出门不挂出面部招牌，显现不出"重点保护"身份，心里就几分惴惴。

以后口罩会普及到何种程度？我想首先得迁就"新冠"家族的意见。它们如果非要与人类纠缠不休，还时不时玩玩"气溶胶"之类的把戏，人类的口罩饰件怕就会从应急性提升为常用品。不仅中华，外族亦然。这里可别说什么东西文化差异。

我所在的小城，戴口罩者甚少，乡下农民几乎没人戴。不能说这是因为文化落后，那欧美百姓抵制口罩是不是就叫还没进化的荒蛮文明？反过来，如果说不戴口罩是欧美族群更先进的防御意识体现，那只能证明俺这里乡下老乡的文明程度早已极度超前。

其实，文化差异再大也大不过肌体消亡的共性。戴或者不戴，我以为没有文化差异一说。一是看"新冠"杀伤力的程度，二是看购买是否便捷便宜。

想象不久以后的人类，口罩标配紧跟着眼罩也标配之后，再套一件防护服，类乎太空人的新人类就会在街头游来荡去。或者，一种人类新时代就此开始。

正如穿衣服的新人类有别于全裸奔的原始人，岂止是简单的服饰变化，对生活对生命的理解和要求也要发生质的改变。戴口罩眼罩的下一代显然有别于脸儿光光的这一代，恐怕同样会引出许多新理念新意识。服饰的式样变换是否往往伴随着社会形态的推陈出新？科研题目，先撂下任社会学家去考究定论。

我的水平刚够胡思乱想。无非戴个口罩，居然想象自己成了人类新时代的前驱。难免让我戴出仪式感时代感责任感小激动，不过只适用于我，别人别当真。否则，赐二字：有病。

2020 年 4 月 16 日

很规矩地缩在室内囚禁自己几十天，有与武汉人民共出入的表现。其实正如某同学所言，我即非真的听话也不是觉悟有多高，只是过于惜命而已。疫症张狂之际，顾头不顾尾，先钻进草丛再说。

惜命其实理所当然。无论烂命还是贵命，谁都仅此一条不会再多，怎么珍惜都合情理。活腻了的除外。原来倒还不是太懂本命行情，被拖进手术室体验两次丢命演习后，才明白自己有多值钱。随便换个零件，几十万上百万银两就轻飘飘没了。

经常会忆起病友们言论：本来这钱是计划飞天过海欧美英伦摆阔几圈，本来这钱是计划购置某款豪车某幢豪宅，命字当头，一切都得舍去。我手里也有一张字条，大致核算自己两次保命费用，可怕的天文数字，出乎我想象。数字就不写了，低调藏富，不暴露身价，免得有人觊觎我这副骨架身板。

因为惜命，所以乖乖蜷缩于斗室。起初以为十天半月即可出笼。岂料疫情拖宕，闭关期延续再延续，居然蒙头蒙脑在室内发呆了两个月，好了不起。然而修行日久，又修出新毛病：人多恐惧症。此病不好防控，我等凡庸辈所在生存圈，特点就是人多。你来他往，出出进进，没法任谁独步天下。

应对办法也有，自由电子，布朗运动，人群中走之字。或者游击战术，敌左我右，敌直我弯，拐来折去，行为艺术。总之是还需要点儿观察力预测力和灵活机动的应变力。似我这种老人家，走路时胡思乱想一下，就难免角度偏差速度失控，时不时与谁谁亲密撞肩，引人家侧目，以为我故意碰瓷。好无奈，好好玩。

比较而言，便觉出落后的好，乡间的好。当然，我的观点，仅止于非常时期。只要离开省城躲入黄土沟里的小镇，就有了心里的安稳。外出走步，任我摇摇摆摆，想碰个人都难。过田间垄畔，和风徐至；看乡村隐约，新柳轻扬。虽未远世弃尘，却也逍遥自得，有点儿活在人间的意韵。忽然想到五柳先生的桃花源，那真是一个难以得到却也很难让人舍去的梦想。

2020 年 4 月 17 日

看疫情地图，赤红一片。

赤红，会让人想到火焰。火焰，会让人想到战争。疫情等于战争，以前可以算是比喻，但此次蔓延全球的"新冠"疫情，怕就不是比喻而已经延伸成或本来就是一场战争。

对战争的理解，千万不要局限于形式。形式会时时改变。

回望古代，太久远的不好说，起码一两千年前的战争，形式如同儿戏。两军对垒，兵卒先待在一边瞧热闹。锵锵锵锵，锣鼓点儿中，两家主将出马，先亮亮骑技，再比试嗓门：来将何名？接下来才在巴掌大的场子里兜圈子比比划划卖艺表演。这是小说或戏曲里的场景，不过大体差不了多少。

如果那时候的人们以为这就叫战争，肯定理解不了后来人狙击手的远距离屠杀或再进化一步的无人机袭击，肯定理解不了坦克飞机的凶猛攻击乃至核弹的大规模灭绝。现代战争的形式是古人想破脑袋都想不出的。

然而，战争的形式还会变，变到我们现代普通人恐怕也不好理解的别的模式。我不是战争拥趸，不去猜想。反正记住一点：人类最先进的科技手段，往往与战争相关，也往往最先使用于战争。

网上经常充溢着许多意气扬扬的布道和宣讲者，总让我疑惑他们或许已经窥透未来？要不他们怎么能那么挥斥方遒睥睨群氓。常想过去向他们请教一下疫情战争的未来走向，但又转念，这样幼稚的问题，或许会让他们不屑。算了，自己想。

我的理解：

第一，疫情进展只要关联到人口的死伤、经济的破坏、国力的消耗以及疫情之后很难避免的某一方从中崛起，就可以定论为"战争"。

第二，疫战发展到这一步，全球已很少国家幸免。且伤及人数到目前已超两百万。称之为"大战"，不为错。

咱不过身居草莽的山野村夫，只能遵循的一句话：往最坏处想，向最好处争取。

只能如此了，谁让我们恰巧赶上这波大转折大事件？

2020 年 4 月 21 日

今儿去乡下做一天农民，小村几乎看不出疫情的影响。许多老农还是常规格局，聚团坐在屋檐下扯闲话。去地耕作的农人很少，应该是已经过了播种高峰段。

我们是来补课的，播种了一小块玉米和几小块白菜萝卜。反正是把种子撒进土里了，长不长由不得我，看种子们态度。当然还是很希望它们争气，努劲蹿出来，沐浴一下春天的阳光。

喜欢自称农民，只是没种过地。这两年归乡静养，偶尔冒充一下，在老宅院小天地动动锨镢，也算过过农民瘾。

所谓"过瘾"，不是戏说。古老的农耕文明，在黄土高原这块土地上，已经有了巨大变化。用不了多久，几十年前我曾经很熟悉的耕作方式和植物样态就会渐渐演变。

依古久的全手动方式点种耕作，或许也就这代人勉强可以亲为。

以后的农村什么样？春耕秋获的形式和内容会有如何改变？是否将来的人们还要辛辛苦苦靠天吃饭在地里刨食？不知道了。但田园牧歌式的古老农作，肯定是要成为过去式。

土地是个神奇的平台。我的概念，这世间最厚道最诚实也最能给人回报的，就是土地。你喜爱它，精耕细作，在它身上抛洒汗水，百分百会收到回报。

千百年来，这块并不肥沃的土地，不知养育了多少代中华儿女。说土地是母亲，起码，在黄土沟坡，还算准确。

常不屑陶渊明的农民水准，"晨兴理荒秽，带月荷锄归"，早出而晚归，够辛劳的。然而其成果却是"草盛豆苗稀"，不用去地料理也就这光景了吧。

咋整的，莫非与我一样，随手把种子一撒，就自得其乐拖个躺椅到一边晒太阳？

想想，其实草盛也不错。只要绿油油一片，让我观赏到细弱生命的顽强，领略到四季时光的流逝，何尝不是收益。

更主要的，疫情时段，走入自然，呼吸旷野的纯真空气，就是大享受。

2020 年 4 月 22 日

河畔静悄悄，几公里堤岸任我独往独来。常常走着就会哼一句矫情语：惭愧。何德何能，上天赐我这么一段清幽寂静的水域？

目空无人的行走是自在，而自在的状态就容易胡思乱想。虽曰"乱想"，却未必云里雾里，内容多围于人世凡尘。显然自己道行不够，做不了超然化外的神仙。

近期多想的，大体与疫情相关。其实真可谓胡想，老顽固遇到新疫情，与后生小子们并列于同一起跑线，没办法胡吹：想当年老子遇前几波"新冠"，骑头瘦驴，握杆破枪，就敢与风车大战三百回合。

此次疫情的乖张离奇，对我而言，真真确确出乎想象。人类与病毒的纠缠，原本也算与生俱来没法躲避的一项内容，认真应对，竭力抗争就是了，这没什么好想。

没想到的是，"新冠"岂止冲击人类肉体，似乎更可怕的是搅乱了人们思境。网上热点以前也有，但这几个月的热点多且怪，多到目不暇接。前一故事还在烈火烹油地喧闹，后面就有更劲爆的传闻呼啸而来。时语所谓"刷新三观"，确是。

另一热闹场景是某几种认知的互掐，掐到你死我活不共戴天。我在的几个群就时不时出现这种混战。人们怎么会这样失态？这样地容不下同根生弟兄姐妹？此场景半世纪前曾经见识过，居然又一次再现。也算开了眼，令人扼腕。

本来是只计划做旁听生，虚心学习，努力跟上新新人类的步伐。有几次按捺不住，在几个我以为还算修养层次较高的群里偶尔发言，立马遭来迎头痛批，只能落荒而逃，也是难得体验。

疫期非常，或事或言，皆不可以常态揣度之。佛家有言：不是风动不是帆动而是心在动。险峻时期，内心的沉静很重要，所以，落荒而逃或许倒是更好选项。

果断从几个群里退出，这几天好清净。尽管还未及河畔境界，已经给我很轻松的感觉。

2020 年 4 月 23 日

没有温度的春季。叠加着疫情的严酷，叠加着浊流涌动寒意凛凛的各方信息。这是世界的一个层面，属于高智商的据说同时也高情商的人类。

而屋前小草还是从去冬的朽枯中蹿起一丛丛新绿，不知名的小花依然似乎不为什么地绽放着它们转瞬即灭的娇艳柔美。

最接近地表的这些弱小生命，也有迎候春阳的顽强，也有扎根抽穗的抗争，也有星星点点忽然就让人眼前一亮的清新和诗意。

据言，西哲泰勒斯者，常仰望星空，作形而上之推想，因而启动了人类思维向外拓展的探求。人的精神世界由此渐渐从匍匐改换视角，开始了张扬而勃勃向上的里程。走出多远？三千多年折腾，起码在地球弹丸之上，可揽月可捉鳖，功夫已经很是了得。

不过我想，推想之途，精神腾跃，星空未必唯一。低头呢？感悟脚下泥土中的生命，欣赏寻常物态中的美好，何尝不是心灵的另一维度的驰骋。

这些句子，只是我伫立窗前观望檐下草丛时片断思绪的勾兑，意在给自己土掉渣的审美涂抹一层思辨亮色。

因为天冷，室内整日开着电暖。这是一种进化了的取暖方式，清洁而省事，却少了寻常居家那种大铁炉的温馨和平庸。平庸，从来都是个贬义词，就像屋前草坡上不惹人注目也似乎无关生态大局的细碎植被。然而，这种细碎生命的平庸，却支撑着营养着整个文明世界的运作。试试把平庸层去掉，堂皇富贵的花花世界我不相信还有存在的可能。

从小草小花说到"平庸"，还有另一层意思。这个没有温度的春季，或许正酝酿着一些不寻常。历史演进中的不寻常，虽然总是历史学家津津乐道大书特书的题材，但对大多数身在其中的普通生命而言，未必是什么幸事。

大风骤起，先折断的往往是参天大树，匍匐地面的小草，或许倒能挺过严酷。平庸，许多时候也许是以弱抗强的方式。

收回目光，拥炉而坐，想象自己是远遁的隐者，先把那些有负春光的心态摒至户外，小草般蜷伏荒蛮，等候时局明朗。即使以后局面不可控，接近地面总是更有坚持下去的支撑。

炉前昏话而已，更希望很快看到烟消云散乾坤朗朗。

2020 年 4 月 25 日

沿河走步，至水阔处，总要驻足片刻，对浩浩清流摆一副若有所思造型。

水流不息，草木常新，不禁就让人从心底发一声生命萌动的感慨。

自然界莫非也是一种有情有义的生命过程？它的动感，它的生机，它的美丽，它的有序，还有它自我调节和恢复的能力，怎么说都是一种与人类极其相似或没准形态更高级更完善的生命体系。

如果地球真是一种生命，它豢养了也过于娇纵了我们这些寄生于其肌体的蜉蝣或夏虫。那么，此次的"疫情"又是为了什么？不堪搅扰的地球终于要做清洗？清洗会到何种程度？

人类却依旧沸腾于自己编织的妄念，妄念铸起驶向深海的又一艘"泰坦尼克"。驾驶室，几位大佬在争夺舵轮的掌控，把急风骤雨巨浪滔天中的危船拨弄得东倒西倾拐来扭去。船舱里，各种肤色各式语言的人群在狂歌在滥舞在撕打在互掐。

下一秒，大自然会给人类安排怎样的场景？

继续走去，争取完成今日步数定额。

附文

杜建文的大数据（上篇）

与老友聊天，老古董话题。他或许只是灵机一动，随手在网上搜我姓名，看是否已经跻身于古董系列。搜出的却是另一效果，发现若干不相识的同款人士。是吗？我好奇，也填名于百度框，果然跳出一堆"杜建文"，天南海北，各行各业，且还有已故同侪若干。

这或许也是所谓科技时代"大数据"的小手段，但凡一不留神在网络红尘留过"蛛丝马迹"者，都躲不过"大数据"的扫描留档和跟踪算计。14亿人的姓名海洋，一网兜下去，二百多只"杜建文"小鱼小虾就全能打捞出来。

忽然小灵感，二百多同名，若是拉到一起搞个"杜建文"群是否好玩？当然该群宗旨，只说风月不问他事。其实，风月也最好不说，略显缥缈，不接地气。京腔粤调，天南地北，不如聊聊各地特色美味，互赠几句养身鸡汤，偶尔谁谁被老板表扬，一高兴在群里甩个红包，倒也是闲极无聊时的一种消遣。

还可以换角度，把搜索结果作为世俗风情资料。其一，原以为"建文"二字，实在没有绮丽委婉之意，男性公民用用就可以了。谁料想，还有女士也会抢着注册。结论是，此名比较中性，没棱没角，不显山水，男女皆可，很适宜和谐社会。其二，"建"字辈，大致可算作六七十年前人们的喜好，裹挟着或点染着古旧时代的落寞气息。看数据，二十世纪六十年代的人使用略多，后来世风渐趋高雅，此名就日渐不合潮流，越用越少。不过随即我就想到其三，没人用应该算是好事，物以稀为贵。所以，其四，我得坚持住，行不更名坐不改姓，站到最后一班岗。我之后呢？任这三个字灰飞烟灭。

其实由此而最多想到的，还是"大数据"。这是个新名词，突然闯入日用语汇系统。起码起初我并不在意，以为又是时尚人士舌尖上的把戏。但时尚人士总是引领潮流，历朝历代，所谓主流"文化"不过如此。所以，"大数据"就泛滥开来，官方民间，各种场合，高频率出现，影响得连我都按捺不住要借用一下。

所谓"大数据"，应该是信息时代才出现的概念，有其明确定义。这不重要，一个名词一旦被引进社会生活成为宣传口号用语，其原本定义就会稀释，内涵也会外溢。总之是，只要与人们生活相关或不甚相关的所有数据，都可以囊括其中。

用我不科学的语言来注解，比如现在网上（当然也包括现实中）时时刻刻如潮如涌难辨真伪的各种八卦信息，都是"大数据"洪涛中的污泥浊水，我搜出的一堆"杜建文"统计数据也在其中。这解释很蹩脚，老古董语言系统的体现，但似乎差不到哪里。

"大数据"有什么意义？不好说了。看许多正面媒体的说法，利用得好，好像对今后社会发展变化庶民生活起居大有益处。单说其原本定义中"快速的数据流转"，普通百姓现在已经感受到它的诱人处。只须在自家手机上划拉几下，就可免去跑银行逛商店置办吃喝日用的许多麻烦。买东卖西付账操作，手机一晃了事，户头上数据马上从 A 移至 B，多省事。

这还只是初级阶段，时下精英层面又在嚷嚷 5G 时代的"万物互联"，高速信号通道为大数据的流通、获取、管理和使用添翼加油，人间幸福指数大概就要直飙云霄。然而现实生活中，小民百姓要永远记住一点，但凡比较重大的社会行为，尤其经济行为，最终的落实点是要大多数底层普通民众来配合与跟随，否则，也不可能成为社会行为，更不会产生经济效益。

配合与跟随，我以为起码有两个层面的含义。

其一，起初不过是懵懵懂懂，跟时尚，赶时髦，用手机在淘宝购个小物件，在吃货群为谁点个赞，又与哪个"亲"交易了一笔小钱，时不时收获几文红包，多少有点儿现实益处。谁会去细想，这些游戏般小儿科动作会把自己最终引向哪里？一点一点儿，竹筐远处的麻雀，被撒在地上的米粒所诱惑，叽叽喳喳，欢喜雀跃地边啄米边蹦过去。躲在墙角的顽童嘻嘻一乐，一抖手中线绳，馋嘴小雀都被兜进大数据竹筐。

其二，偏不啄米行吗？不刷证件买得到车票进得了站台？不报实名过得了安检上得了飞机？没有身份信息能网上购物？去银行去医院去旅店最后去火葬场，亮不明准确身份都只能待在一边吸凉气（最后一项除外，那叫诈尸）。社会大筐有无数经纬密集纵横相交的硬性规定，依据是各种各样利国利民不能质疑的大道理，只能配合，必须跟随，由不得你。即使似乎你说了算的手游之类，不交代手机号码钱财账号也拒你千里之外。

时尚是美女帅哥，便捷是法拉利兜风，"法制"檐下又不能不低头，我们只能乖乖入套，把自己的某些小数据交出去，搅进大数据洪流中。然而这个"某些"很难限定，谁也不知晓最终该在哪里给自己画一条维护个人隐私和尊严的临界线。就算真的找到这根线，是否可以想过就过想不过就不过？

5G时代快来了，万物互联，花团锦簇，听起来实在诱人。随即还要6G、7G，人类乘坐高速列车，"嗖"一声窜入现代科技打造出的新天地。各种神奇美妙，各种舒适简捷，还有各种以前人类想象不出的魔幻境遇。反正，十年二十年，不会久远，社会将演变成一部超前卫后现代的科幻电影。影片中所有成员，按大数据导演安排，很起劲地吃喝玩乐，好享受。然而同时也得付账，不仅仅是银行账户那笔数字的减法运算，更主要的或许是身家隐秘数据的被收集被整理被调用。

有一种说法，科技的发展，数据将成为最重要的资源，同时也是最可怕的手段。最终，掌控数据的收集和调用者，将成为未来世界至高无上的绝对权威。

布衣百姓，普通人生，谁愿意被时代落下？而只要紧跟，就难免与时尚工具纠缠不清。现代人，即使引车卖浆辈，没攥个手机你出门都心里不踏实。而此类很大众化的数码物件，也会时时监视和搜集人们的生活数据。小的方面，前几天在"知乎"读一篇文章，作者感叹，浏览网页，寻常不过，也未见得好消受。他于某处随意看一个还没想好要不要买的小物件，以后几天，但凡打开网页，醒目处就有相关信息推送，好不烦人。文后一堆跟帖，皆为同感者。大数据已经贴过来，毫无商量就介入人们生活。时尚一族，新款小电器不会错过，譬如腕部手环，步数心率大卡消耗，都给你实打实汇总到"大数据"资料库里。

这能如何？慢慢见分晓。大数据与生化工程与大脑神经工作流程破译的结合，再加上各种感应器件的普及使用，人类将彻底透明。墙角躲着的那个顽童，嘻嘻一乐，比你还要了解你。岂止是你买过什么去过哪里口味如何与谁来往之类的琐屑事件，它能解读甚至预测你的内心冲动，在你还不知晓自己会作如何判断与抉择之前，大数据的演算，就已经揭晓答案，知道你将下什么定论又如何去点击下一步。到此了吗？哪能。

数据的分析是要出结论，而结论是为了指导行动。不是你行动，而是在你行动之前，大数据后面那个处理系统会对你采取怎样的行动。

以后的数据时代，人会被各种生化层面的乃至意识层面的感应器所缠绕包围。你还没觉出身体不适，健康指导中心已经从小便池收集到你身体信息，马上发来指令让你去服用几号几号药片。不吃不行，万物互联，你不听指挥就在诚信中心添个污点。若干污点之后，某某机关会把你拖进修理机构重新回炉。

一派胡言？想想现在就医程序，从生化指标采集归纳到用药治疗方案实施，一步步都在数据化程式化。现代医疗，第一步就是检验各项指标，抽血留尿。这方面我绝对有发言权，抽血无数，数不过来。最多一次十八管，抽到我灵魂出窍差点儿晕过去。再然后是影像资料，X光、CT、核磁、彩超，角角落落不放过。一堆数据凑齐，医生才会宣判，哪里变异如何斧正，教科书写得明白严谨。我在京城佑安医院手术后，合并症纷至沓来。如何应对？负责我床位的帅哥大夫几次给我背诵考研书上条例，第一如何，第二怎样，然后还可以第三第四。于是从一至四挨着感受。扯远了，病人病语。医院出来的人分成两大类。要么闭口不谈，往事不堪回首月明中。要么就成了"祥林嫂"，一有机会就给别人宣讲病房那些事。我属于后者，挺烦人，动机却好，生怕你是泡病号新手，提前提供宝贵经验。

返回来继续说医治流程。简化一下，生病—找医生（开化验影像单）—生化指标数据＋影像资料数据—医生对数据作分析（以医疗手册为准）—治疗（药片攻击＋利刀剥离）—再化验再影像再出数据再对照医疗手册—回到规定数据范围，恭喜，可以回家了—不合数据要求，对不起，打回治疗步骤重来—其一，总算数据合格，付账出院—其二，偏不向数据低头，打入太平房冷宫。

细看一下，该流程最核心的其实只是"数据"。造型奇异的各类仪器，为了输出数据。医生的诊断施治，必须依赖数据。最后好没好，数据合格与否才是衡量的主要标准。抽掉数据，所谓现代化医疗，就是个摆设。实际上，只要把这个流程微型化智能化，就轻轻松松转变成远程网络医疗的模式。

仪器的精巧微缩，没多少难度。比如最早的计算机，差不多半个篮球场大，重达30吨。也就几十年时间，时下的袖珍机已经小到一手可握。设想一下，眼前这些威风凛凛的检测仪器，缩成可爱的数码小佩件，插在蹲便池内，贴在刷牙杯里，或索性戴于手腕处。随时随地，生化数据就送进云端数据库，而且马上就可以读到分析结论。此类信息会成为常态，躲都躲不开，烦到你不想看，就像现在手机里的垃圾短信。大数据与小机器，再配以智能处理系统，完全可以在更高水准上承担起救死扶伤的重任，治疗会更及时更精准也更有效。

岂非福祉乎？也许，未必。因为大数据对百姓人生的干涉，是全方位的，不会仅仅停留于肌肤身体疾病健康。还会一步步由表及里，深入人们内心。当然这是猜测，我的疑神疑鬼。因为据说信息科技与智能科技的发展，还有一种可能，我想留在另一篇文章中慢慢写来。

杜建文的大数据（下篇）

写文章可以成为一种乐趣，尤其当你不去考虑如何讨好读者，任思绪牵着手腕胡写乱涂，有点儿类似于独自一人在荒野山川的漫游。而我，恰是一个喜欢漫游的家伙。

愉悦感，用现代神经科学的说法，不过是一种化学反应，而任何化学反应，都是物质运动的结果。所以，"码字"这种操作，外在看，是一种手部劳作。深入看，是把大脑神经元电信号转换成一种可见的数据符号的过程，另一种形式的数据流动。为什么只有人这种猿类动物掌握了或者具有了这样一种本领？迄今为止还是谜。

上世纪我做学生的时候，接受的是唯物唯心二元论教育，我后来给学生讲课，还是这一套。但时间不久，这种唯物唯心截然对立的理论就遭到颠覆。现代大脑神经学科的研究发现，人的思维意识，其实不过是一种微物质的运动，没有脱离物质或与物质对立的"唯心"一说。这二年，似乎又有新发展，有人以为，量子理论与大脑神经学科的结合，会突破人类思维意识的迷障。我觉得这不是什么好事，很可能倒是一种灾难。人类给自己保留一部分隐私，也许才能更好地保护自己。

然而科技的发展，不是"我觉得"能够改变。人类进化，或者历史演变，有许多出乎大多数人意料的偶然。这"偶然"的背后，是一小撮（这个词现在使用率少了）精英人士因于他们利益的鼓动诱导。

现在最热门的，群起而鼓噪追捧的是信息技术与生物技术。二者的合力推动，将给人类社会带来翻天覆地的变化，而大数据是这双重技术革命的血脉。

话说当年，我也算信息技术的拥趸。年少时有过无线电业余爱好的经历，购置的一堆电阻电容和三极管二极管之类，积攒了一包，现在还丢在储藏室的角落。那时的爱好与那时不求甚解的折腾技艺一直维持到现在，所以到手的小电器，往往遭遇我蛮横无理的拆解和重组，最后变成电器垃圾扔掉。

信息技术发展到互联网时代，我曾写过几句感想，自以为 Internet（因特网）或许就是国际歌 International（英特纳雄耐尔）的现实体现。起码，起初接触网络感受到数据的公开与共享，带着一种原始共产主义的气息，令人新奇而欣喜。"英特纳雄耐尔"莫非会以这种方式实现？

自己还是过于浅薄天真，只看到互联网的明面和许许多多去向不明的数据支流。躲在暗处的真正主导网上数据流动的操控系统和调用手段，是我所处的位置和我所具有的知识结构难以明了的。

前一段读历史学家赫拉利的《今日简史》，他有一个观点：在信息技术与生物技术造就的未来世界里，"大数据算法可能导致数据独裁"，所有数据最终会集中于一小群精英手中。这种局面一旦出现，不仅仅是大多数人被剥削，还面临更糟糕的局面，人会变得"如草芥般无足轻重"。

这话题说得远了。人生于世，自古及今，许多人都在寻找一个答案：人类的生存有没有意义，如果有，这意义到底是什么？前些年听"台大"一位老先生讲《庄子》，他有个说法："到底是什么？没到底谁能说清？"或许如此，人类没"到底"，这意义就难确定。然而到了底，有没有意义，又有何意义？（绕口令）

撇开形而上的"意义"，人类无非万千生命物种中的一类。但凡生命，形而下的最直接的任务就是活下去且尽可能活得好点儿。何谓"好点儿"？其实没有标准。但掌握话语权的人会制造标准，如何穿衣饮食居住出行，摆怎样的排场用怎样的用品，华贵阶层做出样子，时尚一族接着紧跟，然后形成社会潮流。所谓一个时代又一个时代的文化现象，无非不过如此。

这样的标准，实际生存场景中的人往往不去质疑。好还是不好，只是心里感觉，而感觉可以培养和改变。事实上，比衣食住行的感觉略显严肃的，比如是非观，比如尊卑贵贱的鉴别标准，比如所崇尚的理想，都可以培养改变。

人性善忘。或者说，善忘是人类自我保护的一种机制。想起王小波小说《寻找无双》，就算"无双"此人真实存在过，所有邻居偏要选择性失忆，忘记几年前的真实，也就真的想不起来了。历史真实中的许多存在，牢牢记住不仅没什么好处，或许还会招惹麻烦，记住干吗？而因为善忘，人类才能踏着一次次血腥，仰着面孔若无其事走过来。

这"善忘"或许是真的。生物都有记忆时长，比如金鱼的记忆只有七秒。人类的记忆也有限定，而且按大脑神经学科的研究，记忆的数据，不仅会被记忆功能选择性删除，亦可以被篡改。记住这一点，很重要。

人类还有另一种"善忘"，假装善忘。而假装，是所有生命物种的生存手段。活下去，活好点儿，就必须在许多利害节点装死装屎也假装善忘。所以人们很容易就可以丢弃几年前的是非理念而认可眼前的新标准，哪怕没多久之前还举双手赞同某种说教，一扭脸就能忘记，毫不为难地站到另一种立场上。接下来，谁会承认自己的善忘是假装？于是，就真的忘了，就真的成了新观念新立场的拥护者紧随者。

生活场景生活习惯的改变也是如此。人们现在已经习惯了握着智能手机过日子的状态，正常生活原本不就应该这样？如果使劲想想，或许还可以勉强想起来，这个小东西的出现也就仅仅十几年时间。十几年前的状态，多少人还时时刻刻记得起来？后生小子们更不必说了，他们眼里，世界一出现，人生一起步，就与微信抖音和各种直播捆绑在一起。

在真真假假的善忘中，社会结构从一种状态滑向另一种状态，非常容易，不知不觉。

人类将滑向哪里？信息科技与生物科技会把人们带入怎样的洞天福地？起码现在，人类还有机会胡猜，还可以被精英们描绘出的愿景引逗得双目瞪圆口水长流。网上读到一个帖子，那哥们儿好不兴奋，说5G、6G、7G、8G、9G之后，所有工作都交给机器人去料理，人类干什么呢？当然只剩下精神方面的事情与享受生活了。高雅的荡在半空吟诗作画或思考智能机器的天赋"机"权，低俗的泡在美人美味美酒咖啡中昏天黑地。真要到了这种地步，怕也难说就是一种幸福。而且最主要的，用机器人替代裸猿人的那个工头，只是为了提高效率减缩成本自家多赚钞票，不会想着把刷下的闲人养起来让他们去做神仙。

未来会怎样？赫拉利在《今日简史》中也有他的预测。他的观点，社会究竟如何演变，要把目光时时盯紧"大数据"。

当所有动脑或动体力的工作流程，都分解成一组组数据，当人体的生理功能与思维意识也都破译成一组组数据，当这些数据最终掌握在一小撮数据独裁者手里，人类将面临几种可能：

其一，智能机器人对数据的演算和运用肯定远远优于人类，机器人替代人工就成了不可逆转的趋势。这种局面一旦慢慢延展，就是他所说的，人类失去价值，"如草芥般无足轻重"。没有工作，没有方向，没有生活意义，那样的人生还算人生？

其二，大数据网络中，人的身份与你赖以存在的物质财富都变成数据，这是非常恐怖的事情。只要后台有谁故意或不经意输入一个代码，你的所有身份信息就会抹除得干干净净。你无法出门，取不出存款，任何机构都把你隔离在外。面对威力无边的数据控，个人存在轻若鸿毛。大数据社会中的人，只能丢弃个人意志，听话、配合，别无选择。

其三，人类最后所自恃的一点，即人的思维意识是机器人无法具备的。但生物工程与大脑神经科学的结合，已经渐渐逼近人类思维意识的破译。任何电信号传递，任何化学反应，都不过是某几组数据的演算过程。调用这些数据，人类就可能遭遇"回炉"，培养出大数据掌控者需要的各种类型驯良听话的活奴才。其实，这还是好结果。如果无机与有机的界限也在大数据的推演下失守，机器人很可能具备我们人类现在还理解不了的新种类意识，人类也就到了被踢下生存擂台的时候。

大数据的新纪元将出现在人类曾经嚣张过的地球。

赫拉利说，他不是预言家。其实，科技的发展到底会把人类引向哪里？"台大"老先生那句话：没到底谁能说清？反正，人类善忘，忘了来处，忘了昨天，欢欢喜喜卷进大数据的浪潮，凭任它把自己带到哪里。何况，与我何干？到那时，我早遁逃至 N 维空间。

想想自己已经到了 N 维空间，隔着玻璃橱，意趣悠悠地观看地球人在"大数据"中折腾，好玩得很。看够了，再去写下一篇。

从"新冠"之疫说说人类危机

以前也与友人谈论人类毁灭性危机的话题，准科幻，泛泛之言。杞人忧天 2.0，好遥远，摆不到现代人关注的案头。人们所顾及所热衷所嚣闹吵嚷的，总是社会生活中迫在眉睫亟待解决的事项，此类"热点"往往又一个接一个没完没了。

究竟是大自然总与人类过不去，还是人对自身生存条件的过于苛求没有满足？人类的探求突破索取改造永无止境。好日子就在再闯一道关再翻一道坎后的不远处熠熠闪光。跨过去，人类新纪元即将开始。哪有时间缩在屋檐下与老农闲话春荣秋枯。

"新冠"之变的突如其来，却把人类一下子逼至危机的悬崖边。虽不至于毁灭性，却有了大灾难的预演意味，具备了危及人类整体生存的性质。这性质是否会继续延展？眼下还无法定论。不过，身陷横溢全球的疫情泥淖，再谈论灭顶话题就有了比较现实的意义。

网上已有许多危言耸听，比如病毒的不离不弃纠缠不休，非把人类锐气耗尽打趴在地；比如随后的经济萎缩艰难困顿，让意气扬扬的人类退回自然界认可的警戒红线；比如因疫情激发的世界格局重组。

谁说的准？天晓得。所有人都是这场表象似乎是人与病毒抗争而深层次却或许是自然进化布局的小小棋子。自然界的大劫，有许多不确定性。人类社会的灾变，看起来也往往出乎意料，但只要略加分析，就不难发现，更主要的原因还在于人类自身行为。起码有几大层面的问题堆积，才渐渐演变成天翻地覆之态势。简言之，咎由自取。

其一，人类内乱。

内乱，属人类社会常态，人类玩惯了也玩熟练了的一款打斗游戏。有文字记载以来的所谓"文明"史，这群人对另一群人的屠杀掳掠就没有间断。虽然血腥残酷，人们却乐此不疲。好战或征服他人，似乎是人的天性，历朝历代古今中外，都是受到鼓励和赞扬的堂皇正大的"英雄"行为。

有时感慨，莫非造化之手是用这个自残设计，来巧妙抑制人类的过度膨胀？而同时，人类或许也通过这种外科手术式的切割修补，祛除赘瘤增强好斗活力。

人的掠夺性和嗜杀性，随"文明进步"而日趋放大。通常所谓"文明进步"，换角度来说，不过是人类贪欲的日趋扩张延伸。一关关突破上苍设置的屏障，最终登上万物臣服的食物链顶端。

"文明"的显著标志是科技腾飞，科技尖端展现的重头部分，是军工产品的日新月异。围绕大国重器的竞争，一批最优秀最聪明的人类大脑，争分夺秒地研制着最先进最具摧毁力的武器。

下次下下次的人类打斗中，谁能保证仇恨和杀心不会让理智崩溃？谁能保证已经安置于发射架上的尖端武器不被使用？

这是人类最疯狂也最荒唐但却难以避免一触即发的自我灭绝模式。

其二，科技颠覆。

科技对人类的颠覆，在花团锦簇便利快捷的科技时代，许多人不会认同。

起初或许只是豢养于笼子里的小宠物，未长成巨型猛兽前很有几分乖巧可爱，然而羽翼丰满展示尖牙利爪开始反噬时，人类被颠覆的厄运就会来临。

科技是双刃剑，人们通常只喜欢看到它的有利有趣。这种有利有趣，还因了利益集团的刻意引导以及随众心理的相互感染，会迅速楔入人们的生活，被接收被认同被普及，进而转变为一种只能如此没法回退的现实常态。

然而，任何科技成果，都会带来许多次生的弊端或破坏。起初，在利趣光环的遮掩下这些问题虽不明显，或人们故意地视而不见，危机就会在人们视野之外渐渐积累能量，伺机发难。

现代信息技术与智能科技的飞速发展，几乎全方位地改变或起码是非常强烈地撼动了人类旧有的认知和生存模式。好还是不好？身在此山中的现代人没法准确判断。待到后来人可以判断的时候呢？已经毫无意义。社会成长与个体生命的成长一样，既成事实，就没法退回去二次重来换换另一种式样。

只能假定，眼前这种新科技时代是人类社会的辉煌。然而，但凡辉煌，就有阴影。越辉煌炫目的正面就必然并存着越暗不可测的另一面。这种"另一面"，端倪已现。

信息技术与智能科技的结合，产生了可以民用的智能工具。既便捷高效又极易操作管理的智能工具，今后几年十几年间，会得到非常迅速的发展。工业革命"羊吃人"之后，社会就业者将遇到第二次烈度更强的生存考验。

人类享乐天性加利益驱动的铺垫，智能机器取代人工就成了回避不了的必然趋势。一个局部又一个局部，从笨重的体能劳作，到烦琐的智能计算，一块块"人为"阵地，将被或已被高效精确没有时效限制的智能机器夺去。网上读过许多文章的推测，智能信息科技的发展，不用太久远，就会把一大批工作者从现有岗位赶出来，变成毫无用处的多余人。

希望这不过是危言耸听，但智能信息科技改变人类生存结构的趋势是真真切切已经并且发生着，还继续向纵深迅速蔓延。如果再加上生化科技的助力，智商更高级基因更强大的地球新霸主也可能很快出现，而同时，现代智人的星辰陨落也就基本定局。

这是一种温水煮青蛙式的衰变过程。人类在高智能工具制造的轻松舒服状态和生化科技带来的长寿美梦中，一步步坠落至最后的被替代被灭绝。

其三，天道惩罚。

"天道"二字，也可换作"自然"或"地球"。但还是带点儿玄幻意味的"天道"更接近我想表达的意思。地球或者自然有其演变的天道，现在这一支独霸地球的智人，最终也无非是天道运化过程的匆匆过客。

自然的本相究竟是什么？孕育万千生命的地球是否仅仅是一个供我们攫取开采破坏践踏的物质平台？人类果真是生命进化最高端最完善的奇葩？

"我是谁，我从哪里来，要到哪里去"的追问，迄今没有确切答案。"道之为物惟恍惟惚"的玄语，或许有点儿接近本源。无以穷极探究的天道面前，说我们人类智慧等于零不为过分。

以四十亿年地球进化史的大背景做参照，智人不过几万年的存在。"文明"开化，五千年而已。为虎添翼的"科技"扩展，仅仅最近几百年，就以为窥透了天道，具备了挑战造化的能量？人类其实很幼稚。因为幼稚，所以轻狂。因为幼稚，所以不懂珍惜。

适宜生命生存的环境究竟是如何形成的，经历了多少亿年无法复制的造化过程？这对人类而言怕是永远无法验证的超出科学范畴的天道之秘。一颗微不足道的小星球，出现这种异常特殊的生命生存环境，一是难得，到现在我们还没有搜寻到同质的第二颗"地球"；二是难造，人类之力永远无法复制效仿大自然在天地间几十亿年物理化学的催化过程；三是脆弱，人类稍稍放肆，就能让山河变色。

一颗滚烫或冰冷的小星球，在几十亿年天体演变中，出现阳光普照水流潺潺氧气充沛温度适宜的生态大环境，实在是种偶然。万千物种因此诞生，人类因此出现。感恩和呵护这种环境，对自诩高智商的生物来说，实在是毋庸置疑的最为重要的大事。

然而，人类的出现，或者更准确地讲，人类文明的开始，也同步开启了地球生态环境遭受破坏的恶作剧。农业文明的破坏，或许还局限于部分的森林和草原。而工业文明之后，生态的破坏就铺展至天上地下全方位，且持续恶化而没法回头。

有人说，人类会毁灭地球。太看了人类，人类没那么大能量。但换言之，人类会毁灭适宜生命生存的生态环境，岂止可能，已是可见的事实。

对只能生存于这种生态圈中的生命而言，地球自然环境的维持和延续才是真正的生命之本。而这种生态，不过是地球的一个演进阶段，本身就在不停变异。加上人类的推波助澜，天裂地动的步伐只会加快。待到地球终于不耐烦人类这种小寄生虫的折腾，抖抖身躯换种方式，再变成上千摄氏度高温的炽热火球或百丈冰雪的冷酷冰球，地球照样存在。人类呢？

一粒肉眼都无法识辨的"新冠"病毒，就可以把人类打得满地找牙伤筋动骨。自以为的无所不能，在大自然面前，实在微不足道。当人类以为自己真可以再造地球摆布自然，对运行不周的天道失去敬畏之心时，灭顶之灾就不会太远了。

谈论危机，有何意义？不是预测，更不希望成真。如果脚下这条我们正大步行走着的路线，最终会导向黑暗。那现在为什么不可以稍稍改变一下方向？即使人类干预不了大范围大尺度的宇宙演化，也还是有可能修补地球村某些缺陷，延缓生态环境的继续恶化，给人类腾出回旋余地。或者，再退一步，起码不要在内斗的仇恨和血腥中自我毁灭。自然灾难面前，是人类携手抗争好呢，还是置危机不顾而相互扭打成一团好？

这也就是说说，闲话而已。我不认为人类会改变现有做法。即使毁灭之剑就在下一秒降临，贪婪和短视依然会主宰人类整体意识，该怎样还怎样。这或许是所有生命体挣不脱的宿命，所谓"人为财死鸟为食亡"，眼前利益会遮蔽对未来危机的知觉和畏惧。

此次"新冠"之灾，既是警示也是面对未来危机的一次彩排。看看各个阶层尤其各国政要的表演，就会大体明白，人类不会收敛或改变惯有作为。

有人猜测，人类社会的许多不可理喻，其实是高等生命的一款游戏。程序就这么编，人类也只能这么演。我倒是更倾向于认可这种胡说。

老牛白日梦（结束语）

老牛向隅，离群索居。

乃翁暮年，华梦依稀。

原本想抄袭孟德兄大作，涂抹一段聊发少年狂的豪言壮语。谁知被感觉牵着走，酸不溜丢写了几行衰朽味的文字。说明我实在没有作骥的资质，起头一句就把自己定性为老牛。牛有多大出息，壮牛也无非挨鞭嚼草受苦受累，干干拖犁耕田的粗笨活，况老牛乎，又能狂飙到哪？

选别的呢？想想，老驴？老猪？老羊？老狗？是骂自个儿吧，我都把自己逗乐了。绕一圈感觉还是老牛比较说得过去，中性，虽没骥骦的俊朗，也不至于猪狗不如的埋汰。

其实，这也就是现代文明熏陶出的执念偏见，老骥就好过老驴老猪老羊老狗？细琢磨真没什么道理。若按佛主意思，众生平等，都是具有佛性的生灵，不见得谁高谁低，谁优谁劣。若从种系划分，它们又一忽笼统非我族类，同为"畜"党成员。而六畜里面，骥所属的马帮还未必吃香，排第一位的居然是二师兄。所以，人人都离不了的那个"家"字，大模大样立在屋脊下的是一头猪而不是一匹马。说明老祖宗眼里，猪基本可以归为混熟了的自家一伙，马还是不甚靠谱有待进一步培训教育的另类。别以为这只是本土观念，比如古希腊哲学家皮浪就以为，一般人还不配为猪，只有混成哲人才有资格与二师兄画等号。

我之所以出手就让键盘敲了个"牛"字，倒没很矫情地想这么多。做牛做马二选项，曹阿蛮已经先手。要不跟着来，骥骦不行驽马也算，要不也只能牛一把。当然多少还另有点儿受自己偶尔白日梦影响的意思。

我是个无趣的人，不打牌，不下棋，不跳舞，不聊天，不看足球。通常男士们喜欢的许多事，到我这里成了一长串不不不，寻找自己的亮点真有难度。而且此劣根与年龄成正比，越活越枯燥乏味。天气晴好一派莺歌燕舞时，还可以用外出闲逛的方式换换肺中浊气，而遇到飘雨寒潮或庚子年那种敛足避疫的非常岁月，就有点儿不大会打发光阴。当然也不至于手足无措，另有自家几套上不了桌面的权宜之法，其中最省事最经济且不惹别人嫌的，即躲在一边（向隅）做做白日梦。

梦中自己是头老牛，不参与耕地作业的那种。这要求不算荒唐，乡下现在已多为机耕，挨抽拖犁的古老工种基本趋于灭绝。想做奴隶都做不成的黄牛新时代已经到来。不过对牛而言，这未必是好兆头，边缘化就意味着行将退出世事舞台。想想，"三十亩地一头牛，老婆孩子热炕头"的世态风情，那时为牛，才叫真牛。岂止居家过日子必不可少，法律地位也高高在上。你在唐朝宋朝砍头牛试试，马上有官家捕快拖你至大堂受刑，打屁股是轻的，县太爷一较真，判你几年劳役替牛出工也有可能。

老牛真牛的时代一去不复返，科技进步使然。而且改变的岂止牛大爷，失业潮将从牛界向人域蔓延，现代化智能化会把许多传统行业扫进历史垃圾箱。不过，这不是一头老牛需要考虑的。所以，垂首含睑，继续白日梦。

梦要做得雅致。大场景，空气洁净，阳光畅亮，天空一片蔚蓝，还恰到好处飘几朵白云。

不远处一弯河水，宽约数尺。水中几块卵石，河畔几株杨柳。清流柔滑如缎，若吟若唱。波纹细碎浅约，随起随灭。阳坡上，细草铺陈，野花摇曳，老牛卧于花草丛中，为慵闲疏旷甜蜜温润之韵味而沉迷。唇边即稠密的芳草，想啃就啃一口，不啃就闭目做卧禅状，随意想想牛是谁牛从哪儿来又到哪儿去之类可笑问题。再肆意一点儿，还可以赋诗几行：我本晋狂牛，哞歌笑苍生……

类乎旧式书生的牧歌山野梦，是不是有几分颓废？其实，我还算不上书生，腹中草莽，没装几本书。真正书生又如何？靠文字吃饭的许多杂牌书生，也渐有找不着北的感觉，不知应该写什么或可以写什么。所谓"百无一用是书生"，在一个以"致用"以"效益"为衡量价值标准的世事氛围之中，只会咬文嚼字哼几句"关关雎鸠"的过气书生，其效用怕是大致等同于一头老牛。何况，可做正牌书生楷模的鲁迅先生都要"甘为孺子牛"，我过过做牛梦的瘾，也似乎无可无不可，虽不高雅也算不得掉价。

梦虽然是梦，梦境却未必假。河湾草坡画图，曾经是真实存在随处可见，儿时我在乡村就常常嬉戏于其中。那时以为天下不过如此，太行山乡，黄土沟谷，悠悠地用这种画风繁衍养育了一代代乡野人生。有多少人会想到它的迅忽消逝？也就一个甲子，居然可以目睹沧桑之变，那条小河已经干涸，芳草稠密的土坡被削成平地，立起几幢贴了瓷砖的瓦房。这就是进步。

始于基督教哲学的线性历史观以及后来又糅合了西国宣扬的进步论，好像已被许多人接受认同，几乎成了现在社会认识事物的一种主流思维。进步是必然，进步才正常，进步就美好。今天好过昨天，现在好过从前，新时代必然优于旧时代，人类沿一条倾斜的既定的直线会一步步从人间走向天堂。如果当作一种愿景，如果只是一种想象，那倒也罢了。然而，这要变成一种理由一种依据甚至指导人类以后走向的规律，就有点儿说不过去了。

不过，老牛迷迷糊糊的思量中，姑且如此或许也不错？我们总得为自己的所作所为找到充分理由，总得为自己终于从以前时代懵懵懂懂过渡到现在点个赞。然而，人类意识深处，或许还有另外的风景和另外的向往，难以抹去。

1800年前，有个叫陶渊明的人做了一个"桃花源"的梦。与世隔绝停滞于数百年前的小天地，是他心向往之的美幻境界。此梦化作一炷馨香，抚慰浸润着一代代于生存道上疲惫不堪的前行族。歇歇脚抹把汗，却顾所来径，匆忙中我们丢弃了多少优美风景。那片诗意般的桃花源，原来也曾经是我们行走中丢失了的一块栖息处。然而那时的人们谁会觉得它珍贵？过去了，消失了，回不去了，它才在记忆的回望中郁结成一隅凄美苍凉的无奈。

牛是谁？牛从哪儿来又到哪儿去？或许在没找到答案之前，牛的世界已经轻烟一缕。